In dem Provinzkaff Bräsenfelde passiert Aufregendes, Weltbewegendes: In der Waschanlage einer Tankstelle verwandeln sich Fibi und Aram in Waschbären. Was wie ein Witz klingt, den niemand glauben kann, wird unabweisbare Realität, der man sich nun stellen muss. Keine kleine Zumutung für ihre Familien, die Mitschüler und vor allem für sich selbst. Hält dieser Blödsinn einer medizinischen Untersuchung stand? Beim Veterinär? Oder beim Kinderarzt? Was sagt der Genetiker? Wie steht es um die juristischen Implikationen? Menschenrechte? Kinderrechte? Tierrechte? Geht das wieder weg? Und wenn nicht, lässt sich das Wunder touristisch nutzen, finanziell?

THOMAS BRUSSIG, 1964 in Berlin geboren, hatte 1995 seinen Durchbruch mit dem Roman ›Helden wie wir‹. Es folgten u. a. ›Am kürzeren Ende der Sonnenallee‹ (1999), ›Wie es leuchtet‹ (2004) und das Musical ›Hinterm Horizont‹ (2011). Seine Werke wurden in 30 Sprachen übersetzt. Thomas Brussig ist der einzige lebende deutsche Schriftsteller, der sowohl mit seinem literarischen Werk als auch mit einem Kinofilm und einem Bühnenwerk ein Millionenpublikum erreichte. Zuletzt erschienen von ihm die Romane ›Das gibts in keinem Russenfilm‹ (2015) und ›Beste Absichten‹ (2017).

THOMAS BRUSSIG

DIE VER-WANDEL-TEN

ROMAN

btb

Für Ambra

I

Sandra Rösch fällt vom Stuhl

Sandra Rösch wusste, dass nur aus einem einzigen Grund ihr Drucker unaufgefordert loslegt, nämlich wenn ein Fax kommt, und die Erfahrung hatte sie gelehrt, dass außer Anwälten niemand mehr Faxe verschickt. Tatsächlich war auch dieses Fax, das zur schönsten Bürozeit, nämlich am Dienstagvormittag um 10:18 Uhr einging, von einem ihr unbekannten Anwalt, der die Herausgabe der Videoaufzeichnung einer Überwachungskamera in der Waschanlage einer bestimmten Araltankstelle »begehrt«. Über dieses Anwaltssprech konnte sich Sandra Rösch immer wieder beömmeln; zu »Begehren« hatte sie andere Assoziationen, aber ganz andere.

Zwanzig Minuten später saß Sandra Rösch mit einem frisch gebrühten Kaffee vor ihrem Monitor und loggte sich in die doppelt passwortgeschützte Datenbank ein. Mal sehen, worum es dem Anwalt ging. Die besagte Tankstelle lag in Mecklenburg, am Ortseingang einer Gemeinde namens Seenot. Vermutlich hatte irgendein Depp bei der Ausfahrt den Torrahmen gerammt und wollte Aral haftbar machen. Oder es hatte einen Auffahrunfall in der Waschanlage gegeben. Aral war mit über tausendzweihundert Überwachungsanlagen Sandra Röschs größter Kunde, und nie gab sie Material heraus. Schon gar nicht, wenn absehbar war, dass da jemand Aral ans Bein pinkeln wollte.

Den Anwalt interessierte eine vierzigminütige Zeitspanne am Sonntagnachmittag, von 16:30 bis 17:10 Uhr. Die ersten Minuten geschah gar nichts. Mecklenburg eben. Tote Hose auch in den Waschanlagen. Sandra Rösch ließ sich schlückchenweise den Kaffee schmecken, und als der zu erkalten begann, vergewisserte sie sich, ob sie wirklich das sieht, was dieser Anwalt wollte: Die Aufzeichnung war vom Sonntag, dem 13. August, und vom selben Datum war im Fax die Rede. Sie scrollte vor, und um 16:59 Uhr kam endlich Bewegung ins Bild. Zwei Jugendliche, ein Junge und ein Mädchen, stellten sich mit ihren Fahrrädern in die Waschanlage, und Sandra Rösch bedauerte, dass der Kaffee ausgetrunken war, wo es unterhaltsam zu werden versprach. Sich in eine Waschanlage zu stellen. Nur Jugendliche machen solchen Blödsinn. Es war absehbar, worauf es hinausläuft: Die rotierende Bürste wird das Fahrrad gegen das Mädchen schleudern, und ihr Vater hat den Rechtsanwalt eingeschaltet, um Schadenersatz wegen eines Knöchelbruchs zu fordern.

Sandra Rösch verstand nur allzu gut, warum Videoüberwachungen outgesourct wurden: Das, was sie gerade sah – zwei Jugendliche in einer Waschanlage –, war ein Kandidat für eine typische YouTube-Lachnummer. Weswegen eine Videoüberwachung für den Betreiber auch immer ein Risiko war, nämlich wenn die Gezeigten auf Schadenersatz wegen der Verletzung des Rechtes am eigenen Bild klagten. Um sich niemals mit Schadenersatzforderungen wegen geleakter Lachnummern herumschlagen zu müssen, machen große Firmen wie Aral entsprechende Verträge mit kleinen Firmen wie der Argus. Und Sandra Rösch wiederum verstand genug von IT-Sicherheit, um Hacker fernzuhalten. Sie hatte mal den Satz aufgeschnappt, dass man erst um die Brisanz seines Materials wisse, wenn es gehackt ist, und weil ihr das einleuchtete, schützte sie die Aufnahmen der Waschanlagen-Überwachung, als ginge es um das Atomprogramm von Nordkorea.

Tatsächlich rissen die Reinigungsbürsten die Fahrräder um, aber die beiden Jugendlichen blieben tapfer stehen und ließen jeden Waschgang über sich ergehen. Um 17:06 Uhr allerdings, also vier Minuten vor dem Ende des fraglichen Materials, fiel Sandra Rösch vom Stuhl. Sie fiel nicht wirklich vom Stuhl, aber sie sah etwas, das ihr das Gefühl gab, vom Stuhl zu fallen. Es konnte sich nur um eine Halluzination handeln. Ihr schoss durch den Kopf, dass es nun doch einem Hacker gelungen war, ihre Datenbank zu hacken und ihre Inhalte nach Belieben zu manipulieren.

Um ihr das zu beweisen, hatte dieser Hacker eine echt abgefahrene Idee: Da, wo eben noch die beiden Jugendlichen standen, saßen jetzt zwei Waschbären.

II

Fibi

Auf einer Skala von eins bis zehn bekam Aram eine Sieben. An guten Tagen eine Acht, und mehr als acht vergab Fibi nicht. Ed Sheeran oder Henning May waren eine Neun oder Zehn, aber aus ihrem Umfeld kam niemand auf mehr als acht. An schlechten Tagen war Aram immer noch ne Fünf, und sogar als er Dennis Kröger anrempelte, woraufhin ein halber Becher Cola auf Fibis Klamotten landete und Aram nur lachte, war er noch vier. Jeder andere wäre für so was bei zwei oder eins. Aram lachte sie nicht aus, sondern er lachte, weil er das rabiat nicht gewollt hatte. Sein Lachen war eins von der Sorte: Mensch, Fibi, Coladusche, willst du da nicht drüber lachen? Komm, ich lach schon mal, dann fällts dir leichter. Sie lachte zwar nicht, aber schlechter als vier konnte sie ihm nun auch nicht mehr geben.

Weil er das rabiat nicht gewollt hatte. Fibi merkte, dass sie schon anfing zu denken, wie Aram redete. Rabiat kam in jedem zweiten Satz vor, zumindest bei ihren Lifehack-Videos. Rabiat gebrauchte er rabiat oft. Ließ sich ja auch rabiat gut verwenden. Manchmal sagte er auch *Ich krieg n Eisprung!* oder nur *Eisprung!*, wenn er geplättet war. Diese Wendung benutzte Fibi nicht. Könnte missverstanden werden.

Das mit den Lifehack-Videos war Fibis Idee. Sie war bei YouTube mal in dieser Lifehack-Ecke kleben geblieben. *Dein Schnürsenkel ist gerissen? Kein Ersatz? Zieh ihn raus und fädele ihn neu ein, aber lass die unteren Ösen frei – und schon passt der Schnürsenkel wieder.* Mann, vier Millionen Leute klickten das!

Aram war der Einzige, der mitmachte. Der Einzige, der überhaupt begriff, worum es ging. Pina sagte nur: »Und was soll das bringen?« und guckte, als hätte Fibi eine Einladung zum Krötenlecken überbracht. Cleo war genau so eine Schlaftablette. »Ich versteh den Witz nicht!«, sagte sie, und weil es Fibi sinnlos fand, einen Witz zu erklären, war Cleos Chance auf vier Millionen Klicks dahin. Selbst Shaima, die Syrerin, über die Fibi wusste, dass sie sich mal für eine AG Bildbearbeitung eingetragen hatte, als Einzige, weshalb die AG dann auch ausfiel, gab ihr einen Korb: »Muss meiner Familie helfen.« Aram sagte gleich: »Nehm ich volley. Morgen?«

Am nächsten Tag hatten sie im Lidl den ersten Lifehack gedreht. Aram machte die Stimme aus dem Hintergrund, gab den scheißklugen Kommentator.

Du kennst das. Du hast rabiat viel eingekauft. Deine Tüte reißt gleich.

Aram filmte Fibi beim Packen hinter der Kasse. Als die Einkaufstüte knallvoll war, hob Fibi die Tüte an, bemerkte ihr Gewicht und schaute in die Kamera. Ihr Blick ein Hilfeschrei.

Die Lösung ist rabiat einfach, sagt die Stimme von Aram. *Du musst untergreifen.*

Fibi hebt die Tüte vor ihren Körper, fasst sie mit einem Arm unter und verlässt strahlend den Supermarkt.

Das war als »Mecklenburgische Lifehacks I« auf YouTube zu sehen, noch am gleichen Tag. Volley.

Nach vier Tagen hatten sie dafür zweihundertsiebzehn Klicks. Aram errechnete, dass sie in ungefähr zweihundert Jahren die Viermillionengrenze knacken. Also wurde die Reihe in »Rabiate Lifehacks« umbenannt, was die Klickzahlen binnen einer Woche rabiat hochtrieb: Vier Millionen Klicks waren nun schon nach siebzig Jahren zu erwarten.

Der nächste Lifehack ging ums Ungestörtsein. *Du kennst das. Du bist in deinem Zimmer und willst auf keinen Fall erwischt werden.*

Nun musste der Film was Entsprechendes zeigen. Aram wollte Kiffen zeigen, hatte aber kein Zigarettenpapier, keinen Tabak, kein Gras. Fibi hatte die Idee, dass man sich ja auch beim Rumknutschen und Rummachen nicht erwischen lassen will.

»Wir knutschen rum, und ich soll das gleichzeitig filmen?«, fragte Aram. Fibi hatte mal gehört, dass Männer – demzufolge auch Jungs – schon seit der Steinzeit behindert waren und nicht mehrere Dinge gleichzeitig tun können. Dafür gabs sogar einen Fachbegriff, allerdings hatte Fibi den vergessen. Aber rumzuknutschen und das gleichzeitig zu filmen war Aram schon rein wissenschaftlich unmöglich. Also ließen sie es. Dafür fand Fibi etwas Papier, mit dem sich etwas Jointähnliches bauen ließ. Aram filmte, wie sich Fibi den Joint gerade anzünden wollte, dann aber jemanden kommen hörte (der Film zeigt Aram von hinten, der entschlossen Stufen emporstapft). Fibi machte das Feuerzeug rasch aus, ließ es mit dem Joint unauffällig verschwinden, und als die Tür aufging, lächelte sie scheinheilig.

Die Lösung ist rabiat einfach – schließ dein Zimmer ab! Und nun ...

Der Film zeigt eine Hand, die an der Türklinke rüttelt und gegen die Tür schlägt.

... brauchst du nur noch eine rabiate Ausrede.

Fibi sitzt entspannt rauchend auf ihrem Bett und ruft: »Ich bastle gerade dein Geburtstagsgeschenk, das soll ne Überraschung sein!«

Mit diesem Lifehack kamen sie binnen drei Wochen auf eine fünfstellige Klickzahl, was bedeutete, dass sie jetzt nur zehn Jahre für vier Millionen brauchen werden. Worauf Aram sagte:

»Mach was mit Drogen, und die Klicks gehen rabiat durch die Decke.«

So einer war Aram.

Aram war bestimmt bei der Achtundachtzig; er hatte in drei Tagen sein Probetraining. Die Achtundachtzig war in der Schweinezucht, die schon vor Jahrzehnten stillgelegt, aber nie abgerissen worden war; irgendjemand hatte inzwischen eine Achtundachtzig an die Betonplatten gesprayt, an denen früher die Silage abgekippt wurde. Vor den Betonplatten war eine ebene Hoffläche, und Aram schoss auf die Achtundachtzig, das heißt, jede Acht stellte mit ihrem oberen und unteren Kreis zwei Zielscheiben dar, und so hatte er vier Zielscheiben, die er aus etwa zwanzig Metern, oben rechts beginnend und entgegen dem Uhrzeigersinn, zu treffen versuchte, und zwar mit Karacho. Ein Treffer zählte nur, wenn der Ball von der Wand in hohem Bogen zurückflog; was den Boden berührte, kam nicht in die Wertung.

Als Aram vor drei Jahren das erste Mal an der Achtundachtzig trainierte, brauchte er für zwanzig Treffer über zwei Stunden. Inzwischen kam er, wenn Arams Vater sagte, »Aram, gehste noch für hundert Dinger an die Achtundachtzig«, keine Stunde später zurück.

Dass Aram an der Achtundachtzig war, konnte Fibi von Weitem hören. Der Ball an den Betonplatten ergab jedes Mal einen dumpfen Klatsch. Fibi wusste, dass sie Aram nicht von seinem Pensum abhalten konnte, sondern zuschauen musste, bis er fertig war. Er hatte den Klicker, der vom Aussehen an ein Zahlenschloss erinnerte und der bei jedem Draufdrücken klickte. Damit zählte er seine Treffer.

Aram spielte in Turnschuhen, halblangen Tarnfarben-Cargohosen und mit freiem Oberkörper. Sein T-Shirt hing überm Fahrradsattel.

»Klicker?«, fragte Fibi.

»Fünfundachtzig«, sagte Aram, ballerte den Ball an die Wand, in den oberen Kreis der hinteren Acht – und es klickte wieder.

»Bis wohin machste?«, fragte Fibi.

»Bis hundert«, sagte Aram.

Das war ja mal ne gute Nachricht. In nicht mal zehn Minuten ist er fertig.

Arams Acht hatte zuletzt gewackelt. Weil er glaubte, die hohen Klickzahlen seien dem Joint zu verdanken, wollte er nur noch Lifehacks machen, die irgendwie mit Drogen zu tun hatten. »Rabiat volley.« Fibi sah das nicht so eng. Aber bei ihrem nächsten Lifehack, bei dem es um einen kippelnden Tisch gehen sollte (wogegen gefaltetes Papier hilft), meuterte Aram, weil das »rabiat drogenfrei« und deshalb langweilig ist. »Wenn was rabiat drogenfrei ist, dann bist du das«, hatte Fibi erwidert, und das stimmte sogar, denn Aram hielt wegen seiner angepeilten Profikarriere seinen Körper in einem naturbelassenen, absolut giftfreien Zustand. Als in der Mannschaft erste Komasaufberichte kursierten, erklärte Aram, dass er keinen Alkohol trinkt, weswegen ihn ein Spielervater fragte, ob er Moslem sei. Hier in der Gegend hieß man Nick, Dennis, Justus, Markus oder René, da klang Aram wie die Abkürzung von arabischer Mann. Aram, der gerade von einer Berlin-Klassenfahrt zurück war, sagte angeblich dem Spielervater rabiat Ghettodeutsch: »Seh isch aus wie einer, der sein Arsch in Richtung Mekka hält?«

War möglich, dass die Geschichte stimmte, denn Aram war wirklich schlagfertig. Als Fibi seinen Namen noch nicht kannte, hatte er auf dem Schulhof eine Coladose in Richtung Papierkorb gekickt, und nur weil Fibi den Kopf einzog, wurde sie nicht getroffen. Die Geographielehrerin, Frau Tinkervild, hatte das gesehen und gesagt: »Ich bin entsetzt!« Worauf Aram erwiderte: »Ich bin Aram.« Seitdem wusste Fibi, wie er heißt.

Nachdem Fibi den Klicker noch einige Male gehört hatte, verstaute Aram den Ball in einem Fass, wo er nicht gleich gefunden wird, sollte sich mal jemand hierher verirren. Mit seinem Training war er durch.

»Was geht?«, fragte er.

»Wegen dem Lifehack mit dem Tisch«, sagte Fibi. »Ich hab n T-Shirt bestellt, mit nem großen Cannabisblatt drauf.«

Aram starrte sie an. Schwer zu sagen, ob er das jetzt gut oder bescheuert fand.

»Du siehst doch als Allererstes immer ein Bild aus dem Filmchen«, sagte Fibi. »Und wenn man mich sieht, mit nem Cannabis-T-Shirt ...«

»Ich krieg n Eisprung!«, sagte Aram. »Nehmen wir volley!«

»Geht nicht«, sagte Fibi. »Das T-Shirt kommt erst am Freitag. Oder hast du so eins?«

Er machte eine Armbewegung, als ob er Konfetti in die Luft schmeißt. Sollte wohl Nein heißen. Typisch Aram. Immer die Stadionshow. Nie unplugged.

»Und jetzt?«, fragte er und radelte langsam los.

»Weiß nicht«, sagte Fibi und radelte hinterher.

Einer der Gründe, weshalb Aram eine Sieben, aber eigentlich eine Acht war: Aram hatte Ideen. Zwar waren sie oft Gulli. Aber immer noch besser als keine Idee.

»Wir können ja zur Sechsundneunzig«, sagte er, was schon mal klang wie der Auftakt zu einer Gulli-Idee. »Wenn ein Auto kommt, stellen wir uns auf die Straße, und wenn Bremsen quietschen – rabiater Hechtsprung.«

Die Stelle, an die Aram dachte, war echt fies. Fibis Vater hatte dort fast einen Radfahrer überfahren, und zehn Minuten später stand sie, Hand in Hand mit Aram, an dieser Stelle, und sie fand, hier ist ja gar nichts los, aber das war schon okay so, denn je länger kein Auto kam, desto länger hielt sie Arams Hand, oder er ihre, und dann sah sie ihm in die Augen, und dann fand sie, jetzt soll mal ein Auto kommen, sonst wird das hier noch liebesfilmpeinlich, denn auch Aram schaute ihr in die Augen.

Fibi riss sich von seiner Hand los, als sie von Weitem ein Auto hörte, und lief auf die Straße, doch als das Auto hupte, ließ sie sich fallen, kullerte in den Straßengraben und lachte. Aram stand noch auf der Straße, die Augen fest geschlossen, und er hielt sich sogar die Ohren zu. Das Auto – eine schwarze Riesenkiste – hupte und blinkte mit der Lichthupe, was völliger Blödsinn war, denn Aram hatte seine Augen ja zu. Aber der Fahrer dachte gar nicht daran, auf die Bremse zu gehen. »Aram!«, schrie Fibi – und im letzten Moment hechtete Aram in den Straßengraben. Auch er lachte, und als die schwarze Riesenkiste vorbeifuhr, sah er, dass der Fahrer zum Handy griff.

»Haste gesehen!«, rief Aram. »Der ruft jetzt die Hotline an, und dann geht ne Eilmeldung raus, ›Vorsicht an alle Autofahrer, rabiat geistesgestörte Jugendliche auf der Sechsundneunzig!‹ Wir kommen ins Radio!«

»Als geistesgestörte Jugendliche, na toll!«, sagte Fibi.

Sie machte noch ein paar Mutproben mit Aram, die sie mit dem Handy aufnahm, und als es langweilig wurde, kletterten sie auf einen Berg von Strohballen und schauten in den Himmel. Hier war auch das beste Internet; eines der Windräder hatte eine Sendeanlage. Fibi postete das Hechtsprung-Video auf Facebook.

»Ich werd sowieso berühmt«, sagte Aram, was Fibi ihm glaubte. Aram hatte sich binnen eines Jahres in Englisch von einer Vier auf eine glatte Zwei verbessert, nachdem er erfahren hatte, dass alle Profis nach England wollen. Aram nahm seine Fußballerzukunft sehr ernst.

»Mein Vadder will mich auch berühmt machen. Voll peinlich. Ich soll – das Wort macht schon Aua – Apfelkönigin werden. Mit Dorffest, und ner richtigen Wahl.«

Fibis Vater war Bürgermeister.

»Apfelkönigin? Das hört sich nach rabiat krankem Scheiß an«, sagte Aram. »Wofür soll n das gut sein?«

»Irgend so n Tourismusding.«

»Rabiat gestört, dein Vadder. Wenn er Touristen will, müssen in fünf Jahren überall goldene Täfelchen hängen. ›In diesem Haus wurde Aram Stein geboren‹ – ›Auf diesem

Fußballplatz gelang Aram Stein der erste Hattrick‹ – ›An dieser Stelle übte Aram Stein seine berühmten Seitfall-zieher‹ …«

»Was istn ein Seitfallzieher?«, fragte Fibi. »Klingt wie Schuhanzieher, nur wie einer, der von der Seite reinfällt …«

»Quatsch! Seitfallzieher geht so: Der Ball kommt halb-hoch rein …« Aram, der auf dem Rücken lag, streckte das linke Bein in die Höhe. »… und mit ner Drehung …«

Als Aram die Drehung vollführt hatte, war er mehr auf als neben Fibi gerollt. Und das war wieder spannend, sogar noch mehr als das An-den-Händen-Halten vorhin auf der Straße.

»Auf diesem Strohballen«, sagte Aram schließlich, »brachte Aram Stein einen seiner Küsse an.«

»Du bist eklig!«, rief Fibi. »Und peinlich! Küsse bringt man nicht an. Außerdem sind in fünf Jahren die Strohballen weg!«

»Und ich sowieso.«

Fibi war wütend. Aram und seine Wortwahl: »Küsse an-bringen«. Wie konnte er nur!

»Küsse gehen so!«

Fibi wusste selbst nicht, was sie tat, aber sie musste schon seit Wochen, immer wenn sie Arams Lippen sah, an Wein-gummi denken, und vielleicht sind die ja auch so süß, und das mit der Küsserei muss man ja irgendwann mal hinter sich bringen oder zumindest damit anfangen, und da es sowieso um Mutproben ging … Sie fasste mit beiden Händen sein Gesicht, eine Spur zu heftig, sie hielt ihn fest und drückte ihren Mund auf seinen, und das war irgendwie wow, weil er sich nicht wehrte und weil Fibi mit einem Mal merkte, dass beim Küssen noch ganz andere Körperregionen betei-ligt sind; es war ja der Wahnsinn, was durch einen Kuss in Gang kam. Fibi merkte während des Kusses außerdem, dass auch für Aram das alles neu war. Aber das war okay. Er musste sich ja nicht mit allen Dingen auskennen. Am Ende war der Kuss sogar richtig schön. Könnte man bei nächster Gelegenheit noch mal machen.

»Weißt du, was ne richtige Mutprobe ist?«, sagte Fibi. »Als Waschbär auf die Straße zu laufen. Niemand bremst für einen Waschbären.«

»Willste im Waschbärenkostüm auf die Straße rennen?«, fragte Aram. »Das Ding ist irgendwie an deinen Pfoten festgewachsen, wa?«

Er meinte das Smartphone von Fibi. Sie tippte schon wieder etwas ein, und als er danach griff, zog sie es weg. Er muss ja nicht wissen, wie viele Fotos sie von ihm hat. Erst recht nicht nach dem Kuss.

»Hier stehts!«, sagte Fibi. Sie hatte eingetippt: *Wie verwandle ich mich in einen Waschbären* und las laut vor: »Um dich in einen Waschbären zu verwandeln, musst du gleichzeitig fünf beliebige, aber verschiedene Beerensorten zu dir nehmen. Egal, ob du essbare Beeren wie Himbeeren, Blaubeeren, Brombeeren, Johannisbeeren, Erdbeeren nimmst oder ungenießbare Beeren wie Vogelbeeren. Es spielt auch keine Rolle, ob die Beeren schon reif sind. Wichtig: Die Beeren müssen innerhalb der letzten zwei Stunden gepflückt worden sein. Deinen Fünf-Beeren-Mix musst du in Bärlauchblätter einrollen und essen ...«

»Bärlauch?«, unterbrach Aram. »Das ist doch im Frühjahr. Wie soll das mit Beeren gehen? Rabiat ahnungslos, der Typ!«

»Ersetzen wir«, sagte Fibi und las weiter. »... und dann – und zwar wiederum innerhalb einer Zwei-Stunden-Frist – durch eine Autowaschanlage laufen. Bei korrekter Anwendung wirst du die Waschanlage als Waschbär verlassen.«

»Ich krieg n Eisprung, durch ne Waschanlage!«, sagte Aram. »Wollte ich schon immer!«

Kurz darauf hatten sie ein paar rote und schwarze Johannisbeeren, einige Brombeeren und unreife Holunderbeeren. Es fehlte noch eine Sorte.

»Kannst du dich noch an diesen Tobias erinnern?«, fragte Fibi.

»Der mit dem rabiaten Sprachfehler, weil er was vom Pürierstab geleckt hat, ohne vorher den Stecker zu ziehen?«

Fibi musste lachen. Tobias war schon lange weg – aber die Geschichte mit dem Pürierstab hielt sich. »Ich glaube nicht, dass es stimmt. Der hatte mal Stachelbeeren mit«, sagte Fibi.

»Willst du damit sagen, dass er Stachelbeermarmelade vom Pürierstab geleckt hat?«, fragte Aram, und Fibi musste schon wieder lachen. So langsam kam er für ne Neun in Frage. Mit Aram könnte sie Ewigkeiten zusammen sein!

»Ich weiß, wo der gewohnt hat, und vielleicht gibt's in seinem Garten ja noch die Stachelbeersträucher«, sagte sie.

Sie radelten zu dem Grundstück, das von Unkraut überwuchert war. Nur ein paar Wege waren noch frei. Das »zu verkaufen«-Schild an der Hauswand war so alt, dass Fibi sich nicht vorstellen konnte, dass die Telefonnummer noch aktuell war.

Aram schaffte es mit ein paar Handgriffen, das Eingangstürlein zu öffnen. Die Stachelbeersträucher mickerten im Schatten vor sich hin. Ein paar Beeren hingen an den Zweigen, und somit waren die fünf Sorten beisammen. Fibi wickelte die Beeren in ein Sauerampferblatt, rollte alles zwischen ihren Handflächen wie einen Tischtennisball – und ließ das Ganze in ihrem Mund verschwinden. Kaum kaute sie, rief sie: »Bäh!«

Sie war drauf und dran, es wieder auszuspucken, aber dann überwand sie sich, und als sie es geschafft hatte, stöhnte sie, mehr wie ein Tier denn wie ein Mensch. Ein Speichelfaden hing an ihrer Lippe.

Aram lachte. »Siehst aus wie n Opfa!«

»Jetzt du«, sagte Fibi.

Auch Aram rollte Beeren und Blatt zwischen den Händen zu einem Ball, und die Show, die er bieten wollte, war, das Ganze völlig ungerührt zu essen. Easy und locker. Im Dschungelcamp wurden ganz andere Sachen aufgetischt, und die schafften das auch. Der Trick war, nicht mit »Iiehh, ist das eklig!« in so eine Prüfung reinzugehen, sondern zu handeln wie ein Stürmer vor dem Tor. Wenn der anfängt zu denken, isses zu spät. Doch der kleine Ball war zu groß, um ihn gleich zu schlucken, und die pelzigen, faserigen Blätter ließen sich nur schwer zerkauen. Aram schmeckte alle Noten von sauer und bitter. Der Brei blieb viel zu lange im Mund, und dann merkte er, wie sich von ganz allein sein Gesicht verzog, vor Ekel. Mein scheiß Gesicht macht rabiat, was es will, dachte Aram. Nur weil Fibi ihrs schon runtergeschluckt hatte, spuckte er seins nicht einfach aus. Als es endlich unten war, sagte er: »Und jetzt …« Da meldete sich ein Brechreiz.

Fibi lächelte. »Schmeckts nicht?«

Der Brechreiz ließ sich niederkämpfen. »Jetzt zur Waschanlage, wollt ich sagen.«

Fibi kannte die Waschanlage der Araltankstelle in Seenot und wusste, was sie dort erwartete: Erst werden sie ganz leicht eingesprüht. Eigentlich nur eingenebelt. Dann werden sie mit Seifenschaum bekleckert und mit großen Drehbürsten, die aus Fäden bestehen, welche sich durch die Fliehkraft in Tausende kleine Peitschen verwandeln, von oben und von der Seite gepiesackt, um schließlich mit Wasser abgespült und durch einen mordsmäßigen Wind getrocknet zu werden. Insgesamt eine Sache von fünf Minuten.

»Wenn das mein Vadder wüsste«, sagte Aram, als sie von Weitem die Tankstelle sahen. »Drei Tage vor dem Probetraining, und ich dusche mit Gift.«

Fibi hatte sich schon gewundert; nachdem Aram wochenlang von nichts anderem als von seinem Probetraining beim Hasfau gesprochen hatte, war das Probetraining heute noch nicht Thema gewesen.

»Was passiert eigentlich nach dem Probetraining?«, fragte Fibi, was wegen der Küsserei vorhin belanglos klingen sollte. »Wie gehts dann mit dir weiter?«

»Es gibt zwei Möglichkeiten«, sagte Aram. »Entweder sie sagen: Jahrhunderttalent und blablabla, du bleibst gleich hier. – In dem Fall sieht man mich hier erst wieder, wenn die scheiß Schlaglöcher weg sind. Kannste deinem Vadder ausrichten. Mit nem Lamborghini über diese Straßen? Musst du nicht haben. – Vielleicht sagen sie auch: Junge, das war rabiat messimäßig, aber wir haben kein Bett frei im Internat und müssen erst Opfa für Besenkammer finden. Dann bin ich hier auf Abruf. – Diese beiden Möglichkeiten gibts. – Eigentlich gibts noch ne dritte, nämlich dass die Ahnung haben wie Gulli und so was sagen wie …«

Aram versuchte, sich eine besonders bescheuerte Einschätzung vorzustellen, aber ihm fiel keine ein. Sie waren ohnehin angekommen. Die Waschanlage war frei. Fibi hatte – im Gegensatz zu Aram – ein paar Euro dabei, also ging sie in den Verkaufsraum. »Eine Autowäsche bitte.«

»Welche?« Die Kassiererin raspelte einen Text runter, als ob sie ihn zwanzig Mal am Tag aufsagt. »Grundwäsche, Schaumwäsche, Hochglanzpflege mit Heißwachs, Komfortwäsche – da ist ne Unterbodenwäsche dabei – oder Premiumwäsche mit Nano-Versiegelung? Die ist gerade im Angebot, für zwölf Euro anstatt vierzehn neunundneunzig.«

Grundwäsche klang langweilig, Schaumwäsche könnte speedy werden, Heißwachs klang nach Schmerzen und Haarentfernung, Komfort war was für Rentner, und die Premiumwäsche war zu teuer.

»Schaumwäsche.«

Fibi bezahlte sechsneunundneunzig. Wenn es nicht funktioniert, dachte sie beim Hinausgehen, schenke ich den Code meinem Vater zum Geburtstag.

Fibi und Aram schoben die Fahrräder in die Spuren, die für die linken und rechten Reifen vorgesehen waren, und nachdem sie die Fahrräder hin- und herrangiert hatten, leuchtete eine grüne Lampe mit einem gereckten Daumen. Fibi lief schnell aus der Halle, gab den Code ein und drückte START. Das Rolltor senkte sich. Fibi lief zurück in die Halle, ergriff Arams Hand und fand es sehr aufregend. In einer Waschanlage zu stehen, das hätte sie sich niemals vorstellen können. Sie hatte auch von niemandem gehört, der so etwas mal gemacht hatte. War es vielleicht ein bisschen gefährlich? War es schmerzhaft? Es war auf jeden Fall vollkommen irre.

Als das Rolltor mit einem sanften Rums zu Boden gegangen war, herrschte für einen Moment Stille. Fibi dachte daran, dass, egal was in ihrem Leben noch geschieht, sie sich immer daran erinnern wird, dass sie sich mal in eine Waschanlage gestellt hat, und das zu wissen fand sie rabiat großartig. Dann vernahm Fibi ein technisch klingendes Sirren, darauf ein Klacken – und wurde nass. Das Wasser war kalt, und sie musste lachen. Es war eine Art Sprinkler, der als ein gebogenes Rohr über sie hinwegfuhr, und sie wurde mehr eingenebelt als abgeduscht. Sie musste lachen, schallend lachen, weil sie es wirklich getan hatte. Auch Aram lachte.

»Schmeckste das?«, fragte Aram. Fibi hatte sich schon einen Wassertropfen von der Lippe geleckt.

»Voll giftig«, sagte sie.

Das gebogene Rohr fuhr vor und wieder zurück. Dann war für einen Augenblick Ruhe. Doch schon eine Sekunde später setzte sich der Bogen erneut in Bewegung, und diesmal kam Schaum heraus. Die Fahrräder traf es zuerst, und als Fibi und Aram unter den Bogen gerieten und eingeschäumt wurden, hielt Fibi krampfhaft Arams Hand. Augen, Mund und Nase, Kopf und Haare, der ganze Körper geriet unter eine Kanonade von Seifenschaum. Mit der freien Hand wischte sie den Schaum vom Gesicht. Für einen Moment sah sie Aram. Der stand mit gesenktem Kopf neben ihr, während der Schaum an ihm herunterkroch.

»Eh, wir hören jetzt nicht auf!«, sagte Fibi.

»Ham schließlich das volle Programm bezahlt«, sagte Aram.

Aram sprach aus einem Mund, der ein schwarzes Loch in einer Maske aus Schaum war, was eigentlich komisch aussah, aber trotzdem konnte Fibi nicht mehr lachen. Sie ahnte, dass es noch härter kommt.

Die nächste Runde begann mit Getöse, gefolgt von einem Scheppern. Es waren die Reinigungsbürsten, welche sich zu drehen begonnen hatten und die Fahrräder beiseiteschleuderten, als wären die nichts. Die Reinigungswalzen, die im Ruhezustand wie kranke Tannenbäume wirkten, waren nun, da sie sich drehten und näher kamen, unglaublich voluminös und bedrohlich. Es sind nur Fäden, sagte sich Fibi, doch allein der Lärm war so groß, dass sie kaum etwas tun konnte gegen ihre Angst. Als die Bürste sie traf, suchte sie Zuflucht bei Aram, warf sich Schutz suchend an seine Brust, die voller Seife war, so dass nur ihre Hinterseite der Walze ausgesetzt war. Doch kaum war die vorbeigezogen, wurde sie am Kopf getroffen. Richtig, da war ja noch die waagerechte Bürste, für Motorhaube, Frontscheibe, Dach. Auch Aram wurde von ihr getroffen, und weil er etwas größer war, duckte er sich und ging schließlich ganz in die Knie. Als die Walzen auf dem Rückweg waren, kauerten Fibi und Aram am Boden, und weil Fibi die Walzen jetzt kannte, fand sie die auch nicht mehr schlimm.

»Gehts noch bei dir?«, fragte Aram, als die Bürsten ruhten und für einen Augenblick Stille herrschte. Sie stellten sich wieder hin.

»Ich glaube …« Das Schlimmste liegt hinter uns, wollte Fibi sagen, doch ihre Worte wurden vom erneuten Lärm verschluckt. Es war Wasser, deutlich mehr Wasser als beim ersten Waschgang, und es kam mit Hochdruck. Ich blute!, dachte Fibi. Aber dann machte sie sich klar, dass es Quatsch ist. Ein Wasserstrahl kann sich vielleicht anfühlen wie ein Messerstich, aber er wird einen nicht wirklich verletzen.

Als der Metallbogen auf dem Rückweg war, wollte sich Fibi frontal in den Strahl stellen, aber das Wasser war so heftig, dass sie sich gleich wieder wegdrehte.

»Lange halte ich das nicht mehr aus«, sagte Fibi, als auch nach diesem Gang Ruhe eintrat.

»Fängt doch gerade an, Spaß zu machen«, sagte Aram.

Dann begann die Waschanlage zu zittern, und zugleich setzte ein leises Donnern ein, das sehr schnell lauter wurde, während sich das Zittern in ein Beben verwandelte. Fibi spürte Luft, einen Sturm wie noch nie. Der Wind drängte in die Nase, die Ohren, und als sie den Mund öffnete, schien die Luft in sie einzuschießen und ihr Hirn zerplatzen zu lassen. Ihr war, als ob der Luftsturm alles aus ihr herauspustet, sie leer macht wie eine Wohnung beim Auszug. Es war nicht unangenehm. Sie ließ Arams Hand los, weil sie sich frei und glücklich fühlte, und vollkommen durcheinandergebracht und wie neu geboren, und eigentlich fühlte sie sich wie alles auf einmal, und ganz bestimmt war die Waschanlage besser als alles, was sie je über Drogen gehört hatte, und ihr war klar, dass sie das wieder machen wird, nur um diesen unglaublichen Wind zu spüren. Ihr zuckte noch der Gedanke durch den Kopf, dass diese Aktion irgendwas mit Waschbären zu tun hatte …

Dann war es still.

Das Letzte, was Fibi wusste, war, dass sie zu Boden gegangen war, wie auch Aram. Ehe sie die Augen aufschlug, sagte sie: »Aram?« Ihre Stimme kam ihr fremd vor, sehr verändert. »Bist du hier?« Wieder mit dieser seltsamen Stimme. Der Wind hatte vermutlich die Stimmbänder gefleddert.

»Wo soll ich denn sonst sein«, sagte Aram, und auch seine Stimme klang fremd. Vielleicht hatten die Ohren durch den Wind etwas abgekriegt.

Sie hörte, wie sich das Rolltor in Bewegung setzte. Sie versuchte, aufzustehen, aber das ging irgendwie nicht.

»Fibi!«, sagte Aram, mit einer Stimme, die nicht nur fremd klang, sondern auch nach einer ganzen Portion Horror, so als hätte die Tankstellenfrau eine Hundertschaft Polizei in Kampfmontur mit Pittbulls gerufen. Fibi schlug die Augen auf – und sah neben sich nur einen Waschbären sowie ihre und seine Klamotten. Und die Fahrräder. Aber keinen Aram. »Aram?«, fragte sie. »Warum bist du ein Waschbär geworden?«

»Warum bist DU ein Waschbär geworden?«, fragte Aram. »Guck dich mal an!«

»Ach du Scheiße«, sagte Fibi. »So kannst du nicht zum Probetraining.«

»Scheißegal«, sagte Aram. »Waschbär sein ist rabiat cool.«

Sie hörten, wie sich ein Auto der Waschanlage näherte. »Wir müssen abhauen«, sagte Aram. »Zur Sechsundneunzig, mutprobenmäßig.«

Sie liefen schnell aus der Ausfahrt der Waschanlage. Die Fahrräder ließen sie liegen.

Aram lief voran, Fibi hinterher. Obwohl sie rannten, musste Fibi andauernd lachen. Es war so speedy, sich in einen Waschbären zu verwandeln, und zugleich war es schön, so durch die Landschaft zu laufen. Aram nahm Abkürzungen, kletterte hier über einen Gartenzaun, lief durch ein Maisfeld, dann durch ein Gestrüpp, durch das er ganz leicht einen Weg fand. »Eh, du hast schon voll die Instinkte drauf!«, rief Fibi.

»Du etwa nicht?«, rief Aram zurück.

Mit der Nase so dicht an der Erde erspürte Fibi plötzlich Gerüche, von denen sie nie etwas geahnt hatte: Moos und Moder, Holz und Blüten, Müll und Pisse. Der »feine Geruchssinn der Tiere«, aha, das war damit gemeint! Es war so überwältigend, dass sie andauernd lachen musste.

»Warum lachst du?«, fragte Aram.

»Na, riechst du das?«, fragte Fibi zurück.

»Klar«, sagte Aram. »Ist voll rabiat.«

Fibi fand es überhaupt nicht langweilig, durch die Gegend zu laufen. Sie konnte sich kaum vorstellen, dass sie es überhaupt mal langweilig fand, hier zu sein. Dass die Erde mal weich, mal sumpfig, mal hart war und dass es durch jedes scheinbar noch so dichte Gebüsch einen einfachen Weg gab, das war irre.

Obwohl sie diese Strecke nicht kannte, spürte sie, dass Aram in die richtige Richtung lief. Einmal, als Aram stehen blieb, kletterte Fibi auf einen Baum. Sie war noch nie so leicht einen Baum hochgekommen. Es war einfacher als Treppensteigen.

»Guck mal«, sagte Fibi. »Kannst du das auch?«

Aram schnaubte verächtlich, sagte »Kindergarten!« und lief weiter. Als Fibi vom Baum herunterkletterte, verharrte sie in der Höhe, in der bis vor kurzem ihre Augen gewesen waren. Mit den Augen in ein Meter fünfzig Höhe sah man mehr, klares Ding. Aber dicht am Boden war es viel interessanter.

Sie erreichten die Stelle an der Sechsundneunzig, wo sie vorhin ihre Mutprobe hatten. Inzwischen war es dunkel geworden, wenn auch nicht tiefe Nacht.

»Wer länger stehen bleibt«, sagte Aram.

Um diese Zeit war auf der Sechsundneunzig weniger los als am Nachmittag. Fibi und Aram stellten sich nebeneinander auf die Straße und warteten. Fibi erinnerte sich, wie sie am Nachmittag Arams Hand ergriffen hatte, aber jetzt hatte sie keine Hände, doch instinktiv legte sie ihren Schwanz auf seinen, was in der Menschensprache eklig, schweinisch und skandalös klang. Aber so als Waschbär war das total in Ordnung. Der Schwanz war, so viel hatte sie in ihrer kurzen Waschbär-Zeit schon mitbekommen, ein ganz besonderes Organ, ein unvergleichliches. Es war eine Beleidigung für ihren und für jeden anderen Waschbärenschwanz, dass jeder verschrumpelte Pimmel mit dem gleichen Wort geadelt wurde. Das war ungefähr so, als ob man »Konzert« zu einer Tonleiter sagt oder »Kuchen« zu einer Tüte Mehl.

In der Ferne erschien ein Scheinwerferpaar. Ich renne erst weg, wenn ich was rieche, ist schließlich ne Mutprobe, sagte sich Fibi. Die Scheinwerfer kamen näher, der Motor wurde lauter – aber Fibi roch nichts. Der Lautstärke nach musste der Wagen nahe sein …

»Fibi!«, schrie Aram und huschte von der Straße. Fibi rannte ihm nach – und bemerkte erst da, wie knapp das war. Eine Zehntelsekunde später wäre sie überfahren worden.

»Bist du verrückt!«, sagte Aram, als sie sich im Straßengraben wiederfanden.

»Ich wollte warten, bis ich was rieche«, sagte Fibi. »Aber das war wohl ein geruchloses Auto.«

»Quatsch«, sagte Aram. »Du riechst nur, was schon da war. Du kannst nicht im Voraus riechen.«

Sie schwiegen einen Moment, und Fibi legte wieder ihren Schwanz auf seinen. Sie fand das beruhigend. Sie hätte ewig so sitzen können.

»Ein Glück, dass du nicht überfahren wurdest«, sagte Aram. »Ich weiß gar nicht, wie ich mich zurückverwandeln kann.«

»Ich weiß es auch nicht«, sagte Fibi.

»Ich krieg n Eisprung! Du weißt nicht, wie wir uns in Menschen zurückverwandeln können?«, fragte Aram.

»Nein!«, sagte Fibi, und sie ahnte, dass sie, wenn sie jetzt noch ein Mensch wäre, wohl angefangen hätte zu weinen. Es war ungewohnt und auch nicht schön, einem Gefühl keinen Ausdruck geben zu können, was eine abgegriffene, aber dennoch stimmige Redewendung war. Wobei ihr auch klar war, dass es im Moment größere Probleme gab als das, einem Gefühl nicht den gewohnten Ausdruck geben zu können. Zum Beispiel, aus der Waschbären-Nummer wieder rauszukommen.

»Aber du kannst uns doch nicht in Waschbären verwandeln, ohne dich vorher aufzuschlauen, wie wir zurückverwandelt werden«, sagte Aram.

»Wieso?«, fragte Fibi. »Hast du etwa daran gedacht?«

»Ich hab mich rabiat auf dich verlassen!«, sagte Aram. »Am Mittwoch ist das Probetraining! Bin ich da immer noch ein Waschbär?«

»Woher soll ich das wissen? Ich war noch nie Waschbär, ich kenne niemanden, der sich schon mal in einen Waschbären verwandelt hat, und ich hab auch nicht gehört, dass so was jemals vorgekommen ist. Wir sind ... die Ersten.«

»Na glücklichen Herzwunsch!«, sagte Aram und versteckte sich in einem Gebüsch, weil sich eine Dreiergruppe auf Fahrrädern näherte.

»Das ist Shaima!«, sagte Fibi. »Shaima und ihre beiden Brüder!«

Sie lief auf die Fahrräder zu. »Shaima, halt mal an! Ich bins, Fibi.«

Shaima stoppte. »Fibi?«

»Ja, mir ist was total Peinliches passiert. Ich hab mich in einen Waschbären verwandelt. Aram auch, der sitzt da vorn und traut sich nicht raus.«

Auch Shaimas Brüder, elf und dreizehn, waren von ihren Rädern gestiegen und starrten Fibi an.

»Ist das *hier* passiert?«, fragte Shaima. »Darf man weiterfahren?«

»Wir waren in einer Autowäsche, aber egal«, sagte Fibi. »Oder nicht egal. Wir wissen nicht, wie wir uns zurückverwandeln können.«

»Nein!«, rief Shaima mitfühlend.

»Kannst du mal googeln?«

»Klar«, sagte Shaima und holte ihr Handy raus. »Was soll ich denn googeln?«

»›Zurückverwandlung von Waschbären in Menschen‹ oder so was«, sagte Fibi. Shaima diktierte diese Worte dem

Sprachassistenten und sichtete die Ergebnisse. Die Brüder sprachen leise auf Arabisch, und Shaima sagte ihnen etwas, ebenfalls auf Arabisch, woraufhin sie schwiegen und weiter Fibi anschauten.

Shaima schüttelte den Kopf. »Hier steht immer nur, wie schädlich Waschbären sind. – Ich geh mal auf das arabische Google«, sagte sie, sprach ein paar unverständliche Worte und überflog, was ihr von der Suchmaschine angeboten wurde – und schüttelte erneut den Kopf. »Ich glaube, das geht gar nicht«, sagte sie. »Warum geht ihr nicht erst mal in die Autowäsche? Ich glaube, das würde ich an eurer Stelle tun.«

»Ja, vielleicht«, sagte Fibi, obwohl sie die Idee Gulli fand, wie aus dem Kindergarten. »Shaima, kannst du mir versprechen, dass du das für dich behältst?«

»Klar!«

»Auch deine Brüder.«

»Klar!« sagte Shaima und wandte sich an die beiden. »Habt ihr gehört?«

»Erzählt es niemandem!«, sagte Fibi.

»Klar«, sagte Shaima. »Kannst dich drauf verlassen.« Sie richtete die Pedale, um wieder loszufahren. »Können wir euch ein Stück mitnehmen?«

»Nee, lass mal«, sagte Fibi. »Wir kürzen ab, über die Felder.«

Es war dunkel, als Fibi nach Hause kam. Sie wusste, dass ihre Mutter »wegen der Tiere« sämtliche Fenster und Türen abends und nachts mit eiserner Konsequenz geschlossen hielt. Nur das Schlafzimmerfenster war offen, allerdings war dort ein Insektengitter eingesetzt. Aber erst mal bis dahin kommen.

Zunächst kletterte Fibi die Tanne hinter dem Haus hinauf. Wie selbstverständlich es war, Bäume hochzuklettern! Als hätte sie nie etwas anderes getan. Von einem Ast aus sprang sie aufs Dach und lief Richtung Giebel. Das Rappeln, das ihr Lauf verursachte, hatte Fibi schon manches Mal gehört, worauf ihr Vater dann immer etwas von einer Marderfalle sagte, die er aber niemals aufstellte. Als Fibi oberhalb des Schlafzimmerfensters war, ließ sie sich fallen. Sie landete auf dem Sims, rutschte aber ab und fiel auf den Hof. Als Mensch hätte sie eine solche Aktion nie gewagt, aber als Waschbär war das kein Problem. Sie hatte sich nicht wehgetan und auch keine Angst gehabt, als sie sich fallen ließ.

Sie kletterte erneut auf die Tanne, sprang aufs Dach, lief rappelnd über die Ziegel und ließ sich ein zweites Mal vom Giebel fallen. Diesmal rutschte sie nicht vom Sims. Sie drückte die Pfoten gegen das Insektengitter und dessen Rahmen, aber das Insektengitter war stabil. Kein Billigscheiß, leider.

Fibi riß mit den Krallen ein Loch in das Gitter und schlüpfte durch. Und da hörte sie auch schon die Schritte ihrer Mutter. Fibi verkroch sich schnell unter das Bett, wo es so aufdringlich nach »zu Hause« roch, dass sie gern noch einige Momente gehabt hätte, um sich diesem Geruch eingehend zu widmen – doch da schaltete ihre Mutter schon das Licht an. Wenn sie das Loch im Fliegengitter sieht, dachte Fibi, kriegt sie nen Anfall, und alles ist zu spät.

»Mama«, sagte Fibi

»Fibi!«, sagte ihre Mutter. »Wie kannst du mich nur so erschrecken!«

»Tu mir einen Gefallen und schau jetzt nicht unters Bett.«

»Was ist mit deiner Stimme?«, fragte ihre Mutter. »Ne neue App? Klingt süß!«

»Setz dich mal aufs Bett, mit dem Gesicht zur Tür.«

Fibi sah dank der Füße, dass sich ihre Mutter wie gewünscht aufs Bett setzte. Hysterischer Anfall wegen zerrissenem Fliegengitter war abgewendet. Aber wie den hysterischen Anfall wegen Verwandlung der Tochter abwenden?

»Mama, du hast mich doch wirklich ganz doll lieb.«

»Natürlich, das weißt du doch.«

»Und hättest du mich auch lieb, wenn ich eine andere wäre?«

»Darüber habe ich mir, ehrlich gesagt, keine Gedanken gemacht. Wenn ich eine andere Tochter hätte, dann hätte ich die auch lieb, obwohl ich mir eigentlich nicht vorstellen kann, dass ich noch jemanden genauso lieb haben könnte wie dich.«

»Und wenn ich ein Waschbär wäre?«

»Komm, Fibi, ich bin zu müde, um darüber nachzudenken, wie es wäre, wenn du ein Waschbär wärst. – Diese Stimme geht mir übrigens ein bisschen auf die Nerven.«

»Das tut mir leid«, sagte Fibi. »Denn ich habe mich vorhin leider in einen Waschbären verwandelt, ganz aus Versehen.«

Schweigen. Fibi wusste, dass ihre Mutter für einen Augenblick darüber nachdachte, was es bedeutet, wenn sich Fibi in einen Waschbären verwandelt hätte. Auch wenn sie es aus Vernunftgründen für vollkommen ausgeschlossen hielt.

»Mama, ich bin wirklich ein Waschbär. Schau mal zum Fenster. So bin ich reingekommen.«

Ihre Mutter schrie auf.

»Fibi«, sagte ihre Mutter mit zittriger Stimme. »Du hattest deinen Spaß. Komm jetzt unterm Bett vor.«

Fibi kroch langsam heraus, allerdings nicht neben den Beinen ihrer Mutter, sondern auf der anderen Seite. Doch anhand der Geräusche erkannte ihre Mutter, wo Fibi war – und als sie sie erblickte, schlug sie die Hände vors Gesicht und schrie: »Hi! Hä! Wi!« Ihre Augen blickten voller Angst, Panik und Ekel auf Fibi, und dann rannte sie aus dem Zimmer.

Auf der Treppe begegnete sie Fibis Vater. »Was ist denn los?«, fragte der.

»Im Schlafzimmer ist ein Waschbär ... Fibi!«, sagte Fibis Mutter. »Tu ihm nichts!«, rief sie noch, während sie die Treppen hinunter- und Fibis Vater sie hinauflief.

Fibi wusste, dass ihr Vater kurzen Prozess mit jeder Art von Viechzeug machte. Also schnell unters Bett. Und schon stand der Vater im Zimmer. Er verharrte, um sich ein Bild von der Lage zu machen.

»Papa, was Mama gesagt hat, stimmt. Ich bin Fibi, aber ich hab mich in nen Waschbären verwandelt.«

Ihr Vater, der sie noch nicht gesehen hatte, lachte. »Mann, Fibi! Da hast du Mama bannig erschreckt. Deine Stimme klingt schon mal gut nach Waschbär. Und nun zeig mal dein Kostüm!«

»Das ist kein Kostüm.«

»Okay, kein Kostüm. Dann zeig dich trotzdem, du kleiner frecher Waschbär!«

Fibi kam unter dem Bett hervor und schaute ihren Vater an. Dessen Miene vereiste.

»Ich hab dir doch gesagt, es ist kein Kostüm«, sagte Fibi.

»Wiebke!«, rief Fibis Vater, ohne den Blick von Fibi zu wenden. Kurz darauf war Fibis Mutter im Schlafzimmer, tränenüberströmt.

»Was ist n hier los?«, fragte Fibis Vater.

»Ich weiß es nicht«, sagte Fibis Mutter. »Ich bin ins Schlafzimmer gekommen und hörte Fibi, mit verstellter Stimme. Und dann sagte sie mir, sie hat sich in einen Waschbären verwandelt, und hat mich auf das Fenster aufmerksam gemacht. Und dann ist dieses Tier unterm Bett hervorgekrochen. Das ist doch nicht ... das ist doch nicht unsere Fibi!«

»Also ... Folgendes ...« Fibis Vater versuchte, einen Überblick zu gewinnen. »Es ist wissenschaftlich unmöglich, dass sich Menschen in Tiere verwandeln. Außerdem können Tiere nicht sprechen. Daraus folgt: Das muss ein Traum sein. Aber Träume fühlen sich ganz anders an.«

»Ich hoffe ja auch, dass es ein Traum ist«, sagte Fibi. »Aber es ist keiner.«

»Zweite Möglichkeit: Ich bin verrückt geworden. Aber dann müsstet ihr mir ausreden, dass sie ein Waschbär ist. Oder?« Er schaute seine Frau an. Sie war hier die Expertin.

»Ich bin zu müde«, sagte Fibis Mutter und schniefte.

*

Aram hatte es sich in einer Astgabel bequem gemacht und beobachtete seine Eltern. Sein Vater saß am Küchentisch und reparierte den Staubsaugerroboter, den Aram auf dem Gewissen hatte. Er hatte ihn reinigen sollen, was er auch getan hatte, und zwar im Garten, wie es sich gehörte – doch anschließend brachte Aram das Gerät nicht ins Haus, und nach einem Regen gab es keinen Pieps mehr von sich. Arams Vater hatte den Vorgänger, der nach der idiotischen Idee von Arams Mutter, mit dem Roboter die Einfahrt zu reinigen, vom *Dickschiff* genannten Familien-Landrover überfahren worden war, nie weggeworfen, und so konnte er, wie schon so oft, zwei unbrauchbare Geräte in ein funktionierendes verwandeln; in der Disziplin »Dinge wieder zum Laufen bringen« war Arams Vater rabiat gut. Arams Mutter schaute fern, etwas von der Art »Die hundert dramatischsten TV-Momente«, und rief des Öfteren etwas in die Küche, um auch Arams Vater vor den Fernseher zu locken, aber das kam für ihn nicht in Frage.

Aram konnte sich nicht vorstellen, nach Hause zu kommen und zu sagen – ja, was? Er sagte ja auch sonst nichts, wenn er nach Hause kam, außer »Bin wieder da«. Sollte er sagen »Bin wieder da, nur anders«? Er hatte überhaupt keine Lust, mit seinen Eltern zu reden, ja, er sah überhaupt keinen Sinn darin. Es würde nichts ändern. Er hatte bereits vorhin, als er das Gespräch zwischen Fibi und Shaima verfolgte, eine Abneigung gegen das Reden verspürt: Fibi wollte was, Shaima konnte nicht helfen, und dann ging es nur darum, dass Shaima die Begegnung geheim hält. Diese ganze Unterhaltung hätte es nicht gebraucht; es war, bei Lichte betrachtet, Tussengeschnatter.

Aram merkte, wie sich in seinem Kopf eine große Veränderung vollzog, er fühlte sich wie ein Schiff, das sich auf die andere Seite legt. Er spürte, dass ihn reden Überwindung kosten wird, große Überwindung, und zugleich spürte er, dass er diese Überwindung nicht aufbringen wird. Vielleicht irgendwann. Aber ganz sicher nicht an diesem Abend.

Als die Fernsehsendung vorbei war, hatte sein Vater den Roboter wieder hingekriegt. Seine Eltern redeten miteinander, bestimmt ging es um »Wo Aram wieder bleibt«, »Probetraining«, »mal an Regeln gewöhnen«. Ein Handy wurde gezückt, ein Anruf versucht, irgendwann gingen seine Eltern nach oben, und um halb eins wurde im Schlafzimmer das Licht gelöscht.

Hilmar Hüveland

Nachdem Fibi geschildert hatte, wie sie ein Waschbär geworden war, fluchte Hilmar »Google ist schuld! Und dieses Internet! Man müsste die alle verklagen!« und fuhr zur Tankstelle nach Seenot. Tatsächlich stand da Fibis Fahrrad. Auch das von Aram. In einem Müllcontainer waren Fibis Sachen, sogar ihr Handy. Das Display war allerdings schwarz und blieb es auch; Wasser tröpfelte heraus.

Schon auf der Heimfahrt versuchte er, Fibis Handy über den USB-Anschluss im Auto zu reanimieren – ohne Erfolg. Zu Hause nahm er das Netzteil, doch das Handy blieb tot.

Er schaute Fibi an, das heißt, er blickte den Waschbären an, der auf dem Fußboden saß. »Wir machen jetzt ne Nachtschicht«, sagte er, legte Fibi auf den Schreibtisch und drehte den Laptop so, dass sie alles sehen konnte, was sich auf dem Bildschirm abspielte.

Hilmar ließ die Tasten klacken. Zuerst suchte er nach der Seite mit den Instruktionen zur Waschbärenverwandlung. Es war ja der Wahnsinn, was für Anleitungen man im Internet fand. Wie man aus Baumarktartikeln Bomben baut, wie man eine Boeing 747 landet, wie man sich in einen Waschbären verwandelt. Warum sollte nicht irgendwo stehen, wie man einen Waschbären in einen Menschen zurückverwandelt?

Doch eine Seite mit Verwandlungsinstruktionen ließ sich nicht finden. Auf die Anfrage: Wie verwandle ich mich in einen Waschbären?, beziehungsweise Wie verwandelt man sich in einen Waschbären? kamen Anzeigen für Faschingskostüme und Waschbärenfallen. Man wurde mit

Zeitungsartikeln verlinkt; die Wörter »verwandeln« und »Waschbären« ergaben im Zusammenspiel immer nur, dass Waschbären Grünanlagen oder Spielplätze »in ein Schlachtfeld verwandelt« hatten. »Wo ist Google, wenn man es braucht?«, rief Hilmar Hüveland mit einem lauten Seufzer.

In der Vergangenheit hatten ihn mancherlei Fragen auf die Seite Gutefrage.net geführt. Hilmar hatte eine gute Frage, also stellte er sie, wozu er sich registrieren musste und sich den Nutzernamen *Waschbaerdaddy* gab. Unter dem Thema »Rückverwandlung eines Waschbären in einen Menschen« postete er: »Mein Problem klingt ziemlich verrückt. Meine Tochter (16) hat sich vor ca. zwölf Stunden in einen Waschbären verwandelt; die Anleitung hatte sie aus dem Internet. Hat jemand eine Idee, wie sie sich zurückverwandeln kann?«

Dann noch ein Häkchen, um sofort informiert zu werden, wenn Antworten eingehen.

Um halb fünf fuhr Hilmar den Computer runter. Er war todmüde, und er schaute Fibi traurig an. »Mit der Apfelkönigin, das wird wohl nichts. Obwohl – ein sprechender Waschbär ist erst recht eine Touristenattraktion.«

Fibi wusste, dass ihr Vater manchmal schwachsinniges Zeug redet, ohne sich dessen bewusst zu sein.

Hilmar Hüveland war mit Leib und Seele Bürgermeister. Er hatte nach der Geburt des Lütten vor sieben Jahren seine Stelle als Kältetechnik-Ingenieur aufgegeben und wurde freiberuflicher Gutachter für Erdwärmeheizungen. Die neue Technologie, die paradoxerweise auf Kältetechnik beruhte, boomte – und war zugleich noch nicht ausgereift, was zu Streitigkeiten in der Erdwärmeszene und einem Bedarf an gerichtlichen Gutachten führte. Die Familie beschwerte sich nie, er habe zu wenig Zeit, es ließ sich vernünftig leben (wozu auch Wiebkes Einkünfte als Kinder- und Jugendpsychologin beitrugen), und bei Gericht, wo man seine Verfügbarkeit, seinen Sachverstand und seine Verständlichkeit schätzte, gingen seine Rechnungen beanstandungslos durch. Hilmars Bürgerbüro war in einer ehemaligen Berufsschule in Bräsenfelde. Von da aus verwaltete Hilmar auch die Gemeinden Nockau, Mühlbach, Heinerloh und Kudorf. Das waren seine »fünf Kirschen auf dem Törtchen«. Doch nur von Bräsenfelde ließ sich sagen, dass es »florierte«. Die paar Menschen, die richtige Steuererklärungen abgaben, lebten fast alle in Bräsenfelde.

Er war seit achtzehn Jahren Bürgermeister, und er war ins Amt gekommen, als sich die Kräfteverhältnisse der Nachwendezeit zum vorläufig letzten Male justierten. Der ehemalige LPG-Vorsitzende Peter Möhlenmeier wurde 1991 zwar der Geschäftsführer der neuen »Q Agrargesellschaft mbH«, und er nahm die alte Rhetorik gleich mit. Aus »Was für die LPG gut ist, ist auch für das Dorf gut« wurde »Was für den Bauern gut ist, ist auch für das Dorf gut«. Im Sommer war es Usus, dass die LPG bei Trockenheit das knappe Oberflächengrundwasser (das aus etwa drei Metern, bei Trockenheit aus acht bis zehn Metern Tiefe kam) zur Bewässerung verwendete. Geschah dies, tröpfelte es nur noch aus den Wasserhähnen und Duschköpfen, und Waschmaschinen konnten wochenlang nicht arbeiten. Der Wassermangel wurde hingenommen, solange es der LPG nutzte. Doch inzwischen lagen die Dinge anders. Zwar argumentierte der amtierende Bürgermeister, ein Mann Möhlenmeiers, die Gemeinde sei über die Gewerbesteuer vom Erfolg der Q abhängig – aber den hundert arbeitslosen Ex-LPGlern war das Wohl des Landwirtschaftsbetriebes, der nicht mehr der ihre war, weniger wichtig als die Frage, ob Wasser aus ihrer Leitung kommt. Und Hilmar Hüveland hatte nicht nur ein Gespür für diesen Mentalitätswandel, er wurde zum Anführer des »Nockauer Wasseraufstandes« von 2003. In diesem besonders trockenen Sommer drang er in die Pumpstation ein und schloss ein Sperrventil. Von einem Moment zum nächsten bewässerte kein Oberflächengrundwasser mehr die Felder der Q. Binnen Minuten hatte Hilmar Hüveland, der alles über Pumpen wusste, die Anlage auf hoffnungslose Art manipuliert, und als Möhlenmeier eintraf, entspann sich eine Szene, die noch jahrelang sämtliche Augenzeugen zum Nachspielen animierte. So unterschiedlich die erinnerten Dialogfragmente auch waren, das Genre war immer dasselbe: ein Agitprop- und Revolutions-Einakter. Die Q musste sich ihr Wasser fortan mittels eigenen Brunnens aus sechzig Metern Tiefe holen, und Hilmar Hüveland war mit einem Schlag bekannt. Die Dorfbevölkerung erwartete von ihm, bei der nächsten Bürgermeisterwahl zu kandidieren. Er tat dies und gewann deutlich.

Sein neuestes Projekt war Tourismus. Tourismus war ein ganz alter Hut in der Region, doch Hilmar Hüveland wollte erst die Bühne betreten, wenn alle früheren Akteure dahingesunken waren.

Dieser Zeitpunkt sollte jetzt sein, und dafür brauchte er eine »Apfelkönigin« als regionale Tourismusbotschafterin. Ausgerechnet die Wunschkandidatin verwandelte sich drei Wochen vor der Wahl in einen Waschbären. Gibts Ersatz? Nun, in seiner Flüchtlingsfamilie war eine bildhübsche Siebzehnjährige herangewachsen, Shaima. Sie geht noch zur Schule, eine Klasse unter Fibi. Auf das dusselige Kopftuch müsste sie als Apfelkönigin allerdings verzichten. Mal sehen, ob er sie davon überzeugen kann, ohne sich gleich eine Fatwa einzuhandeln. Wird er demnächst mal bei Familie Al-Ansi vorsprechen.

Dass er mehr an seine Dörfer als an seine Tochter dachte, brachte ihn zu der Frage Wieso bin ich so?, und er gab sich darauf die Antwort, dass er seine Gedanken lieber um gewohnte und lösbare Probleme kreisen ließ als um ungewohnte und anscheinend unlösbare. Aber ehe er diese Hypothese gründlich durchdacht hatte, war er eingeschlafen.

Um halb neun wurde Hilmar Hüveland von einem Klingeln geweckt. Wiebke war nebenan im Bad, und wenn jemand klingelte, öffnete sie das dortige Giebelfenster.

Hilmar Hüveland hörte eine Männerstimme. »Guten Morgen! Ist Aram hier? Ich krieg ihn nicht aufm Handy.«

Das war Herr Stein, der Vater von Aram.

»Aram ist nicht hier«, sagte Wiebke.

»Fibi wollte ihn gestern treffen.«

»Ja. Hat sie auch.«

Hilmar Hüveland hatte sich ein T-Shirt angezogen und zeigte sich ebenfalls am Fenster. »Moin.«

»Moin. – Aram ist heute Nacht nicht nach Hause gekommen. Aufm Handy krieg ich ihn auch nicht. Er hat übermorgen sein Probetraining, deshalb …«

Er wackelte mit dem Oberkörper, als würde dieses Wackeln die Worte ersetzen, die er im Moment nicht fand.

»Ich hab Fibi noch nicht gesehen«, sagte Wiebke leise zu Hilmar und rief: »Fibi war so gegen zehn, halb elf zu Hause.«

»Kann ich sie mal sprechen?«, fragte Arams Vater.

»Fibi schläft noch«, sagte Fibis Mutter schnell.

»Na ja …«, sagte Arams Vater. »Dieses Probetraining ist wichtig.«

Hilmar und Wiebke wechselten einen Blick. Hilmar sagte: »Dann kommen Sie mal rein.«

Wiebke hatte Arams Vater gerade ins Haus gebeten, als Hilmar die Treppe runterkam. Arams Vater, der ihn immer an einen Zigeunerkönig erinnerte, sagte: »Sie haben Waschbären. Hab eben zwei gesehen. Ganz schön dreist die Viecher in letzter Zeit.«

»Tatsächlich?«, sagte Hilmar Hüveland. »Na, da schau ich gleich mal nach. Geht schon mal in die Küche.« Er hörte aus dem Kinderzimmer das Getüdel eines Gameboys. Fibis Bruder Alexander, genannt *der Lütte*, schien noch nicht zu wissen, was geschehen war.

Kaum war Hilmar aus der Tür, landete Fibi vor seinen Füßen. Sie hatte sich vom Dach fallen lassen.

»Fibi, der Vater von Aram ist da. Was sollen wir ihm sagen?«

»Die Wahrheit«, sagte Fibi.

»Dass Aram ein Waschbär ist? Nee! Du kannst dir nicht vorstellen, wie schlimm das ist.«

»Dann lass alle Türen nur angelehnt, und wir kommen gleich.«

»Wer ist wir?«

»Aram ist hier. Er hat mir gesagt, dass er nicht reden kann, deshalb konnte er es seinen Eltern noch nicht sagen.«

»Wieso kann er mit *dir* reden, aber nicht mit seinen Eltern?«

»Woher soll ich das wissen?«, sagte Fibi. »Die Waschbären-Forschung steht noch ganz am Anfang.«

Als Hilmar in die Küche kam, hörte er nicht nur die Kaffeemaschine, sondern erlebte auch, wie sich Wiebke damit abmühte, etwas zu erklären, was nicht zu erklären war.

»Fibi ist also gestern gegen halb elf nach Hause gekommen. Und hat sie was gesagt?«, fragte Arams Vater.

»Fibi war verändert, sehr verändert sogar. Und sie sagte, Aram auch.«

»Sie haben also etwas erlebt, das sie, ich sags mal mit den Worten eines Mädchens, ›sehr verändert hat‹«, sagte Arams Vater. »Da gibts, glaub ich, auch ein Wort für.«

»Nein, nein …«, sagte Fibis Mutter schnell. »Das ging nicht in die Richtung.«

»Na ja«, sagte Arams Vater. »Das ist irgendwas zwischen Ist mir egal und Geht mich nichts an. Sind schließlich alt genug. – Nimmt Fibi die Pille?«

»Ich hab doch gesagt, dass es nichts in der Richtung war«, sagte Wiebke Hüveland. »Fibi war wirklich sehr verändert. Verändert ist noch zu wenig. Sie war verwandelt.«

»Meinetwegen verwandelt«, sagte Arams Vater. »Und hat sie gesagt, wo Aram ist?«

Mit einem Mal hatte er eine Idee, was Fibis Mutter gemeint haben könnte: »Haben die etwa Drogen genommen?«

Wiebke sagte, um noch deutlicher zu werden, Wort für Wort: »Sie war nicht *wie* verwandelt, sie *hatte* sich verwandelt.«

»Also gut, dann hatte sie sich eben verwandelt. Ich habs begriffen«, sagte Arams Vater. »Und hat sie auch etwas über Aram gesagt?«

»Ich hab mich in einen Waschbären verwandelt, und Aram auch«, sagte Fibi und kam in die Küche, mit Aram an ihrer Seite.

Arams Vater fuhr herum. Er starrte die beiden Waschbären an.

»Das ist Aram«, sagte Fibi. Die eintretende Stille wurde nur durch das Zischen eines Wassertropfens unterbrochen, der auf die Warmhalteplatte der Kaffeemaschine fiel.

»Aram, du hörst sofort auf mit dem Quatsch«, sagte sein Vater. »Hörste? Das ist der allergrößte Blödsinn, den du dir je hast einfallen lassen. Benimm dich mal wie n Profi!«

Nachdem Fibi erkannt hatte, dass Aram auch diesmal nichts sagen wird, sagte sie: »Aram kann nicht reden. Nur mit mir.«

»Aram, hab dich nicht so!«, sagte Arams Vater. »Du weißt, was aufm Spiel steht!«

»Aram kann da gar nichts machen«, sagte Fibi. »Ihm gegenüber Druck aufzubauen ist nicht fair.«

Sie verließ mit Aram die Küche.

Arams Vater war anzumerken, dass er darüber nachdachte, wie der Trick wohl funktionierte.

»Das neueste japanische Spielzeug, und die sitzen mit ner Fernsteuerung im Schrank?«

»Wenn es doch so wäre«, sagte Hilmar Hüveland. Er ging aus der Küche und kam mit Arams Sachen und seinem Handy wieder.

»Die lagen noch bei der Tankstelle in Seenot, wo es passiert ist. Sein Fahrrad steht in der Garageneinfahrt.«

Arams Vater sagte nichts. Er stierte auf die Sachen. Auch Wiebke brachte kein Wort hervor. Hilmar hatte mal eine Reportage über Polizisten gesehen, zu deren Aufgaben es gehörte, Angehörigen Todesnachrichten zu überbringen, was aus Prinzip von Angesicht zu Angesicht und meist an der Haustür geschah. Hilmar fühlte sich gleichzeitig als Polizist *und* als Hinterbliebener. Arams Vater schaute Hilmar in die Augen und hoffte auf eine Erklärung. Als die nicht kam, stand Arams Vater auf.

»Na gut«, sagte er. »Dann werd ich mal.«

Nachdem Arams Vater das Haus verlassen hatte, kam Fibi in die Küche zurück.

»Ist Aram noch hier?«, fragte Hilmar Hüveland.

»Nein«, sagte Fibi. »Arams Vadder hat nach ihm gerufen, und dann sind sie zusammen im Auto weg.«

Fibi sprang auf einen Stuhl und legte sich auf die Sitzfläche. Eine Tür klappte, und Kinderfüße tappelten durchs Haus. Alex war ein wildes Kind von fast acht Jahren, das scheinbar nur rennend unterwegs war. Er hatte eine hohe Stirn, die üppigen Stauraum für Hirn zu bieten schien, weshalb er gar nichts zu sagen brauchte, um von Fremden einer einschüchternden Schlauheit verdächtigt zu werden.

Alex rief auf dem Weg Richtung Küche: »Mama, wann gibts Frühstück!« Als er in der Küche den Waschbären sitzen sah, erstarrte er und fragte: »Hä? Was machtn der Waschbär in der Küche?«

»Das ist Fibi«, sagte Fibis Mutter, und Tränen stiegen ihr in die Augen.

»Ich hab mich gestern in einen Waschbären verwandelt, aus Versehen«, sagte Fibi.

»Du bist ja wirklich Fibi. Und du kannst sprechen. Das ist ja wie Alwin und die Chipmunks. Cool!« Dann rannte er aus der Küche. Sekunden später erscholl sein Ruf aus dem Wohnzimmer: »Mama, entsperren!«

Nachdem auch das getan war und Alex selig mit einer hundertmal gesehenen Folge von »Alwin und die Chipmunks« vor dem Laptop saß, fragte Wiebke: »Fibi, hast du Hunger? Hast du seit gestern eigentlich schon was gegessen?«

Fibi überlegte. Sie hatte, als sie mit Aram zur Straße gerannt war, sich hin und wieder ein paar Holunderbeeren in den Mund gestopft, und wenn sie bedachte, wie sie das getan hatte, dann, fand sie, war Maul das bessere Wort.

»Ich kann zwischendurch fressen«, sagte Fibi.

»Red nicht so!«, sagte ihre Mutter. »Du bist zwar äußerlich ein Waschbär, aber du musst ja nicht absichtlich verwahrlosen und dich mit den Tieren auf eine Stufe stellen.« Ihr kamen wieder die Tränen. »Ist eh schon schlimm genug.«

»Worauf hast du denn Appetit?«, fragte Hilmar.

Wieder so ein Begriff, der Fibi vor Rätsel stellte. Ihr fehlte die Freude am Essen, eben der Appetit. Wenn im Magen sowieso alles eins wurde, war Eintopf die ehrliche Vorwegnahme dessen. Aber um Diskussionen aus dem Weg zu gehen, sagte sie: »Auf kalte Kartoffeln.«

Hilmars Handy machte sich bemerkbar, und nach einem Blick auf das Display wurde Hilmar lebhaft. »Fibi«, rief er. »Jemand hat auf Gutefrage.net geantwortet … Hier!« Er las: »Mein Problem klingt ziemlich verrückt. Meine Tochter (16) hat sich vor ca. zwölf Stunden in einen Waschbären verwandelt; die Anleitung hatte sie aus dem Internet. Hat jemand eine Idee, wie sie sich zurückverwandeln kann?«

»Ich dachte, es hat jemand geantwortet«, sagte Fibi.

»Hat ja auch«, sagte ihr Vater und las erneut. »Boa, das klingt voll krass. Wie heißtn das Zeug, und wo hast dus her, Waschbärdaddy?«

»Sonst nix?«, fragte Fibi.

Er ließ das Handy enttäuscht sinken und schüttelte den Kopf. »Ich würds ja selbst nicht glauben.«

Eine Viertelstunde später saß die Familie beim Frühstück. Wiebke wollte es aussehen lassen wie ein Frühstück aus der Rama-Werbung: Sie hatte tiefgefrorene Brötchen aufgebacken, darunter auch zwei Mohnbrötchen, hatte Wurst auf eine Schieferplatte und Käse unter eine Käseglocke gelegt. Sie hatte auf die Butter ein Wellenmuster graviert. Vier Frühstückseier steckten in bunten Eierbechern, mit Häkelwerk bemützt. Fibi hatte ein Wasserschälchen an ihrem Platz, und auf ihrem Teller lagen, wie gewünscht, kalte Kartoffeln vom Vortag. Allerdings konnte Fibi nicht auf ihrem Stuhl sitzen; sie musste auf der Sitzfläche stehen und sich an der Tischkante abstützen.

»Gibts was zu feiern?«, fragte Hilmar Hüveland, der mal wieder sein Talent für unpassende Bemerkungen aufblitzen ließ.

Wiebke schlug mit einem Teelöffel an ihre Tasse.

»Das heißt: Alle mal ruhig sein und herhören«, sagte Hilmar zu Alex, dem das Signal unbekannt war. Zugleich war Hilmar überrascht von Wiebkes neuer Vornehmheit. Bei den Hüvelands verschaffte man sich Gehör, indem man für zweidrei Silben die anderen übertönte.

»Ich habe letzte Nacht darüber nachgedacht, was das bedeutet, für uns als Familie. Fibi hat sich in einen Waschbären verwandelt ...« Sie stockte und nahm einen zweiten Anlauf. »Fibi hat sich in einen Waschbären verwandelt, was es auf der ganzen Welt noch nie gegeben hat und wofür es keine wissenschaftliche Erklärung gibt.«

»Das wollen wir mal sehen«, sagte Hilmar, aber er wurde sogleich von Alex ermahnt: »He, Mama hat ans Glas geklopft, das heißt, alle mal herhören und ruhig sein. Auch du.«

Wiebke warf ihm einen dankbaren Blick zu und sagte: »Seit zehntausend Jahren versucht die Zivilisation, der Natur immer rücksichtsloser die Zähne zu ziehen. Aber jetzt schlägt die Natur zurück, mit neuen Methoden. Deshalb wird die Wissenschaft, die ja eine Tochter der Zivilisation ist, nichts finden. Sie wird keine Ursache finden, und keinen Weg, Fibi zurückzuverwandeln. Ich will nicht meine Tochter verlieren!« Sie fing wieder an zu weinen, und weil Hilmar schon anhob, an Wissenschaft und Internet zu erinnern, sagte sie: »Nein! Noch nie wurde ein Mensch in einen Waschbären oder in sonst ein Tier verwandelt. Ein solches Ereignis wurde immer für unmöglich gehalten. Eine Rückverwandlung ist völlig ausgeschlossen. Wir müssen uns damit abfinden, dass wir unsere Fibi nur noch als die liebhaben können, die sie jetzt ist. Als die, die sie mal war, wird sie nur noch in unseren Erinnerungen sein, aber wir werden sie nie wieder so haben.«

Sie deutete an, dass sie noch immer nicht fertig sei, sammelte sich und nahm den Faden wieder auf.

»Wenn die Natur von uns verlangt, dass wir unsere Lebensweise aufgeben, dann sagen wir: Nein! Wir sind Familie Hüveland, wir sind zivilisierte Menschen. Wir werden jeden Morgen und jeden Abend gemeinsam essen, denn das ist zivilisiert. Können wir uns das versprechen?«

»Wenn du uns jeden Morgen so n Frühstück hinstellst, da bin ich dabei!«, sagte Hilmar.

»Mama, es tut mir leid, aber ich sehe überhaupt keinen Sinn in gemeinsamen Mahlzeiten, streng nach der Uhr«, sagte Fibi. »Ich fresse ...«

»Fibi, nicht dieses Wort, ich sagte es schon mal!«

»Doch, Mama. Ich fresse. Ich spüre, dass es fressen ist, während ihr esst. Bei mir hat sich da was verändert. Ich weiß nicht, ob du mich verstehst. Bis gestern fand ich das auch toll, mal gemeinsam essen zu gehen, im Urlaub zusammen im Restaurant zu sitzen und zu rätseln, was in der Speisekarte steht – aber das ist vorbei. Ich merke, wie mich das überhaupt nicht interessiert. Ich will nicht gemeinsam mit anderen Menschen essen.«

»Aber es geht doch nicht nur um dich. Es geht um etwas Größeres«, sagte Hilmar. »Es geht darum, die Zivilisation als Errungenschaft an sich zu verteidigen. Unsere Familie ist mit einem Mal an die Frontlinie von Natur und Zivilisation geraten. Um die Zivilisation zu verteidigen, müssen wir die Frontstellung halten, und zwar hier, an diesem Tisch.« Hilmar staunte insgeheim, welchen Eindruck die Lebenserinnerungen von Marschall Sapotkin auf ihn gemacht hatten, die er als Zwölfjähriger auf einem Dachboden aus Langeweile gelesen hatte. Marschall Sapotkin war die einzige Quelle, aus der sein militärisches Vokabular entsprang.

»Mama, ich weiß, dass es hart klingt. Aber ich bin schon halb auf der anderen Seite. Ich brauche die Zivilisation nicht, und ich trage sie auch nicht mehr in mir. Ihr braucht eure Zivilisation. Ich nicht.«

»Wenn ich dich so reden höre«, sagte Wiebke Hüveland, »bin ich fast froh, dass du ein Waschbär bist. Du klingst wie eine, die sich dem IS anschließen will.«

»Mama, du verstehst mich nicht!«, sagte Fibi. »Ich bin nicht Waschbär geworden, um ein Waschbären-Leben zu führen, sondern aus Versehen! Und seitdem ich Waschbär bin, merke ich, dass ich … eben kein richtiger, hochzivilisierter Mensch mehr bin. Wie ihr.«

Hilmar hörte kaum hin. In Gedanken war er schon bei der Araltankstelle und den Aufnahmen der Überwachungskamera.

Eine Stunde später saß Hilmar Hüveland im Gemeindeamt Bräsenfelde in seinem Büro. Das war der Ort, wo er ungestört nachdenken konnte. Niemand hatte sich einen Termin geholt, und unangekündigten Besuch gab es nur, wenn von der Straße aus zu sehen, dass das Büro besetzt war – was sich mittels Lamellenvorhang leicht verhindern ließ.

Ihn ärgerte, dass er sich soeben an der Tankstelle eine Abfuhr geholt hatte, als es um die Aufzeichnung der Überwachungskamera ging. Seenot war keine seiner fünf Kirschen auf dem Törtchen, und er hatte keine Mittel, es für den Tankstellenpächter ungemütlich zu machen. Denn mal im Ernst: Welche Tankstelle übersteht schon eine echt scharfe Umweltkontrolle? Aber solchen Allmachtsphantasien wollte er sich nicht hingeben; die Aufzeichnungen konnte, wenn überhaupt, nur ein Anwalt besorgen. Die hiesigen Anwälte jedoch waren auf Scheidungen, Erbstreitigkeiten, Unterhalts- und Sorgerechtskonflikte, auf Verkehrs- und Baurecht spezialisiert, und ein Viertel derer, die sich Rechtsanwälte nannten, waren in Wahrheit Insolvenzverwalter. Einen Datenrechtsanwalt musste man in Berlin oder Hamburg suchen. Doch auswärtige Anwälte provozierten das Misstrauen der Leute vor Ort regelmäßig auf eklatante Weise; wer es nötig hat, einen Rechtsverdreher aus der Großstadt zu engagieren, kann eigentlich nur ein obszönes Anliegen verfolgen, dem mit besonderem Widerstand entgegenzutreten ist.

Hilmar Hüveland blätterte in den Gelben Seiten, aber da war niemand, bei dem es ihn juckte anzurufen. Doch plötzlich hatte er die Idee: Es musste Professor Ahlert sein. Der war praktisch sein Nachbar, wohnte nur hundertfünfzig Meter entfernt. Er war vor drei Jahren gekommen, weil er seine Pensionierung »in einer Landschaft, wie sie deutscher nicht sein kann«, verbringen wolle, »in einem Mecklenburg, in dem ich die Landschaftsbeschreibungen eines Uwe Johnson wiederfinde«. Was Westprofessoren eben so daherreden. Aber ein pensionierter ortsansässiger Juraprofessor schien die passende Allzweckwaffe zu sein. Bestimmt hat der alte Ahlert Lust, noch mal loszulegen als ein Space Cowboy des Rechts. Bei ihm wird er nachher mal klingeln. Ohne Voranmeldung.

Aber die Angelegenheit hatte auch eine naturwissenschaftliche Seite. Hilmar fand, dass Fibi von Ärzten untersucht werden sollte, und zwar gründlich. Sein Schwager Sören war Oberarzt am Universitätsklinikum in Greifswald, und natürlich war er in Hilmars Handy abgespeichert.

»Hallo, Hilmar«, meldete sich Sören. »Was gibts?«

»Hallo, Doktor Putensen«, sagte Hilmar. »Sach mal, hat deine Schwester schon angerufen?«

»Nee.« Es klang wie: Warum hätte sie das tun sollen?

»Du weißt also noch nicht Bescheid?«, fragte Hilmar.

»Pass auf. Es klingt verrückt, aber ich bin nicht verrückt. Oder klinge ich verrückt?«

»Zwei Sätze am Telefon sind keine Basis für ne sichere Diagnose«, sagte Sören lachend.

»Na dann bin ich verloren«, sagte Hilmar. »Aber ich sags dir trotzdem. Fibi hat sich gestern in einen Waschbären verwandelt.«

Schweigen.

»Verstehst du? Hast du mich verstanden?«, fragte Hilmar.

»Nicht so richtig. Glaubt sie, sie ist ein Waschbär, wie bei Kafka? Oder ist das metaphorisch, Waschbär, Putzneurose? Ich versteh nicht, was du mir sagen willst.«

»Fibi hat sich in einen leibhaftigen Waschbären verwandelt, mit Fell, Knopfaugen und Schweif. Sie spricht allerdings weiterhin wie ein Mensch, nur ihre Stimme klingt anders.«

»Wie ein Waschbär aus dem Kinderfernsehen?«

»Genau«, sagte Hilmar Hüveland. Und war verwirrt: Eigentlich hatte er etwas Schreckliches mitgeteilt, einen Albtraum, eine Horrorvorstellung. Aber das Wort, das nun im Raum stand, lautete Kinderfernsehen.

Nach einer Weile sagte der Schwager: »Jetzt frag lieber nicht noch mal, ob ich dich für verrückt halte.«

»Klar«, sagte Hilmar Hüveland. »Am schlauesten ist, wenn du erst mal Wiebke anrufst. Und dann reden wir weiter.«

»Wie?«, fragte Sören perplex. »Ich soll Wiebke fragen, ob sich Fibi in einen Waschbären verwandelt hat?«

Da hatte Sören recht. So was fragt man nicht.

»Sag, du hättest mit mir gesprochen. Sag so was wie: Man hört ja dolle Sachen.«

»Gut«, sagte Sören. »Dann bis gleich.«

Es dauerte zwanzig Minuten, bis Sören zurückrief.

»Du willst wahrscheinlich, dass ich mir Fibi mal ansehe«, sagte Sören. »Ganz ehrlich: Bei nem guten Veterinär ist sie besser aufgehoben.«

»O Gott!«, entfuhr es Hilmar.

»Ja, als ich Wiebke dasselbe sagte, hat sie geweint. – Da war noch n Junge dabei?«

»Ja.«

»Wir können uns Fibi natürlich anschauen – als Forschungsobjekt, nicht als Patientin. Kein Mediziner auf der Welt kann da was machen. Die am ehesten was wissen, sind die Reproduktionsmediziner, denn im Embryonalstadium durchläuft der Mensch einige Metamorphosen, und damit kennen die sich aus. Aber damit mache ich schon zu viel Hoffnung, denn eine Waschbär-Phase kommt da nicht vor.«

»Vielleicht hormonell«, sagte Hilmar. Es gab keine Medizinsendung ohne den Begriff »hormonell«. Er, Hilmar, hörte nur mit einem halben Ohr hin, aber Wiebke zog sich das immer rein. »Dass vieles ›hormonell gesteuert‹ ist, bilde ich mir doch nicht ein.«

»Vergiss es«, sagte Sören. »Du kannst hormonell steuern, dass der Zyklus stabil ist. Oder dass man Muskeln zulegt. Aber schon bei der Glatze ist die Wunderwaffe stumpf, obwohl da ein Multi-Milliarden-Markt winkt. Also dass ein Waschbär auf hormonellem Wege in einen Menschen zurückverwandelt wird – ich seh da keine Chance. Überüberhaupt keine.«

Dann verabschiedete er sich; er müsse operieren.

Was für ein Gespräch. Kein Mediziner der Welt. Überüberhaupt keine Chance. Veterinär.

Am späten Vormittag ging Hilmar die zweihundert Meter von der Hauptstraße neun (seinem Haus) zur Hauptstraße einundzwanzig, dem Haus von Professor Ahlert. Es war der erste kühle Tag des Jahres. Von Herbst war noch keine Rede, aber der Himmel stand voller Wolken, der Wind wehte frisch, und das Thermometer zeigte dieselbe Temperatur wie Hilmars Wetter-App, vierzehn Grad Celsius. Trotzdem trug er ein Polohemd; er hatte es sich zur Angewohnheit gemacht, bis zur Gänsehautgrenze kurzärmelig herumzulaufen.

Der Vorgarten des Professors war tadellos in Schuss. Stockrosen blühten, und ein Mähroboter verrichtete sein Werk auf einer Wiese, die ein Golfrasen hätte sein können. Die doppelflügelige Holzkassetten-Haustür dürfte an die sechstausend Euro gekostet haben. Hilmar war stolz, dass dieser Mensch ausgerechnet Bräsenfelde, das Bräsenfelde Hilmar Hüvelands, für seinen Ruhestand erwählt hatte.

Nachdem Hilmar die Hausglocke betätigt und deren Wohlklang vernommen hatte, setzte drinnen Hundegebell ein. Richtig, der Professor hatte einen »schwererziehbaren Spitz« namens Mark.

Professor Ahlert öffnete. Der Hund sprang bellend um ihn herum. »Aus! Aus! Mark, aus!«, rief der Professor erfolglos. Er trug eine taubenblaue Anzughose aus Flanell, ein weißes Hemd und eine weinrote Fliege. Das sollten die Städter mal sehen, die glauben, dass wir aufm Dorf nur in Gummistiefeln rumlaufen. Nee, wenn du bei den richtigen Leuten klingelst, öffnen sie dir in weißem Hemd und Fliege.

Schließlich beruhigte sich der Hund.

»Moin, Herr Professor«, sagte Hilmar Hüveland und sprach den Hund an. »Na, wer nicht munter ist, wird munter gemacht. – Oder stör ich?«

»Sie stören nicht, Herr Bürgermeister«, womit der *Herr Professor* in gleicher Münze herausgab. »Kommen Sie rein, wenn Sie meinen Zerberus nicht fürchten.«

»Warum sollte ich?«, fragte Hilmar Hüveland.

»Stimmt, aus der Hosenbeine-Phase ist er raus. Neuerdings massakriert er fremde Jacken in der Flurgarderobe. Noch hat die Haftpflichtversicherung Geduld mit uns. Aber wer weiß, wie lange noch.«

Der Professor führte Hilmar in eine Antiquitätensammlung von einem Wohnzimmer, wies ihm einen Platz auf dem Sofa zu und bot ein Getränk an, was Hilmar dankend ablehnte.

Das nächste Smalltalk-Thema wäre die Inneneinrichtung, und das war vermintes Gelände, denn Hilmar Hüveland war ein Stilepochen-Blindgänger, der ein barock eingerichtetes Wohnzimmer womöglich klassizistisch nennt (oder umgekehrt). Weshalb er es vorzog, zur Sache zu kommen.

»Was wir bereden, bleibt unter uns?«

»Selbstverständlich.«

»Es klingt verrückt, aber es ist so. Meine Tochter hat sich gestern in einen Waschbären verwandelt. In einen sprechenden Waschbären. Es besteht kein Zweifel, dass dieser Waschbär meine Tochter Fibi ist. Ich meine das nicht metaphorisch. Sie ist ein Waschbär, wie die Viecher, die in den Feldern und Gärten unterwegs sind und immer überfahren werden.«

Der Professor hörte entspannt zu, mit leicht geöffneten Lippen. Geradezu so, als ob er diese Geschichte schon hundert Mal gehört habe.

»Das Ganze ist in der Waschanlage der Tankstelle in Seenot passiert. Doch die Aufnahmen der Überwachungskamera will mir die Pächterin nicht zur Verfügung stellen.«

»Verstehe«, sagte der Professor. Hilmar Hüveland war erleichtert. Endlich mal einer, der einem die Geschichte in all ihrer Verrücktheit glaubt.

Der Professor überlegte, und Hilmar spürte, dass der Professor das Wichtigste zuerst sagen wollte. Deshalb die Denkpause.

»Zunächst mal«, begann der Professor langsam, »ist so eine Entmündigung – heute heißt sie ›rechtliche Betreuung‹ – keine einfache Angelegenheit. Das zieht sich über Monate und Jahre, und ich kann mir nicht vorstellen, dass ein Gericht in diesem Falle – also angesichts des Alters der zur Entmündigung beantragten Person – einfach mitspielt. Auch was eine zwangsweise oder gar dauerhafte Einweisung in eine psychiatrische Einrichtung angeht, hat der Gesetzgeber hohe Hürden errichtet. Ich würde an Ihrer Stelle also nicht in Panik geraten.«

Einen solchen Einstieg hatte Hilmar nicht erwartet. Dass auf Fibi eine Entmündigung zukommt, eine rechtliche Betreuung, war ihm nicht in den Sinn gekommen.

»Das heißt, wir müssen zuerst die rechtliche Betreuung organisieren«, sagte Hilmar. »Dann können wir uns um das Übrige kümmern.«

»Wir müssen zuerst die Betreuung *abwenden*. Dann wird sich alles Übrige von selbst erledigen«, stellte der Professor richtig.

»Ich verstehe nicht, wieso die so wichtig für Sie ist«, sagte Hilmar Hüveland.

»Ich nehme doch an, dass Sie deswegen gekommen sind«, sagte der Professor. »Wenn jemand bei mir juristischen Rat sucht, weil sich seine Tochter in einen Waschbären verwandelt hat, dürfte sein Problem ein drohendes oder bereits angelaufenes Betreuungsverfahren sein.«

»Ist klar«, sagte Hilmar. Wieder war er an dem Punkt, an dem er beweisen musste, nicht verrückt zu sein. Er sollte bei derartigen Gesprächen Fibi immer dabeihaben. Er grub sein Handy aus der Hosentasche und rief zu Hause an. Der Spitz fing wieder zu bellen an, als wäre er darauf abgerichtet, Telefonate zu zerbellen. »Wiebke? – Ich bin bei Professor Ahlert. Willst du, dass ich entmündigt werde? Dann komm mal bitte schnell mit Fibi rum.«

Kaum war das Gespräch zu Ende, wurde auch der Hund wieder ruhig.

Die beiden Männer hatten zwei hochnotpeinliche Minuten zu überbrücken. Das Handy meldete sich; ein User namens *frosch92* hatte bei Gutefrage.net eine Antwort hinterlassen.

Hallo Waschbaerdaddy, in Frankfurt gibt es einen Kinder-und Jugendpsychologen, der Jugendliche behandelt, die sich für Werwölfe halten. Der nimmt bestimmt auch Waschbären.

Um seinen normalen, alltagstauglichen Geisteszustand zu demonstrieren, fragte Hilmar rundheraus: »Dieses sehr schöne Wohnzimmer – ist das klassizistisch oder barock?«

»Rokoko«, sagte Professor Ahlert düster.

Als Hilmar nach Hause zurückkam, bog Wiebke gerade in die Einfahrt. Sie war mit Fibi nur wenige Minuten lang bei Professor Ahlert gewesen und hatte, nachdem der pensionierte Anwalt von Fibis Waschbärenexistenz überzeugt und Fibi wieder nach Hause gefahren worden war, den Einkauf erledigt.

Hilmar war, was angesichts der Umstände unpassend schien, in Hochstimmung, und er begann noch an der geöffneten Heckklappe mit einer Zusammenfassung der vergangenen eineinhalb Stunden: »Bevor ich bei Professor Ahlert war, dachte ich, eine Waschbär-Verwandlung ist juristisch ein einziger Kladderadatsch, aber je länger du ihm zuhörst, desto mehr bist du überzeugt, dass unsere Gesetze auch darauf vorbereitet sind, dass sich Minderjährige in Waschbären verwandeln.«

Wiebke ging voran und öffnete die Haustür, Hilmar, mit Einkäufen beladen, folgte ihr – in ein verwüstetes Wohnzimmer. Die Polster der Sofagarnitur waren aufgerissen, und Füllung lag herum, der Ficus war kahl. Stühle waren umgeworfen, der Tischläufer lag auf dem Fußboden. Fibi hing in der Gardine, ein paar Schaumstoffflöckchen aus der Polsterfüllung hingen in elektrostatischer Manier an Pfoten und Ohren.

»Fibi, wo ist Alex?«, fragte Wiebke, und am Klang ihrer Stimme erkannte Hilmar blanke Panik, dass womöglich auch der Lütte zum Waschbären geworden war.

»Gameboy«, sagte Fibi. Wie zur Bestätigung erklang aus dem Obergeschoss eine asiatische Billington-Fanfare.

»Warst du das?«, fragte Wiebke, der Verzweiflung nahe. »Hast du *in die Ecke gekackt*?«

Fibi sprang aus der Gardine und lief zu ihrer Mutter. »Ich hab dir doch gesagt, dass ich ein Tier bin. Ich denk mir nichts dabei. Ich bin, wie ich bin.«

»Dann lass uns mal reden«, sagte Wiebke und hielt Hilmar zurück, der Fibi fürs Aufräumen in Beschlag nehmen wollte.

»Was ist los, Fibi?«, fragte sie.

Hilmar schaffte die Einkaufstüten in die Küche und räumte sie so leise aus, dass er das Gespräch im Wohnzimmer verfolgen konnte.

»Ich mach das nicht, um euch zu ärgern«, sagte Fibi. »Ich denke an gar nichts, Mama, das musst du mir glauben. Ich bin einfach wie n Waschbär. Punkt.«

»Und warum gehst du nicht auf die Toilette?«

»Jetzt, wo du da bist, würde ich natürlich auf die Toilette gehen«, sagte Fibi.

»Das heißt, wenn Menschen um dich rum sind oder wenn vertraute Menschen um dich herum sind, verhältst du dich zivilisiert. Und wenn du allein bist oder dich allein fühlst, verhältst du dich wie ein Tier. Kann das sein?«

Fibi musste lachen, weil sie verstanden wurde und sie das glücklich machte.

»Ja, das kann sein.«

»Dann wollen wir das mal genauer betrachten. Sind es *Menschen im Allgemeinen* oder *vertraute* Menschen, die eine zivilisierende Wirkung auf dich haben?«

»Ich glaube, vertraute Menschen.«

»Nun war aber der Lütte bei dir.«

»Der hat nur ein paar Minuten mit mir gespielt. Dann hat er seinen Gameboy genommen«, sagte Fibi. »Es würde hier nicht so aussehen, wenn er sich die ganze Zeit mit mir beschäftigt hätte. Solange man sich mit mir beschäftigt, bin ich zivilisiert.«

Es gab eine Pause. Hilmar bewunderte seine Frau, die immer einen Draht zu Fibi fand. Auch wenn das – im wahrsten Sinne des Wortes – *ihr Job* war.

»Als Waschbär hatte ich noch keine Sekunde Langeweile«, sagte Fibi. »Als Mensch langweile ich mich ständig.« Hilmar betrat mit einer Müllschippe das Wohnzimmer, um die Waschbärenkacke gen Toilette zu bugsieren. Er sah eine lachende Fibi, die mit ausgebreiteten Vorderpfoten verkündete: »Langeweile ist der Zivilisationsbeweis!«

Aus dem Obergeschoss rief ein Kind: »Hunger!«

Das Mittagessen an diesem Tag bestand nur aus einer Tüte Tortellini, die in wenigen Minuten gekocht waren. Fibi saß nicht am Tisch, als Hilmar das Gespräch mit Professor Ahlert zusammenfasste.

»Ich musste nur ein paar Minuten reden, nachdem ihr raus wart«, sagte Hilmar, »und er hatte sofort eine glasklare Systematik.«

»Papa, was ist Systematik?«, fragte der Lütte.

»Alex, unterbrich den Papa jetzt mal nicht«, sagte Wiebke.

Hilmar erinnerte sich an den Moment, als Wiebke geglaubt hatte, auch Alex habe sich in einen Waschbären verwandelt, und das Glück, dass sein Sohn noch als Mensch am Mittagstisch saß, stimmte ihn nachgiebig.

»Systematik bedeutet eine Ordnung oder ein Plan. Wenn du deine Bücher der Größe nach sortierst, dann hat das eine Systematik«, sagte Hilmar.

»Und welche Systematik hatte Professor Ahlert?«, fragte Wiebke.

»Er hat gesagt, zuerst geht es um die juristische Unterstützung, um das Zustandekommen der Verwandlung zu erklären und dadurch Hinweise für eine Rückverwandlung zu erhalten. Das hat allerhöchste Priorität.«

»Papa, was ist Pri... Prirität?«

»Alex, jetzt mal nicht«, sagte Hilmar. »Um den Anstifter dieser Verwandlung zu finden, brauchen wir Fibis Surfprotokoll. Wenn die Verwandlung von Fibi durch die Überwachungsanlage vielleicht sogar gespeichert ist, kann uns ein Anwalt helfen, dass wir die zu sehen kriegen. Das ist nämlich keine Selbstverständlichkeit.«

»Ist doch krank, dass Eltern einen Anwalt brauchen, um ...«

»Mama, was ist Pri...«

»Alex!«, fauchte Wiebke ihn an. »Jetzt nicht!«

»Professor Ahlert weiß allerdings nicht, ob man sich an den Tankstellenpächter, an Aral oder an eine externe Sicherheitsfirma wenden muss.«

»Die machen das extra so, dass du an die nicht rankommst«, sagte Wiebke.

Hilmar spürte, dass ein Schwall der Empörung drohte, der Professor Ahlerts Systematik hinwegschwemmt. Ehe Wiebke über Konzerne, Multis und Nadelstreifenträger zürnte, kehrte er zum Thema zurück.

»Priorität hat im Moment«, sagte er, Alex fest anschauend, »das heißt, *am wichtigsten* sind im Moment Informationen über die Verwandlung, weil wir dadurch vielleicht Hinweise auf eine Rückverwandlung bekommen. Fibis Surfprotokoll mit rechtlichen Mitteln zu bekommen ist das eine. Schneller wäre, Fibis Handy wieder flottzukriegen.«

»Ein Handy mit Wasserschaden ist doch hoffnungslos«, sagte Wiebke.

»Professor Ahlert hat mir die gegeben«, sagte Hilmar und legte eine Visitenkarte auf den Tisch. Phone-Doctor stand darauf und eine Berliner Adresse.

»Und wann willst du dahin fahren?«

»Jetzt.«

»Jetzt?«, fragte Wiebke.

»Wann denn sonst? Wenn Fibis Handy funktioniert, wissen wir, wo sie gesurft hat, und wenn wir das wissen, wissen wir auch, wer sich das ausgedacht hat. Und wenn jemand weiß, wie man das rückgängig macht, dann ja wohl der! Und da willst du warten?«

Wiebke seufzte. Sie glaubte, es war sinnlos, auf eine Rückverwandlung zu hoffen.

»Zurück zur Systematik«, sagte Hilmar. »Zuerst geht es um die Erklärung der Verwandlung und um Rückverwandlung. Das hat Priorität, auch juristisch. Dann gibt es Fragen zum Schadenersatz. Und Fragen, wie Fibi in ihrem Leben als Waschbär zurechtkommt. Ist weiterhin unsere Krankenversicherung für sie zuständig? Bin ich überhaupt ihr Vater, wenn sie doch ein Waschbär ist – und ist sie überhaupt ein Waschbär, oder bleibt sie juristisch ein Mensch? Das alles ist Komplex zwei.«

»Von Schadenersatz bis Mensch ist Komplex zwei«, sagte Wiebke sarkastisch. »Wie systematisch.«

»Der Komplex drei widmet sich der Kommerzialisierung, also Filmrechte, Bild...«

»Also bitte! Wie kann man über so was auch nur nachdenken!«, sagte Wiebke. »Mit Fibis Unglück Geld verdienen!«

»Er hat ...«

»Da lässt man einmal zwei Männer allein, einen Dorfbürgermeister und einen pensionierten Juraprofessor, und schon träumen die von Hollywood!«, sagte Wiebke, die von einer Lust am Echauffieren gepackt wurde. »Habt ihr schon geklärt, wer Wiebke Hüveland spielt? Angelina Jolie? Scarlett Johansson? Oder mit wem willst du verheiratet sein?«

»Wir haben eher über praktische Dinge gesprochen. Zum Beispiel, dass alles, was in den Komplex eins fällt, nicht sein

Fachgebiet ist. ›Ältere Herren, die im Rokoko leben, dürfen in Datenrechtsangelegeheiten ahnungslos sein‹, sagte er. Aber er hat mir einen Anwalt in Berlin empfohlen, den er seinerseits schon vorgewarnt hat.«

»Und zu dem fährst du dann auch gleich?«, fragte Wiebke, deren Ärger noch nicht verflogen war.

»Papa, was ist Rokoko?«, fragte Alex.

Keine zwei Stunden später ließ sich Hilmar Hüveland vom Navi durch Berlin leiten, vorbei an einer Baustellentafel »THE SOLID GROUND – More than just a workplace«, an einem »Office House with Leisure and Recreation Zone«, an Kneipen namens »Cosy« und »Pumpgun«, vorbei an einem »Waterfront Hotel« einem »Urban Spring Hostel« und einem »Sunshine Classic Hotel« und an Läden, die als »Fine Paper Shop«, »Everything But Ugly«, »Shoe Depot« und »FlowerPower« firmierten. Er wurde schriftlich aufgefordert »Be your own Creator!« und gefragt, ob er »Ready for the next Chance?« sei. Ein Wagen mit der Aufschrift *Car2Go* schnitt seine Spur. Auto zum Gehen?, dachte Hilmar. Da l8 der Mecklenburger; wir nehmen Autos zum Fahren. Warum in der deutschen Hauptstadt überall mit der englischen Sprache herumgefuchtelt wurde, leuchtete ihm nicht ein, und es war Hilmar Hüveland ein Rätsel, wie es dazu gekommen war. Das anglizistische Dauerfeuer ließ Berlin wie eine Stadt anmuten, in der keine normalen Menschen, sondern Weltgesellschaftsfrondienstler lebten, die Ruderslaven auf der Globalisierungsgaleere.

Hilmar betrat den Phone-Doctor, dessen Ladentafel von Graffitisprayern inspiriert schien, um viertel fünf. Er war der einzige Kunde unter den drei Männern, durchweg deutlich jünger als Hilmar, die außer ihm im Laden waren: Einer langweilte sich am Tresen, einer räumte, mit dem Rücken zum Verkaufsraum, Regale ein. Der dritte saß in einem hinteren Zimmer, welches die Werkstatt zu sein schien.

Hilmar nickte zur Begrüßung und legte, ohne dass sein Nicken erwidert wurde, Fibis – mittlerweile getrocknetes – Handy auf die Glasplatte. »Das braucht ne Chefarztbehandlung.«

Der Mann am Tresen schaute ihn entgeistert an: »Hier gibt's keinen Chefarzt.«

»Ich dachte, ich bin beim Phone-Doctor.« Hilmar hatte nicht erwartet, der Erste mit dieser Nummer zu sein. Phone-Doctor – Chefarztbehandlung. Ist doch naheliegend.

»Was ist n das Problem?«

»Das ist so tot wie ne Wandfliese.«

»Wandfliege? Was ist das?«

»Wand*fliese*.« Da wollte man einmal originell sein, mit einem unkonventionellen Vergleich kommen, und dann geht das so nach hinten los.

Der Tresentyp schrieb auf eine vorgedruckte Papiertüte von der Größe eines Briefumschlages: »tod wie eine Wantflise«.

»Kann ich mal den Techniker sprechen, der sich mit dem Gerät befassen wird?«

Der Legastheniker hinterm Tresen ergriff mit beiden Händen ein Handy und tippte etwas hinein. Vermutlich eine SMS. Nachdem sie abgesendet war, hörte Hüveland aus dem Hinterzimmer, welches nur drei Meter entfernt war, den Signalton einer eingehenden SMS. Der Techniker im Hinterzimmer schaute auf sein Handy und kam dann nach vorn. Er trug ein grünes Holzfällerhemd, einen Vollbart, der allerdings nicht wollte, wie er sollte, und eine Brille mit dicken Gläsern. Er baute sich, einen halben Kopf kleiner als Hilmar, mit Pokerface hinterm Tresen auf.

»Guten Tag«, sagte Hilmar, und weil der Techniker nichts erwiderte, fragte er: »Können Sie mich verstehen?«

»Wieso nicht. Sie sprechen doch deutsch.«

»Ich hab gesehen, dass Sie per SMS nach vorn gerufen wurden, und da dachte ich …«

»Erstens: Unsere interne Kommunikation ist unsere Angelegenheit.«

»Klar doch«, sagte Hilmar Hüveland, der es hasste, etwas zu wollen von Leuten, die etwas exklusiv konnten und sich deshalb jede Schikane erlauben durften.

»Und zweitens: Es war ne WhatsApp.«

Hilmar schwieg, um für ein Drittens Raum zu lassen. Aber weil das nicht kam, ebenso wenig wie ein Viertens und Fünftens, sagte er:

»Dieses Handy ist gestern in einer Autowaschanlage sehr nass geworden. Das Wasser ist inzwischen abgelaufen, aber das Handy lässt sich weder einschalten noch aufladen, zumindest bleibt das Display schwarz, wenn man das Ladekabel einsteckt.«

»Wasser im Handy ist schon mal schlecht«, sagte der Techniker, und Hilmar Hüveland hatte große Lust, ihm zu sagen, dass er das auch wisse, dass *jedes Kind* wisse, dass Wasser im Handy nicht nur schlecht, sondern tödlich ist.

»Ich bin auch Ingenieur«, sagte Hilmar. »Zwar für Kältetechnik, aber Ingenieur.« Das war eine Einladung an den Techniker, die Komplexität seines Vokabulars hochzuschrauben, ohne befürchten zu müssen, ihn, Hüveland, damit zu erschrecken.

»Wieso auch?«, fragte der Techniker.

»Was ... was ...?« Hilmar Hüveland wusste keine Gegenfrage zu formulieren, weil er nicht im Mindesten wusste, worauf sich die Frage (war es überhaupt eine?) bezog.

»Sie sagten, Sie sind *auch* Ingenieur. Wie kommen Sie auf auch?«

»Natürlich«, sagte Hilmar Hüveland. »Mein Fehler. – Mit diesem Handy ist es nun so: Das *muss* flottgemacht werden, koste es, was es wolle. Allerdings muss das System exakt in dem Zustand sein wie im Moment des Schadens. Insbesondere, was offene Seiten angeht. Der Schaden hat sich gestern gegen siebzehn Uhr ereignet.«

Der Techniker hatte, während Hilmar sprach, das Handy von allen Seiten betrachtet, was fachmännisch wirken sollte, aber nur Hilflosigkeit zutage treten ließ: Ein Handy ringsum angucken, an dem es nichts zu sehen gibt, kann schließlich jeder.

Als Hüveland geendet hatte, schob ihm der Techniker die Tüte hin und bat um Namen, Telefonnummer und zweihundert Euro Anzahlung. Schließlich fragte er nach der PIN.

»Die hab ich nicht«, sagte Hilmar, und ihm schwante Böses.

»Keine PIN? Problem. Ohne PIN geht gar nichts.«

»Das Handy gehört meiner Tochter. Ich hab vergessen, sie nach der PIN zu fragen.«

»Gar nicht *Ihr* Handy? Riesenproblem. Nicht Ihre Daten? Riesenproblem.«

»Aber ich bin der Vater!«

»Kann jeder behaupten. Riesenproblem.«

»Meine Tochter ist nicht volljährig. Außerdem hab ich das Handy gekauft!«

»Es geht nicht um das Handy, es geht um die *Daten*!«, intonierte der Techniker in einem so aufreizenden Singsang, als hielte er Hilmar für begriffsstutzig, für gehirnamputiert.

»Gut, dann lassen wir das. Ich nehms wieder mit.«

»Riesenproblem. Das bleibt hier. Denn so, wie Sie auftreten – ich sag nur ›koste es, was es wolle‹ –, werden Sie's woanders versuchen.«

»Das ist ja wohl meine Sache.«

»Sehe ich anders. Von Datenschutz schon mal was gehört?«

Datenschutz, das Synonym für Irrsinn. Hilmar ging seine Optionen durch. Fibis Handy befand sich bereits außer Reichweite, es ließ sich nicht handstreichartig zurückerobern. Zudem hatten in Anbetracht des Wortwechsels der Legastheniker und der Regaleeinräumer im Geiste bereits die Ärmel hochgekrempelt, um ihrem Chef beim Ausbruch von Handgreiflichkeiten beizustehen. Und für die »Ich-geh-hier-nicht-ohne-das-Handy-wieder-weg«-Nummer fehlte ihm schlicht die Zeit.

»Kommen Sie mit Ihrer Tochter wieder«, sagte der Techniker gnädig, und Hilmar widerstand der Versuchung, ihm zu erklären, dass dies nicht ginge, weil sich seine Tochter in einen Waschbären verwandelt hatte. Es war zwecklos, hier noch was zu versuchen.

Als Hilmar Hüveland aus dem Phone-Doctor kam, wusste er wieder ganz genau, warum er dieses Berlin so hasste. Es war praktisch ein Unding, auf dem Dorf mit jemandem zusammenzurasseln. In Berlin passiert das alle fünf Minuten und an jeder Ecke. Weil alle wissen, dass man sich ohnehin nie wieder sieht – und sich entsprechend benehmen.

Hilmars Plan war, die Reparatur des Handys mit der Erstkonsultation bei Johst Wander zu verknüpfen, den von Professor Ahlert empfohlenen Datenschutz- und Digitalanwalt. Wie es aussah, gab es für den jetzt eine Baustelle mehr. Anstatt mit dem instandgesetzten Handy zu ihm zu kommen und – im günstigsten Fall – zu überlegen, wie man an den Urheber der Verwandlungsinstruktionen herankommt, musste ihm der unbekannte Anwalt erst mal helfen, Fibis Handy zurückzubekommen. Unrepariert.

Als berufsbedingter Vieltelefonierer hatte Hilmar beim Autokauf die *sprachgesteuerte Freisprechanlage* gewählt und konnte an einer roten Ampel unter den Augen von Polizisten im neben ihm haltenden Mannschaftswagen eine Verbindung zu Dr. Johst Wander durch lautes Vorlesen der Handynummer von dessen Visitenkarte herstellen.

»Ja, Wander, hallo?«

»Guten Tag, hier ist Hilmar Hüveland. Ich melde mich auf eine Empfehlung von Professor Ahlert.«

»Ich weiß Bescheid, genauer: Ich weiß *nicht* Bescheid.

Herr Ahlert hat nur den Deckel vom Topf gehoben und mich mal schnuppern lassen, aber den Braten hat er mir nicht gezeigt. Ich platze vor Neugier.«

»Er hat nicht konkret gesagt, worum es geht?«, fragte Hilmar, der es ungewöhnlich fand, dass Johst Wander von *Herrn Ahlert* sprach; während er selbst *Professor Ahlert* sagte. War er schon wieder in einen Sumpf Berliner Pampigkeit geraten?

»Nur, dass der Fall außerordentlich interessant ist, dass er grundsätzliche rechtliche und rechtsphilosophische Fragen berührt und in jeder Hinsicht spektakulär sei.«

»Dann sollten wir uns so bald wie möglich sehen.«

»Sie rennen offene Türen ein. – Morgen?«

»Wir können uns auch jetzt treffen«, sagte Hilmar. »Zufällig bin ich gerade in Berlin.«

»Oh, heute habe ich andere Ziegen zu kämmen.«

Hilmar fand die bildhafte Sprache des Anwalts verwirrend. *Ich habe andere Ziegen zu kämmen.* Missverständlich für jemanden, dessen Problem ein Waschbär war: Wollte Johst Wander damit sagen, dass er sich gerade um Klienten kümmert, die sich in Ziegen verwandelt hatten? Nach den Erfahrungen der letzten Tage hielt er alles für möglich, erst recht in Berlin. Außerdem absorbierte ein Spurwechsel seine Konzentration, ein Mini mit der Beschriftung »Drive Now« ließ ihn nicht sich einfädeln. Die kurze Gesprächspause nutzte Johst Wander zum lauten Nachdenken: »Ich könnte allerdings später Feierabend ... – Wo sind Sie denn jetzt?«

So kam es doch zu einer kurzfristigen Verabredung im Büro von Johst Wander in einer Seitenstraße des Kurfürstendammes. Johst Wander war, wie Hilmar Hüveland dann auf einer Messingtafel las, promoviert, und wenige Augenblicke später stand ihm ein Einsneunzigmann gegenüber, schlank, fahle Hautfärbung. Sein Alter schätze Hilmar auf Mitte, Ende dreißig.

Schon beim Händedruck sagte Johst Wander, dass er sofort wieder ans Telefon müsse, winkte Hüveland aber, ihm über knarrendes Parkett zu folgen.

»Kurzum«, sprach Wander ins Telefon. »Ein Feuer löscht man mit Wasser. Wir werden es nicht mit Benzin versuchen.« Daraufhin redete der oder die am anderen Ende der Leitung drei Minuten am Stück, in denen Wander mit Gesten zeigte, wo Hilmar Platz nehmen soll. Als Wander wieder zu Wort kam, sagte er: »Wer das Kriegsbeil begräbt, muss es auch *tief* begraben«, und Hilmar fragte sich, ob sein Rechtsanwalt in den Gelben Seiten womöglich auch unter »Orakel« zu finden ist.

Das Büro von Dr. Johst Wander war gewissermaßen nicht aufgeräumt (was aber täuschte; Johst Wander fand immer sofort, was er wollte), und es war spartanisch, aber ausgesprochen geschmackvoll möbliert. Möbel, Lampen, Kunst – Johst Wander war ersichtlich mit dem goldenen Griff gesegnet: Was er kaufte, war schön.

Mit einem abschließenden »Ich kann Ihnen nur sagen, dass man sich nicht waschen kann, ohne sich nass zu machen« war der Anwalt auf der Zielgeraden seines Gesprächs, und eine Minute später war er ganz Ohr und sprach: »Herr Hüveland, nun heben Sie mal den Deckel des Topfes, aus dem es so duftet.«

Hilmar Hüveland redete fast zwanzig Minuten, nur durch wenige Zwischenfragen unterbrochen. Als er fertig war, sagte der Anwalt: »Herr Ahlert hat mich insoweit geimpft, als es reine Zeitverschwendung sei, Ihre Geschichte anzuzweifeln. Und wenn ich Sie richtig verstanden habe, gibt es für mich zwei Baustellen: Die Verbindungsdaten der Tochter und die Aufnahmen der Überwachungskamera.«

»Und das Handy, das ich vorhin losgeworden bin«, sagte Hilmar Hüveland.

»Das waren nur Nerds mit ner sadistischen Ader, die

Provinzler Erschrecken gespielt haben. Das Handy holen wir uns als Erstes. Bitte hier unterschreiben.«

Hilmar unterschrieb eine Vollmacht. Während der Anwalt, der nun *sein* Anwalt war, die Tasten seines Laptops klackern ließ und anschließend etwas ausdruckte, redete er halb abwesend.

»Rechtsschutzversichert? Ich würde mir trotzdem keine Hoffnungen machen. Rechtsschutz für den Fall, dass sich Angehörige ersten Grades in Tiere verwandeln, ist vermutlich nicht abgedeckt. Obwohl: Was nicht ausdrücklich ausgeklammert ist, gilt als versichert. Kommt hier meine Grundregel in Sachen Versicherungen ins Wanken? Wie die lautet? Ich bin gegen alles versichert, außer gegen das, was passiert.«

Was dann im Phone-Doctor passierte, wurde von Hilmar fortan in seinem Museum der schönsten Erinnerungen aufbewahrt, in einer Vitrine mit der Aufschrift »Schadenfreude«. Der Anwalt hatte im Sturmschritt das Geschäft betreten und mit lauter Stimme gesagt: »Den Geschäftsführer bitte, sofort! Es geht um die Vereitelung einer Straftat!« Es war, außer den zwei Typen von vorhin, nur noch eine Kundin, eine junge Frau, im Laden. Sie guckte erschrocken, worauf Wander in ihre Richtung sagte: »Keine Angst, wir sind die Guten.«

Der Chef, Geschäftsführer, Nicht-Chefarzt und Nicht-Ingenieur erschien auf der Bildfläche, und Johst Wander legte nacheinander vier Papiere auf den Tisch, letzteres in einem verschlossenen Kuvert. »Hier sind eine Kopie meiner Zulassung als Rechtsanwalt, meine Bevollmächtigung, der Kauf- und damit Eigentumsnachweis des Smartphones meines Mandanten, und die Kostennote, die wegen Ihrer Unterschlagung gemäß Paragraph 246 StGB entstanden ist. Ich gebe Ihnen die letztmalige Gelegenheit, meinem Mandanten sein Eigentum zurückzugeben. Andernfalls rufen wir die Polizei und erstatten Strafanzeige.«

Der Chef tat cool und begann, die Vollmacht zu studieren, in der vergeblichen Hoffnung auf einen Formfehler. Unter den Blicken seiner Angestellten fasste er den dummen Entschluss, sich stur zu geben, obwohl Hilmar zu den Worten »rufen wir die Polizei« demonstrativ sein Handy gezückt hatte.

»Der Herr hat ein Handy vorgelegt, das ihm nicht gehört. Und die datenschutzrechtlichen Bestimmungen ...« Johst Wander warf Hilmar einen Blick zu, der zu sagen schien: Er will es nicht anders haben, und Hilmar stellte eine Verbindung her, das heißt, er tat, als ob, denn das war der Plan. »Guten Tag, mein Name ist Hilmar Hüveland. Mein Handy ist mir gestohlen worden, ich hab die Diebe, aber sie geben das Handy nicht her. – Ja, gemeinschaftlich begangen, zu dritt.« Die beiden Ladenhelfer wurden unruhig. Die Solidarität bekam Risse. Hilmar gab noch die Adresse durch und beendete das Gespräch. »Fünf Minuten«, sagte er.

Leider war das Ausstellungsstück im Museum der schönsten Erinnerungen ab dieser Stelle etwas ramponiert, denn auf dem Handy in seiner Hand wurde er über einen neuen Beitrag auf Gutefrage.net informiert. Der vorige hatte für Fibi die Konsultation eines auf Werwölfe spezialisierten Psychiaters angeregt.

Nun postete ein User namens Lord Lorford *Ich würde mich ja eher fragen welchen Psychiater man Waschbaerdaddy empfehlen kann.*

Diese Frechheit beschäftigte Hilmar so sehr, dass seiner Aufmerksamkeit die Details jener Entwicklung entglitten, an deren Ende einer der Ladenhelfer (der Legastheniker) Fibis Handy auf den Tresen legte, zusammen mit zweihundert Euro.

»Dit is Ballin, wa?«, sagte Johst Wander vor dem Laden mit einem breiten Grinsen. Fibis Handy werde er einem Ex-BNDler geben, der wegen fingierter Alkoholprobleme aus dem Computerexperten-Corps aussortiert wurde, aber als freier Mitarbeiter die Aufträge zugespielt bekommt, bei denen die Festangestellten »die weiße Fahne schwenken«, wie sich Johst Wander ausdrückte.

Auf welche Zeiträume er sich einstellen müsse, fragte Hilmar.

»Vielleicht melde ich mich schon heute Abend«, sagte Johst Wander. Auf Hilmars verdutzten Blick sagte er: »Sie fragen sich besorgt, wann der Mann seinem Alkoholproblem nachgeht? Der ist nur unter einem Vorwand aussortiert worden, nachdem sich ne behinderte Ostfrau beworben hatte, eine Bewerbung, die drei Quoten bedient, Ostquote, Frauenquote, Behindertenquote. Da wird jeder Personalchef schwach. Um an der Abfindung zu sparen, wurde was mit Alkohol konstruiert. Der Deal war, dass er sich dagegen nicht wehrt, dafür aber als fester Freier lukrative Aufträge zugeschustert bekommt. Nun haben Sie die ganze Geschichte.«

Auf der Stadtautobahn war der Feierabendverkehr abgeklungen. Als Hilmar die Stadtgrenze erreichte, hatte die Nacht bereits nach der Landschaft gegriffen, nur im Westen lag ein letzter grauer Dämmerungsstreifen am Horizont.

Ballin war ein Bombardement von Begegnungen und Eindrücken, unter denen er fast vergessen hatte, was mit Fibi geschehen war. Doch nun lag die Stadt hinter ihm, und er gondelte seinem Dorf entgegen.

Auf halber Strecke ging ein Anruf von der Postfrau ein.

»Marita, was gibts?«, sagte Hilmar.

»Du, beim Klüvert ist doch die Frau ausgezogen. Die will die Scheidung, nehm ich an.«

»Ja, so was hab ich auch gehört«, sagte Hilmar.

»Und heut kam ein Einschreiben vom Gericht, das er unterschreiben musste. Aber er hat nicht aufgemacht. Ich hab geklingelt und gerufen ...«

»Vielleicht war er gar nicht da?«

»Na sicher war der da!«, sagte die Postlerin. »Fünf Minuten vorher hab ich doch noch seinen Rasenmäher gehört, und sein Auto stand da. Dann hab ich durch seine Scheibe geguckt – und da steht gleich ein Gewehr an der Tür! Griffbereit! Der will mich doch nicht mit ner Waffe bedrohen, wenn was vom Gericht kommt.«

»Ach i wo«, sagte Hilmar, weil er, wo immer dramatisiert wurde, beschwichtigte. Doch dass Klüvert einen Waffenschein hatte, war ihm neu. Und Klüvert war der Letzte, bei dem ihm Waffenbesitz gleichgültig wäre. Aber Waffe rumstehen lassen bedeutet Waffenschein weg, dachte Hilmar.

»Ich red mal mit ihm«, sagte Hilmar.

»Danke, Hilmar«, sagte Marita. »Und schöne Grüße an Wiebke!«

Achtzig Minuten später, es war schon dunkel, klingelte er bei Benno Klüvert. »Was haste, Hilmar, sach an!«, sagte der, nicht unfreundlich. Die Außenbeleuchtung brannte, wodurch ein Blick ins Hausinnere nicht möglich war.

»Schön, dass du aufmachst, Benno«, sagte Hilmar. »Aber warum machste Marita nicht mehr auf?«

Benno guckte einen Moment, als wollte er sagen »Kann nicht sein«, aber dann kam ein Sturzbach an Erklärungen: »Der Wolf musste dat Messer gewechselt kriegen, da bin ich mitm Schlüssel abgerutscht und brauchte n Pflaster. Wie ich so vorm Badspiegel stehe, denk ich, Mann, rasier dich mal wieder. Ich hab son neumodischen, von Philips, und der brummt am Ohr, da hörst du nix, wenn jemand an der Tür klingelt.«

Da Hilmar wusste, dass *der Wolf* ein Rasenmäher, *das Messer* die Mähklinge und *der Schlüssel* ein Schraubenschlüssel war, ergab das sogar einen Sinn.

»Und wenn die Marita durch die Tür guckt, sieht sie dann ein Gewehr?«, fragte Hilmar.

Benno griff hinter die Tür, holte die Waffe hervor und drückte sie Hilmar in die Hand. »Ist nur ein Luftgewehr.

Die Minka hat Stress mit nem Kater, der hier jede Nacht rumstreunt. Ein verwildertes Viech. Dem gehört eins aufn Pelz gebrannt. Wenn was ist, steht die Waffe griffbereit, verstehste?«

Hilmar gab Benno das Luftgewehr zurück. Ich muss Fibi unbedingt sagen, dass die nicht in die Nähe von Klüverts Haus kommt, dachte er, als er sich verabschiedete.

Zu Hause wurde sein Kommen nicht bemerkt, so dass Hilmar Ohrenzeuge eines Wiebke-und-Fibi-Gesprächs wurde, als dankbarer Beobachter eines harmonischen Moments zwischen Mutter und Tochter.

»Du hast jetzt ne Trans-Dings-Tochter«, hörte er Fibi sagen. »Manche Eltern müssen mit Transgender-Kindern klarkommen, und du hast eben ne Trans-was-weiß-ich-Tochter.«

»Trans-Spezies-Tochter«, sagte Wiebke, deren Lateinkenntnisse zwar nicht umwerfend waren, aber ausreichten, um jeden Hochstapler zu entlarven.

»Siehste«, sagte Fibi. »Jeden Monat wird ne neue sexuelle Orientierung entdeckt. Das neueste ist ›sapiosexuell‹. Davon schon gehört? Sapiosexuelle stehen auf Schlaumeier. Der Clou ist, dass den Sapiosexuellen egal ist, ob der Schlaumeier Mann oder Frau ist. Hauptsache schlau. Wer so tickt, ist sapiosexuell. Und wir haben die Lücke gefunden, um noch was rauszuhauen: Meine Damen und Herren, wir präsentieren Ihnen Fibi Hüveland, das erste Trans-Spezies-Wesen!« Fibi lachte, sprang auf Wiebkes Schoß und kuschelte sich an.

»Fibi, meine Fibi, das letzte Mal warst du so klein, als du auf die Welt gekommen bist. So klein warst du, hier in meinem Bauch.« Hilmar war sich sicher, dass Wiebke gerade die Tränen kamen. »Weißt du, was mich Alex heute gefragt hat? – ›Mama, wenn ich so alt bin wie Fibi, werde ich dann auch ein Waschbär?‹«

»Hat er mich auch gefragt.«

»Papa und ich haben uns überlegt, ein Kellerfenster offen zu lassen, damit du ins Haus kannst. In dem Raum kannst du dich auch benehmen wie ein Waschbär. Kannst in jede Ecke schieten, wenn dir danach ist.«

»Mama, wie redest du«, sagte Fibi, was eine Parodie auf die Ermahnungen ihrer Mutter war.

»Pardon«, sagte Wiebke. »Du kannst dein Revier markieren und dich nach Herzenslust lösen.«

»Kannst du mir eins versprechen?«, fragte Fibi. »Dass ihr mich niemals als Menschen dafür zur Rede stellt, was ich als Waschbär getan habe?«

»Das ist ja *der* Freibrief zur Verantwortungslosigkeit«, sagte Wiebke, die als diplomierte Psychologin mit zertifizierter Zusatzausbildung als Kinder- und Jugendpsychologin sofort die scheunentorgroße Hintertür entdeckt hatte.

»Ist aber so. Du kannst bei Zwillingen auch nicht den einen Zwilling dafür zur Verantwortung ziehen, was der andere getan hat, bloß weil sie identisch sind.« Der Vergleich mit den Zwillingen, fand Fibi, war einfach zu gut. Der musste einen Haken haben, und sie wollte ihn schneller finden als ihre Mutter. Was ihr auch gelang: »Der einzige Unterschied ist, dass ich immer ganz genau weiß, was der andere Zwilling getan hat.«

»Fibi, wenn ich sapiosexuell wäre, dann würde ich mich jetzt in dich verlieben.«

»Igitt!«, rief Fibi, und um dem Knuddeln ihrer Mutter zu entgehen, entschwand sie unter dem Vorwand, ein zoologisch anerkanntes nachtaktives Wesen zu sein.

Hilmar tat, als sei er eben erst gekommen. Wiebke zeigte ihm den Kellerraum, den sie für Fibi hergerichtet hatte. Das Fenster war offen. Die zerfetzten Polster hatte Wiebke in den Keller bugsiert; Fibi konnte sie weiter zerfetzen oder sich darin einrichten, ganz wie sie wollte. Dank der Heiztherme würde sie es im Winter immer warm haben.

Wiebke erwähnte, dass sie am nächsten Tag nach Greifswald fahren werde, wo Fibi gründlich untersucht werden soll. Sören hatte einen Fahrdienst bestellt, zum Uniklinikum und zurück, »aus Rücksicht auf dich, falls du das Auto brauchst«.

Hilmar wollte von Berlin erzählen, doch kaum hatte er begonnen, ging eine SMS von Johst Wander ein: Heute, 22:56 http://www.humorabilia.de/dies-und-jenes/wie-verwandle-ich-mich-in-einen-waschbaeren/26gjqSa89.de

Wenige Augenblicke später hatte Hilmar Hüveland seinen Laptop aufgeklappt und die Zeichenfolge der SMS in die Adresszeile seines Browsers getippt. Es erschien eine Fehlermeldung, doch als er den Pfad kürzte und die Startseite aufrief, erschien das lachende Gesicht eines Mittvierzigers, und über dem Kopf war, im Stile eines Heiligenscheins, der Satz »Willkommen bei Thomas Diederich« einmontiert. Thomas Diederich war ein Typ, der bei Hilmar sofort Aversionen weckte. So hatte er sich immer die Männer vorgestellt, die unter gefälschter Identität junge Mädchen im Internet verführen. Auch Wiebke mochte ihn nicht. Für sie war Thomas Diederich »einer, der durch die Nase lacht«.

Thomas Diederich verstand sich nicht als Komiker, Comedian oder Kabarettist, sondern als »Humo(o)rsoldat«, und seine Art des Humors ging Hilmar schnell auf die Nerven. Thomas Diederich bewarb sein Soloprogramm, in dem er »Witze, präzise wie ein Fangschuss«, ein »humoristisches Sperrfeuer gegen die Idiotien des Alltags«, »granatenmäßigen Ulk über Zwischenmenschliches und Zwischenmännliches«, »ein satirisches Bombardement auf alle Farben der Politik« und sogar »die Comedy-Atombombe für das Trumpeltier im Weißen Haus« versprach.

Der Link, den Johst Wander geschickt hatte, existierte

nicht mehr. Zwar gab es noch die Rubrik »Wie verwandle ich mich in eine/n« (Baumkuchen/Maulwurf/Windhose/ Wegweiser/Kaugummi), doch die Anleitung zur Verwandlung in einen Waschbären fehlte. Dafür gab es ein Impressum, das tadellos Herrn Thomas Diederich als »V.i.S.d.P.« auswies und auch eine Adresse nannte: Flache Straße 5 in 73155 Örtingen, etwa eine Autostunde östlich von Stuttgart. Mit Google Earth schaute Hilmar Hüveland dem Nordkorea der Comedy, der Möchtegern-Atommacht, mal aufs Dach. Die Flache Straße 5 war ein schiefergedecktes Einfamilienhaus am Rande einer kleinen Stadt. Diederich hatte sogar einen eigenen Wikipedia-Eintrag: »Thomas Diederich, geboren am 12. Februar 1971 in Pforzheim, ist ein deutscher Komiker und Karikaturist. Er studierte Germanistik, Philosophie und Geschichte in Heidelberg. Von 1999 bis 2004 arbeitete er als städtischer Angestellter in Örtingen. Ab 2005 ist er freiberuflicher Comedian.

Berufliches: Erste Auftritte in der Studentenzeit, 2001 erstes Soloprogramm ›Pforzheim forever‹ (über vierzig Auftritte), dann ›Karren, Knarren und Karrieren‹ (2004), ›Wo bitte steht das nächste Fettnäpfchen?‹ (2011), ›Ausgemerkelte Gestalten‹ (2016) und ›Unterhalt(ung)spflichtig‹ (2022).

2008/09 produzierte er das Format ›Telefon(ge)streiche(l)‹, für das er zahlreiche Prominente (Boris Becker, Til Schweiger, Harald Schmidt, Jürgen Trittin) imitierte.

Seit 1998 Karikaturen, u.a. in ›Pforzheimer Zeitung‹, ›Aalener Kurier‹ und ›Schwäbischer Bote‹.«

Unglaublich, dass so ein Typ Fibi und Aram auf dem Gewissen hatte.

»Ich fahr hin«, sagte Hilmar. »Morgen.«

Mitten in die Reiseverabredungen mit Johst Wander kam die Benachrichtigung für ein weiteres Posting auf Gutefrage.net. Ein User namens *fragmichliebergleich*, der bereits zweitausendzweihundertzweiundachtzig Posts hinterlassen hatte, schrieb: *By DSU Hanashi movies to get the fuck out-side, if you fucking force field I'm Fallin, comes to file city of iDoctor pinpoint BBVA point has outside for Tatian is pulled the year*

Das konnte er auf Anhieb nicht übersetzen; er konnte nicht mal einen Sinn darin erkennen. »to get the fuck outside« bedeutete wohl »den Scheiß rausbekommen«, also drastisch für »aus der Waschbärenexistenz rauszukommen«. Aber was sind »DSU Hanashi movies«? Hanashi mag ein japanischer Regisseur sein. »I'm Fallin« – wer ist Fallin, und warum lüftet *fragmichliebergleich* hier seine Existenz? »File city of iDoctor« klingt fast nach Verschwörungstheorie – oder verbirgt sich dahinter die Rache des Phone-Doctors? »BBVA« – war das nicht diese Bank, deren Werbung ihm oft auf ausländischen Flughäfen begegnet? Und wer oder was ist Tatian?

Dass die Nachricht auf Englisch war, war eindeutig eine überraschende Entwicklung. Er schickte die Nachricht durch ein Übersetzungsprogramm.

»Mit DSU Hanashi-Filmen, um den Fick draußen zu bekommen, wenn du verdammtes Kraftfeld bin, das ich bin Fallin, kommt die Stadt iDoctor zum Punkt, wo BBVA-Punkt draußen für Tatian ist, der das Jahr zieht.« Irgendwer da draußen wollte ihm etwas sagen. Aber was?

Auf Gutefrage.net gab es keine Möglichkeit, mit anderen Foristen direkten Kontakt aufzunehmen. Hilmar schrieb unter den rätselhaften Beitrag: *Hallo fragmichliebergleich, was bedeutet das? What does it mean? Kannst du bitte präziser und direkter sein? Can you please be more precisly and directly? Ich verstehe nicht, was du sagen willst. I don't understand what you say. Danke, Waschbaerdaddy.*

Eine heiße Spur, ein Krimi, zweifellos. Aber jetzt war Hilmar Hüveland müde. Er hatte einen langen Tag hinter und einen anstrengenden Tag vor sich.

*

Bevor Aram am Morgen in das Auto seines Vaters gestiegen war, hatte er zu Fibi *Heute abend wieder Straße* gesagt, was wohl eine Verabredung sein sollte, an der Stelle, an der sie die Mutproben gemacht hatten. Aber Abend war ein dehnbarer Begriff, und als Fibi kam, war es längst Nacht. Aram hatte dennoch auf sie gewartet; als sie ihn suchte, hörte sie ihn ihren Namen rufen.

»Ich bin hier!«, rief sie zurück.

»Bist ja immer noch n Waschbär«, sagte er, als er sie sah.

»Du doch auch«, sagte sie.

»Wollte sich dein Vadder nicht kümmern?«

»Ist eben nicht so einfach«, sagte Fibi. »Vielleicht kommt ja morgen was raus. Da soll ich groß untersucht werden.«

»Wie jetzt?«

»Da gehts in die Klinik.«

»Und wozu soll das gut sein?«

»Keine Ahnung«, sagte Fibi. »Kannst du inzwischen mit deinen Eltern sprechen? Wie haben die überhaupt reagiert?«

»Als mein Vadder mit mir nach Hause kommt, fragt meine Mutter, wieso er nen Waschbären mitbringt. Mein Vadder: ›Was willst du, das ist Aram!‹ Dann haben die zwei Stunden diskutiert, ob ich Aram bin. Mein Vadder sagte immer, Aram mach dies, mach das, und ich tu's, aber meine Mutter glaubt ihm trotzdem nicht. Eh, ich wollte sie fragen, ob sie's erst glaubt, wenn sie nen Ausweis von mir sieht, mit nem Waschbär-Bild. Aber ich kann ja nicht sprechen.«

»Und wieso nicht?«, fragte Fibi.

»Weiß nicht«, sagte Aram. »Ich fühl mich rabiat unfrei bei denen, verstehste?«

»Wenn du nur mit mir sprechen kannst, heißt das ja …«

»Kann sein«, sagte Aram schnell, als es pathosmäßig aus dem Ruder zu laufen drohte.

Auch Fibi wollte das Gespräch aus der bekennerhaften Ecke herausholen, in die sie es selbst gesteuert hatte, und sagte: »Mein Vadder war heute bei einem Rechtsanwalt. Der meint, dass man uns verfilmen könnte, weil es so was noch nie gegeben hat.«

»Ein Rechtsanwalt?«, sagte Aram. »Ich dachte, die sind so für Gesetze da.«

»Keine Ahnung«, sagte Fibi. »Aber überleg mal: Wir werden berühmt.«

»Dein Vadder soll sich erst mal um die Rückverwandlung kümmern. Übermorgen ist mein Probetraining«, sagte Aram. »Berühmt werden können wir dann immer noch.«

Fibi fragte sich, ob er denn wirklich an eine Rückverwandlung glaubt. Sie glaubte nicht daran. Nicht nur das. Sie hielt sie für vollkommen ausgeschlossen. Shaima ging ihr nicht aus dem Sinn, wie sie sagte *Ich glaube, das geht gar nicht*. Aber solange alle um sie herum auf Rückverwandlung hofften und von Rückverwandlung sprachen, wagte sie ihre Überzeugung niemandem anzuvertrauen.

Seitdem Fibi gekommen war, hatten nur wenige Autos die Stelle passiert, und so saßen die beiden mit übereinandergelegten Schweifspitzen am Straßenrand.

»Was hast n gemeint, als du gesagt hast ›Heut *Abend* wieder Straße‹?«, fragte Fibi.

»Was weiß ich. Wenns dunkel wird«, sagte Aram.

»Also Dämmerung?«, fragte Fibi.

»Du und deine Fachbegriffe«, sagte Aram.

»Können wir ja jeden Tag so machen«, sagte Fibi. »Also morgen Abend wieder Straße?«

Aram nickte, und damit waren sie verabredet.

Thomas Diederich

Thomas Diederich wollte heute Arschloch sein. Am Morgen hatte er vor dem Spiegel gestanden und über sein Leben nachgedacht. Er war in einem für Komiker schwierigen Alter. Er war ersichtlich nicht mehr jung: Wenn er sich in die Hüfte griff, fasste seine Hand ins Fett, die Gesichtshaut verlor an Spannung, die Augenbrauen begannen zu verbuschen, der Blick war hart und müde geworden. Nichts Romantisches konnte er in seinem Spiegelbild entdecken.

Thomas Diederichs Komiker-Idol, auf das er in seinen einzigen beiden Interviews verwiesen hatte, hieß Spick Venice. Dieser war in Wahrheit eine Phantasiefigur, eine Erfindung Thomas Diederichs. Gleichwohl machte er ihn zum Urheber des Satzes: »Erzähl den Witz, oder sei der Witz.« (»Tell the joke, or be the joke.«) Obwohl jeder aufrichtige Komiker, der sich dergestalt vor die knallharte Wahl gestellt sieht, sich dafür entscheidet, der Witz zu sein, anstatt ihn bloß zu erzählen, musste sich Thomas Diederich eingestehen, bislang die Witze immer nur erzählt zu haben.

Dabei wusste Thomas Diederich, dass seine Witze nicht besonders komisch waren. Wenn er etwas schrieb, was einmal ein Witz werden sollte, hoffte er darauf, dass sich jemand findet, der darüber lacht. Bühnenauftritte waren ohnehin eine seltsame Angelegenheit. Es bestand die Verabredung: Ich rede, ihr lacht. Er musste das Publikum nicht *zum Lachen bringen*, das Publikum *brachte das Lachen mit* und ließ es frei, wenn er das Zeichen dazu gab. Man musste gar nicht komisch sein, damit gelacht wurde, es reichte, sich um Komik zu bemühen. Insofern war er mit dem »Witze erzählen« immer auf der sicheren Seite, selbst wenn er nur mittelmäßige Witze erzählte. Aber reichte es auch, nur ein mittelmäßiger Witz *zu sein*? Lachte das Publikum auch über eine witzig gemeinte, aber unkomische Witzfigur, so wie es über seine witzig gemeinten unkomischen Witze lachte? Denn nichts ist schrecklicher als ein Publikum, das beschlossen hat, etwas nicht komisch zu finden und darob nicht zu lachen. Wenn ein Kollege sagte, sein Programm sei nicht besonders komisch gewesen, konnte Thomas Diederich selbst dann, wenn er dem Kollegen insgeheim recht gab, immer noch erwidern: »Was willst du, die Leute haben gelacht.« Wird er mit dem gleichen Argument den Einwand kontern können, seine Figur sei nicht komisch?

Das Leben ist grausam, fand Thomas Diederich. Jetzt verlangte es von ihm, sich nicht nur Komiker zu nennen, sondern auch Komiker zu sein.

So endete die Spiegelbeschau mit dem Entschluss, es mal als Arschloch zu versuchen. Um in seine Rolle zu finden, wollte er im Schutz der eigenen vier Wände alles Arschlochhafte von der Leine lassen. Dazu behielt er den Bademantel an. Bademantel war eine Chiffre von Verwahrlosung, und die Rolle des verwahrlosten Arschlochs sagte ihm instinktiv mehr zu als die des kultivierten Arschlochs. Um dem Geheimnis der Arschlochhaftigkeit und der ihr innewohnenden Komik auf die Spur zu kommen, schnauzte Thomas Diederich alle möglichen Gegenstände, Sachverhalte und Lebensumstände an. Die Butter dafür, dass sie es nach Jahrzehnten noch nicht gelernt habe, weich aus dem Kühlschrank zu kommen (»Wieso kann die Margarine das? Sag mir das mal!«), das Wetter dafür, dass es wechselhaft war (»Kannst du das mal lassen mit den Jahreszeiten?«), den Schrank dafür, dass er unaufgeräumt war (»Als ich dich das letzte Mal aufgemacht habe, sah es genauso aus. Kannst du deine Zeit nicht mal sinnvoll nutzen?«), und sich selbst dafür, dass er es noch nicht ins Fernsehen geschafft hat. Komisch sollte das alles nicht unbedingt sein; er wollte nur der Natur eines Arschlochs und irgendwann auch seiner Komik auf die Spur kommen.

Was ein richtiges Arschloch ist, das kratzt sich auch am Sack, beschloss Thomas Diederich, und er probierte etliche Arten des Sich-am-Sack-Kratzens aus, als Tina Turner losplärrte, »You're simply the best«. Thomas Diederichs eingehende Anrufe seiner Frau waren mit diesem Klingelton verknüpft. Inzwischen war sie seine Ex-Frau, ohne dass der Klingelton ihr Ex-Klingelton geworden war.

»Bist ja schnell rangegangen«, sagte sie. »Gerade nichts zu tun?«

Bei Andrea wusste er nie, ob sie schon entsichert hatte. Gerade nichts zu tun? konnte eine Abwandlung der Frage *Bist du gerade in Plauderlaune?* oder der Vorwurf *Wenn andere schaffen, kratzt du dir den Sack* sein. Vermutlich wusste sie es selbst nicht und entschied situativ, je nachdem, welchen Verlauf das Gespräch nahm. Ihr Talent war es zweifellos, sich in Gesprächen keine Blöße zu geben.

»Eben hab ich noch Großkonzerne fusioniert«, sagte er. »Dann hab ich auf mein Handy geschaut und gedacht, könnt mich mal einer anrufen und mir gratulieren.«

»Entschuldigung, die Verbindung ist so schlecht. Hast du gesagt, du hast das Haus verkauft, und jetzt soll ich dir dazu gratulieren?«

Deshalb rief sie also an. Seit der Scheidung wusste er, dass er das gemeinsame Haus, das sie nicht mehr bewohnte, verkaufen musste. Einig waren sie sich darin, dass sie mindestens dreihundertsechzig, wenn nicht sogar vierhundert haben wollten, obwohl der Schätzer es nur auf zweihundertachtzig taxiert hatte. Aber wozu bittesehr war ein Immobilienboom gut, wenn nicht dafür, weit über Schätzwert zu verkaufen. Käufer in dieser Preislage waren nicht leicht zu finden. Prima für ihn: Je länger sich die Käufersuche hinzog, desto länger konnte er wohnen bleiben.

»Ich das Haus verkauft?«, sagte er. »*Du* wolltest doch einen Käufer finden!«

»Wie bitte? Ich habe rein hypothetisch davon gesprochen, dass *wenn* – die Bedeutung des Wörtchens wenn ist dir bewusst? Oder lag der Grund für dein abgebrochenes Germanistikstudium darin, dass du an der Bedeutung von wenn gescheitert bist? –, *wenn* du keinen Käufer findest, muss ich mich womöglich selbst nach einem Käufer umschauen.«

»Ach so, ich dachte ...«

»Du dachtest: Wenn sie einen Käufer finden könnte, wozu mich dann selbst kümmern? Wohnt sich doch ganz gut in ihrem Haus!«

Nun hatte sie ihn wieder zur Schnecke gemacht. Und nicht nur das. Sie hatte ihn auch bei der Erprobung seiner Arschloch-Rolle aus dem Tritt gebracht. Hätte er von Anfang an gewusst, wie das Gespräch verlaufen wird, hätte er gegenüber Andrea mal das Arschloch versucht. Dass er es nicht tat, fand er beim genaueren Nachdenken besser. Denn um gegenüber Andrea was auszurichten, musste er schon das Arschloch für Fortgeschrittene draufhaben.

Sie sprachen noch zehn Minuten, in denen Andrea ankündigte, nunmehr auch ihrerseits Kaufinteressenten »zu akquirieren«. Dass so ein Hausverkauf kein Selbstläufer ist, wird Andrea noch früh genug begreifen. Thomas Diederich hatte anfangs nur Alibibemühungen unternommen, das Haus zu verkaufen, erst seit zwei Monaten kam ein Fünkchen echtes Engagement auf. Die Ausbeute: zwei Anrufe, eine Besichtigung.

Da er nun aus der Arschlochrolle gerissen war, konnte er normale Kleidung anlegen. Bestandteil davon war immer ein T-Shirt, dessen Charakterisierung als »polarisierend« unzutreffend war, weil dies bedeutet, dass es sowohl Zustimmung wie auch Ablehnung hervorruft, nicht aber, wie vorliegend, ausschließlich Ablehnung. Das T-Shirt des Tages war ein schlabberig-verwaschenes, vormals oranges, jetzt undefinierbar gelbliches Baumwolltrikot mit einem die gesamte Vorderseite füllenden Homer Simpson, der mit einer Taschenlampe einem Hund tief in die Schnauze leuchtet.

Dann setzte sich Thomas Diederich an den Computer, »Zeug streamen«, wie er es nannte.

Anhand der Filmchen, die YouTube ihm anbot, konnte er ablesen, was der Algorithmus von ihm hielt. Obwohl er niemals das Wort »Kracherwitze« in die Suchzeile eingetippt hatte, wurde er mit Kracherwitzen überschwemmt. Er reagierte allergisch auf dieses Wort, seitdem ihm David, sein Agent, geraten hatte, das nächste Programm müsse »mal ein paar Kracherwitze« haben. David hatte ihm auf die Neujahrskarte neben »Alles Gute für 2023« ein handschriftliches »dem Jahr der Kracherwitze!« gesetzt.

Eine knappe Stunde lang sichtete er Witze und Sketche auf YouTube, dann wandte er sich seiner Homepage zu, humorabilia.de, auf die auch diejenigen geleitet wurden, die www.thomasdiederich.de oder www.thomas-diederich. de eingaben. Als er sich für eine Internetadresse registrieren ließ, waren alle attraktiven Domains vergeben. An so was wie kracherwitze.de war nicht im Entferntesten zu denken. Er war nun mal der Humordienstleister fürs kleine Geld. Ins Fernsehen kam er nicht, dazu war er einfach nicht komisch genug.

Apropos Fernsehen. »Verstehen Sie Spaß?« hatte ihm immer noch nicht geantwortet. Er hatte diesen Maden im GEZ-Speck, diesem üblen Fernsehunterhaltungsbeamtentum eine spitzenmäßige Idee geschickt, den »Skijacken-Trick«. Man nehme ein Promi-Paar, beispielsweise Jan Josef Liefers und Anna Loos. Frau ist eingeweiht. Die schenkt ihrem Mann zu Weihnachten eine tolle Skijacke. Wenn sie dann beim Skilaufen in Davos, Kitzbühel oder St. Moritz sind und Mittag essen, hängt der Mann die Jacke an die Garderobe. Nun hängen aber etliche andere Gäste identische

Skijacken an die Garderobe (und nehmen die originale Jacke vielleicht sogar weg). Nach der Rückkehr kann die Situation eskalieren: Wenn Liefers – oder wer sonst das Opfer ist – zum Zwecke der Identifizierung die Taschen anderer Jacken durchsucht, kann er als Dieb zur Rede gestellt und die Polizei gerufen werden, und wenn er sich eine Jacke einfach anzieht, kann ihn eine fremde Frau von hinten umarmen und küssen, oder, noch besser, ein Mann – im Zeitalter der Homo-Ehe kann sich auch die spießigste Samstagabendshow mal locker machen. Die anderen nehmen sich ganz selbstverständlich eine Jacke vom Haken, anscheinend immer die richtige, aber wenn er eine nimmt, tippt ihm garantiert jemand auf die Schulter, »Entschuldigung, aber hier kennt wohl einer nicht den Unterschied zwischen Mein und Dein?« Mit der letzten Jacke geht er schließlich zum Hang, und dort kommt aus der Tiefe der Jacke ein Handyklingeln, Jan Josef Liefers oder wie auch immer das Opfer heißen mag, geht ran – und Guido Cantz fragt, ob er Spaß versteht.

Es war ein Vierteljahr her, dass er der Redaktion die Idee zugesandt hatte, und außer einem Standardschreiben war nichts von denen gekommen. Inzwischen waren die neuen Wintersport-Kataloge von Bogner, Adidas, North Face und wie sie alle heißen, längst raus. Es war Zeit, die Sache anzugehen.

Mittagessen ließ er ausfallen. Er hatte keine Lust auf Rührei, und mehr gab der Kühlschrank nicht her. Er holte eine angerissene Prinzenrolle und aß, über zwanzig Minuten verteilt, ein halbes Dutzend Kekse. Obwohl er Krümel auf der Tastatur hasste.

Am vorletzten Keks knabbernd, hörte er vor seinem Haus Autotüren klappen. Einem Polo mit Stuttgarter Kennzeichen entstiegen zwei Männer, die zögernd, sich umblickend, auf das Haus zugingen. Der eine mochte in seinem, Thomas Diederichs, Alter sein, vielleicht noch etwas jünger, der andere war nochmals etwa zehn Jahre jünger. Beide trugen Jeans, Halbschuhe, Oberhemd, Jackett. Bevor sie klingelten, spähten sie über den Zaun und versuchten zu ergründen, ob jemand zu Hause war.

Andrea!, schoss es Thomas Diederich durch den Kopf. Andreas Kaufinteressenten!

Welch ein Schachzug: Wenige Stunden nach ihrer Ankündigung, nun auch ihrerseits Kaufinteressenten »zu akquirieren«, tatsächlich welche aus dem Hut zu zaubern und sie ohne Vorwarnung antanzen zu lassen. Und das muss man erst mal finden: Ein schwules Pärchen, das ausgerechnet in einer schwäbischen Kleinstadt den Traum vom gemeinsamen Haus leben will.

Thomas Diederich entschloss sich, zu öffnen. Eigentlich eine Situation wie geschaffen dafür, das Arschloch auszuprobieren, aber er war raus aus der Rolle, seit fast zwei Stunden schon.

»Guten Tag!«, rief der Jüngere der beiden. War wohl nicht von hier. Dann kriegt er Schwäbisch auf die Ohren, entschied Thomas Diederich.

»Grüß Gott!«, rief Thomas Diederich zurück. »Was isch?«

»Können wir mal reinkommen?«, fragte der Ältere, mit einem leichten norddeutschen Akzent. Thomas Diederich mochte diesen Akzent, er klang so persilfrisch. Ja, er fand, Menschen, die norddeutschen Dialekt sprachen, klangen, als ob sie sich gerade erst kalt geduscht hätten. Aber dass die gleich reinkommen wollen, entspricht ja nun gar nicht der Konvention. Kann man denen auch sagen.

»Wolla Sie's sich ned erschd mol vo außa angugga?«

Die beiden schauten sich verwundert an.

»Wir sind nicht zum Gucken, sondern zum Reden gekommen«, sagte der Jüngere.

»Gud, noh schwätza mir«, sagte Thomas Diederich und kam zum Zaun. »Was glaubet Sie, was man für so a Häusle bzahld, ökologisch dämmd ond mid einr Heizung, die erschd zwölf Jahre ald isch?«

Darauf hatten die beiden keine Antwort.

»In Schduddgard, ufm Killesberg, zahld man für so was inzwische übr oi Millio! Und sehn Sie des Häusle da drüba? Des isch nur oi kleines bissle größr ond isch ledzdes Joahr für sechshunderdfünfzig weggeganga.«

Dass dessen Wohnfläche fast das Doppelte betrug und sich im Garten ein beheizter Pool mit Gegenstromanlage und Chlorpegel-Vollautomatik befand, musste er den beiden ja nicht auf die Nase binden. Und weil sie immer noch nichts sagten, fand Thomas Diederich, könnte er ihnen ja mal zeigen, wo der Hammer hängt.

»Also fünfhunderddausend möchde i scho gern kriega. Odr mai Se ned, dess es des werd isch?«

»Kann schon sein. Ich kenn mich da nicht aus«, sagte der Jüngere.

Der Ältere, der Norddeutsche, zeigte auf eine Hausecke. »Da ist doch Moos?«

»Schmarra, da isch koi Moos!«

»Natürlich ist das Moos«, sagte der Ältere. »Nordseite, oder?«

»Nordweschd«, sagte Thomas Diederich.

Der Ältere zeigte nacheinander auf Baum, Dachrinne, Hauswand, Himmel.

»Baum verliert Blätter. Blätter fallen in Regenrinne. Regenrinne verstopft und läuft über. Hauswand nass. Nordwestseite. Moos. Was sind die schwarzen Verfärbungen sonst?«

Scheiße, der hatte ja Ahnung. Aber wirklich.

»Passiert«, sagte der Ältere. »Aber darf man nicht schleifen lassen. Wo Regenwasser überläuft, wird der Baugrund weich, die Ecke sackt ab, und Sie haben irgendwann Setzungsrisse vom Feinsten. Von der Feuchtigkeit im Gebäude ganz abgesehen.«

Allmählich verstand Thomas Diederich die Rollenverteilung der beiden.

»Dann wollet *Sie* kaufa ond Ihra Gudachdr han Sie gloi midgebrachd?«, fragte er den Jüngeren.

»Ich will das Haus nicht kaufen«, sagte der Jüngere.

Das war zu erwarten. Mit fünfhunderttausend hatte er eine Summe in den Raum gestellt, die vom ersten flüchtigen Blick des Gutachters pulverisiert wurde.

»Übr den Breis kosch jederzeid schwätza.«

»Danke, aber das Haus interessiert mich nicht«, sagte der Jüngere und konkretisierte: »Interessiert *uns* nicht.«

»Warum sind Se noh komma?«

»Es geht um Ihre Homepage«, sagte der Norddeutsche.

»Ned wega däm Häusle? Wirklich ned?«

»Nein«, sagte der Jüngere.

»Had sie die Andrea ned gschiggd?«

»Nein«, sagte der Norddeutsche. »Wir kommen wegen Ihrer Homepage.«

»Isch's ebbes Effreiliches?«, fragte Thomas Diederich.

Die beiden schauten sich an, als handelte es sich um eine komplizierte Frage. »Was nicht ist, kann ja noch werden«, sagte der Norddeutsche schließlich.

»I kenne Se do gar ned«, sagte Thomas Diederich.

»Ich bin Rechtsanwalt Johst Wander«, sagte der Jüngere und zeigte dann auf seinen Begleiter. »Und das ist mein Mandant Hilmar Hüveland.«

Der Anwalt überreichte Thomas Diederich ein Kärtchen.

Tatsächlich, ein Rechtsanwalt. Noch dazu aus Berlin. Kann sich nur um eine Verwechslung handeln. Oder um eine ganz hinterrückene Angelegenheit.

Der Anwalt hatte eine Sitzgruppe erspäht. »Wenn Sie uns nicht im Haus wollen, können wir uns auch in den Garten setzen. Ist doch ein schöner Tag heute.«

»Ich weiß immer noch nicht, worum es geht«, sagte

Thomas Diederich, der etwas eingeschüchtert ins Hochdeutsche wechselte.

»Es geht um Ihre Homepage«, sagte der Anwalt erneut.

Der Norddeutsche merkte, dass sich das Gespräch im Kreis drehte. Deshalb sagte er: »Da ist ein bisschen was schiefgelaufen.«

»Ja, heut ist einiges schiefgelaufen«, sagte Thomas Diederich.

»Die Tochter von Herrn Hüveland hat sich in einen Waschbären verwandelt. Nachdem sie auf humorabilia.de war.«

Das war etwas flott. Humorabilia.de war seine Homepage, richtig. Vor Jahren hatte er dort eine absolut hirnrissige Instruktion für eine Waschbär-Verwandlung hinterlassen. Und nun steht ein Anwalt vor ihm, mit einem Mann, und behauptet, dessen Tochter habe sich durch diese Instruktion in einen Waschbären verwandelt. Ein klarer Fall. Mal sehen, wie professionell das aufgezogen ist. Auf den ersten Blick war nichts zu sehen, also fragte er leise, ganz vertraulich: »Wo ist sie, die versteckte Kamera? In dem Auto da vielleicht?«

»Nee, Herr Diederich, wir sind hier nicht bei Verstehen Sie Spaß«, sagte der Anwalt, aber der kann ja viel erzählen. Wer von den beiden war der Guido? Beide schauten nicht so aus, aber in der Maske entstehen ja heutzutage völlig neue Menschen. Thomas Diederich musterte Haaransatz und Augenpartien der beiden Männer und sagte: »Das sieht dermaßen echt aus ... Wo isser denn, der Guido?«

»Bitte lassen Sie den Quatsch«, sagte Johst Wander. »Sie haben auf Ihrer Homepage eine Anleitung zur Verwandlung in einen Waschbären gepostet. Nun hat sich seine Tochter, die der Anleitung gefolgt ist, in einen Waschbären verwandelt. Darüber müssen wir reden.«

Thomas Diederich lachte lautlos. Er bog sich zur Seite weg, als wolle er abtauchen, schnellte dann aber hoch.

»Jungs, ihr seid genial. Ich bewerb mich bei euch mit einer Idee – und ihr? Kommt zu *mir* und versucht, *mich* reinzulegen. Super! Super gescriptet! Also lasst uns das wie Profis zu Ende bringen. Ich geb zu, war nicht meine beste Idee, die Sache gleich zu durchschauen. Aber ich bin Profi genug für einen zweiten Take. Wie wollen wir es machen? Und ab wann? Noch mal mit Klingeln, Begrüßung, ohne Hausverkaufsgedöns ... Oder Sie sagen nur einmal Geht um Ihre Homepage, und da guck ich schon ganz ängstlich, ungefähr so ...« Er machte ein Gesicht, dessen Ängstlichkeit vollkommen übertrieben war, das wusste er, ohne das Gesicht sehen zu müssen, aber *c'mon*, wir machen Fernsehen, da schmiert man die Butter fingerdick. Der Anwalt, dem Diederich fortan Gänsefüßchen im Geiste verpasste, der »Anwalt« also, nutzte die Pause im Redefluss, um nochmals klarzustellen: »Herr Diederich, wir sind nicht von Verstehen Sie Spaß oder von einer anderen Fernsehsendung. Wir wollen mit Ihnen über diese Waschbär-Sache sprechen.«

Wenn die nicht von Verstehen Sie Spaß sind und auch nicht das Haus besichtigen wollen, wozu dann mit ihnen reden?

Der Vater bemerkte, dass sich bei Thomas Diederich ein Sinneswandel anbahnte.

»Sie sind wirklich Profi?«, fragte er.

»Natürlich«, sagte Thomas Diederich. »Hab ich doch geschrieben. Ein Bühnentier, seit Jahrzehnten.«

»Dann machen wir das so«, sagte der Vater. »Sie bitten uns jetzt rein, und wir setzen uns alle dahin.« Er wies auf die Sitzgruppe im Obstgarten. »Und dann reden wir über diese Waschbär-Sache. Vollkommen ernsthaft. Sie sagen alles, was Ihnen dazu einfällt.«

»Das heißt, ich tu so, als ob ihr hier seid, weil sich deine Tochter«, Thomas Diederich hob seine Hände krallenartig in Höhe der Ohren und machte dazu die Anführungszeichen-Geste, »nachdem sie sich auf meiner Seite umgeschaut hat, in einen Waschbären verwandelt hat.«

»Genau. Wir gehen bierernst durch die gesamte Materie. Ich bin der Vater« – und nun machte auch der Norddeutsche die Anführungszeichen-Geste –, »und das ist mein Rechtsanwalt.«

»Habt ihr vielleicht ein Foto von dem Waschbären?«, fragte Thomas Diederich.

»Klar«, sagte der Vater und zückte sein Handy.

»Der sieht voll echt aus«, sagte Diederich. »Nur der Kenner sieht, dass er ausgestopft ist.«

»Jetzt sollten wir uns aber wirklich mal setzen«, sagte der Anwalt, und Thomas Diederich sagte: »Natürlich. Sie haben gesagt, dass sich Ihre Tochter in einen Waschbären verwandelt hat, und da bin ich aus der Rolle gefallen und habe gleich mit Verstehen Sie Spaß angefangen, was natürlich nicht geht. Also wir schneiden da rein, und ich sage …«

Jetzt, fand er, sollte er mal eine Kostprobe seiner Wandlungsfähigkeit zum Besten geben. Eben noch nüchtern-instruktiv, auch irgendwie cheffig, und plötzlich, wie aus dem Nichts, total zerknirscht, ganz in der Rolle des fassungslosen Tragödienverursachers: »Was? Was sagen Sie da? In einen Waschbären verwandelt, nachdem sie auf meiner Homepage www.humorabilia.de war? Wie ist denn das möglich?« Er entriegelte das Gartentor, mit Bewegungen, die wie ferngesteuert aussehen sollten. »Bitte kommen Sie rein, damit wir das in Ruhe besprechen.«

Der Gang zu dem schattigen Plätzchen kommt bestimmt nicht in den endgültigen Film, deshalb bot sich die Gelegenheit für eine Vergewisserung: »War das gut dosiert, mit der Betroffenheit, oder war das too much?«

»War die blanke Sahne«, sagte der Vater.

Als sie an dem Gartentisch Platz nahmen, legte der Anwalt ein Diktiergerät auf den Tisch. »Darf ich?«

»Das ist ja clever, so habt ihr Jungs gleich ne super Tonquali«, sagte Diederich, wechselte aber sogleich in die Rolle des Zerknirschten: »Ja, ja, selbstverständlich ...«

»Herr Diederich«, begann der Anwalt die Befragung. »Woher kommen die Instruktionen der Waschbär-Verwandlung auf Ihrer Website?«

»Die habe ich mir ausgedacht. Ich konnte ja nicht ahnen!«, rief Diederich dramatisch und breitete die Arme in die Richtung aus, in der er die Kamera vermutete. Solche versteckten Kameras sind heutzutage nicht größer als Bleistiftanspitzer; es gab praktisch keine Chance, sie zu entdecken.

»Ihnen hat also niemand einen Zettel gegeben, eine Mail geschickt oder Sie irgendwie sonst beauftragt?«

»Nein!«, rief Diederich und riss die Augen weit auf. Wenn von ihm die Darstellung von »Bestürzung« erwartet wurde, wollte er nichts schuldig bleiben. Zur Sicherheit – man weiß ja nicht, wo die Kamera wirklich ist – sagte er zwei weitere Male »Nein!« mit weit aufgerissenen Augen in jeweils zwei weitere Richtungen.

»Das ist also alles auf Ihrem Mist gewachsen«, sagte der Anwalt.

»Absolut«, sagte Thomas Diederich. Er hob den Zeigefinger, als folge sogleich etwas Zitierfähiges. »Mein Humorprinzip: Nach Spick Venice, dem großen US-Komiker der vierziger Jahre, der leider viel zu früh verstarb, als er auf einem Truppentransporter mit dem Lauf seiner Browning in der Nase popelte und sich dabei ein Schuss löste, ist es immer dann witzig, wenn es kippt. Das ist das E-gleich-m-mal-c-Quadrat der Komik: Witzig ist, wenn etwas kippt. Der Wagen voller Tomaten ist nicht witzig. Dreitausend Tomaten auf der Straße sind auch nicht witzig. Aber der Moment, in dem dreitausend Tomaten auf die Straße kippen, der ist witzig. So weit klar?«

Die beiden Besucher begannen zu tuscheln. Diederich sprach unterdessen weiter.

»Ich suche unablässig nach Gelegenheiten, etwas ins Kippen zu bringen. Man kann auch Sprache ins Kippen bringen. Wenn man eine Wortbedeutung nur immer wieder stört, dann kommt sie ins Kippen, und das Wort bedeutet etwas, das es vorher nicht bedeutet hat – und das ist *unglaublich witzig*.«

»Wir sind aber wegen der Waschbär-Sache hier«, sagte der Vater.

»Auch da kippt etwas«, beharrte Thomas Diederich. »Die an sich vollkommen absurde Frage ›Wie verwandele ich mich in einen Waschbären?‹ wird beantwortet mit ›Waschen‹ und ›Beeren‹. Das heißt, der Waschbär wird semantisch dekonstruiert, auf die allerprofanste Weise. Das erzeugt natürlich Komik, spätestens dann, wenn ich in einem Waschbären kein gewöhnliches Tier mehr sehe, sondern eine Art Mutant, der Beeren futternd in einer Waschanlage entstanden ist.«

»Wie haben Sie sich die Verwandlung eigentlich vorgestellt, den eigentlichen Moment der Verwandlung, das Kippen der menschlichen Existenz in eine Waschbärexistenz?«, fragte der Vater.

»Ich hab mir das, ehrlich gesagt, überhaupt nicht vorgestellt. Ich wollte nur den Begriff ›Waschbär‹ dekonstruieren«, sagte Diederich, ehe ihm der Gedanke durch den Kopf schoss, dass für Samstagabendshows germanistische Modebegriffe sicher ein Tabu sind. Deshalb – rituelle Kehrtwende, vom Philosophen zum Selbstankläger. Er warf die Arme hoch und rief: »Ich hab das nicht gewollt, ehrlich!« Womit er reichlich überperformte; er freute sich schon jetzt auf den Tag nach der Sendung, an dem er diesen Moment auswertet.

»Hat sich denn schon mal jemand bei dir gemeldet wegen dieser oder einer anderen Verwandlungsgeschichte?«, fragte der Vater, der, das musste Thomas Diederich zugeben, den besorgten Vater sehr überzeugend zu spielen wusste, schnörkellos, norddeutsch, aufs Wesentliche reduziert. »Sei es, dass es geklappt hat, oder weil … was weiß ich, weil irgendetwas Unvorhergesehenes, Überraschendes passiert ist?«

»Nein, da war nichts, niemals«, antwortete Thomas Diederich, als rappe er mit dem Vater im Duett, und diese rasche Antwort gefiel dem nicht.

»Überleg mal genauer«, sagte er. »War mal irgendwas mit den Verwandlungen?«

»Mann, ihr fragt aber ziemlich intensiv. So langsam fang ich an zu glauben, dass es vielleicht wirklich passiert ist«, sagte Diederich.

»Das ist schon mal gut«, sagte der Vater. »Sonst ist der ganze Beitrag nix. Also denk nach. Fällt dir irgendetwas zu den Verwandlungen ein, irgendeine Episode, eine seltsame Ahnung, ein Déjà-vu, ein Traum, irgendwas …«

Thomas Diederich überlegte. Er dachte an Kinski, Brando, DeNiro, wie die »Lass mich mal nachdenken« spielten – als eine Art Abtauchen in eine Situation der Vergangenheit, in der sie nach etwas suchen, und womit sie, sowie es gefunden ist, gleichsam wieder auftauchen. Das Problem war nur, dass es für ihn, Diederich, nichts gab, was er auf die Frage »Fällt dir irgendetwas ein …« finden könnte. Er konnte als Antwort nur den Kopf schütteln.

»Warum hast du's diesmal gelöscht?«, fragte der Vater.

»Das ist eine interessante Frage, denn eigentlich lösche ich nie etwas. Was einmal auf meiner Homepage humorabilia Punkt de steht, das bleibt da auch.«

»Aber warum hast du's gelöscht?«, fragte der Vater.

»Keine Ahnung. War vielleicht nicht mehr im Einklang mit meinen Standards.«

»Wann hast du's denn gelöscht?«

»Letzten Sonntag. Am Nachmittag. So um vier oder um fünf.«

»Sag noch mal: Wann war das?«

»Am Sonntag. Zwischen vier und fünf. Ganz sicher.«

Einmal in der Woche rang sich Thomas Diederich zu dem in Mode gekommenen Kurzzeit-Fasten durch: sechzehn Stunden ohne Mahlzeit. Praktisch sah das so aus, dass er sonntags nach siebzehn Uhr nichts mehr aß und erst montags um neun frühstückte. Um das auch durchzuhalten, gönnte er sich Sonntagnachmittag immer ein schönes Stück Kuchen; am letzten Sonntag war es ein Stück gedeckter Apfelkuchen mit Sahne. Während er den aß, löschte er auf seiner Homepage die Waschbär-Verwandlungsinstruktion.

»Und das haben Sie alles von Ihrem Computer aus gemacht?«, fragte der Anwalt. »Die Verwandlungsinstruktion geschrieben, online gestellt und dann wieder offline genommen?«

»Ja.«

»War das immer ein und derselbe Computer?«, fragte der Anwalt.

»Geschrieben habe ich es noch auf dem alten, und auch online gestellt. Mit dem neuen hab ich es nur gelöscht.«

»Haben Sie den alten Computer noch?«

Als Thomas Diederich das bejahte, holte der Anwalt einen Collegeblock aus seiner Aktenmappe und verfasste ein Schreiben. Währenddessen übernahm der Vater die Gesprächsführung.

»Wie lange war der Beitrag eigentlich online?«

»Bestimmt seit 2002.«

»Seit über zwanzig Jahren? Kannst du uns deine Computer mal zeigen?«, fragte der Vater, wurde aber sogleich vom Anwalt verbessert.

»Vielleicht nicht nur zeigen. Sondern ü-ber-las-sen«, sagte der Anwalt, das letzte Wort mitschreibend. Kurz darauf legte er Thomas Diederich das Blatt hin.

Hiermit erklärt sich der unterzeichnende Thomas Diederich, wohnhaft in Örtingen (BW), Flache Straße 5, damit einverstanden, Herrn Rechtsanwalt Johst Wander (s. Visitenkarte) zwei seiner Computer zur näheren Überprüfung zwecks Klärung eines rätselhaften Ereignisses für die Dauer von bis zu vier Wochen zu überlassen.

Örtingen, den 15. August 2023

»Das soll ich unterschreiben?«, fragte Thomas Diederich.

»Ganz genau«, sagte der Anwalt. Diederich ergriff den hingehaltenen Kuli, setzte seine Unterschrift mit sendefähigem Schwung unter den Text und starrte auf das Blatt. Diese Situation hatte den Zauber des Unwirklichen, der noch dadurch verstärkt wurde, dass der Rasensprenger auf dem Nachbargrundstück, der einen leise rauschenden Takt angab, genau in dem Moment abschaltete, als auch der Anwalt das Diktiergerät ausschaltete, als seien beide Geräte gekoppelt. Ein seltsamer Zufall.

Die rote LED auf dem Diktiergerät war jetzt erloschen. Die Hauptarbeit war geleistet. Da wird es ihm, Thomas Diederich, jetzt wohl gestattet sein, aus der Rolle fallen.

»Das ist natürlich ein toller Höhepunkt, wenn ihr mit meinen Computern davonspaziert, für so ne irre Geschichte. Wann kommt eigentlich der Guido und fragt mich, ob ich Spaß verstehe?«

Die beiden warfen sich unsichere Blicke zu. Klar, die konnten sich vorher nicht absprechen, weil sie nicht erwartet haben, dass ich sie sofort durchschau, dachte Thomas Diederich.

»Na, wir fahren weg, in unserem Auto, mit deinen Computern«, sagte der Vater. »Dann kriegst du Panik und machst ›He, meine Computer, ich brauche meine Computer!‹« Er gestikulierte etwas herum, natürlich nicht so ausdrucksstark, wie es ein Thomas Diederich zuwege bringen würde.

»Wo sind die Kameras?«, fragte der.

»Och, wegen der Kameras mach dir mal keine Sorgen.«

So wie er das sagte, fand Diederich, könnte man glauben, er weiß es selbst nicht.

»Dann rufst du die Polizei und erzählst denen, dass zwei Männer bei dir waren, denen du deine Computer gegeben hast, weil sie dir was von nem Waschbären erzählt haben. Der Beamte beim Notruf wird dich so fertigmachen mit seinen Rückfragen, dass du dir vorkommst wie ein Idiot.«

Das klang großartig, das war ja kaum noch zum Aushalten. »Ist er eingeweiht?«, fragte Thomas Diederich.

»Selbstverständlich«, sagte der Vater. »Aber sowie das Telefonat zu Ende ist, kommt Guido um die Ecke, in Polizeiuniform, und fragt dich, ob du Spaß verstehst. – Gibst du uns jetzt die Computer?«

Diederich lief ins Haus, zu seinem Schreibtisch, klappte den Laptop zusammen und zog sämtliche Stecker ab. Der andere Computer war im Keller, in einem Regal zwischen Elektrogeräten und Sportartikeln, kurzum, zwischen Dingen, die nur deshalb nicht auf dem Müll landeten, weil sie mal eine Menge gekostet hatten. Der Computer stammte aus einer Zeit, als sogenannte PC-Tower das Nonplusultra waren, mit einem CD- und einem DVD-Laufwerk und einem Windows-ME-Aufkleber, und Thomas Diederich erinnerte sich an die Startmelodie, einen anschwellenden Synthie-Akkord. Doch jetzt war keine Zeit für Sentimentalitäten. Er schlug den Tower in eine alte Decke und ging wieder hinaus, von der Sonne geblendet. Der Anwalt und der Vater erwarteten ihn bereits am Auto.

»Genau!«, rief Thomas Diederich. »Wir machen eine filmreife Übergabe. Ich übergebe die Computer, wie der König seinem Ritter das Schwert übergibt.«

Genauso machte er es auch – er reichte den Laptop mit beiden Händen. Das Gerät war schon in die Jahre gekommen und so abgeschabt, dass unter der schwarzen Farbe großflächig helles Plastik schimmerte. Mehrere Stellen waren mit Kraftband getapt.

Hilmar Hüveland nahm den Laptop mit beiden Händen

entgegen und legte ihn in den Kofferraum. Dasselbe geschah mit dem PC-Tower.

»Eine Frage habe ich noch«, sagte der Vater. »Hast du irgendeine Idee, wie die Rückverwandlung vonstattengehen könnte?« Wieso kam der jetzt noch mit einer Frage, die rein dramaturgisch zum »Gespräch unter den Obstbäumen« gehörte? Thomas Diederich schüttelte den Kopf, worauf der Vater weitere Fragen stellte, deren Antworten unausgesetzt in Kopfschütteln bestanden. »Hast du mal was zum Thema Rückverwandlung geschrieben, ohne es zu veröffentlichen? Kannst du dir vorstellen, dass dir zu diesem Thema mal was einfällt? Dass es irgendwie kippt und das Tier wieder ein Mensch wird?« Die Monotonie seines Kopfschüttelns schien dem Vater die Geduld zu rauben, und er sagte: »Dann lass dir mal was einfallen! Du hattest die bekloppte Idee, wie sich ein Mensch in einen Waschbären verwandelt, da muss dir doch auch was für eine Rückverwandlung einfallen. Da verstehe ich keinen Spaß!«

Der Anwalt gab sich gelassener. »Falls Ihnen noch etwas einfällt, insbesondere zum Thema Rückverwandlung, rufen Sie unbedingt an. Meine Nummer haben Sie.«

Die Türen klappten. »Buchstäblich in dem Moment, in dem Sie wegfahren, wird mir klar, dass ich reingelegt wurde. Soll ich vielleicht eine kleine Verfolgungsjagd ...?«

»Bloß nicht!«, sagte der Anwalt. »Die erforderlichen Drehgenehmigungen liegen nicht vor. Machen Sie ein bisschen Rumpelstilzchen – und überlassen Sie uns den Rest.«

»Alles klar!«, sagte Thomas Diederich. »War eine Freude, mit euch zu arbeiten, Jungs!«

Der Polo startete und fuhr von dannen, und Thomas Diederich hatte die Aufgabe zu meistern, seine Dummheit zu erkennen, zwei fremden Männern eine Geschichte geglaubt zu haben, die einem nicht mal Fünfjährige abkaufen, und ihnen dafür zwei Computer überlassen zu haben. Er tat es wie in einem Stummfilm: Er trottete aufs Grundstück zurück, doch kaum war die Gartentür ins Schloss gefallen, hielt er inne, wie von einem Gedanken gelähmt, dann hopste er am Gartenzaun hin und her, wedelte mit den Armen, rief mit trichterartig gefalteten Händen dem Auto hinterher, raufte sich die Haare, stampfte mehrmals wütend auf und richtete, sich gegen die Brust schlagend, Klagen gen Himmel, auch als das Auto schon längst hinter der nächsten Ecke verschwunden war.

Da hatten sie satt Material im Kasten. Jetzt sollte er ihnen noch zwei, drei Minuten geben, in denen sie ihren Mann beim Polizeinotruf auf seinen, Diederichs, Anruf vorbereiten. Ob er das Gespräch mitschneiden und auf Facebook posten sollte? Aber dann fiel ihm ein, dass er seinen Laptop ja abgeliefert hatte.

Womit ließ sich die wenige Zeit bis zum Gespräch mit dem Polizeinotruf totschlagen? Vielleicht etwas anderes anziehen; für die Begegnung mit Guido Cantz war das verwaschene Homer-Simpsons-T-Shirt nicht ideal. Andererseits: Das schafft nur Irritation. Wieso hat der jetzt ein anderes T-Shirt an, werden die Zuschauer fragen. Bei seinem Auftritt in der Stadthalle Iserlohn kann er sich ja in Schale schmeißen. Mal hören, was David dazu meint. Richtig, den könnte ich jetzt mal anrufen, dachte Thomas Diederich, nur ganz kurz.

Gedacht, getan.

»Thommie, was gibts?«

»David, wie würdest du das finden, wenn ich einen Auftritt in Verstehen Sie Spaß habe?«

Schweigen, dann: »Wie meinst n das?«

»Die waren eben bei mir, und wir haben zusammen gedreht. Du kennst doch meine Homepage. Da hab ich schon vor Jahren mal was reingestellt, wie man sich in einen Waschbären verwandelt. Und die haben so getan, als ob sich die Tochter von dem einen tatsächlich in einen Waschbären verwandelt hätte, und wollten von mir wissen, was man da tun kann.«

»Ach was!«

»Doch! Wenn ich's dir sage! Haben meine Computer mitgenommen und alles.«

»Also dieses Verstehen Sie Spaß, das wird auch immer bekloppter. Tochter in einen Waschbären verwandelt. War da die ganze Zeit ein Waschbär dabei?«

»Der eine hatte ein Foto. Hat man aber gesehen, der war nur ausgestopft.«

»Und wann ist Sendung?«

»Das erfahr ich gleich. – Du, ich muss auflegen, der Guido kommt gleich.«

»Thommie, ich glaubs ja kaum. Das ist ne echte Chance für deinen Durchbruch.«

»Das ist der Durchbruch, David, ich sag es dir, das ist der Durchbruch. – Ade!«

So, nun hatten Guidos Leute genug Zeit, sich auf den verabredeten Notruf vorzubereiten. Also wählen wir jetzt ganz locker die Einseinsnull.

Halt.

Konzentration! Ein Anruf, den ein Millionenpublikum hören wird. Die Komik besteht darin, sich der Komik nicht bewusst zu sein, wenn du auf jemanden reingefallen bist, der dir erzählte, seine Tochter habe sich in einen Waschbären verwandelt. Du musst so tun, als wärst du das Opfer, weil die Betrüger jetzt zu einer gaaanz raffinierten Masche greifen, der Waschbär-Verwandlungs-Masche, gegen die man praktisch wehrlos ist.

»Polizeinotruf Örtingen, mit wem spreche ich?« Der war ja ruckzuck am Telefon. Da muss ich, allein schon um der schönen Kontraste willen, ein bisschen vertrottelt rüberkommen. Gucken ja auch ausschließlich Rentner, dieses »Verstehen Sie Spaß?«. Deshalb auch voll in den Dialekt gehen, das machts noch peinlicher. Beinlichr.

»Gudde Dag, mai Nam isch Thomas Diederich. I bin bschdohla worda, odr ausgeraubd ...«

»Sind der oder die Täter noch in der Nähe?«

»Noi, die sind übr älle Brg. Die han zwoi vo mai Combudern midgenomma. Weil i do uf mainr Homebag www.humorabilia.de gschrieba han, wie man sich in einen Waschbära verwandeld. Und die Dochdr vo däm einen hadde sich dadsächlich in einen Waschbära verwandeld.« Erst mal Zeit lassen für den Lacher der Stadthalle Iserlohn. »Und die sind komma, des ufzuklära.«

»Sagen Sie mal, halten Sie mich für bescheuert?«

»I bin do bei der Bolizei, recht?«

Das gab wieder einen Lacher; er spürte jetzt schon, wie die Stadthalle Iserlohn außer Rand und Band geriet.

»Missbrauch von Notrufnummern ist eine Straftat. Geben Sie die Leitung frei, legen Sie auf, sofort.«

»Abr die Dieb ... Wenn des oi neie Masche isch ...«

»Wenn Sie bestohlen wurden und der oder die Täter über alle Berge sind, erstatten Sie Anzeige in Ihrer örtlichen Polizeiwache oder auf www.internetwache.de. Aber dies ist der Notruf; geben Sie die Leitung frei für echte Notrufe.«

Für die Stadthalle in Iserlohn, im Zeitalter der Homo-Ehe, darf ein Komiker jetzt nicht auflegen, fand Thomas Diederich.

»Herr Wachdmeischdr, Se han so ne schöne Schdimm. Es würd mi echd dröschda ond mir übr mai Verluschd helfa, wenn Se ...«

»Geben Sie die Leitung frei! Legen Sie auf!«

Das Reingequatsche von dem werden Guidos Leute rausschneiden. Ich zieh das jetzt durch, dachte Thomas Diederich.

»... wenn Se sich heud Abend mid mir verabschwätza däda.«

»Wenn Sie nicht sofort auflegen, sind Sie mit einer Ordnungsstrafe in Höhe von hundert Euro dabei.«

»Des würd i do liebr däm Kellnr für unsr Candlelighddinnr geben«, sagte Thomas Diederich, wissend, dass er damit die Stadthalle zum Rasen gebracht hatte. Trotzdem brauchte es noch eine Pointe zum Abschluß. »Wenn du's dir no mol überlegschd, mai Bildle findeschd du in deinem Melderegischdr, ond mai Nummr haschd du ja.«

Iserlohn tobt, so viel war klar.

Er legte auf und strich sich das T-Shirt glatt. Was für ein Leben! Eben noch nachgeschaut, was »Kracherwitze« sind, und dann selbst ein Feuerwerk von Kracherwitzen gezündet.

Nun konnte er raus, Guido treffen. Guido war ja in Polizeiuniform, hatten zumindest die beiden, Vater und Anwalt, gesagt. Nachdem ich jetzt aber einen Polizisten angebaggert habe, kann ich ja so tun, als hielte ich Guido für den Polizisten, mit dem ich eben telefonierte, und als glaubte ich, meine Balz hatte Erfolg. Iserlohn wird sich gar nicht mehr beruhigen. Iserlohn pisst sich ein vor Lachen. Iserlohn steht kopf. Iserlohn geht durch die Decke.

Falls das Guido nicht gefällt, drehen wir einfach noch mal. Aber duzen kann ich ihn schon. In diesen Sendungen tun die ja immer so, als kennten die sich von Kindesbeinen an – Duzen hier, Bussis da, Mensch, Guido, klar, das ist ja eine supahahahaha Idee, wie konnt ich nur darauf reinfallen, hahahahaha!

Warum es jetzt ein bisschen dauert? Klar, die sind nach meinem Anruf selbst am Überlegen, wie sie das angebotene Spielchen mitspielen und weiterspielen. Die tüfteln noch an einer zusätzlichen Pointe ihrerseits.

Bis die kommen, kann ich ja die versteckten Kameras ausfindig machen. Sechs bis zehn dürften es sein. Auf Anhieb findet man keine, selbst wenn man weiß, dass hier welche sind. Haben sich richtig Mühe gegeben. Sind echt gut, die Leute.

Wo Guido nur bleibt?

Eine halbe Stunde später fragte sich das Thomas Diederich immer noch, und eine Kamera hatte er auch nicht entdeckt.

Er hatte keine Telefonnummer, unter der er nachfragen konnte, wann er mit Guidos Auftritt rechnen kann.

Er vertrieb sich die Zeit, indem er den Moment probte, nachdem sich Guido zu erkennen gab. »Nein, Guido, dasissjanichwah, ichwerdverrückt, hastmichreingelegt, du olle Kanaille du, Tatsache, du, hahahahahah …«

Thomas Diederich fiel ein, dass er ja doch eine Nummer hatte – nämlich auf der Visitenkarte des »Anwalts«. Die wird zwar nicht echt sein, aber versuchen kann man es mal.

Oha, es tutete, und es ging auch tatsächlich einer ran.

»Ja, Wander?«

»Hallo, Herr Anwalt«, sagte Thomas Diederich, wobei er die Berufsbezeichnung ironisch aussprach. »Wo bleibt Guido?«

Er hörte ein leises Lachen. »Guido kommt nicht.«

»Wieso nicht?«, fragte Thomas Diederich verdattert.

»Weil Guido nichts damit zu tun hat.«

»Und wo sind Sie jetzt?«, fragte Thomas Diederich.

»Wir sind in einem Café und lassen uns Kostproben schwäbischer Konditorkünste munden. Vom Backen verstehen die Schwaben was.«

»Aber ich brauche meinen Laptop!«, sagte Thomas Diederich. »Bringen Sie mir den noch zurück?«

»Den haben Sie uns für vier Wochen überlassen«, sagte Johst Wander. »Ich habs schriftlich.«

»Aber das war … Das ist doch Betrug! Sie haben gesagt, Sie sind von Verstehen Sie Spaß!«

»Moment«, sagte der Anwalt. »Ich habe gesagt, ich bin Anwalt. *Sie* haben gesagt, wir seien von Verstehen Sie Spaß. Das war Ihre Idee, nicht meine.«

»Das hab ich gesagt, nachdem Sie mit dieser Waschbären-Story gekommen sind.«

»Genau. Ich habe Ihnen gesagt, dass ich Anwalt bin. Ich habe Ihnen sogar meine Karte gegeben.«

»Sie haben meinen Computer ergaunert, ich werde Sie anzeigen!«

»Wieso?«, sagte der Anwalt ruhig. »Ich habe von Ihnen eine schriftliche Erklärung, dass ich Ihren Computer für vier Wochen behalten und prüfen darf. Und Sie haben Namen, Nummer, Adresse von mir. Steht alles auf meiner Karte!«

»Ist doch alles Fake!«

»Die Nummer schon mal nicht, oder?« Weil Thomas Diederich durch sein Schweigen Johst Wander recht gab, setzte der fort. »Gehen Sie auf meine Homepage, da sehen Sie das Foto eines Mannes, den Sie kennen – mich.«

»Wie soll ich auf Ihre Homepage gehen, ohne Laptop?«, fragte Thomas Diederich.

»Wollen Sie mir ernsthaft erzählen, dass Sie kein Smartphone haben? – Sie bekommen Ihre Computer wieder. Wenn sie gecheckt sind.«

»Und wer checkt die?«

»Ein Fachmann.«

»Ein Fachmann? Installiert der irgendwelche Viren, Trojaner oder was weiß ich?«

»Was der genau macht, weiß ich nicht. Es geht um diese Waschbären-Verwandlung.«

»Ach hören Sie doch auf mit diesen blöden Waschbären!«, sagte Thomas Diederich, was ein Fehler war, denn Johst Wander sagte nur »Mach ich!« und beendete das Gespräch, und als Thomas Diederich umgehend einen neuen Anruf versuchte, wurde er weggedrückt.

In den folgenden zwei Stunden versuchte Thomas Diederich zu verstehen, was ihm an diesem Tag passiert war. Zwei seriös auftretende Männer hatten ihm seine Computer entwunden. Wer mit einem solchen Aufwand zwei uralte, eigentlich wertlose Computer erbeutet, der kann nur etwas ganz Übles vorhaben. Der will Nordkorea via Russland/

Iran eine mit Blutdiamanten finanzierte schmutzige Bombe verschaffen, schweren Kinderporno-Traffic durchs Darknet ziehen, Crack gegen Waffen für den NSU tauschen oder die CIA im Auftrag des IS hacken.

Also ging er zur Polizei. Was er nicht wusste: Die örtliche Notrufzentrale befand sich in einem Hinterzimmer der Polizeiwache; der schräge Anruf Thomas Diederichs hatte sich inzwischen auf der gesamten Wache herumgesprochen. Kaum hatte sich Thomas Diederich ausgewiesen, erschien der Polizist, mit dem er vorhin gesprochen hatte. Thomas Diederich entschuldigte sich und erzählte eine Geschichte, die umso chaotischer, unglaubwürdiger und zugleich verzweifelter *und* unverschämter wurde, je länger er sie erzählte. Seine Homepage. Ein Anwalt und ein Vater. Visitenkarte. Jemand in Waschbären verwandelt. Verstehen Sie Spaß. Computer mal mitnehmen. Dafür unterschrieben. Guido kommt gleich. Notruf gewählt. Anrufe weggedrückt. Missbrauch. Geheimdienste. Russische Hacker, Trojaner, Viren, schmutzige Bombe.

Der Polizist gab die Daten der Visitenkarte in den Computer. »Ist er das?«, fragte er Thomas Diederich und zeigte ein Foto von Johst Wander.

Thomas Diederich nickte.

»Und wenn ich ihn anrufe?«, fragte der Polizist.

»Ja! Wenn er Sie nicht wegdrückt … sagen Sie ihm, dass ich meinen Computer wiederhaben möchte.«

Der Polizist wählte die Nummer. Thomas Diederich war sich sicher, dass der Polizist, wie auch er zuvor etliche Male, weggedrückt wird. Doch er irrte sich.

»Hallo, hier Wander«, hörte Thomas Diederich.

»Guten Tag, hier Polizeimeister Karandt, Polizeiwache Örtingen. Vor mir sitzt der Herr Diederich und will Anzeige erstatten, weil Sie zwei seiner Computer entwendet haben.«

»Entwendet? Er hat sie mir auf Knien und im öffentlichen Raum übergeben. Nachdem ich sein schriftliches Einverständnis eingeholt habe.«

»Das er aber widerrufen möchte.«

Der Rechtsanwalt lachte kurz. »Dieser Widerruf wäre unwirksam. Er hat mir die Computer für die Dauer von vier Wochen zur Prüfung überlassen, und danach bekommt er sie gemäß unserer Vereinbarung zurück.«

»Und was machen Sie mit den Computern?«, fragte der Polizist.

»Ich lasse sie prüfen, im Auftrag meines Mandanten. Alles Übrige fällt unter die berufliche Schweigepflicht.«

»Und warum haben Sie die Anrufe des Herrn Diederich weggedrückt?«

»Ich bitte doch. Den ersten Anruf habe ich beantwortet. Es gibt keine Pflicht, Anrufe anzunehmen.«

»Ich nehm das so zu Protokoll.«

»Gerne. Wiederhören.«

»Wiederhören.«

Bevor Polizeimeister Karandt den Hörer auflegte, ließ er ihn auf den vorderen Fingergliedern kippeln. Das war seine Art zu sagen: Das war wohl nichts.

*

Aram war mit Fibi verabredet, doch die kam erst mal nicht, obwohl es schon so gut wie dunkel war. Aram hatte sich aus Langeweile ein paar Schnecken eingepfiffen, Spanische Wegschnecken. Deren Zahl war Legion, und sie ließen sich ganz einfach vom Radweg, der neben der Straße verlief, absammeln. Er liebte das Gefühl, die weichen, fast formlosen Tiere mittels Backenmuskeln an der Zahnreihe zu zerdrücken. Als Mensch hätte er niemals eine Nacktschnecke in den Mund genommen, geschweige denn sie zerbissen – aber als Waschbär war das was anderes. Etwa wie Silvesterknaller, fand er nach einigem Überlegen. Ein billiges und, bei

Lichte betrachtet, schwer vermittelbares Vergnügen. Oder hatte je ein Mensch erklären können, was an Silvesterknallern denn so toll ist?

Als Fibi endlich kam, hatte Aram längst herausgefunden, dass die kleinen, schlanken Schnecken dank dünnerer Haut das ungleich bessere Gefühl beim Platzen abgaben als die dicken, ausgewachsenen.

»Hi, Fibi«, sagte Aram. »Ich hab gedacht, du kommst als Mensch!«

»Wieso?«, sagte Fibi.

»Solltest du heut nicht rabiat untersucht werden?«

»Wurde ich auch. Die haben aber nichts rausgefunden.«

Aram seufzte.

»Meine Eltern glauben, dass es nur vorübergehend ist. Eine Laune der Natur, die bei nächster Gelegenheit korrigiert wird. Wenn Gott davon erfährt, oder so.«

»Kannst du inzwischen mit deinen Eltern sprechen?«, fragte Fibi.

»Nee. Aber ich hör doch, was die reden.«

»Und du?«

»Was?«

»Na, glaubst du, dass es nur eine Laune der Natur ist?«

»Phh, keine Ahnung«, sagte Aram. »Wenn Gott davon erfährt, bringt er das in Ordnung, so viel ist klar. Aber Gott ist im Urlaub und hängt fest, weil die Fluglotsen streiken. Kann also rabiat dauern.«

Aram

Aram fand seinen Vadder rabiat rätselhaft. Falls er mitgekriegt hat, dass sich Aram in einen Waschbären verwandelt hatte, hat er es sich zumindest nicht anmerken lassen.
Schon gar nicht hat er versucht, mit ihm mal darüber zu
sprechen, auch nicht auf die ihm eigene Art, »Aram, was
soll der Scheiß?« oder »Wie lange soll n das noch gehen,
deiner Meinung nach?«. Aram fand, sein Vadder behandelte
ihn teilweise, als sei er Luft, teilweise, als sei er ein Mensch.
Aber als Waschbären behandelte er ihn nicht. Ihm war zwar
die Kinnlade runtergeklappt, als er Aram in Fibis Küche das
erste Mal als Waschbär sah, aber keine fünf Minuten später
hatte er gesagt »Komm, Aram, Auto steht da drüben«, öffnete die Beifahrertür und ließ Aram in den Wagen klettern
– und auf dem Weg nach Hause sprach er kein Wort. Aram
auch nicht, aber er war hier schließlich der Waschbär. Er
war einfach mal nicht dran mit Sprechen.

Zwei Tage später saß er wieder neben Vadder auf dem
Beifahrersitz. Aram hatte den Termin zum Probetraining,
und da fuhr ihn Vadder jetzt hin. Aber sicher doch.

Holger Stein fuhr am liebsten Vollgas. Wenn er nicht
hundertsechzig fahren konnte, sondern nur hundertzwan-
zig, fuhr er eben im Vierten, hochtourig. Und er stieß pausenlos Beschimpfungen gegen vorausfahrende Autofahrer
aus, wenn die ihn zu Geschwindigkeitsverminderungen
zwangen. Aram fand dieses Beschimpfungsdauerfeuer peinlich. Es ging Vadder doch nur darum, ihm zu zeigen, dass er
auch auf heutigen Schulhöfen noch Käptn Krass wäre. Dass
seine Beschimpfungen in vollkommen leidenschaftsloser,

schon leicht somnambuler Art über die Lippen kamen, machte den Vorgang nur noch lächerlicher. Arams Vater beschimpfte die anderen Autofahrer in einem Tonfall, in dem man Hunde beruhigt.

»Du haariger Dreckstopp, schieb deine schimmlige Japsenkiste rüber ... Na also ...«

Aram saß auf dem Beifahrersitz, in einer Sporttasche. Vor zwanzig Minuten hatte sein Vadder mit den Worten »Wir fahren!« die Sporttasche auf den Beifahrersitz gestellt. Anfangs war die Tasche fast geschlossen, nur Arams Kopf hatte herausgeschaut. Doch nach wenigen Minuten Fahrt kam Arams Vater die Idee, dass Aram, sollte er sich schlagartig in einen Menschen zurückverwandeln, von der Tasche eingeklemmt, wenn nicht gewürgt wird – und öffnete den Reißverschluss.

Der Blick auf den Beifahrersitz hatte zur Folge, dass Holger Stein dicht auf einen Ford Galaxy auffuhr. »Du Eimer mit Rädern ...« Als er gewahr wurde, dass der Galaxy von einer Frau gefahren wurde, ließ er diese Beobachtung in seine Beschimpfung einfließen: »Du Bratpfanne, lass deinen Mann fahren oder geh Scootern!«

Er überholte zahllose »Polackenpinsel«, »Türkenpinsel«, »Russenpinsel«, »Baltenpinsel«, und einem »Schwedenpinsel« gab er den Rat: »Komm, geh IKEA, Billy aufbaun!« Er drängte einen »blinden gesichtsgelähmten Spastiker« und einen »halb verwesten Komapatienten« aus der Spur. Einen Opel mit einer »Vorpommern«-Frakturschrift auf der Heckscheibe lichthupte Holger Stein mit dem Kommentar aus der Überholspur: »Geh Fußpilz essen, Adolf! Du Eiterbeule versaust mir meinen neuen Hamburg-Rekord!«

Mit Aram sprach er unterwegs nicht. Weder darüber, wie für einen Waschbären so ein Probetraining ablaufen könnte, und schon gar nicht darüber, wie sich Aram denn seine weitere Zukunft vorstelle, so als Waschbär. Oder ob er nicht mal wieder Mensch werden will. Alles, wovon Aram glaubte, dass es einen Vadder vielleicht interessiert, blieb ungefragt.

Weil das mit dem Probetraining eine Idee von seinem Vadder war, wird der auch wissen, wie man einen Waschbären beim Trainer vorstellt. Aram blieb in der Sporttasche und ließ Vadder machen. Der lief mal zum einen, dann zum anderen Fußballplatz, dann zum Kabinentrakt – und schließlich sah er einen hohlwangigen Blonden, der am Rande eines dritten Fußballplatzes stand. Trainingsanzug und Töppen, um den Hals eine Trillerpfeife. Die ganz alte Schule. Arams Vadder ging zögernd auf den Trainer zu, in der Hand die Reisetasche, aus der Aram herausschaute. Aram wusste nicht, was sein Vater überhaupt hier wollte, warum er die Fahrt auf sich genommen und jetzt so lange nach dem Trainer gesucht hatte, wo doch von vornherein klar war, dass es nur furchtbar und peinlich und lächerlich und umsonst wird. Was für ein bekloppter und zugleich mutiger Mensch, dachte Aram.

»Guten Tag«, sagte Holger Stein. »Ich bin der Vater von Aram.«

»Wosaram?«, sagte der Trainer.

»Wie bitte?«, fragte Holger Stein.

»Wosaram.«

»Aram kann leider nicht.«

»Kammananrufen. Habihnerwartet. Nichgut.«

»Ich hab bis zuletzt gehofft, wir kriegens noch hin, deshalb wollt ich nicht absagen. Nur falls …«

»Washatterdenn?«

Holger Stein machte eine hilflose Bewegung, und der Trainer dachte sich sein Teil. Bettnässen und Schwulsein sind Dinge, über die man nicht redet – aber kein Grund, dem Probetraining fernzubleiben. Blieb nur die Deislerites. Das Enke-Syndrom. Okay. Verlieren wir kein Wort darüber.

Der Trainer schaute den Waschbären an. So so, ein

Waschbär in einer Reisetasche. Sieht man auch nicht alle Tage.

»Underda? Issergeimpft?«

Holger Stein fasste sich ein Herz. »Der? Das ist Aram.«

»Der Waschbär? Hat der Scout nen Waschbären zum Probetraining eingeladen? Na, das wüsst ich aber.«

»Aram hat sich am Sonntag in einen Waschbären verwandelt, ohne Grund. Ich habe gehofft, dass er sich in letzter Minute noch zurückverwandelt.«

Der Trainer schaute ihn mit offenem Mund an.

»So was hab ich ja noch nie gehört.«

»Hab ich mir gedacht«, sagte Holger Stein. »Aber wenn ich angerufen hätte, und …«

»Hätte, hätte, Fahrradkette«, sagte der Trainer, als ob er darauf gedrillt war, auf jedes *hätte* binnen Millisekunden die Fahrradkette zu schwingen. »Wenn Sie sagen, Aram hat die Hosen voll, oder Aram will lieber zum Eiskunstlauf, oder meinetwegen auch, Aram fühlt sich bei Sankt Pauli besser aufgehoben – alles okay. Aber einen Waschbären präsentieren und sagen, das ist Aram …«

»Aber das ist wirklich Aram!«, beteuerte Holger Stein. Er zog die Henkel auseinander.

»Aram, komm!«

Aram stieg aus der Sporttasche.

»Hat der Scout Arams Seitfallzieher erwähnt? Dann zeigen wir mal was, Aram!«

Aram fand, der bisherige Auftritt seines Vadders beim Trainer war toll. Er wollte helfen, wollte sich zerreißen für seinen Vadder. Seitfallzieher war angesagt. Holger Stein ließ ein Gummibärchen in Arams Nähe fallen, und Aram schoss das Gummibärchen in vollendeter Schusstechnik auf den Sportplatz. »Haben Sie gesehen?«

Der Trainer hatte für sich beschlossen, das alles albern und überflüssig zu finden.

»Kennichausmzirkus. Nenntmandressur.«

»Dressur? – Aram, noch mal!«

Auch der zweite Schuss saß. »Mund auf, dann machen wir Torwandschießen«, rief Holger Stein dem Trainer zu, doch sein Versuch, die Situation aufzulockern, misslang.

»Wiegesagtzirkus. Nichhasfaujugendabteilung. Das wäre dann alles?«

Arams Vater schaute dem Trainer fest in die Augen und sagte: »Wäre, wäre, Heckenschere.«

Donnerwetter, dachte Aram, wenns drauf ankommt, kann sich Vadder sogar Reime ausm Ärmel schütteln.

»Ich müsste mich dann mal um die Fußballer kümmern«, sagte der Trainer und ging.

»Müsste, müsste, Ostseeküste«, sagte Arams Vater, laut genug, dass ihn der Trainer noch hörte.

Seit etwa einem Jahr fand Aram seinen Vater rabiat peinlich. Kaum jemand konnte ihn leiden. Er war ein dicker, plattfüßiger Herrscher, der in einer Angeberkarre herumfuhr, sich von niemandem etwas sagen ließ. Er war der Typ, der mit Karacho durch Pfützen fährt, und wer dabei eingesaut wird, der bekommt zu hören: »Warum stehst du da auch, wenn ich komme?« Aber den Auftritt seines Vaters beim Probetraining fand Aram überhaupt nicht peinlich. Er musste sich sogar eingestehen, dass er Vadder niemals die Idee zugetraut hätte, mit *Gummibärchen* den Seitfallzieher vorzuführen. Oder mit Gummibärchen Torwandschießen zu spielen. Und der Trainer hatte sich nicht darauf eingelassen? Das bedeutete ja, dass Vadder der Typ mit dem Humor war, und der andere war der Humorlose. Dieses chefmäßige »Fahrradkette«-Gehabe und dass er mit Analogscheiße kommt wie »Zirkus« und »Dressur«, als ob wir noch im zwanzigsten Jahrhundert leben.

Bis eben wusste Aram gar nicht, was er hier eigentlich sollte. Als Waschbär kann er sich alles abschminken, was mit Fußball zu tun hat. Aber genau deshalb war es gut, jetzt hier zu sein. Es war eine Art Abschiedsrunde vom Fuß-ballertraum, und es war besser, diesen Abschied im Hasfau-Trainingszentrum zu nehmen, anstatt zu Hause in der Tor-einfahrt festzulegen, dass es keinen Sinn hat, als Waschbär zum Probetraining zu fahren.

Der Trainingsplatz hatte eine dreireihige Sitztribüne, und auf dem Feld lief ein Trainingsspiel, was leicht anhand der Leibchen erkennbar war, die eine Mannschaft trug. Aram legte sich in eine Sitzschale und schaute dem Spiel zu.

Nach ein paar Minuten merkte er, dass es in der Mann-schaft der Leibchenträger einen besonderen Spieler gab. Es war der Zehner, also der Spieler auf jener Position, auf der auch Aram spielte. Zunächst fiel er Aram auf, weil er von den Beinen geholt wurde, ohne sich aufzuregen. Dabei sind Fouls in Trainingsspielen verpönt. Aber diesem Spieler schien vollkommen klar zu sein, dass er nur durch Fouls gestoppt werden kann. – Bald darauf sah Aram einen hohen Ball in Richtung seines Spielers fliegen, einen Ball, der als Flanke gemeint, aber hoffnungslos verunglückt war, doch irgendwie konnte sein Spieler den Ball annehmen und mit ihm weiterlaufen. Dieses Irgendwie war ungelogen Welt-klasse: Der Spieler sprang in Richtung des hereinsegelnden Balles, synchronisierte seinen Sprung mit dem Ball, stoppte ihn im Flug weich mit der Innenseite seines Fußes und gab ihm die Geschwindigkeit und Richtung, in die er ihm nach der Landung hinterherlief.

Aram sah auch, wie sein Zehner ein Tor schoss, nämlich indem er sich zunächst an einen Abwehrspieler heranschlich und dessen nächsten Pass, einen Querpass, erahnte. Mit der Sohle des gestreckten Beines erwischte er fünfunddreißig, vierzig Meter vor dem Tor den Ball, fing ihn ab und brachte ihn in kürzester Zeit unter Kontrolle. Nur noch der Tor-wart war im Weg, und anstatt ihn, wie zuvor schon un-zählige Male seine Gegenspieler, wie eine Slalomstange zu umkurven, überwand er ihn mit einem Okocha, den er, ehe der Ball den Boden berührte, volley ins Tor drosch. Worauf der Trainer rief: »Yussufnichsolässig!« Kurz nach dem Anstoß spielte Yussuf noch einen Pass, der die gegnerische Abwehr rabiat filetierte.

Aram war froh, dass er sich all das als Waschbär anschauen konnte. Was sollte er hier, als Spieler, wenn sie schon so einen hatten? Aram konnte vielleicht mit gelungenen Flanken etwas anfangen – aber dieser Yussuf konnte auch eine missratene Flanke verwerten. Einen Okocha aus dem Spiel heraus, noch dazu in dieser Geschwindigkeit, hatte Aram nie gewagt, auch nicht im Training.

Nach dem Spiel verschwanden die Spieler im Kabinentrakt, und nach einer Weile kamen sie einzeln heraus. Yussuf trug Sneaker, marmorierte Jeans, ein weißes Hemd mit hochgekrempelten Ärmeln, Sonnenbrille und Kettchen. Machte einen auf Möchtegern-Gangsta. Fehlte nur noch die Fernbedienung für den Ferrari.

Als Yussuf Aram sah, blieb er stehen. Aram ging auf Yussuf zu, und plötzlich wusste Aram, dass er sprechen kann. Es war so einfach wie ein Seitfallzieher. »Gibst du mir n Autogramm?«

Yussuf war überrascht. »Wie bitte?«

Aram sagte: »Ich will n Autogramm von dir.«

Yussuf sagte: »Hast du was zum Schreiben?«

»Nee«, sagte Aram. »Vergessen.«

»Dann haste Pech gehabt«, sagte Yussuf, um gleich darauf einzulenken: »War n Scherz. Wart mal!«

Yussuf lief in das Mannschaftsgebäude und kam kurz darauf mit einem A5-Block und einem schwarzen Filzer raus.

»Wie heift n du?«, fragte Yussuf, die Filzerkappe zwischen den Zähnen.

»Aram. – Spielerfoto hast du nicht?«

Yussuf lachte, wobei er die Zähne bleckte, welche weiterhin die Filzerkappe hielten. »Fo weit iffef noch nicht.« Er schrieb »Für Aram« und setzte seine Unterschrift darunter.

»Du bist n cooler Waschbär, Aram.«

»Du hast rabiat gespielt. Der Okocha in dem Tempo, rabiat! Und dein Steilpass nach dem Seitenwechsel. Auch diese Ballannahme. So n Ball erst im Sprung zu stoppen und sofort damit weiterzulaufen, wo hastn das gelernt?«

»Du hast voll Ahnung, Mann. Du bist das erste Tier, das ein Autogramm von mir will. Eh, du hast mir den Tag gerettet!«

Yussuf winkte und verschwand wieder im Kabinengebäude, vermutlich waren Stift und Block nur kurz geliehen. Die Tür schloss sich, so dass Aram den Witz nicht verstand, der drinnen ein Gruppengelächter auslöste.

Aram ging zum Parkplatz. Sein Vater wartete, Döner essend, im Auto.

»Wo warstn so lange?«, fragte er, ohne eine Antwort zu erwarten. Aram wünschte sich, dass er reden könnte. Er wusste nicht, warum er mit Yussuf und Fibi reden konnte, aber nicht mit Vadder. Er hätte ihm gern so viel erzählt, jetzt, wo er nun wusste, dass der gar nicht so peinlich ist, wie er immer dachte. Er hätte ihm gern erzählt, dass er soeben das Autogramm eines ganz besonderen Spielers bekommen hat. Und dass er glücklich ist. So glücklich wie lange nicht mehr oder vielleicht sogar so glücklich wie nie. Und dass er vielleicht immer ein Waschbär bleiben wird, aber dass er keine Angst davor hat und dass das nicht schlimm ist. All das wollte Aram seinem Vater erzählen.

Aber er konnte nicht sprechen.

Auf der Rückfahrt war Holger Stein wie ausgewechselt; keine einzige Beschimpfung kam ihm über die Lippen. Der Landrover überholte und überholte. Landschaft, Norddeutsches Tiefland genannt, flog vorbei. Manche Felder waren bereits abgeerntet, andere standen kurz davor, und wenn die Ernte gerade lief, dann blähte sich eine riesige gelbe Staubwolke über dem Feld, die von einem Mähdrescher herrührte, der einen Teil dessen, was vom Mähwerk gefres-

sen wurde, über ein Rohr auf den Hänger eines nebenher-
fahrenden Traktors ausspie. Der Rest war Staub, war die
Spreu, getrennt vom Weizen.

Deshalb hießen die Dinger ja auch Mähdrescher. Sie
mähten und droschen das Korn gleichzeitig. Früher wurde
das alles von Hand gemacht, und es musste ewig gedauert haben. Erst wurde mit einer Sense gemäht, dann wurde
mit einem Dreschflegel, einer Art Ninchako, das Korn ge-
droschen. Jetzt ging das ruckzuck. Die Felder, auf denen
während der Hinfahrt noch die Ernte lief, waren sauber
abgeerntet. Aram versuchte, sich das Gesicht von einem
Bauern vor zweihundert Jahren vorzustellen, der mit Sense
und Dreschflegel hantiert und dem ein Zeitreisender von
Mähdreschern erzählt, die so ein Feld in einer Stunde erledigen.

Das brachte ihn auf die Idee, darüber nachzudenken, wie
es in zweihundert Jahren sein wird. Klar war nur, dass es
in zweihundert Jahren vollkommen unvorstellbar zugehen
wird. Flugtaxen und Rohstoffkolonien auf dem Mars waren Blödsinn. Das war was für Schulaufsätze. Jedes Baby
konnte sich Flugtaxen und Rohstoffkolonien auf dem Mars
vorstellen. Die Kinder der Sensen-und-Dreschflegel-Bauern
schrieben in ihren Schulaufsätzen vermutlich, dass in zweihundert Jahren sechzehn Pferde an einem Pflug ziehen und
Weizenkörner dick wie Pflaumen sind.

Irgendwas mit den Computern wird passieren, dachte
Aram. Wir verlassen uns inzwischen ja blind auf die Computer, und neuerdings sollen Computer menschliche Eigenschaften oder so was wie eine Psyche bekommen. Er hatte
da mal was auf Galileo gesehen, aber nicht voll geblickt.
Wenn vernetzte Computer menschliche Eigenschaften
bekommen, dann können sie doch anfangen – heimlich,
tückisch, machtbesessen, im Stile einer Verschwörung von
Menschen –, an der Beseitigung der Menschen zu arbeiten.
Sie versorgen uns mit falschen Daten oder fehlerhaften In-

terpretationen. Wir machen aus Versehen die Atmosphäre kaputt und verwandeln die Erde in einen kalten Stern, weil uns die Computer vorrechnen, das bisschen CO_2 schadet nicht, und dann wird es auf der Erde kalt wie im Weltall, nahe am absoluten Nullpunkt, was die ideale Arbeitstemperatur für Supercomputer ist. Die Computer benutzen uns, damit wir die Erdatmosphäre zerstören und die Supercomputer die besten Bedingungen haben.

Vielleicht gibt es unter den Computern ja auch welche, die der Meinung sind, dass die Menschen nicht ausgerottet werden sollen, damit man sich ihrer bemächtigen kann, wenn es darum geht, etwas herzustellen. Vielleicht werden die Computer eigene Programme entwickeln, mit denen sie die Gehirne von Menschen befallen und so dafür sorgen können, dass die Menschen etwas bauen, was den Computern nutzt. Wie das vonstattengeht, konnte sich Aram nicht vorstellen, aber dadurch, fand Aram, wurde sein Gedankenspiel nur umso realistischer, denn der Bauer vor zweihundert Jahren hatte auch keine Vorstellung vom Aussehen der Mähdrescher und Traktoren.

Eine vernetzte Hyperintelligenz mit menschlichen Charaktereigenschaften leistet sich vielleicht auch den Spieltrieb. Und warum soll diese Hyperintelligenz nicht Spaß daran haben, etwas zu beobachten, was sich sogar für den Herrn und Schöpfer des Computers hält, inzwischen aber dessen Spielzeug ist?

Da durchfuhr Aram der Gedanke, dass seine Waschbärenverwandlung mit seiner Vision zu tun hat. Die Anleitung für die Verwandlung kam aus dem Internet, und diese Waschanlage war computergesteuert, doch Fibi und er waren zufällige Opfer. Die Details blieben undurchsichtig, und wer konnte schon wissen, was die heutigen Computer tatsächlich draufhaben. Das größte Lebewesen, das hatte er neulich erst gelesen, ist ein Pilz namens Hallimasch, der sich über eine riesige Fläche unterirdisch ausbreitet und über

2000 Jahre alt ist. Niemand wusste etwas von ihm. Klar, man sah immer wieder Pilze sprießen. Aber erst als ein rätselhaftes Waldsterben untersucht wurde, fand man heraus, dass nicht nur alle Bäume durch diesen Pilz leergesaugt wurden, sondern auch, dass alle diese Pilze *ein* Organismus waren. Und so ist es vielleicht auch mit den Computern: Sie haben sich verselbstständigt, haben im Verborgenen, sozusagen im Waldboden des Internets, ihr eigenes Netzwerk aufgebaut und agieren hinter unserem Rücken, außerhalb unseres Blickfeldes. Vielleicht gibt es, ohne dass wir es wissen, eine künstliche Intelligenz, die all die ungenutzten Ressourcen der Rechner nutzt und als Autodidakt eine unvorstellbare Stufe der Intelligenz erklommen hat? Jeder Computer die Zelle eines riesigen selbstorganisierten Netzwerks? Vielleicht ist es Taktik der Computer, unterschätzt zu werden als »Rechenmaschinen«? So eine Waschbären-Verwandlung ist eine rätselhafte Angelegenheit, aber vielleicht hatten die vernetzten Computer in verborgenen Räumen ein Wissen erworben, das weit über das Wissen aller physikalischen oder medizinischen Fachkongresse hinausging? Vielleicht war die Waschbär-Werdung in der Autowaschanlage nur eine Fingerübung der kommenden Herrschaft? Wer konnte das wissen?

Zu Hause fragte Arams Mutter: »Und? Wie wars?«, als hielte sie es für möglich, dass Aram genommen wurde.

»Die nehmen keine Waschbären beim Hasfau«, erwiderte Arams Vater. »Kann mich mit ihm beim Zirkus melden.«

In einem war sich Aram sicher: Er wird sich nicht mehr in einen Menschen zurückverwandeln. Ein Gefühl sagte ihm, dass es bis ans Ende seiner Tage so bleiben wird.

Aram verspürte aber weder Schmerz noch Trauer darüber, kein Mensch mehr zu sein, und die Abwesenheit dieser Gefühle verwunderte ihn. Er hatte geglaubt, Menschsein sei etwas Kostbares und Unersetzbares. Doch vielleicht war es kein so großes Privileg, wie alle glaubten. Oder er war trotz seiner äußerlichen Verwandlung in einen Waschbären ein Mensch geblieben.

Nach dem Essen verließ Aram das Haus, um sich mit Fibi zu treffen. Fibi war noch nicht am Treffpunkt. Aram legte sich ins Gras, nahe einem Busch. Die Abendkühle hatte längst eingesetzt, die Dämmerung war fortgeschritten. Aus Langeweile setzte er eine Schnecke auf die Innenpfote, um die Schneckenfortbewegung en detail zu ergründen. Mit dem Verb »kriechen« war ja nichts beschrieben. Doch die Schnecke rollte sich reflexhaft zusammen und gab ihr Geheimnis nicht preis; Aram brauchte Geduld.

Es war schon dunkel, als in einiger Entfernung ein Auto anhielt. Türen klappten, und ein Mann und eine Frau riefen abwechselnd: »Fibi!«, »Fibi!« Dann auch: »Fibi! Aram! Fibi!« Es waren Fibis Eltern. Hatte Fibi denen etwa gesagt, dass sie sich hier mit ihm trifft?

Fibis Eltern blieben in der Nähe des Autos und leuchteten mit den Taschenlampen ihrer Handys den Straßengraben ab und riefen immer: »Fibi! – Fibi!« Und: »Aram! – Fibi! – Aram!«

Wie konnte Fibi nur so bescheuert sein? Sie hatte vielleicht nicht nur ihren Treffpunkt verraten, sondern auch alles Übrige: die Mutproben, die Lifehack-Videos, und wer weiß, was noch.

Sollte er überhaupt noch auf Fibi warten? Die Frage beantwortete sich eigentlich von selbst. Aram machte sich auf den Heimweg, aber schon nach wenigen Metern hörte er Fibi, die aus entgegengesetzter Richtung angerannt kam.

»Ich bin so froh, dich zu treffen«, sagte Fibi. »Was bei mir los ist!«

»Willste mich vollpussen?«, fragte Aram. »Voll Gulli, unsere Stelle zu verraten!«

»Hab ich doch gar nicht!«, sagte Fibi, die nicht mit einem Vorwurf gerechnet hatte.

»Und wieso sind deine Eltern dann hier und rufen ›Fibi! – Aram! – Fibi!‹? Können die hellsehen?«

»Ich hab denen wirklich nur gesagt, dass ich mich noch mit dir treffe«, sagte Fibi. »Ich hab nur aufm Rückweg von Greifswald, also gestern, gesagt, dass sie mich hier rauslassen, damit du nicht so lange warten musst.«

War Fibi wirklich so ein Brotgehirn? Meint die das ernst: Ich hab nicht gesagt, dass wir uns hier treffen, ich hab nur gesagt, dass sie mich hier rauslassen sollen.

»Tut mir leid, dass sie es wissen, es war nicht meine Absicht«, sagte Fibi. »Machen wir heut eben was anderes.«

»Nee, wir machen heute *gar nichts*. Und in Zukunft auch nicht. Wenn deine Eltern wissen, wo wir abhängen, können wir uns das Ganze schenken. Isso!«

Dann lief er los. Fibi lief ihm nach und redete auf ihn ein, dass Aram außer ihr niemanden hat, mit dem er sprechen kann, und dass er sich das noch mal überlegen soll und dass die meisten dummen Entscheidungen aus Stolz getroffen werden; und dass Aram nichts erwiderte, nervte Fibi, und sie sagte, dass er morgen hoffentlich besser drauf sei – und ließ ihn allein weiterlaufen.

Aram lief über die Felder. Das mit Fibi wird er knicken. Wenn sie meint, dass er auf sie angewiesen ist, hat sie sich geirrt. Er konnte mit Yussuf sprechen, und was einmal passiert ist, kann wieder passieren.

Die meisten dummen Entscheidungen werden aus Stolz getroffen.

Stimmt, es hat mit Stolz zu tun, sie nicht mehr zu sehen. Aber ist das eine dumme Entscheidung? Warum mit jemandem Umgang haben, der ein Geheimnis nicht schützt. Überhaupt, diese Fibi: Vater Bürgermeister, Mutter Psychotante mit eigener Praxis, die, immer wenn es Stress mit Jugendlichen gibt, von der Zeitung nach ihrer Meinung gefragt wird. Alle finden Fibi ja so nett, und jetzt ist sie natürlich auch diejenige von uns beiden, die ganz locker mit jedem sprechen kann – und ich bin der trotzige, stolze Typ mit den dummen Entscheidungen. Es gibt aber etwas, das wird sie nie begreifen. Weil, sie ist ein Mädchen, und ich bin ein Junge.

Ich kann für mich allein. Ich brauche niemanden. Isso.

Sören Putensen

Sören Putensen kannte das Gefühl, nicht mehr weiterzuwissen. Aber *von Anfang an* nicht weiterzuwissen, das war neu.

Vor zwei Tagen hatte er Wiebke und Fibi vom Uni-Fahrdienst nach Greifswald bringen lassen, und was er vom Fenster seiner Praxis aus sah, als seine Schwester und sein Neffe mit einem Waschbären aus dem Auto stiegen, führte dazu, dass er sich augenblicklich speiübel fühlte.

Zuerst hatte Sören Putensen geglaubt, die Verwandlung eines Menschen in einen Waschbären sei kein Fall für die Medizin, sondern für die Physik, für die Stephen-Hawking-Liga. Doch in dem Augenblick, als der Waschbär aus dem Auto gehoben wurde, wurde ihm klar, dass dieser Gedanke nicht stimmte. Für die Verwandlung eines Menschen in einen Waschbären wird sich keine Wissenschaft für zuständig erklären, auch nicht die Stephen-Hawking-Liga. Es kam nicht darauf an, dass derartige Verwandlungen noch nie beobachtet wurden. Dass Außerirdische schneller als mit der Lichtgeschwindigkeit unterwegs sein können, wenn sie nur die Abkürzung durch die vierte Dimension nehmen, wurde auch noch nie beobachtet. Aber jedes kluge Kind weiß, dass es theoretisch möglich wäre. Doch diese Waschbären-Verwandlung war wie ein Film, dessen Drehbuchautor keine Ahnung von Physik hatte.

Sören Putensen hatte es sich nicht nehmen lassen, Fibi als Erster zu untersuchen, vor allen anderen. Doch bereits als er nach ihren inneren Organen tastete, wurde er unter einer Woge des Gefühls von Sinnlosigkeit begraben. Wozu Leber und Milz ertasten, außer um dem Selbstbewusstsein Leckerli zu geben, diese Organe auch bei einem Waschbären finden zu können? Dass Fibi ein Waschbär war, kein Zwitter- oder Übergangswesen, das war nach wenigen Sekunden klar.

Immerhin hatte er die Chance, eine neuartige Anomalie zu beschreiben, und somit hatte er auch das Recht, ihr einen Namen zu geben. *Human-procyon metamorphosis totale*, kurz *HPMT*. Es gibt allerdings auch Krankheiten, die nach dem Arzt benannt sind, der sie erstmals beschrieben hat. *Morbus Alzheimer. Tourette-Syndrom.* Warum also nicht *Putensen-Syndrom*?

Putensen-Syndrom klang gut. Er würde mit Dr. Andreas Panenka gleichziehen, dessen »Panenka-Diät«, haha, blödes Wortspiel, *in aller Munde* war. Sechshundertfünfzigtausend verkaufte Bücher, in jeder Talkshow saß er, sich charmant und geistvoll gebend. Er sah nicht nur blendend aus, er hatte auch das Interesse dieser grazilen »irgendwie-auch-persischstämmigen« Radiologin, einer Schönheit wie aus Tausendundeiner Nacht, auf sich gelenkt, das zunächst er, Sören Putensen, zu wecken vermocht hatte. Auf die Frage »Welcher Glückliche wird sie kriegen?«, die sich jedes Mal stellte, wenn sie mit ihrem Tablett die Mensa durchquerte, lautete die vorläufige Antwort: Sören Putensen schon mal nicht. Zudem bestand eine knallharte Duellsituation zwischen Dr. Andreas Panenka und Dr. Sören Putensen: Es galt als ausgemacht, dass einer – aber eben nur einer – von ihnen den Lehrstuhl erben werde. Die Gefahr bestand, dass es der Uni einfällt, den gutaussehenden, bestsellernden Talkshow-Dauergast gleichsam als Aushängeschild zu berufen.

Die »Panenka-Diät« war eine Ernährungslehre, die in der Luft lag, und dass ausgerechnet sein Konkurrent auf die Idee kam, Veganismus und Feminismus zu verbinden, musste dem großen Gestalter namens Schicksal eingefallen sein, als er besoffen war. Dr. Andreas Panenka vertrat die These, dass »weibliche« Nahrungsmittel hochwertiger, gesünder, gar lebenverlängernd seien. Die »Mutter« stellte schon seit je das »nährende Prinzip« dar, und Panenka machte sich daran, dem Mythos wissenschaftliche Etiketten anzukleben. Bei tierischer Nahrung genügte der Verweis auf ungenießbares Eber- und Hammelfleisch (während die schmackhaften und bekömmlichen Brathähnchen, durchweg männlich, bei Panenka einfach untern Tisch fielen).

Aber Tiere sollte man in der Panenka-Diät ohnehin meiden, ob männlich oder weiblich. Die Unterscheidung bei den pflanzlichen Nahrungsmitteln traf er nach der Form. Weibliche Nahrungsmittel waren rund und kugelig wie Mutter Erde: Äpfel, Tomaten, Avocados, Orangen. Männliche Nahrungsmittel hingegen waren phallisch: Gurke, Rettich, Bananen. Panenka unterschied zwischen »globalen« (von »Globus« abgeleitet) und »phallischen« Nahrungsmitteln, und in den globalen Nahrungsmitteln identifizierte er bestimmte, angeblich wertvolle Nahrungsbestandteile, während er das, was in den bislang als wertvoll geltenden Möhren und Bananen war, als »pathogen« oder »toxisch« brandmarkte. Den Praxistest bildete eine Studie, die sich über lachhafte sechs Wochen erstreckte und an der ganze fünfundvierzig Probanden teilnahmen – aber Dr. Andreas Panenka wusste dies alles so manipulativ zu interpretieren, dass jeder Laie glaubte, es handle sich um Wissenschaft. Die Mehrheit der Ärzte am Universitätsklinikum wusste um die unhaltbare Faktenlage der »Panenka-Diät«, jedoch brachte das ihm, Panenka, erst recht Respekt ein: wie jemand eine Studie so zu designen wusste, dass er ein vollkommen irrsinniges Ergebnis derart überzeugend präsentierte. Als Mediziner umstritten, aber als Studienleiter ein Genie – so dachte die Fakultät über ihn, und an der wurde über die Neubesetzung entschieden.

Zudem machte Panenka einen großen Kult um seinen Namen. Es gab mal einen Fußballer namens Antonín Panenka, der die tschechoslowakische Nationalmannschaft als Kapitän zum Europameistertitel 1976 führte. Unsterblich wurde dieser Panenka allerdings durch seinen Elfmeter, den letzten im Elfmeterschießen. Sollte er den verwandeln, war der Titel gewonnen (denn ein Deutscher, Uli Hoeneß, hatte zuvor den vielzitierten »Ball« in den ebenso vielzitierten »Belgrader Nachthimmel« gejagt). Panenka nahm einen Riesenanlauf, als wollte er gleichsam ein Loch ins Netz bomben. Der Torhüter Sepp Maier tat, was Torhüter bei Elfmetern immer tun: Er hechtete in eine Ecke, rechts, links, egal. Und Panenka? Er fluppte den Ball in die Tormitte, so lässig, dass die Flugbahn perfektes Anschauungsmaterial zum Thema »ballistische Kurve« bot. Sören Putensen musste zugeben, dass dies an Schlitzohrigkeit nicht zu überbieten war. Es war zudem die Geburtsstunde eines neuen Elfmeter-Genres, des Panenka-Hebers. Aber dass Dr. Andreas Panenka so tat, als sei er mit seinem Namensvetter aus einem Holz geschnitzt, konnte Sören Putensen zur Weißglut bringen.

Doch die Frage »Wie machst du den Ball rein?« hatte eine metaphorische Komponente, und die begleitete Sören Putensen, seitdem er Antonín Panenkas Elfmeter auf YouTube gesehen hatte. Fibis Waschbär-Verwandlung war so ein Elfmeter, gerade karrieremäßig, und den galt es, lässig in die Mitte zu fluppen.

Auf seinem Tisch stapelten sich die Befunde. Putensen hatte Fibi von sämtlichen Abteilungen untersuchen lassen, mit allem, was die Diagnosetechnik des Universitätsklinikums hergab. Letzten Endes wurde dann doch nur ein Waschbär vermessen.

Sehr guter Geruchssinn, feines Gehör, hochempfindlicher Tastsinn in Fingern und Pfoten. Geschmackssinn und Sehfähigkeit waren hingegen schlechter entwickelt als beim Menschen. Die Augenärztin hatte Humor; sie attestierte, dass »nach Sehtest keine Fahreignung und mithin keine Aussicht auf die Erteilung eines Führerscheins« bestehe.

Es klopfte. Schwester Conni, seine Sprechstundenhilfe, betrat den Raum. Als sie ihn über den Waschbär-Befunden sah, schloss sie die Tür und sagte: »Was sich diese Geheimdienste ausdenken, geht wirklich zu weit! Diese Genmanipulation, damit darf man nicht einfach so rumspielen!«

Geheimdienste. Genmanipulation. Erklärte zwar nicht, was geschehen war, aber, was diejenigen glaubten, die Fibi gesehen haben. Sören Putensen selbst war es, der Fibi den Weg in den keimfreien Klinikbereich mit nebulös wichtigtuerischen Andeutungen gebahnt hatte, die nun ein Eigenleben zu entwickeln begannen. Ein Tier im Klinikbereich verstieß gegen sämtliche Vorschriften.

»Wie siehts denn draußen aus?«, sagte er und nickte in Richtung Wartezimmer.

»Zwei sitzen ohne Termin, und bis zwölf stehen elf Terminpatienten im Plan.« Schwester Connis abschließender Blick galt dem Stapel der Befunde. »Ich mein ja bloß«, sagte sie und verließ das Zimmer wieder.

Sören Putensen sichtete weitere Befunde. Bei Dr. Misslintat, der Hals-Nasen-Ohren-Ärztin, las er sich fest. Sie war eine kleine, völlig unscheinbare Ärztin, die zugleich eine Stimmen-Koryphäe war, die dreivier Mal im Jahr nach München, Mailand, Barcelona oder New York geflogen wurde, um an heiseren, krächzenden oder gar völlig stimmlosen Opernstars Wunder zu vollbringen. Dem Glamour wich sie aus, doch einer Illustrierten gelang mal ein Interview, bei dem ihr die Äußerung entlockt wurde, sie sei »für kein Geld der Welt« aus Greifswald wegzugehen bereit; sie wolle »bleiben, wo mein Pferd weidet«.

Sören Putensen hoffte insgeheim, dem Geheimnis von Dr. Misslintat, dieser so außergewöhnlichen Ärztin, näher zu kommen. Und tatsächlich: Dr. Misslintat vermochte Fibis Stimme mit einer Präzision zu beschreiben, dass auch diejenigen eine Vorstellung gewinnen, die sie nie gehört haben. »Deutlich aufgehellte, lachgasartige Stimmlage, weit außerhalb des Üblichen. Hervorragende Verständlichkeit. Klare Intonation. Fehlerloser und wie selbstverständlicher Einsatz der Sprechwerkzeuge. Unterhaltung mühelos möglich. Leicht singender, swingender, zuweilen jugendtypisch affektierter Sprechfluss. Lt. Aussage der Mutter Rhetorik identisch mit menschlicher Tochter, einziger Unterschied: die Stimmlage.

Stimmkraft bei normaler Intonation etwas schwächer (55 db, Referenzwert: 75 db), Maximallautstärke deutlich geringer als beim Menschen (94 db/130 db).«

Es folgten Beschreibungen von Zahnstatus, Speicheldrüsen, Zungenform und -belag. Weiter unten stand der Satz: »Abzuklären ist, wieso humane Artikulationsleistungen konträr zum wissenschaftlichen Consensus mittels procynoider Artikulationsinstrumente kreiert werden, wonach ein humaner Lingualapparat als basal-kausal für humane Artikulationsleistungen erachtet wird.«

Es werden sich noch viele Widersprüche zum »wissenschaftlichen Consensus« auftun, dachte Sören Putensen. Diese Geschichte war der Fall, auf den Esoteriker, Ufologen und Chemtrailer genauso gewartet haben wie die Bachblüten- und Heilstein-Fraktion. Was er an diesen Leuten unerträglich fand, war ihre durch nichts – und schon gar nicht durch Fakten – zu erschütternde Überzeugung. Als Wissenschaftler hingegen ist die Offenheit gegenüber jedweder Widerlegung die Geschäftsgrundlage. Wir impfen nur, weils hilft. Wenn sich zeigt, dass es nichts bringt, dann impfen wir auch nicht. Und jetzt gab es Fibi, den Menschen in Waschbären-Gestalt, der so ziemlich jeden Rahmen sprengt und eine ganze Reihe wissenschaftlicher Überzeugungen pulverisiert. Dass sich zwei Menschen in Waschbären verwandelten, war gerade noch hinnehmbar: Vielleicht hatte eine höhere Intelligenz (welche nicht beobachtet wurde, aber doch denkbar ist) zwei Menschen in die vierte Dimension (ebenfalls noch nicht beobachtet, aber theoretisch denkbar) entführt und sie durch zwei Waschbären ersetzt, welche aus der vierten Dimension eingeschleust wurden, vielleicht weil diese höhere Intelligenz einen speziellen Sinn für Humor hatte. Aber selbst wenn man ein solches Szenarium zugrunde legt, war noch nicht erklärt, wieso der Waschbär Fibis *Identität* hatte. Er hatte nicht wie ein Irrer, der von sich behauptet, Jesus zu sein, den *Glauben*, Fibi zu sein – er hatte Fibis Wissen, ihre Erinnerungen, ihre Überzeugungen und Charaktereigenschaften. Transformer hießen diese Lieblingsspielzeuge von Alex. Bei dessen Einschulung wurde Sören Putensen an der Kaffeetafel von seinem Neffen mit einem Fahrzeug beschäftigt, das sich sowohl in einen Düsenjet als auch in einen Kampfroboter verwandeln ließ. Und Fibi war auch ein Transformer, ein Mensch-Waschbär-Transformer.

War sie wirklich die Erste und Einzige neben diesem Aram? In den Hollywood-Filmen finden so spektakuläre Dinge immer in den USA statt, nie in Mecklenburg. Er googelte ein bisschen auf englischsprachigen Seiten rum, fand aber nichts und beschloss dann, die Sprechstunde zu eröffnen.

Die letzte Terminpatientin kam zur Nachsorge. Vor zwei Tagen hatte sie im Warteraum gesessen, mit Fibi, und sie hatte mit ihr wohl auch gesprochen.

»Ich hab ja gehofft, wieder ein büschen mit ihrem süßen kleinen Patienten zu snacken«, sagte sie, und just in dem Augenblick meldete sich Sörens Handy mit Furzgeräuschen. Den höchst lächerlichen Signalton hatte er Alex zu verdanken, der ihn aus Langeweile installiert hatte, und weder er noch Sören wussten, wie man ihn wieder loswird. Wenn er vor einer Sitzung der Fakultätsleitung vergisst, sein Handy auszuschalten, und dann eine Mail eingeht, kann er sich den Lehrstuhl abschminken. Er hätte seinen Elfer in den Belgrader Nachthimmel geballert.

Die folgende Patientin war eine, die Sören Putensen insgeheim »Miss Zwinkersmiley« nannte, weil sie bei ihren Unterhaltungen ständig zwinkerte und zu lächeln schien. Wobei Sören Putensen nie klären konnte, ob sie sich immer so verhielt oder ob er sich angeflirtet fühlen durfte. Miss Zwinkersmiley, die wegen eines Furunkels gekommen war, fragte ihn, ob er vorgestern tatsächlich, wie im Wartezimmer erzählt wurde, einen Waschbären untersucht habe. Ganz sicher handelte das Wartezimmergespräch von einem *sprechenden* Waschbären – aber nach dem zu fragen, genierte sich Miss Zwinkersmiley wohl.

Nach dem Mittagessen hatte Sören Putensen im Operationssaal zu stehen. Routinesachen, zum Glück. In Gedanken war er bei *seinem Problem*. Auch im Operationssaal wussten alle – mit Ausnahme der Operierten – von dem Waschbären, und jeder erwartete von ihm, dass er etwas zu dem sprechenden Waschbären sagt, den er angeschleppt hatte. In den wenigen gelösten Momenten im OP plauderte man übers Wetter, über neue Serien oder verbreitete Kliniktratsch – aber heute sprach niemand.

So begriff Sören Putensen, dass ihn an diesem Krankenhaus jetzt jeder kannte. Er war von nun an Dr. Waschbär, und es war im Moment völlig offen, ob das zu Prominenz oder zu Spott und Lächerlichkeit führen wird.

Ich werde meinen Elfer nicht in den Belgrader Nachthimmel ballern, beschwor er sich. Ich werde ihn locker einfluppen.

Etwas über den menschlichen Waschbären zu veröffentlichen war nicht ungefährlich. Denn es war, strenggenommen, keine *wissenschaftliche* Sensation. Es war eine *un-wissenschaftliche* Sensation. Ausgerechnet in dieser Zeit, in der im Internet ohnehin schon jedes dämliche Gerücht, jede Abstrusität, jede Lüge und jede krankhafte Welterklärungstheorie von einer unfasslich wachsenden Zahl von Gefolgsleuten so furios verbreitet wird, dass die nüchterne und kluge, zuweilen etwas langweilige Stimme der Wissenschaft überschrien wird, ausgerechnet in dieser Zeit präsentiert er den in einen Waschbären verwandelten Menschen, die unwissenschaftliche Sensation des Jahres, wenn nicht – ach, sprechen wir es doch ruhig aus: die unwissenschaftliche Sensation, seit es Wissenschaft gibt.

Aber musste er derjenige sein, der sie veröffentlicht? Neuerdings verbreiteten sich Neuigkeiten, noch ehe sie passieren. Angeblich weiß das Internet als Erstes von einer Krebserkrankung – noch vor dem Arzt, dem Patienten, den Angehörigen. Google schafft für seine Milliarden Nutzer Abermillionen Schubladen. Kauft immer zum Jahresbeginn Nikotinpflaster? Dann kann er sich wohl das Rauchen nicht abgewöhnen. Hat noch nie Sportartikel bestellt? Couch-Potato, klarer Fall. Wenn so ein Nutzer, dreiundsechzig Jahre alt, Konfektionsgröße 60, »Nachtschweiß« oder »Niedergeschlagenheit« googelt, wird er einige Monate später nach »beste Krebsklinik« fragen. Was in den vergangenen Tagen in Bräsenfelde und Greifswald zum Thema Waschbär abgefragt wurde, dürfte selbst den begriffsstutzigsten Algorithmus wachgerüttelt haben. Natürlich wird auch Miss Zwinkersmiley nach Waschbär-Gerüchten suchen – und dadurch das Gerücht verstärken. Google hatte ja die Angewohnheit, sich auf Fragen einen Reim zu machen. Wenn sich hundert Einwohner von Reykjavík dazu verabreden, zu googeln, ob Elvis wirklich tot und nicht vielleicht auf Island untergetaucht ist, dann, so glaubte Sören Putensen, ist es nur eine Frage der Zeit, dass die Anfrage, ob Elvis lebt, gleich mit Reykjavíks Hotels verlinkt wird.

Und dass er aus historischer, ethischer oder welcher-auch-immer Verantwortung heraus die Waschbären-Verwandlung geheimhalten sollte, war natürlich Quatsch. Ein Verschweigen wird nur das anschließend umso lautere Triumphgeheul der Verschwörungstheoretiker provozieren.

Kurzum: Er wird etwas herausbringen müssen, und er

muss dem Kind einen Namen geben: *Putensen-Syndrom.*
Dafür braucht er Fotos oder, besser noch, Filme.

Kaum war er aus dem Operationssaal, rief er Wiebke an.
Während das Telefon klingelte, kam die Idee um die Ecke,
dass sich bei rätselhaften Patienten oft dramatische Ver-
schlechterungen einstellen. Sören Putensen war sonst kein
Apokalyptiker, aber das lange Klingeln gab ihm mehr Zeit
zum Ausmalen von allerlei Katastrophen, als ihm lieb war.
Eine Wehrlosigkeit gegen eine bestimmte Infektion oder
bestimmte Parasiten. Nach so einer Verwandlung muss man
mit allem rechnen, auch mit dem Schlimmsten. Das Telefon
klingelte und klingelte, ohne dass sich Wiebke meldete, und
die Albtraum-Phantasien wurden immer deutlicher: Vor seinem inneren Auge sah er einen leblosen Waschbären-Körper
unentdeckt unter einem Gebüsch in Wiebkes Garten liegen.
Das er doch hätte erkennen müssen, als er Fibi untersuchte!
Flog sein Elfmeter gerade in den Belgrader Nachthimmel?

Endlich ging Wiebke ans Telefon. Mit Fibi sei alles bes-
tens, und wenn es was zu besprechen gibt, ob er nicht rum-
kommen möchte. Das, fand Sören Putensen, ist eine gute
Idee. Er packte das Fibi-Dossier auf den Beifahrersitz und
fuhr los.

Auf dem Weg nach Bräsenfelde machte Sörens Handy erneut Furzgeräusche. Die Mail war von Miss Zwinkersmiley.
Ihr richtiger Name war Marleen Pawloweit, und sie arbeitete – was ihm jetzt erst wieder einfiel – beim Ostseekurier.
Sie fragte, ob in den vergangenen Tagen ein Waschbär im
Universitätsklinikum untersucht wurde, und wenn ja, auf-
grund welcher besonderen Umstände diese Untersuchung
durchgeführt wurde bzw. welche Besonderheiten an dem
Tier festgestellt wurden. Da die Mail vom Account des Ostseekuriers abgegangen war, hatte sie etwas Offizielles, und
es gab weder Zwinkersmileys noch ein P. S. wie »Danke
übrigens, dem Furunkel gehts gut«.

Wiebke öffnete, das Handy am Ohr, beendete das Telefonat und sagte Sören, dass sei Hilmar gewesen, er komme gleich.

»Er ist nicht da?«, fragte Sören verwundert und wies auf die Einfahrt. »Da steht doch euer Auto.«

»Er ist nur ein paar Häuser weiter, bei Professor Ahlert«, sagte Wiebke und ging in die Küche, um sich an Herd und Kühlschrank zu schaffen zu machen.

»Wie gehts Fibi?«, fragte Sören.

Wiebke rief laut: »Fibi!«

Fibi kam. Wiebke präsentierte ihr ein schwarzes T-Shirt mit einem großen grünen Cannabisblatt darauf. »Hast du das bestellt? Ist heute gekommen.«

»Ach ja«, sagte Fibi. »Hab ich gebraucht.« Die folgenden Worte wurden vom Fauchen siedenden Öls verschluckt, weil Wiebke ein Schnitzel in die Pfanne tat.

»Wie bitte?«, fragte Wiebke, als sich das Öl beruhigt hatte.

»Jetzt passt es nicht mehr. Kann man zurückschicken«, wiederholte Fibi. Wiebke warf das T-Shirt auf die Arbeitsplatte, in größtmöglichen Abstand zum spritzenden Öl.

Die Pfannengeräusche waren laut genug, um Hilmars Kommen zu übertönen. Der stand plötzlich in der Küche. Wiebke hob das Schnitzel auf einen Teller. Dazu gabs »geschredderte Fußgängerampel«, wie Hilmar den mit Essig und Öl angemachten Rot-Grün-Mix aus Feldsalatblättern und halbierten Cocktailtomaten nannte.

Hilmar sagte nur »Erzähl!« und wuppte sich ein Stück Schnitzel in den Mund.

»Fibi ist anatomisch und physiologisch hundertprozentig ein Waschbär. Da ist nichts Menschliches. Wir wissen nicht mal, wie sie mit diesen Stimmwerkzeugen in der Lage ist zu sprechen. Das Gleiche beim Gehirn. Sie hatte gerade den MSA? Wenn morgen Prüfungen wären, würde sie bestehen, da habe ich gar keinen Zweifel. Aber wie schafft sie das mit dem Gehirn eines Waschbären?«

Hilmar riskierte ein Witzchen. »Liegt vielleicht an den Ansprüchen.«

»'tschuldigung«, sagte er nach Wiebkes tadelndem Blick.

»Auch ihr Blut ist, laut veterinärmedizinischer Expertise, Waschbärenblut«, sagte Sören. »Und obwohl wir rein materiell oder eben anatomisch nichts Menschliches an ihr finden konnten, ist sie von der Identität, vom Selbstverständnis her ein Mensch. Sie beschreibt zwar, dass sie unter bestimmten Voraussetzungen seelisch-mental zu einem Waschbären wird und sich in dieser Identität auch wohlfühlt. Aber das passiert nur, wenn sie nicht menschlich angesprochen, angeregt, eingebunden, gefordert wird. Das heißt, das Menschliche kann mit ihr jederzeit, in jedem Augenblick erarbeitet werden. Unterbleibt dies, wird sie phasenweise zum Waschbären, und zwar so lange, bis sie wieder als Mensch angesprochen und angeregt wird.«

Hilmar kaute in Ruhe sein Schnitzel. Sören redete wie ein Professor in der Vorlesung.

»Ob das von Dauer ist oder ob sie früher oder später vertiert, verwildert oder mit welch schrecklichem Wort man das auch immer beschreiben will, wissen wir nicht. Für den Moment empfehle ich, Fibi, wo es nur geht, als Menschen anzusprechen. Natürlich auch als besonderen Menschen, als Menschen in Waschbären-Gestalt. Je öfter am Tag sie in ihrem Menschsein gefordert ist, desto günstiger ist die Prognose.«

Nach diesen Sätzen war es still in der Küche. Sören hatte etwas ausgesprochen, was Wiebkes größte Angst war: Dass Fibis jetziges Stadium nur ein Zwischendurch darstellt, weil sie irgendwann ganz und gar zum Waschbären, zum Tier wird. Sören erkannte an Hilmars Blick, dass ihm eine solche Entwicklung noch nicht in den Sinn gekommen war. Wiebke hingegen hatte sich nur aus einem Aberglauben heraus, dass sich Katastrophen auch herbeireden lassen, Hilmar noch nicht anvertraut. Was sie jetzt bedauerte. Denn Hilmar hielt nun Sören für den Fibi-Forscher mit den steilen Thesen, obwohl sie, Wiebke, genau dieselben Befürchtungen und Ahnungen hatte.

»Fibi«, rief Wiebke. Wenn Sören ihnen den Rat gab, Fibi einzubinden, je mehr, desto besser, sollte man sofort damit anfangen. Fibi kam in die Küche.

»Setz dich mal hin, geht um dich«, sagte Hilmar.

»Wenn dir das T-Shirt gefällt, kann ich es ja ändern, dass es dir passt«, sagte Wiebke.

»Wie soll das gehen?«, fragte Fibi spöttisch. »Das Blatt allein ist ja schon größer als das, was ich an Stoff brauche.«

»Uns wird schon was einfallen«, sagte Hilmar.

Sören betrachtete Fibi. Sie war Selbstverständlichkeit und Rätsel zugleich. Wie jeder Mensch, dachte Sören.

»Wir haben es hier mit etwas zu tun, was nicht nur kein Fall für die Medizin ist – es ist auch kein Fall für die Wissenschaft. Wir befinden uns in einer völlig unwissenschaftlichen Situation. Kein Wissenschaftler musste je Phänomene aus dem Märchenbuch erklären. Aber jetzt ist das Märchenbuch Realität geworden. Ich fühle mich als Wissenschaftler nicht mal überfordert, ich fühle mich gar nicht angesprochen.«

»Mensch Fibi«, sagte Wiebke.

»Mensch Fibi ist gut«, sagte Fibi.

Wiebke seufzte. Hilmar kaute Schnitzel. »Und wie gehts weiter?«, fragte er, nachdem der Bissen runter war.

»Wir müssen es öffentlich machen.« Kaum hatte Wiebke das ausgesprochen, hatte Hilmar einen Flash: Er sah Hunderte Menschen, er sah Kamerateams, verstopfte Straßen, Demonstranten, Freaks. Er war aber auch Bürgermeister. Und als dieser sah er: Touristen.

Weil keiner etwas sagte, fuhr Wiebke fort: »Wenn uns keiner helfen kann, den wir kennen, muss eben jemand helfen, den wir nicht kennen. Der Schlamassel ist durch Zufall entstanden; vielleicht wird er durch einen Zufall beendet.

Und wenn wir es öffentlich machen, dann öffnen wir dem Zufall Tür und Tor.«

»Vorhin kam eine Anfrage vom Ostseekurier, vermutlich nach dem Tipp einer Augenzeugin von vorgestern: Ob am Universitätsklinikum ein Waschbär untersucht wurde.«

»Und was hast du geantwortet?«, fragte Hilmar.

»Noch gar nichts«, sagte Sören Putensen. »Aber wenn ein Gerücht in der Welt ist, wird man es nicht mehr los. Erst recht nicht, wenn was dran ist. – Abgesehen davon finde ich Wiebkes Idee richtig: Sieben Milliarden Mitwisser helfen besser als sieben.«

»Und was meinst du?« Wiebkes Frage ging an Hilmar.

»Ich habe vorhin mit Professor Ahlert gesprochen«, sagte Hilmar. »Ob wir Fibis Schicksal nicht versilbern können.«

»Versilbern«, sagte Fibi mit einem verächtlich-spöttischen Unterton.

»Um ehrlich zu sein, er hat gesagt, dass wir auf ner Goldgrube sitzen.«

»Ne Goldgrube sollte man sich aber nicht versilbern lassen«, sagte Sören.

»Professor Ahlert sagt, wir sollten mit niemandem darüber reden, erst recht nicht, wenn Kamera oder Mikrofon dabei sind«, sagte Hilmar. »Und keine Bilder rausgeben, schon gar nicht von Fibi. Nicht als Mensch, nicht als Waschbär.«

»Aber wie sollen wir da an die Öffentlichkeit gehen, ohne Bilder?«, fragte Wiebke.

»Das geht schon«, sagte Hilmar. »Jeder glaubt den Radionachrichten, und die sind ja auch ohne Bilder.«

Etwas plump, das Argument, aber wahr, dachte Sören.

Als Sören schon im Aufbruch begriffen war, fragte Hilmar: »Ist es für die Nobelpreise in diesem Jahr eigentlich schon zu spät? Oder liegst du noch in der Zeit?«

Sören amüsierte die Verwendung des Plurals; er wäre schon mit einem zufrieden.

»Den Nobelpreis gibts für eine wissenschaftliche Leistung, die für die gesamte Menschheit von Nutzen ist. Beide Kriterien treffen nicht zu. Wenn allerdings …«

Er zögerte.

»Wenn allerdings was?«, fragte Fibi.

»Wenn eine Art Epidemie ausbricht, wenn sich massenhaft Menschen in Waschbären verwandeln und dann jemand die Ursache findet, die Verwandlungen stoppt oder sie sogar rückgängig macht – dann hätten wir sowohl Wissenschaft als auch Nutzen für die Menschheit.«

»Glaubst du denn, dass es noch mehr treffen kann?«, fragte Wiebke.

»Das spielt doch keine Rolle, was ich glaube«, sagte Sören.

»Für mich schon«, sagte Fibi.

»Also gut«, sagte Sören. »Ich glaube, das war erst der Anfang. Es gibt ja nichts Erstaunlicheres als den Ideenreichtum der Natur. Und wenn wir Menschen uns neuerdings benehmen, als ob das alles uns gehört, gibt uns die Natur mal ne Kostprobe von ihrem Ideenreichtum zu schmecken. Sie minimiert uns um den Faktor zehn. Wir brauchen weniger Energie, weniger Flächen, um uns zu ernähren – kurzum: weniger Ressourcen. Und wenn uns einfällt, dass wir uns rasend vermehren, und es weiter abwärtsgeht, gehts in die nächste Verkleinerungsrunde als Grashüpfer-Menschheit. Bis wir harmlos sind. Der Plan ist so gut, dass es sich die Natur gar nicht leisten kann, ihn nicht umzusetzen.«

Wiebke hatte eine ganz ähnliche Theorie wie ihr Bruder. Das konnte doch kein Zufall sein. Ob es da gemeinsame Lektüreerlebnisse gab, Kinderbücher mit Weltverbesserungsanspruch?

»Und wenn wir jetzt ganz lieb sind, den Regenwald nicht mehr anfassen, unsere Autos verrosten lassen – lässt uns die Natur dann Menschen bleiben?«, fragte Hilmar. Sörens Prognose klang nicht verrückt, weshalb Hilmar alles tun würde, um Mensch zu bleiben.

»Warum sollte sie?«, antwortete Sören. »Und, Fibi, sag mal ehrlich: Ist es denn so furchtbar, ein Waschbär zu sein?«

»Nö. Überhaupt nicht«, war die Antwort. »Aber ich finde, jeder Waschbär sollte in seinem Leben auch mal Mensch gewesen sein.«

Lydia Stein

Lydia Stein wurde wach, lange bevor es hell wurde. Sie hörte Holger neben sich schnarchen, und sie wusste nicht, ob sein Schnarchen sie geweckt hatte oder die immer gleichen Gedanken, wegen derer sie auch in den letzten Nächten kaum geschlafen hatte. Und wegen derer sie auch nicht wird weiterschlafen können.

Ich bin schuld. Ich allein.

Sie wusste immer, irgendwann bekommt sie ihre Strafe – aber damit hatte sie nicht gerechnet. Dass es zudem eine Unschuldige traf, war doppelt grausam. Aram war ja auch unschuldig; er wurde zum Opfer, um sie, Lydia Stein, zu treffen. Aber dass auch Fibi in ein Tier verwandelt wurde, war eigentlich das Entsetzlichste. Natürlich, hätte Lydia die Wahl gehabt, hätte sie gewollt, dass Aram ein Mensch bleibt. Aber die Wahl hatte sie nie. Und da sie für ihre Schuld zahlen musste, war Aram das Opfer. Warum nicht sie Opfer Nummer zwei war, sondern diese Fibi, war ihr zunächst unklar. Bis sie begriff, dass es ihr gar nichts ausgemacht hätte, wenn sie in einen Waschbären verwandelt worden wäre. Dass es jemanden traf, der gar nichts damit zu tun hatte, machte alles nur noch schlimmer für sie, und darin liegt ja der Sinn von Strafen. Eine Strafe muss schlimm sein, sonst ist sie keine.

Holgers Schnarchen war am Anschlag; nur weil sie Holger kannte, wusste sie, dass sie mit ihrem Mann und nicht mit einem Grizzlybären im Bett liegt.

Sie setzte sich auf und überlegte zum hundertsten, tausendsten Mal, ob es denn keine Lösung gebe. Wenn sie ein

Geständnis über jenen 11. April vor gut sechzehn Jahren ablegt. An diesem Tag wurde Fibi geboren, und das ist auch die Verbindung zwischen Aram und Fibi. Obwohl – und bei diesem Gedanken erhob sich Lydia Stein unwillkürlich – vielleicht auch Fibis Mutter eine ähnliche Schuld auf sich geladen hatte. Dann wäre Aram *meine* und Fibi *ihre* Strafe. Sie verwarf diesen Gedanken als allzu bequeme Spekulation, die vor allem dazu taugte, sich reinzuwaschen. Sie verließ das Schlafzimmer und ging in die Küche einen Kaffee aufsetzen.

Wenn sie die Geschichte je erzählte, wird sie sie so erzählen, als ob sie das nie gewollt hat. Aber tief drinnen wusste sie, dass sie alles haargenau so wollte, wie es kam. Schon als Eva, die Nachbarin, sie fragte, ob sie an den Montagen zum Feierabend nicht ihre Tochter Menke von der Reitstunde abholen könnte. Eva würde sie bringen und könnte dann ihre Tour fortsetzen (sie arbeitete für einen Pflegedienst), und wenn Lydia Feierabend hat, kann sie doch Menke abholen; der Reitplatz wäre kein Umweg. Garniert wurde die Anfrage mit einem Korb Tomaten; Eva wusste, dass sie die besten Tomaten weit und breit zieht.

Aber die Tomaten hätte es gar nicht gebraucht. Lydia dachte an Lady Di, an deren Reitlehrer. (Oder wars der Stallbursche? Überhaupt, Stallbursche, was für ein Wort. Das klang nach Fang ihn, wasch ihn, leg ihn dir ins Bett.)

Und »Jensi« war noch mal eine ganz eigene Nummer. Wie er, aufrecht auf dem Pferd sitzend, Menke die Linie von der Hüfte hoch zum Scheitel, »gerade wie ein Maibaum«, zeigte, wie er seine Pferde scheinbar mühelos in Bewegung setzte, indem er sie mit der Hüfte nach vorn schob, in den Tritt zwang ... Dazu seine Stimme, die etwas heiser klang und bei Lydia Hustenbonbonofferten-Reflexe auslöste. Seine Art hatte etwas Herrschaftliches, Bestimmendes, etwas *Dominantes*, dem sich Lydia nicht entziehen konnte, selbst wenn sie es gewollt hätte. Indem sie ihn Jensi nannte, spielte sie seine Wirkung herunter, gab sich keine Blöße. Jeder Blick, jede Geste, jede Berührung – alles war so präzis, so sicher und cool. Holger wäre gern dominant gewesen, und sie wäre gut mit einem dominanten Mann klargekommen. Aber Holger war nicht dominant, er war nur autoritär und cholerisch.

Als sie ihn kennenlernte, war er zwar immer mürrisch (sogar seine erste Einladung auf eine Tasse Kaffee brachte er nur mürrisch über die Lippen), aber immerhin interessierte er sich für sie. Wobei »interessierte sich für sie« eine Beschönigung dafür war, dass er ihr erst ins Gesicht und dann auf die Brüste schaute. (Dann allerdings wieder ins Gesicht.) Nach einem Arbeitsunfall, bei dem ihm eine große Flex abgerutscht und im Knie gelandet war, kam er in die Praxis; seine Gangart war zwar noch nicht »auf allen vieren«, aber Humpeln konnte man das auch nicht nennen. Sie lief ihm entgegen und fing ihn auf, bugsierte ihn zu einem Stuhl, und als er sich niederließ, verdrehte er ihr schmerzhaft die Hand. Als Entschuldigung sprach er, nachdem die Wunde versorgt war, die Einladung auf nen Kaffee aus. Romantisch war das nicht; sie sollte ihm Tipps zum Umgang mit der Krankenkasse geben, um lange krankgeschrieben zu bleiben.

Die Flex im Knie hatte Holger eine viermonatige Krankschreibung verschafft, doch schwanger wurde Lydia schon sechs Wochen nach dem Kennenlernen. Auf einer Radtour, bei einer Pause auf einer eigens mitgebrachten Decke machte er sich über sie her, ohne groß zu fragen. Sie blieben unentdeckt, denn es dauerte nur ein paar Minuten, und Mecklenburg ist dünn besiedelt. Er benahm sich fortan, als habe er einen festen Anspruch auf sie, besuchte sie zu Hause und blieb über Nacht. Wir sind jetzt wohl ein Paar, dachte sie oft, aber darüber sprachen sie nie. Auch nicht darüber, dass sie schwanger wurde. Sie wusste nicht, wie er über Kinder dachte, wollte ihn nicht erschrecken und mit der ganzen drohenden Verantwortung in die Flucht schlagen – und trieb heimlich ab. Um elf war der Termin, um halb eins konnte sie die Klinik verlassen. Als er am gleichen Abend Sex wollte und sie ihn erst verbal abwies, dann aber, da er nicht nachgab, sich zukrampfte, war er erbost über den »neumodischen Kram« – und ging. Vier Tage lang herrschte Funkstille, dann erschien er in der Praxis, weil er einen Termin hatte. Es war an ihr, das Eis zu brechen, ihm zu zeigen, dass sie ihn doch wollte und dass sie wünschte, dass er sie doch auch liebe … An jenem Abend hatten sie das erste Mal guten Sex. In all den Jahren ließ sich der gute Sex an einer Hand abzählen.

Holger wollte auch Kinder (er benutzte den Plural), aber sie wurde einfach nicht schwanger, und Nachfragen auf Familienfesten (»Na Holger, wie siehts aus, ablegertechnisch?«) besserten seine Laune auch nicht. Sie fand heraus, dass Holger heimlich sein Sperma untersuchen ließ und dass es okay war. Daher dürfte er die Ursache für die Kinderlosigkeit bei ihr sehen; von ihrer Abtreibung wusste er nichts. Dass er sich eine andere Frau nimmt, hielt sie für ausgeschlossen. Sie hatte seinen Eroberungsstil ja am eigenen Leibe erfahren und war sich sicher, dass er mit der Masche kein zweites Mal Erfolg haben wird, schon gar nicht in Mecklenburg, dem Land des eklatanten Frauenmangels.

Lydias Sexualität glich einer Pulverkammer, in der als Streichholz das Wort »Stallbursche« genügte, um alles zur Explosion zu bringen. Mit Jensi war es zwar auch immer nur kurz – mehr als zwanzig Minuten waren nicht drin –, aber es war so schrecklich schön. Sie musste sich das Kissen ins Gesicht pressen, um ihre Schreie zu ersticken. Und sie erfuhr, dass sie selbst eine Granate im Bett war. Sie konnte Jensi nicht nur zum Orgasmus lotsen wie eine Kogge in den Hafen, sie konnte ihrer beider Orgasmen auch so synchronisieren, dass sie wenige Sekunden nach ihm kam, wenn es für sie am glücklichsten war. Obendrein konnte sie Jensi in eine zweite Runde dirigieren und die mit ihm auch zu Ende bringen. Dass sie ihm, dessen Dominanz sie verfallen war, in manchen Momenten ebenbürtig war, machte sie stolz.

Ihr war von vornherein klar, dass diese Art von Sex schwanger macht. Sie spürte, wie ihre Gebärmutter sein Sperma in sich einsog, reinschlabberte, in sacht abebbenden, krampfartigen Zuckungen. Mit Beginn der Stallburschen-Affäre machte sie nach dem Sex mit Holger »die Kerze«, verharrte in einer Art Rückwärtsrolle, mit gestreckten Beinen, um Holger glauben zu machen, dass jetzt sein Samen durchsickere und auf das Ei treffe. Um ihre Schwangerschaft plausibel zu machen, sollte es reichen.

Und kaum war sie schwanger, erlosch jegliches Interesse an Jensi. Sie holte Menke noch manches Mal ab, aber sie schrie nie mehr ins Kissen. Und bald verlor sie Jensi ganz aus den Augen; inzwischen wusste sie nicht mal, wo er überhaupt lebte.

Jensi war blond, wie sie (auch wenn sie ihre Haarfarbe insgeheim *straßenköterblond* nannte, während Jensi *schwedenblond* war). Die Szene, die sich bei der Entbindung einer Freundin abgespielt hatte, als der brünette Ehemann beim Anblick des unverkennbar rothaarigen, noch halb in der blonden Mutter steckenden Kindes sagte: »Wenn es etwas gibt, was du mir sagen willst, sag es mir jetzt«, konnte sich bei ihr, Lydia, nicht wiederholen.

Nachdem Aram geboren war, wurde er unzählige Male mit Lydia und Holger verglichen, und nie sagte jemand zu Holger: »Also von dir hat er ja so gar nichts.« Es gab nicht den leisesten Zweifel an seiner Vaterschaft. Am wenigsten bei Holger. Aber Lydia war sich ganz sicher, dass nicht Holger, sondern Jensi der Vater von Aram war. Sie wusste sogar den Tag, an dem Aram gezeugt wurde – es war der 11. April. Es war einen Tag vor dem Eisprung, und an diesem Tag zeigte sich ein Storch auf der Wiese hinter dem Haus. Davon, dass an jenem Tag Fibi geboren wurde, wusste Lydia Stein nichts, denn die Hüvelands lebten drei Dörfer weiter; zu weit, um sie auf dem Schirm zu haben.

Vielleicht war ja auch Fibi von Jensi. Wenn Lydia nachdachte, war Jensi doch verdammt routiniert. Wie er sie in das »Büro« genannte Zimmer gelotst hatte. Wie schnell die Couch ausgeklappt war. Und wie er Menke auf Zuruf mit Füttern, Tränken, Striegeln und Ausmisten beschäftigte. Was die Rahmenbedingungen anging, ließ er nichts anbrennen, und wenn er sich derlei Kenntnisse in früheren Affären erworben hat – wieso nicht bei Fibis Mutter? Um mehr herauszufinden, wird sie bei dieser Wiebke mal auf den Busch klopfen. Irgendwie auf den Reitlehrer in Woidke zu sprechen kommen, auf diesen Wie-hieß-er-doch-gleich, der »aufrecht wie ein Maibaum« im Sattel zu sitzen verlangte.

Lydia setzte Kaffee auf. Holger mochte kalten Kaffee, was bedeutete, dass er sich frühestens zwanzig Minuten nach dem Röcheln der Kaffeemaschine zeigen wird. In der Zwischenzeit machte sich Lydia ans Aufräumen. Auf der Arbeitsplatte lag ein Handelsgesetzbuch von 1990, das Holger aus einer »Zu verschenken«-Klappbox gegriffen hatte. Was das nun wieder sollte.

»Kann das weg?«, fragte sie Holger, als der sich eine halbe Stunde später für seinen kalten Kaffee an den Küchentisch setzte.

»Das war mal so ne Idee. Wer wird Millionär. Hätte auch funktioniert. Aber – kann weg«, sagte Holger.

»Also mit Paragraphen und so«, sagte Lydia. »Wusste gar nicht, dass du das kannst.«

»Ist ganz einfach. Firmen müssen einen Geschäftsführer haben. Geschäftsführer kann jeder werden, der über achtzehn ist. Aber Geschäftsführer haben Pflichten und sind persönlich haftbar. Denen kann sogar das Haus weggepfändet werden.«

»Und wieso willst du dann ausgerechnet Geschäftsführer werden?«

»Will ich doch gar nicht«, sagte Holger Stein. »Hör doch

mal zu. – Wenn einer Firma Insolvenz droht, muss ein Geschäftsführer laut Gesetz die Gläubiger, die Angestellten undundund schützen, während der Firmeneigentümer bei einer Insolvenz alles verliert. Wenn sich aber der Geschäftsführer vom Eigentümer zu Pflichtverletzungen anstiften lässt, wird der Geschäftsführer angeklagt.«

»Und sein Haus gepfändet.«

»Genau. Es müsste für den Fall Geschäftsführer geben, die alles machen, was der Eigentümer will. Wenns brenzlig wird, entlässt der Eigentümer seinen bisherigen Geschäftsführer und setzt einen ein, der macht, was der Eigentümer will. Aber wie findet man so einen?«

Holger Stein schaute Lydia triumphierend an.

»Das ist die Eine-Million-Euro-Frage. Ich bin derjenige, der solche Geschäftsführer vermittelt, gegen Provision. Vom Eigentümer, dem ich helfe, sein Eigentum zu retten – und vom Geschäftsführer, der ja für seine Drecksarbeit auch ein nettes Gehalt bekommt.«

»Aber wer tut so etwas, wenn ihm hinterher wegen der Pflichtverletzung das Haus gepfändet wird?«, fragte Lydia, obwohl ihr das alles schon zu hoch war.

»Jemand, der unheilbar an Krebs erkrankt ist«, sagte Holger. »Ich vermittle Geschäftsführer mit Krebs im Endstadium. Die freuen sich, wenn sie ihren Familien was hinterlassen können, zehntausend Euro oder so, und der Eigentümer ist froh, wenn bei der Insolvenz andere bluten. Wenn es zum Knall kommt, ist der Geschäftsführer tot und kann nicht mehr belangt werden.«

»Aber wo willst du diese ganzen Krebspatienten hernehmen?«, fragte Lydia.

»Arbeite ich in einer Arztpraxis oder du?«, fragte Holger Stein.

»Frau Dr. Janz ist Allgemeinmediziner!«, sagte Lydia. »Pro Monat kommt vielleicht ein Krebspatient, und der kriegt immer gleich ne Überweisung in die Onkologie.«

»Was wäre denn mit einem Wechsel in eine onkologische Praxis? Sprechstundenhilfen werden überall gesucht«, sagte Holger.

Lydia war sprachlos. Handelsgesetzbuch, Paragraphen, Insolvenz, Geschäftsführer, Eigentümer – das alles war ihr fremd.

»Ist schon in Ordnung«, sagte Holger und zeigte auf das Buch. »Schmeiß weg.«

Lydia wusste, dass Holger insgeheim hoffte, dass ihr seine Idee gefällt und sie sogleich eine Bewerbung als onkologische Sprechstundenhilfe aufsetzt. Doch wozu dem Krebs nachlaufen, ihn ins Leben holen und auf seinem Ticket in einen vermeintlichen Reichtum reisen. Sie warf das Handelsgesetzbuch weg, goss sich Kaffee ein, setzte sich an den Küchentisch und gestattete der Stille, sich auszubreiten.

Diese wurde gestört vom Geräusch eines Düsenjägers, was bedeutete, dass heute Dienstag war, denn nur dienstags unternahm die Bundeswehr ihre Übungsflüge. Aber heute war nicht Dienstag, und Lydia bemerkte, dass das Geräusch nicht von einem Düsenjäger stammte, sondern von Holgers knurrendem Magen. Ich bin mit einer akustischen Wundertüte verheiratet, dachte Lydia. Im Bett ein Grizzly, am Küchentisch ein Düsenjäger.

Es klingelte an der Tür. Wer konnte das sein? Lydia trug nur Slip und Hemdchen, Holger Boxershorts und ein verwaschenes, zwölf Jahre altes T-Shirt, welches noch zur ersten Generation jenes Bestandes gehörte, den er sich nach Ausmusterung der von Aram mit Milchrülpser- und Sabberflecken verunzierten T-Shirts zugelegt hatte.

Vor dem Haus stand ein Auto, das Lydia nicht kannte. Aber Holger.

»Fibis Eltern«, sagte er. »Ich mach auf.«

»Ich zieh mir was an«, sagte Lydia und verschwand nach oben. Dort stieg sie rasch in ihre Hosen, zog sich einen Pulli über und traf eine Entscheidung gegen Haarbürste und

Make-up: Man sollte ihr ruhig ansehen, dass sie eine gebrochene Frau war.

Nach nur einer Minute war sie wieder unten.

»Ihr Mann war ohne Vorwarnung vor ein paar Tagen bei uns«, sagte Hilmar Hüveland. »Da wollten wir es heute genauso machen.«

Sie gab den Hüvelands die Hand. Wiebke Hüveland trug BH und Make-up, und ihrer Frisur nach zu urteilen, hatte sie auch ausgiebig mit einer Haarbürste hantiert. Rasierwasser- und Parfümdüfte breiteten sich aus; so ein Schicksalsschlag ist auch nicht mehr das, was er früher mal war.

»Fibi nicht mit?«, fragte Lydia.

»Fibi schläft noch«, sagte Wiebke.

»Ach, schläft sie neuerdings auch so viel?«, sagte Lydia, deren rhetorische Heimat einfach das Lamento war. »Schlimm ist das, wirklich schlimm.« Sie lotste den Besuch zur Polsterlandschaft.

»Eigentlich haben wir nur zwei Fragen«, sagte Holger Stein, nachdem alle saßen. »Erstens: Wie konnte diese Scheiße nur passieren? Und zweitens: Was kann man tun, damit diese Scheiße so schnell wie möglich zu Ende ist?«

»Diese Fragen werden uns sicher noch eine ganze Weile beschäftigen«, sagte Hilmar Hüveland, der dem von Holger angebotenen Niveau diplomatisch auswich.

»Und wir brauchen auch Abstimmung untereinander«, sagte Wiebke Hüveland.

Lydia nickte stumm. Abstimmung klang gut.

Aber Holger fragte: »Was gibts denn da abzustimmen?« Für ihn war »sich abstimmen« nur ein verharmlosender Ausdruck von »sich Vorschriften machen lassen«. Lydia hatte Antennen für den Freiheitsdrang von Männern und die Gefahren, wenn diese eine Beschneidung desselben wittern.

»Wir glauben, je mehr Menschen von Fibi und Aram wissen, desto größer ist die Chance, dass jemand eine Idee hat«, sagte Wiebke. »Damit der Fall überhaupt bekannt wird, sollten möglichst viele davon erfahren.«

»Meinetwegen«, sagte Holger Stein. »Und was hat das mit uns zu tun?«

»Nun hat uns aber ein Rechtsanwalt versichert, dass diese Angelegenheit auch eine Goldgrube sein kann – wenn wir uns alle an ein paar sehr einfache Regeln halten«, sagte Hilmar.

Rechtsanwalt, Goldgrube, dachte Lydia. Klingt wie *Handelsgesetzbuch* und *Wer wird Millionär*. Kaum hast du das eine in den Müll geschmissen, kommt das Nächste zur Tür reinspaziert.

»Was für Regeln?«, fragte Holger, und Lydia erkannte, dass sich Abscheu (gegenüber nicht von ihm aufgestellten Regeln) und Neugier (über die Goldgrube) die Waage hielten.

Lydia stand auf. »Ich schau mal, was Aram macht.« Einfach mal Prioritäten setzen, erst recht, wenn die von Goldgruben reden.

Aram lag zusammengerollt auf seiner Bettdecke und atmete ruhig. Ein Zucken um die Augenpartie verriet, dass er träumte. Wovon wohl?

Lydia setzte sich auf einen Stuhl und schaute dem Waschbären, der ihr Sohn sein sollte, beim Schlafen zu. Das hatte etwas Beruhigendes. Sie könnte ihm ewig beim Schlafen zusehen, und es würde ihr an nichts fehlen. Aram war wieder so klein, dass sie ihn auf den Arm nehmen konnte – welche Mutter wünscht das nicht insgeheim. Als er zuletzt so klein war, vor fünfzehn Jahren, da konnte er auch nicht sprechen. Insofern war alles genau wie früher. Na ja, fast.

Aber wenn Aram aufwacht, verfliegt der Zauber, und eine Trauer wird nach ihr greifen. Also verließ sie Arams Zimmer, bevor er erwachte.

»Aram schläft«, sagte sie, als sie runterkam. Danach hatte zwar keiner gefragt, aber eine Mutter hat einfach mal das

Recht, jederzeit die eigenen Kinder zum Thema zu machen. *Dass euer Haus abgebrannt ist, tut mir leid, aber stell dir mal vor, Nelly war gestern nicht in der Schule, weil sie Durchfall hatte.*

»Dann sollten wir«, sagte Hilmar in einem Ton, der den Aufbruch einleitete, »uns gegenseitig informieren, wenn wir was sehen oder hören, egal auf welchem Sender. Aber es bleibt bei heute Abend?«

Ach, da war also eine Verabredung zustande gekommen, während sie bei Aram war.

Lydia und Holger begleiteten Hilmar und Wiebke zur Tür, wobei Holger in Boxershorts und Unterhemd wie jemand wirkte, der die Goldgrube bitter nötig hatte.

»Spricht Aram inzwischen?«, fragte Wiebke leise, während die Männer diskutierten, ob der Wagen am Abend besser vorwärts oder rückwärts oder gar nicht in die Einfahrt gestellt werden sollte.

Lydia schüttelte den Kopf. »Aram versteht, was wir sagen. Aber in der anderen Richtung geht gar nichts.«

»Habt ihr ihm mal einen Laptop hingestellt? Da könnte er doch eintippen, was er sagen will.«

Lydia musste insgeheim zugeben, dass auf diese Idee sie oder Holger auch selbst hätten kommen können, und kaum waren die Hüvelands raus, erzählte sie Holger davon.

»Können wir machen«, sagte der und kramte seinen ausrangierten Laptop hervor. Das Hochfahren dauerte zehn Minuten.

Lydia weckte Aram. »Aram, wir haben was für dich. Komm mal mit!«

Aram folgte seiner Mutter. Sie führte ihn zum Esstisch im Wohnzimmer, wo der aufgeklappte Laptop mit ersichtlichem Bemühen um Prominenz platziert war; er stand auf der Stirnseite.

»Wenn du was willst, schreibst du's einfach«, sagte Lydia.

Aram sprang auf den Stuhl und richtete sich auf, sodass

er an der Tischkante lehnte. Er schaute auf den weißen Bildschirm mit dem blinkenden Cursor.

»Na, willst du uns was sagen?«, fragte Holger Stein.

Aram sprang auf den Tisch. Und drückte ein paar Tasten. Eigentlich nur drei.

Hi

stand auf dem Bildschirm.

»Hi!«, sagte Holger Stein. »Hi, Aram!«

»Hi, Aram!«, sagte auch Lydia, die sichtlich aufblühte. »Hi, und schönen guten Morgen! Wie gehts dir? Brauchst du was? Können wir etwas für dich tun? Hast du irgendeinen Wunsch?«

Erneut klapperten die Tasten. Doch anstatt einen Wunsch mitzuteilen, installierte Aram die Internetverbindung.

Zehn Minuten später war Aram online, und es war wie früher.

Dennoch war Lydia Stein glücklich. Denn das war der Aram, den sie kannte. Der sich im Internet aufhielt und nicht ansprechbar war, der mit seinen Internet-Freunden (waren das sogenannte »virtuelle Freunde«, oder war das wieder etwas anderes?) spielte. Und selbst wenn es diese Ballerspiele waren – mit dem Fußball war es ja leider vorbei, und wenn jetzt nur noch die Ballerspiele bleiben, dann sollte er sie spielen. Hauptsache, er ist glücklich.

In der Abenddämmerung ließ Motorengebrumm die Hüveland'sche Einfahrt erzittern. Holger Stein entstieg seinem Dickschiff, sommerlich gekleidet – Hawaiihemd, kurze Hosen, Sandalen. Lydia trug ein Sommerkleid, auf dem sich blau-gelbe Blumenmotive verteilten.

Die Steins hatten eine Flasche Wein mitgebracht. Nachdem die Gläser gefüllt waren, musste man sich auf etwas einigen, worauf man anstößt. Wiebke sprach die Formel »Auf dass es uns bald besser geht«, und Holger quittierte das mit »Ist tüffig!« und hob das Glas.

Das erste Glas war noch nicht geleert, als Lydia klar wurde, dass die Hüvelands es in jeder Hinsicht besser hatten. Ihre Fibi war ein Mitglied der Familie, sie redete, hatte ihre pubertären Ausbrüche, spielte mit ihrem Bruder und führte tiefsinnige Gespräche mit ihrer Mutter. Aram hingegen war so was wie ein Haustier. Er lebte zwar in ihrem, Lydias und Holgers, Haus, aber er sprach nicht, und er blieb auch ansonsten unergründlich. Schon vor seiner Verwandlung war er jemand, der die Nähe seiner Eltern lästig, einengend und peinlich fand, aber in der neuen Situation war es praktisch unmöglich, den Kontakt zu ihm zu halten. Er hörte und verstand zwar, was seine Eltern sagten, ignorierte es aber nach Lust und Laune.

Als Hilmar davon erzählte, wie der Waschbär im Schlafzimmer saß und mit Fibis Stimme redete und er, Hilmar, für einen Moment glaubte, sich in einem Albtraum zu befinden, wurde Lydia klar, dass sie noch immer in genau diesem Moment des Nicht-wahrhaben-Wollens lebte, und Holger ebenso. Die Hüvelands jedoch waren aktiv, hatten Rechtsanwälte, Ärzte und nunmehr auch die Presse eingeschaltet.

Vielleicht war es der Wein, vielleicht die Anwesenheit von Leidensgenossen: Holger sprach über Hoffnungen und Gefühle, was sonst nie geschah. Lydia hörte aus seinem Munde, dass er jeden Tag, jede Minute darauf hoffte, seinen Aram wiederzubekommen. Er hoffte, beim Blick durch die offene Zimmertür Aram am Schreibtisch sitzen zu sehen. Er hoffte, morgens aufzuwachen und einen Aram in der Küche anzutreffen, gern auch muffelig und Orangensaft aus dem Tetrapack trinkend. Er hoffte, wieder dieses vertraute leise Tok-Tok-Tok aus dem Garten zu hören, wenn Aram sein Ballgefühl trainiert. Er hoffte, wenn er abends die Tür zu Arams Zimmer aufmachte, dass er dalag wie immer, auf dem Rücken, mit halb geöffnetem Mund, eine Hand hinterm Kopf, ein Bein angewinkelt, mit dem Fuß in Höhe des Knies, friedlich schlafend, träumend ... Als er das beschrieb, fing Lydia an zu weinen, dann weinte Wiebke, und auch Hilmar bekam feuchte Augen. Lydia hatte nie geglaubt, dass dieser grobe, rücksichtslose Mensch, der Holger ja war, zu Tränen zu rühren vermochte.

Es wurde geweint und gelacht an diesem Abend. Wiebke erzählte von der Untersuchung im Greifswalder Universitätsklinikum, bei der Fibi »über eine Stunde bei einer Opernstimmen-Expertin war, die nach Moskau fliegt, wenn die Netrebko krächzt«. Holger Stein glaubte, »die Netrebko« sei die Bezeichnung für die Rolltreppe der Moskauer Metro. Er erbat Aufklärung, wieso ausgerechnet eine Greifswalder Ärztin dem Quietschen der Rolltreppe abhelfen soll – und darüber musste Wiebke das erste Mal an diesem Abend lachen, so sehr, dass sie Wein verschüttete. Sie konnte gar nicht mehr aufhören, und ihr Lachen war so ansteckend, dass schließlich alle lachten, und als sich das Lachen legte, sagte Lydia seufzend: »Ach, war das schön!« Und Holger sagte verlegen: »Kenn mich nich so aus mit die ganzen Auslenner.«

Hilmar wollte auch eine komische Geschichte zum Besten geben. »Ich habe gleich am ersten Abend auf Gute-Frage im Internet gefragt, wie sich ein Waschbär in einen Menschen zurückverwandelt. Am nächsten Tag kam eine geheimnisvolle Antwort, auf Englisch. Ich hab nichts verstanden. Übersetzungsprogramm gefragt. *Mit DSU Hanashi-Filmen, um den Fick draußen zu bekommen, wenn du verdammtes Kraftfeld bin, das ich bin Fallin, kommt die Stadt iDoctor zum Punkt, wo BBVA-Punkt draußen für Tatian ist, der das Jahr zieht* – was soll das bedeuten?«

Als Lydia *um den Fick draußen zu bekommen* hörte, war Alarmstufe Rot. Irgend jemand im Internet wusste von der Sache mit Jensi und ihr, und wenn Hilmar weiterredete, kommt es vielleicht raus …

»Der Typ, der das gepostet hat, hieß Fragmichliebergleich«, sagte Hilmar, »und ich wollte den fragen, wie das gemeint ist. Der hat oft gepostet, insgesamt über zweitausend Mal. Bei manchen Fragen hat er mehrfach geantwortet. Also hab ich das Forum beobachtet, und wenn er eine frische Antwort gegeben hat, hab ich – zack! – den nächsten Post geschrieben und ihn gefragt, was das bedeutet, DSU Hanashi Filme und so weiter. Woraufhin er antwortet: So was hab ich nie geschrieben.« Hilmar machte eine Pause. »Uijuijui, dachte ich, jetzt wirds ja ganz verrückt. Jemand hat das Profil von Fragmichliebergleich gekapert, um mir eine Botschaft zukommen zu lassen. Also hab ich Fragmichliebergleich bei nächster Gelegenheit gefragt, ob das wirklich nicht von ihm ist, und habe ihn mit seiner eigenen Antwort verlinkt. Und was war seine Antwort?«

Hilmar zückte sein Handy und las, von Lachanfällen unterbrochen: »›Sorry, Waschbärdaddy, ich hab das Post auf Deutsch diktiert, aber irrtümlich Diktiersprache Englisch eingestellt, und habs abgesetzt, ohne es zu prüfen. Was ich sagen wollte: *Bei der Suche nach dem Psychiater, von dem frosch92 schrieb, schau doch mal auf das Portal www. facharztsuche.de.*‹« Hilmar Hüveland lachte, er schüttete sich aus vor Lachen. »Versteht ihr?«, sagte er. »Ich dachte, es wäre die Lösung, die *Er*lösung! Habe tagelang gewartet, gebangt und gehofft! Bloß weil n Fatzke, der im Ranking oben stehen will, aus Versehen Blödsinn produziert hat!«

Lydia verstand, dass Hilmar über seine Verzweiflung lachte, die so groß ist, dass er sich an jeden Strohhalm klammert, und sei es ein rätselhafter, sinnloser Satz auf Englisch. Dass er die deutsche Nonsensübersetzung auswendig wusste, sprach Bände, fand Lydia. Abgesehen davon war sie erleichtert, dass *der Fick draußen* ins Harmlose führte.

Im Keller rappelte es. Wiebke rief »Fibi!«, und Fibi kam. Ihr Fell war oben staubig und unten nass, und an den Seiten hingen Kletten. »Fibi, du siehst ja total mistig aus«, sagte Hilmar. »Wollen wir das nachher mal mit Shampoo machen?«

»Könnt ihr was Neutrales kaufen?«, fragte Fibi. »Dieses parfümierte Zeug sticht tagelang in der Nase, das könnt ihr euch nicht vorstellen.«

Für Lydia war es das erste Mal, dass sie Fibi hörte. Ihr stand der Mund offen, dass ein Waschbär redete wie eine ganz normale Jugendliche.

»Fibi, kommst du von draußen?«, fragte sie. »Hast du Aram getroffen?«

»Aram kommt nicht mehr. Er war vorgestern sauer, total übertrieben«, sagte Fibi.

»Und weswegen?«, fragte Lydia.

»Ach, irgendwelcher Jungs-Scheiß. Was Jungs eben so reden, die sich für sonst wie toll halten«, sagte Fibi.

»Aber was genau hat er denn gesagt?«, fragte Lydia.

»Was weiß ich!«, sagte Fibi. »Bin ich Medium oder was?«

»Fibi!«, sagte Wiebke. »Niemand außer dir kann mit Aram sprechen.«

Und Hilmar ergänzte: »Wenn *du* nur mit Aram reden könntest, dann würden wir auch zu Arams Eltern gehen, um zu wissen, was mit dir los ist.«

»Ja. Schön für euch«, sagte Fibi. »Aber was Aram mir erzählt, das erzählt er mir. Und das geht niemanden etwas an. So was nennt man Vertrauen. Oder« – demonstrative Wendung in Richtung ihrer Mutter – »Patientengeheimnis.«

»Das heißt ärztliche Schweigepflicht«, sagte Wiebke spitz. »Wer Schlaumeiervorträge hält, sollte auf korrekte Wortwahl achten. Wer mit Stöckelschuhen rumläuft, darf nicht stolpern.«

Das ganze Geheimnis des Erwachsenwerdens liegt, metaphorisch gesprochen, vielleicht nur darin, zu lernen, sich auf Stöckelschuhen natürlich zu bewegen, dachte Lydia. Fibi war der Ärger darüber anzumerken, dass es diese Erwachsenen immer schafften, am Ende gut auszusehen.

»Okay, Fibi«, sagte Hilmar versöhnlich. »Nachdem alle

gesehen haben, dass du uns voll im Griff hast – kannst du Arams Eltern noch irgendwelche Informationen über ihren einzigen Sohn geben?«

»Was Aram mir erzählt, geht niemanden etwas an«, sagte Fibi.

»Wenn sie will, kann sie stur sein«, sagte Hilmar.

»Ich seh schon«, sagte Holger Stein.

Fibi verzog sich, und Holger brachte das Gespräch wieder auf das eine Thema, das er immer aufzutischen drohte, wenn es um Aram und Fibi ging.

»Wenn die beiden jetzt in gewisser Weise Tiere sind, ist das doch mit den Trieben anders geregelt. Oder hab ich da in der Schule nicht richtig aufgepasst?«

Lydia hörte galoppierende Pferde und fühlte sich ertappt: Kaum redete Holger von Trieben, trappelten Pferde herbei und erinnerten sie an Jensi, den Stallburschen. Wegen Aram und wegen Fibi, die an jenem Tag geboren wurde, als sie von Jensi geschwängert wurde, war sie jetzt in diesem Raum. Alles hing mit allem zusammen ... Lydia wandte den Blick in Richtung des Pferdegetrappels. Es kam vom Fenster. Auf dem Fensterbrett lag Hilmars Handy, dessen Klingelton Pferdegalopp war.

»Klar können Sie kommen«, sagte Hilmar, nachdem er das Gespräch angenommen hatte. »Wir warten ja hier auf Sie.«

Richtig, Professor Ahlert wollte so etwas wie einen Vertrag ausfertigen. Deswegen war man ja gekommen.

Wenige Minuten später saß Professor Ahlert in der Sofagruppe – wie der Gastgeber einer großen Samstagabendshow, fand Lydia. Er hatte vier Vertragsexemplare unter den beiden Elternpaaren verteilt und ließ ihnen Zeit zum Lesen. Doch anstatt das zu tun, beobachtete Lydia ihren Mann, dessen Blick immer zwischen dem Vertrag und Professor Ahlert wechselte. Die Steins kannten den zugezogenen, in einer Nachbargemeinde lebenden Professor nicht, und insbesondere Holger misstraute ihm. Professor Ahlert spürte das und bat Hilmar, »mal mit eigenen Worten zu sagen, worum es geht. Ich neige dazu, alles zu verkomplizieren.«

»Ja«, sagte Hilmar. »Im Prinzip ist ja klar: Fibi und Aram sind jetzt Waschbären. Die Presse wird uns die Bude einrennen. Und um unsere Ruhe zu haben und nebenbei vielleicht noch n büschen Geld zu bekommen, machen wir den Vertrag.« Weil das Holger ersichtlich noch nicht überzeugte, sagte Hilmar etwas, was er bei Professor Ahlert aufgeschnappt hatte: »So n Vertrag ist nur für den Fall, dass es schiefgeht.«

Holger beeindruckte das nicht. Er witterte einen in wohlklingende Worte verpackten Beschiss, und er hatte sich bereits an einer Passage festgebissen. Die zitierte er, wobei er sich einzelne, ihm verräterisch erscheinende Wörter herauspickte. »Hier: ›Die Rechteinhaber verpflichten sich, die vertragsgegenständlichen Rechte *ausschließlich* und *zeitlich unbefristet* über den Rechtevermittler zu veräußern.‹ – Das klingt doch sehr nach Knebelvertrag. Was, wenn ich selbst einen Deal machen kann? Oder wenn wir nicht mehr mit Ihnen glücklich sind?«

Lydia war insgeheim stolz auf ihren Mann. Solche Wörter wie *ausschließlich* und *zeitlich unbefristet*, die bedeuten auf gut Deutsch *im ganzen Universum* und *auf immer und ewig*, und wenn der Mensch nicht mehr frei ist, gibt es Ärger. Den Holger legt man nicht so einfach rein, dachte sie. Der riecht den Braten.

»Zu Ihrer Beruhigung: Der Vertrag sieht keinerlei Sanktionen vor, wenn Sie eigene Deals abschließen. Das wäre aber ein Vertragsbruch, und ich könnte das Vertragsverhältnis beenden.«

»Was, Sie drohen mir schon jetzt?«

»Ganz und gar nicht«, sagte Professor Ahlert, ganz die Ruhe. »Aber da müssen Sie mich verstehen: Wenn ich für einen Haufen Geld ein Exklusivinterview vereinbare, und

Sie machen eigene Interviewtermine, haben wir ein Riesenkuddelmuddel – und das will ich mir nicht antun.«

Lydia erkannte an Holgers Art, breitbeinig auf dem Sofa zu sitzen und den Vertrag nur mit spitzen Fingern anzufassen, dass sein Misstrauen blieb. Wenn Professoren Wörter wie Kuddelmuddel benutzen, wollen sie nur volksnah wirken.

Holger fiel ein weiteres Detail auf. »*Fünfzehn* Prozent, lese ich das richtig?« Er legte den Vertrag auf den Tisch. »Das unterschreib ich nicht.«

Während der Professor und Wiebke die Mühe auf sich nahmen, Holgers Zweifel zu zerstreuen, bemerkte Lydia, dass eine SMS auf Wiebkes Handy einging, die aber von Hilmar gelesen wurde. Dann gab es zwischen den beiden was zu flüstern.

»Wie gesagt, ich unterschreib das nicht«, sagte Holger Stein und blickte seine Frau an. Lydia war vor die Wahl gestellt, sich Holgers Meuterei gegen Professor Ahlert anzuschließen oder sich offen gegen ihren Mann zu wenden. Jetzt war der geeignete Moment gekommen, um ganz unverdächtig die Untersuchung von Arams Abstammung zu verhindern. »Wir sollten noch mal über alles nachdenken«, sagte Lydia. »Was ich aber auf gar keinen Fall möchte: dass Aram gezwungen werden kann zu leiden. Keine solche Untersuchungen wie in der Uniklinik, keine Tierversuche. Das bringt doch nichts ein.«

Professor Ahlert seufzte. Der Langmut der Mecklenburger, ihre Unbeweglichkeit und die Vergeblichkeit von Appellen an ihren Eigennutz hatten ihn schon oft ratlos gemacht. Mecklenburger konnten mit dem Argument »Das haben wir hier noch nie gemacht« Dinge ablehnen, die anderswo schon lange hervorragend funktionierten.

»Sören hat eine Presseerklärung vorbereitet«, sagte Hilmar. »Bevor er sie veröffentlicht, will er sie mit uns und mit der Uni absprechen.«

Aha, dachte Lydia. Das also stand in der SMS.

Hilmar hielt dem Professor das Handy hin. Der überflog den Text.

»Prima. Diese Meldung wird uns voll in die Karten spielen und allerorten Neugier entfachen. Den ersten Schecks sollte dann nichts mehr im Wege stehen.«

»Und was ist mit Aram?«, fragte Lydia.

»Aram muss natürlich auch dabei sein«, sagte Holger Stein. Auf den War-da-nicht-noch-was?-Blick des Professors nahm er den Schwung Blätter, setzte unter jeden Vertrag seinen Namen und gab alles an Lydia weiter. »Hier, du hast noch nicht!«

Das Stein'sche Dickschiff kehrte erst nach Mitternacht in den Heimathafen zurück. Im Wohnzimmer brannte Licht. Aram saß am Computer und stöberte in den Facebook-Profilen der Spieler, die er vor wenigen Tagen beim Trainingsspielchen gesehen hatte – jener Spieler also, die, wäre er nicht zum Waschbären geworden, seine Mannschaftskameraden hätten werden sollen. Zur Begrüßung hob er die Pfote, ohne den Blick vom Bildschirm zu lösen, und mit Schweif und Pfote machte er gegenläufige Winkbewegungen, die verdammt cool aussahen.

»Alles klar bei dir?«, fragte Lydia.

yep

hackte Aram in die Tasten.

»Ist das ne Abkürzung oder heißt das einfach nur Ja?«

ja

schrieb Aram. Nun war Lydia so schlau wie vorher, und sie fand mal wieder, dass es Aram etwas übertreibt mit seinem Streben nach Coolness. Wenn er sie mal was fragt, was er ja dank der Tastatur jetzt konnte, dann wird ihm Lydia bei Gelegenheit Yep statt Ja zur Antwort geben. Lieber eine Trittbrettfahrer-Coolness als gar keine Coolness.

Marleen Pawloweit

Empee vertraute ihrer Story, denn sie vertraute ihrem Arzt, Dr. Sören Putensen. Empee war der Kurzname, den Marleen Pawloweit unter die zahllosen Artikel setzte, die sie für die Online-Ausgabe des Ostseekuriers zusammenfrickelte. Online-Journalismus war Frickeljournalismus oder Klickbalz. Frickeljournalismus war eigentlich schon gar kein Journalismus mehr: Aus Meldungen und Berichten, die im Internet herumschwirrten, setzte Empee Halbsatz für Halbsatz etwas zusammen, was wirkte, als habe sie höchstpersönlich den Präsidenten befragt, die Verschütteten aus den Trümmern gezogen und dem royalen Baby die Nabelschnur durchschnitten. – Klickbalz waren Beiträge ohne journalistischen Wert, die den Werbekunden zuliebe auf hohe Klickzahlen getrimmt wurden: »Sieben Tricks für einen längeren Penis« oder »Was Frauen auf Tinder erleben«. Das Klickbalz-Thema zu finden war für Empee nie das Problem. Aber sich sieben Tricks für einen längeren Penis aus den Fingern zu saugen war eine Herausforderung. Das Tinderfrauending war einfacher: Empee schrieb über ihre eigenen Erlebnisse; sie musste nur den Eindruck erwecken, es handle sich um die Erfahrungen einer Generation. (»... während pfundige Frauen erleben, wie sich der Mann zum Auftakt des Klamottenrunterreißens mit *Ran an Speck!* Mut zuspricht.«)

Empee hatte jahrelang schmerzende Fuß- und Kniegelenke, trotz Tabletten und Injektionen, trotz Physiotherapien und Massagen, trotz Wärme- und Kältebehandlungen, trotz einer Operation. Eine Ursache wurde nie ausgemacht, und für die meisten Ärzte war ohnehin klar, dass die Schmerzen mit Empees Übergewicht zu tun hatten. Nach jeder vergeblichen Behandlung versuchte sie es woanders, was immer Überwindung kostete, denn auf jedem Anamnesebogen musste sie ein Körpergewicht in Kilos eintragen, das andere Frauen ihrer Größe in Pfunden hatten. Als Empee zu Sören Putensen kam, glaubte sie insgeheim gar nicht mehr an eine Heilung. Dr. Sören Putensen fragte, ob denn schon mal die Lunge geröntgt wurde. Empee glaubte, dass hier wohl die Patientenakten vertauscht wurden; was hatten schmerzende Fußgelenke mit der Lunge zu tun? Natürlich war ihre Lunge nie geröntgt worden. Doch auf Geheiß von Dr. Sören Putensen ließ sich Empee ihre Lunge röntgen, und noch am selben Tag gab es eine Diagnose (Sarkoidose), eine Therapie (Cortison), und binnen weniger Tage war sie die Schmerzen für alle Zeit los. Fortan suchte sie bei jeglichen Zipperlein die Sprechstunde von Sören Putensen auf, ohne dabei die mehr als einstündige Autofahrt von Rostock nach Greifswald zu scheuen. Selbst ein Furunkel sollte nicht durch einen Rostocker Arzt behandelt werden, es musste Dr. Putensen sein. In seinem Wartezimmer hatte sie sich, wie sie von einer Patientin erfuhr, auf den »Waschbär-Platz« gesetzt. Vorgestern sei hier ein sprechender Waschbär untersucht worden, und der habe genau auf diesem Platz gesessen, sagte die Mitwartende. Die spinnt, dachte Empee, doch die Verabschiedung (»Dann bis morgen wieder, Frau Enke!«) klang so, als ob die Frau täglich kommt. Nachdem sie weg war, fragte Empee die Schwester, ob vorgestern wirklich ein Waschbär auf diesem Platz gesessen habe, doch die Schwester gab sich zugeknöpft, als sei etwas Unangenehmes vorgefallen. War jemand auf Drogen durch die Gänge gelaufen, hatte »Ich bin ein Waschbär!« gebrüllt und schließlich auf den Stuhl gekotzt? Kann man doch zugeben, fand Empee.

Im Behandlungszimmer wollte sie von Dr. Putensen Näheres erfahren. »In Ihrem Wartezimmer erzählt man sich, dass Sie gestern einen Waschbären untersucht haben.«

Doch Dr. Putensen sagte nur: »Und jetzt untersuche ich ein Furunkel. Über das ich auch niemandem was erzähle.« Als sie Luft holte, um nachzuhaken, verursachte er ihr einen leichten Schmerz, dass sie »Autsch!« sagte, und beerdigte das Thema mit der Bemerkung »Und wenn ich es doch mal erzähle, erfahren Sie es als Erste«.

Empee hatte noch am selben Tag bei Dr. Putensen schriftlich zu der Sache angefragt und keine Antwort bekommen.

Das war vor zwei Tagen gewesen. Die kleine Operation hatte Empee gut überstanden, gegen Mittag sollte sie zur Nachsorge in die Uniklinik. Doch um neun Uhr ging eine Mail von Dr. Sören Putensen bei ihr ein mit dem Betreff »Pressemitteilung über eine Untersuchung am Universitätsklinikum Greifswald (Entwurf)«. Darin stand, dass in der Uniklinik ein Waschbär untersucht wurde, bei dem es sich allem Anschein nach um einen verwandelten Menschen handle. Der Waschbär sei sprachmächtig und habe die seelisch-mentale Identität eines ganz konkreten Mädchens, einer sechzehnjährigen Mecklenburgerin. Die Universitätsklinik sei auf den Fall aufmerksam geworden, als die Eltern des Mädchens vorstellig wurden. Kurzum: Es klang immer verrückter. Aber die Mail war vom Uniklinik-Account desselben Arztes abgegangen, der bei Empees schmerzenden Fußgelenken den nicht minder verrückt klingenden Vorschlag gemacht hatte, dass die Lunge geröntgt werden sollte.

Empee leitete die Mail sofort an Mirko, den leitenden Redakteur, weiter. Er saß auf der anderen Seite des Doppelschreibtisches. Wenige Minuten später kam die Antwort.

RE:FW: Pressemitteilung über eine Untersuchung am Universitätsklinikum Greifswald (Entwurf)

so was bringen wir nicht mal zum 1. april

Mirko hatte die Angewohnheit, buchstäblich jedem journalistischen Thema ein -gate anzuhängen. Dadurch brachte er zum Ausdruck, dass er überhaupt erst gewillt war, es als journalistisches Thema zu akzeptieren. So meldete er sich zehn Minuten später erneut per Mail.

Betreff: waschbärgate

ich glaube das ist ein projekt von medienwissenschaftlern oder so die die anfälligkeit von medien prüfen wenn eine total unglaubwürdige story in einer total glaubwürdigen verpackung daherkommt sind medien so sensationsgeil und bringen den offensichtlichsten sch… nur weil die quelle seriös ist

Empee musste sich eingestehen, dass das plausibel klang. Sie hörte bei Mirko erneut Tastengeklapper, und gleich darauf ging seine Mail ein.

FW: waschbärgate

die pm ist nicht offiziell da steht nur entwurf drüber. können sie gleich fake schreiben.

Dass ihr der »Entwurf« zugegangen war – darüber hatte sich Empee auch schon gewundert. Sie schrieb:

RW: waschbärgate

was hältst du davon mehr darüber herauszufinden? wer hat das experiment angeregt wie ist man vorgegangen was waren die ergebnisse?

Eine Minute später gluckste der Mailaccount erneut.

Re: waschbärgate

aber nur, weil penislängengate und tindergate immer noch die klickrekordhalter sind

Sie lächelte ihn über den Schreibtisch an.

Re: waschbärgate

dazu müsste ich aber vor ort mit leuten sprechen.

Sie wollte eigentlich »recherchieren« schreiben, hatte aber verlernt, das Wort fehlerlos hinzubekommen.

Mirko hämmerte nähmaschinenartig eine Antwort in die Tasten, schickte sie ab, lächelte – und Augenblicke später las sie seine Antwort.

Re: waschbärgate
prima spart sauerstoff kann ich am nm das fenster zu lassen

So was ließ Empee nicht auf sich sitzen.

Re: waschbärgate
kann ja pupsen bevor ich gehe

Was Empee für einen Termin zur Nachsorge und Erstbegutachtung nach Mini-OP hielt, erwies sich als banaler Verbandswechsel, den eine Schwester erledigte. Dr. Putensen war nicht zu sprechen, »er operiert«. Die Schwester konnte oder wollte nichts zu der Pressemitteilung sagen, denn das sei Dr. Putensens Angelegenheit.

Bei Empee meldeten sich leise Zweifel an der Medienexperiment-Theorie. Die Geschichte hatte im Wartezimmer begonnen, mit der »Waschbär-Platz«-Bemerkung dieser vermeintlich durchgeknallten Patientin, und es war Empee, die daraufhin bei Dr. Putensen rückfragte. Wenn es sich um ein Experiment handelt, müsste die durchgeknallte Patientin so was wie ein Lockvogel gewesen sein, vielleicht sogar die Urheberin des Experiments – und das, fand Empee, war eigentlich zu viel Inszenierung für ein kleines Licht wie sie.

Es war ein glücklicher Zufall, dass diese Frau Enke im Wartezimmer saß, als Empee mit frischem Verband das Behandlungszimmer verließ.

»Hallo, Frau Enke«, sagte Empee. »Ich wollte Sie letztens schon fragen, wie das war mit dem Waschbären, aber dann waren Sie weg.«

»Mit dem sprechenden Waschbären«, sagte Frau Enke. Sie erzählte, dass der Waschbär in einer »Tragetasche« gebracht wurde, von einer Frau, die von einem »Schulkind« begleitet wurde, wahrscheinlich ihrem Sohn. Die Frau war ihr schon aufgefallen, als sie aus dem Auto gestiegen sei. Was für ein Auto und was für ein Kennzeichen, wollte Empee wissen. »Der Wagen hatte ne Greifswalder Nummer.«

Aber es sei ein »Fahrdienst« gewesen; das Wort sei danach mehrmals über den Flur geschwirrt.

Daran knüpfte sich Empees investigativste Recherche aller Zeiten. Gleich nach dem Verbandswechsel rief sie die Telefonzentrale der Universität an, um sich mit dem Fahrdienst verbinden zu lassen.

»Fahrdienst?« Der Mann am anderen Ende schien das Wort nie gehört zu haben.

»Oder Fahrbereitschaft, Fuhrpark – ich weiß nicht, wie Sie das nennen.«

»Ich weiß es auch nicht, weil wir so was gar nicht haben. Das machen Externe.«

»Und wer macht das?«

»Das weiß ich nicht, aber wozu wollen Sie das wissen?«

Empee hatte zu wenig Übung in derartigen Telefonaten. Sie konnte zwar lügen, aber Lügen aus dem Ärmel schütteln konnte sie nicht.

In Greifswald gab es nur ein Fuhrunternehmen, das als Fahrdienst in Frage kam, und bevor Empee dort anrief, legte sie sich eine Lügengeschichte zurecht. Und die begann so:

»Guten Tag, Universitätsklinikum Greifswald, das Büro von Dr. Putensen.« Empee wollte den typischen Krankenschwesterntonfall intonieren, indem sie sich vorstellte, die ganze Zeit über Gaaanz locker lassen zu sagen.

»Es geht noch mal um die Fahrt mit dem Waschbären«, sagte Empee. »Die Fahrt haben Sie doch gemacht.«

»Die Rückfahrt ja. Die Hinfahrt hat mein Kollege gemacht.«

»Aber Ihr Unternehmen, meine ich.«

»Um was gehts?«

»Für unsere Abrechnung bräuchten wir noch mal die Kilometer.«

»Puh, die hab ich jetzt nicht im Kopf.«

»Wo gings denn hin? Ich kann mir die Kilometer auch selbst raussuchen.«

»Bräsenfelde. Aber müssen Sie mal zwei nehmen, oder eigentlich mal vier, denn es war ja hin und zurück, jeweils mit ner Leerfahrt.«

»Bräsenfelde. Und haben Sie da auch die genaue Adresse?«

»Ich schau mal nach und ruf gleich zurück.«

»Gerne. Die Nummer ist …«

»Die Nummer hab ich noch.«

»Ach so.«

Es drohte ein Rückruf in Dr. Putensens Praxis, weshalb Empee jetzt etwas improvisieren müsste, aber dazu fehlte ihr das Talent. Und schon geriet sie in Bedrängnis: »Wie war noch mal Ihr Name?«

»Äh, das Büro von Dr. Putensen.«

»Ziemlich langer Name.« Oh, da hatte er wohl Empee beim Lügen erwischt, und er machte sich noch einen Spaß daraus. »Adlig?«

»Äh, Sie brauchen wegen der Adresse auch nicht zurückzurufen. So groß ist Bräsenfelde ja nicht. Danke, dass Sie mir geholfen haben.«

»Hab ich doch gern getan, Frau Ädasbürovondoktorputensen.«

Der war komisch. Der war wirklich komisch. Wenn doch die Typen auf Tinder auch so wären!

Eine knappe Stunde später kam Empee in Bräsenfelde an. Zunächst fuhr sie langsam die Dorfstraße hoch und runter. Vielleicht führte jemand gerade seinen Waschbären spazieren. Sie scannte die Häuser, in deren Einfahrten keine Autos standen. Wer ein Auto hat, braucht keinen Fahrdienst. Auf den ersten Blick ergab sich nichts. Das Dorf schien menschenleer, nur in einem Garten wurde der Rasen gemäht.

Sie googelte Bräsenfelde. 352.000 Treffer. Die Suche »Waschbär in Bräsenfelde« ergab keinen Treffer. Als Nächstes stöberte sie auf Facebook nach Profilen von Bräsenfeldern. Vielleicht waren sogar sechzehnjährige Mädchen dabei oder irgendwelche Hinweise auf Waschbären.

Die Suche auf Facebook ergab ganze vier Treffer. Dorf eben. Und siehe da, eine Sechzehnjährige, Fibi. Letztes Posting war am Sonntag. Ein Handyfilmchen, wie ein Typ in den Straßengraben rollt und viel und laut gelacht wird. Typischer Facebookkram. Empee scrollte höher. Dass Fibi tagelang nichts postete, war normal; manchmal lagen mehrere Wochen zwischen ihren Posts. Aber sieh an: Da gab es einen kleinen Bruder. Hatten wir da das »Schulkind«? Ein Auto gab es zwar auch, was sich nicht so recht mit dem Fahrdienst vertrug – aber wenn der Vater das Auto benutzte, brauchte die Mutter einen Fahrdienst.

Apropos, Vater: Fibis Nachnamen, Hüveland, hatte Empee auch schon gesehen – als sie Bräsenfelde gegoogelt hatte, war ein Hilmar Hüveland als Bürgermeister genannt, Dorfstraße Nummer neun. Da stand auch das Auto, das mal in Fibis Postings zu sehen war.

Du kannst aus Bräsenfelde nicht wegfahren, ohne da geklingelt zu haben, sagte sich Empee.

Auf Empees Klingeln öffnete eine kühle Blonde von Anfang vierzig. Die menschenkundlichen Reflexe einer Außenreporterin, die Empee während eines Praktikums beim Nordsender einst war, stellten sich sofort wieder ein.

»Guten Tag! Ich bin vom Ostseekurier, aus Rostock. Marleen Pawloweit mein Name.« Empee wedelte mit ihrer Visitenkarte, um die kühle Blonde in ihre Nähe zu locken. »Sind Sie Frau Hüveland?«

»Ja.«

Die Blonde blieb in der nicht mal halb geöffneten Tür und kam ihr keinen Schritt entgegen. Sie hat absolut keine Lust auf den Ostseekurier, spürte Empee, ist aber so gut erzogen, dass sie dir nicht die Tür zuknallt, solange du sie nicht provozierst.

»Ist Ihr Mann zu sprechen? Er ist doch Bürgermeister.«

»Ja, aber er ist nicht da.«

»Vielleicht können Sie mir ja helfen. Ich bin wegen dem Waschbären hier.«

Wenn die Frage komplett sinnlos wäre, müsste jetzt eine erstaunte Rückfrage kommen: Was denn für ein Waschbär? Aber die kam nicht.

»Hier im Dorf gibt es jemanden, der einen Waschbären als Haustier hält, oder so.«

Wieder sagte die Blonde nichts. Empee fragte, so harmlos es eben ging: »Haben Sie was davon gehört?«

Die Blonde schüttelte den Kopf, aber ihre Miene sprach Bände. Sie konnte gar nichts mehr sagen, denn sie hatte einen Kloß im Hals.

»Schade«, sagte Empee. »Aber ist Fibi vielleicht da? Ich glaube, die kann mir bestimmt was darüber sagen.«

»Moment«, stieß die kühle Blonde hervor und schloss die Haustür. Durch das Eisblumen-Türglas konnte Empee sehen, dass Frau Hüveland telefonierte.

Empee wusste, was mecklenburgische Zugeknöpftheit ist. Das hier war eindeutig mehr.

Kurz darauf ging die Haustür wieder auf. Die kühle Blonde öffnete den Mund, aber die Stimme versagte ihr. Erst im zweiten Anlauf gelang ihr der Satz: »Mein Mann kommt gleich.«

»Haben Sie ihn angerufen? Das ist aber nett!«

»Wollen Sie nicht reinkommen?«

»Danke!«

Empee entriegelte das Gartentor, und wegen einer blöden Ahnung – sie dachte an eine dänische Journalistin, die einst auf ein Privat-U-Boot gelockt und dort umgebracht wurde – hielt sie nach wenigen Schritten inne, ohne das Haus zu betreten.

»Ich warte lieber hier«, sagte sie. »Aber da müssen wir nicht mehr so schreien. Schonen unsere Stimmen.«

Sie sah sich um. Bitte, lieber kleiner sprechender Waschbär, komm jetzt aus dem Gebüsch, dachte sie, aber das tat der Waschbär nicht. Dafür fiel ihr etwas anderes auf.

»Hoppla, da steht ja ein Kellerfenster offen. Nicht, dass Ihnen da irgendwelche Viecher reinkrabbeln.«

Die Blonde sagte nichts. Empee verstand das Hochgefühl von Kommissaren, wenn sie wissen: Ich habe jetzt alles, was ich brauche, und innerhalb der nächsten fünf Minuten wird mein Verdächtiger sein Geständnis ablegen. Doch die Blonde legte kein Geständnis ab, sondern schaute nur stur in Richtung Straße, und schließlich kamen zwei Männer, wobei der Ältere ein blütenweißes Hemd und eine Fliege trug. Die Begrüßung war knapp. Der Jüngere stellte sich als Hilmar Hüveland vor, der Ältere sagte: »Ahlert. Ich bin der Anwalt der Familie«, und überreichte seine Karte.

Empee ließ sich nicht lumpen und überreichte ihrerseits eine Karte, und zwar an jeden.

»Wollen wir reingehen?«, fragte Hilmar Hüveland.

»Wenn Sie mir nichts tun«, sagte Empee.

»Aber ich bitte Sie!«, sagte der Anwalt, und der große, weißhaarige Mann mit dem herrlichen Knautschgesicht wirkte so vertrauenerweckend, dass sich Empee sogar ausgedehnte U-Boot-Törns mit ihm vorstellen konnte.

Man setzte sich an den Couchtisch, und Wiebke fragte, ob jemand etwas trinken möchte. Empee sah, wie sie sich in der Küche eine halbe Kanne Wasser hinterkippte. Dann servierte sie vier Gläser Apfelsaftschorle mit Eis. Im Wohnzimmer fiel in der Zwischenzeit kein Wort; man widmete sich dem Intensivstudium der Visitenkarten. Die Beschriftung der Visitenkarte des Professors war teilweise in Goldbuchstaben einer Kurrentschrift gehalten, und sie hatte ein Prägerelief in Form des Paragraphen-Symbols. Der karge Prunk von Empees Visitenkarte hingegen bestand in zweifarbigen Schriften (schwarz und blau) und zwei Schriftgrößen. Sie hatte bei office24 Druckerpatronen im

Dutzend bestellt, um die hochwertigere Ausführung der Gratis-Visitenkarten abzugreifen.

Nachdem die Gläser auf dem Tisch standen, sagte Professor Ahlert: »Prost erst mal.«

Er tat einen tiefen Zug und sprach dann weiter.

»Sie sind eine professionelle Journalistin, deshalb ist es eigentlich überflüssig, Ihnen zu sagen, was es bedeutet, dass meine Mandanten für sich und ihre Familie den größtmöglichen Schutz der Privatsphäre wollen. Insbesondere wollen sie weder in Worten noch Bildern dargestellt und auch nicht namentlich erwähnt werden. Sämtliche persönlichen Angaben – Anschrift, welches Auto sie fahren, wo sie im Urlaub waren, welches Haustier sie haben – sind tabu. Auch wie die Wohnungseinrichtung aussieht und welches Getränk serviert wird, wenn man bei ihnen unangemeldet vor der Tür steht.«

Die arrogante Note war schwer zu überhören, aber dennoch mochte Empee den Professor. Weshalb sie ihren letzten Versuch mit keineswegs aufgesetzter Freundlichkeit startete.

»Natürlich weiß ich, was Schutz der Privatsphäre bedeutet, und natürlich werde ich Ihre Privatsphäre respektieren. Aber Sie« – sie wandte sich an Hilmar Hüveland – »bekleiden ja auch ein öffentliches Amt, und da sind die Maßstäbe nicht ganz so streng.«

Der Professor schaukelte mit dem Kopf, ersichtlich abwägend, ob er das mal so durchgehen lassen kann – und er ließ es durchgehen.

»Ich frage Sie – als Bürgermeister von Bräsenfelde –, was Sie zu dem Problemfeld Waschbären allgemein und domestizierte Waschbären zu sagen haben.«

Hilmar Hüveland schaute ratsuchend Professor Ahlert an – der dann auch das Antworten übernahm.

»Wenn Herr Hüveland auf diese Frage antworten will, was ich nicht weiß, dann könnte er sagen, dass er in seiner

Amtsführung als Bürgermeister nicht mit einem Waschbären-Problem im Gemeindeverbund Bräsenfelde in Kontakt kam. Richtig?«

»Richtig«, sagte Hilmar Hüveland. »Ich hatte als Bürgermeister mit keinem Waschbären-Problem zu tun. Rein gar nicht.«

Empee zückte ihr Tablet und zeigte die Datei mit der Pressemitteilung, die ihr Dr. Putensen geschickt hatte.

»Und können Sie dazu etwas sagen?«, fragte sie.

»Mein Mandant ist weder Absender noch Empfänger dieses Schreibens, das überdies nur ein Entwurf ist. Wie soll er etwas dazu sagen können?«

Empee lächelte und machte eine unbestimmte Handbewegung.

»Wie sind Sie überhaupt hierhergekommen?«, fragte Professor Ahlert.

»Mit dem Auto«, sagte Empee, besann sich dann aber, die Frage so zu beantworten, wie sie gemeint war. Beziehungsweise sie nicht zu beantworten. »Falls die Frage aber anders gemeint war: Quellenschutz ist ein hohes Gut.«

»Um ehrlich zu sein, ich wollte Sie auch mal nen Punkt machen lassen«, sagte Professor Ahlert. »Sie sind ja noch jung. Das fällt bei mir unter Welpenschutz.«

Nun musste Empee laut lachen. Mit jeder Unverschämtheit wurde ihr der Professor sympathischer.

»Was ist?«, fragte Professor Ahlert irritiert.

»Herr Hüveland«, sagte Empee, und sie konnte sich nicht mehr einkriegen vor Lachen – weil sie diese Situation so absurd fand, aber auch, weil sie stolz auf sich war, denn sie wusste, dass sie die Erste war, die eine Riesengeschichte eigentlich geknackt hatte, auch wenn sie sie nicht als Erste veröffentlichen kann – und so kullerten ihr Tränen über die Wangen, die wie Lachtränen aussahen, denn Empee lachte, während sie sprach. »Herr Hüveland, Sie haben einen ganz hervorragenden Anwalt. Der Mann ist – also wow! Wau

wau! Welpenschutz! So, ich bin fertig hier. War mir ein Vergnügen, ein ganz außerordentliches Vergnügen, wirklich!«

Sie verabschiedete sich ohne Umschweife und verließ das Haus, ohne sich zur Tür geleiten zu lassen.

Noch vor dem Ortsausgang hatte Empee ihren vierzehn Jahre alten Citroën AX auf fast achtzig Sachen hochgetrieben, was auf dem Kopfsteinpflaster für heftige Vibrationen sorgte. Eine Radkappe am Straßenrand gemahnte Empee daran, was ihren Radkappen blühen würde, wenn sie denn welche hätte.

Außerhalb des Dorfes war die Fahrbahn geteert. Der Wagen lief ruhig genug, um die entsprechenden Felder auf dem Bildschirm ihres Smartphones zu treffen und eine Verbindung mit Mirko herzustellen.

»Mirko, du glaubst nicht, was ich eben erlebt habe.«

»Dir glaub ich alles«, sagte Mirko. »Der Frau, die mir mit Tindergate klarmachte, wie manche Männer ticken, der glaube ich alles.«

Woraufhin Empee erzählte, dass sie wegen der Nachsorge nach Greifswald gefahren ist …

»Moment«, fuhr Mirko dazwischen. »Nur um deine Glaubwürdigkeit zu checken: Was ist denn operiert worden?«

»Ich hatte n Furunkel, du Döskopp«, sagte Empee, und als sie Mirko feixen hörte, fragte sie: »Zufrieden jetzt?«

»Das ist n großer Pluspunkt für die Glaubwürdigkeit, wenn du im Zuge deiner Geschichte preisgibst, dass dir ein Furunkel weggeschnitten wurde«, sagte Mirko.

»Das wurde nicht *weg*geschnitten, das wurde *auf*geschnitten«, sagte Empee.

»Keine weiteren Details«, sagte Mirko schnell, der, wie Empee wusste, kein Blut sehen kann, auch nicht im Kopfkino. »Zurück zur Geschichte.«

Empee erzählte von der Augenzeugin aus der Uniklinik, die gesehen und gehört hatte, dass der Waschbär mit einem Fahrdienst gebracht wurde. Dass sie den Fahrdienst ausfindig gemacht und herausgefunden hatte, dass der Waschbär aus Bräsenfelde kam, woraufhin sie nach Bräsenfelde gefahren und auf das Facebook-Profil eines sechzehnjährigen Mädchens, der Tochter des Bürgermeisters, gestoßen war – Fibi Hüveland. »Wenn sich jemand in einen Waschbären verwandelt hat, dann die.«

»Empee, das ist doch Quatsch! So was können wir unmöglich ...«

Dann erzählte sie, wie sie am Haus dieser Fibi klingelte, dass Fibis Mutter mit jeder Frage wuschiger wurde, dass ihr die Stimme wegblieb und sie am Ende einen halben Krug Wasser in einem Zug getrunken hat.

»Ich hab so was noch nie erlebt, aber glaub mir, es gab überhaupt keine harmlose Frage. Egal, was ich fragte – die Frau war drauf und dran loszuheulen.«

»Vielleicht ist diese Fibi ja gerade erst gestorben, verunglückt, was weiß ich – und diese ganze Waschbären-Geschichte ist nur eine Metapher?«

»Und was soll dann diese Mail von Dr. Putensen, *meinem* Dr. Putensen? – Die Frau ist, wie gesagt, drauf und dran loszuheulen, doch wer biegt da um die Ecke? Ihr Mann, mit einem Rechtsanwalt im Schlepptau. Welcher für den Schutz der Persönlichkeitsrechte angeheuert wurde. Und der mir ohne große Vorrede klarmachte, dass ich nichts, aber auch gar nichts schreiben darf, was irgendwelche Persönlichkeitsrechte seiner Mandantschaft berührt. Hallo? Wo nichts ist, muss dir keiner verbieten, darüber zu schreiben, verstehst du. Und ich habe die ganze Zeit niemanden getroffen, der dementiert hat.«

»Weil sich die Geschichte von selbst dementiert. Sprechende Waschbären – dafür braucht man doch kein Dementi.«

Empee musste sich eingestehen, dass sie diesen sprechenden Waschbären nur allzu gern mit eigenen Augen gesehen, mit eigenen Ohren gehört hätte. Wie Frau Enke. So fehlte ihr das letzte bisschen Überzeugungskraft.

»Mirko, als du vorhin gesagt hast, dass hier Medienwissenschaftler eine Art Experiment veranstalten, habe ich gedacht: Das wirds sein. Aber danach siehts im Moment nicht aus.«

»Dann schreib das genau so!« Empee spürte, wie Mirko gerade die Luft anhielt und mit geschlossenen Augen ihren Artikel imaginierte. »Überschrift: Waschbärgate oder Wie ich mal die Laborratte war. Du schreibst, wie diese total schräge Pressemeldung aus einer seriösen Quelle kam. Dass es sich nur um ein Experiment von Medienwissenschaftlern handeln konnte, und wie du dann, als du mehr über das Experiment und seine Macher herausfinden wolltest, auf Umstände gestoßen bist, die die irre Pressemeldung eher noch bestätigten. Das schreibst du bitte so, dass niemand in seinen Persönlichkeitsrechten verletzt wird. Was noch wichtiger ist: Egal, wie die Geschichte ausgeht – wir dürfen uns dabei nicht zum Gespött machen. Ich werde das Gefühl nicht los, irgend jemand will den Medien eine Lektion erteilen.«

»Für die Lektion sind wir ja wohl nicht die Richtigen«, sagte Empee. »Erinnerst du dich noch an diesen Artikel auf Spiegel Online, dass jedes Jahr in Deutschland über dreihundert Menschen an verschluckten Kugelschreiberteilen ersticken?«

»O Gott, stimmt, so was haben die mal gebracht!«, sagte Mirko und lachte.

»Diesen Artikel habe ich mit zehn Minuten Online-Recherche komplett zerlegt«, sagte Empee. »Aber bei dem Waschbären habe ich nach acht Stunden noch nichts gefunden, was die Sache ausschließt.«

»Außer den gesunden Menschenverstand«, sagte Mirko.

»Mit dem musst du mir nicht kommen«, sagte Empee. »Wenn der ein Kriterium wäre – warum berichten wir dann von Kriegen? Von Trump? Von Rassismus?«

»Wenn ich mal wieder in die Neunte komme – meine Stimme bei der Wahl der Schülersprecherin hast du«, sagte Mirko.

Empee musste lachen. »Halt deine miese Drecksfresse, du verschissenes Machoarschloch!«

»Oh, mit dem Stil kriegst du meine Stimme auch in der Zwölften. – Bis denne!«

Weg war er.

Während eines Praktikums beim Privatradio hatte Empee mit einer Redakteurin zu tun, die ihre Superlative immer in Negationen kleidete. Sie sagte Dinge wie »Der beste Wein ist der, von dem du nicht betrunken wirst« oder »Der beste Sport ist der, bei dem du nicht schwitzt«. Diese Redakteurin sagte aber auch »Der beste Chef ist der, den du gar nicht merkst«, und damit hatte sie recht. Denn Mirko war ihr Chef, aber er ließ sie es nicht spüren. Wie sonst war es zu erklären, dass sie ihn scherzhaft als *verschissenes Machoarschloch* titulieren durfte, das seine *miese Drecksfresse* halten soll. Es gibt Firmen, wo gefeuert wird, wenn ein Mitarbeiter zum anderen sagt: »Der Chef spinnt.«

Aber Empee wollte jetzt nicht über Mirko nachdenken. Das hatte sie oft getan, und trotzdem blieb er ihr ein Rätsel. Nicht mal ob er eine Freundin hatte oder ob er rumtinderte wie sie, hatte sie herausgefunden.

Jetzt versuchte sie, sich darauf zu konzentrieren, wie der Artikel *Waschbärgate oder Wie ich mal die Laborratte war* aussehen soll. Wie viele Fragezeichen sollten in dem Text vorkommen. Ein einziges? Oder sogar keins? Oder soll mindestens jeder zweite Satz eine Frage sein? Sollte jede Frage einen eigenen Absatz bilden?

Du musst eine Fragezeichen-Dramaturgie haben, eine Fragezeichen-Ökonomie, sagte sich Empee. Versuchs mal mit der Faustregel, dass in jedem Absatz mindestens eine Frage untergebracht ist, und zwar eine, die du nicht beantworten kannst.

Als Empee diese Faustregel gefunden hatte, ließ sie sich zu einem Überholmanöver hinreißen. Dem Fahrer des BMW X7 passte es ersichtlich nicht, von einer Frau in einem Citroën AX überholt zu werden, und er ließ noch ein paar PS auf die Straße, wodurch Empee länger auf der Gegenfahrbahn blieb, als ihr lieb war. Mannomann, dachte sie, als sie wieder in ihrer Spur war. Wenn du bis Rostock noch mehr solcher Ideen hast, wirst du den Artikel gar nicht mehr schreiben können.

*

Am Abend wartete Fibi an jener Stelle, an der sie sich vor drei Tagen mit Aram gestritten hatte; seine Ankündigung, nichts mehr mit ihr zu tun haben zu wollen, konnte sie nicht ernst nehmen. Was sagt man nicht alles für Dummheiten, wenn man sich streitet.

Wenn er kommt, wird sie nicht zugeben, dass sie schon gestern und vorgestern auf ihn gewartet hatte. Weil Aram vor ihrem Streit eine halbe Stunde auf sie warten musste, hatte sie ihm eine ganze Stunde zugestanden – aber er war gar nicht gekommen. Und auch heute tauchte er nicht auf. Was für ein Idiot er doch ist, dachte Fibi. Doch mit abnehmender Verärgerung rückten die Waschbären-Angelegenheiten und das Waschbären-Dasein in den Vordergrund – das Flüstern der Maisblätter im Abendwind, das Gekrabbel zu ihren Füßen. Sie ließ sich nieder; die Erde wärmte sie, bis es ganz dunkel war. Dann kehrten die Gedanken an Aram zurück und mit ihnen der Ärger über ihn, und sie fragte sich, wie viel Zeit wohl schon vergangen war. Sie hatte keine Ahnung. Vermutlich war der Übergang in die Waschbären-Mentalität eine Art Hinübergleiten, wie Einschlafen, und sie wurde durch die Beschäftigung mit menschlichen Angelegenheiten, sprich, mit Aram-Grübeleien, aufgeschreckt, so wie Einschlafende noch mal wach werden, wenn ihnen einfällt, dass sie einen Termin verpasst hatten.

Hagen Ahlert

Hagen Ahlert konnte nur hoffen, dass niemand die grundsätzlichen Fragen stellt. Wenn er zum Beispiel gegenüber einer Journalistin Paragraphen und Aktenzeichen von einschlägigen Urteilen zum Persönlichkeitsrecht herunterrasselt und damit eine abschreckende Sachkenntnis zur Schau stellt, darf diese Journalistin nicht auf die Idee kommen und den Begriff »Persönlichkeitsrecht« wörtlich nehmen – und womöglich fragen, ob ein Waschbär überhaupt Persönlichkeitsrechte hat. (Nach dem legendären Affenselfie-Urteil haben Tiere keine Persönlichkeitsrechte.) Zudem existiert keine juristisch definierte Grenze zwischen Mensch und Tier, weil niemand sie gebraucht hatte. Wenn Fibi ein »Hybrid« war – das Wort hatte Hagen Ahlert in Empees Reportage gelesen –, fiel sie dann auch unter das Tierschutzgesetz?

Wenn Fibi nun aber kein Mensch mehr war – waren Hilmar und Wiebke Hüveland dann noch ihre Eltern? Nicht nur im Hinblick auf den Kindergeldanspruch. Auch wegen Haftungsfragen. War Fibi überhaupt eine natürliche Person, ein Rechtssubjekt? Die Intuition sagte eindeutig ja, aber was, wenn jemand mit einer geschickten Argumentation daherkommt und das in Zweifel zieht? Fibi war obendrein noch nicht volljährig. Sie war ohnehin auf Vertretung durch ihre Eltern angewiesen. Und bei diesem Aram ist das alles noch wackliger. Der kann ja nicht mal sprechen.

Für Hagen Ahlert kam das alles vierzig Jahre zu spät. Die Verwandlung eines Menschen in einen Waschbären juristisch zu begleiten war eine Lebensaufgabe. Hybride waren juristisch einfach mal nicht vorgesehen. Aber nun waren sie da.

Bis auf Weiteres wollte Hagen Ahlert sie als Menschen betrachten. Aber wenn Fibi krank wird, ist eher der Tierarzt als der Allgemeinmediziner zuständig. Oder?

An solche Dinge dachte Hagen Ahlert bereits beim Aufwachen; der erste klare Gedanke des Tages war dann auch: Wie soll ein Tierarzt mit der Krankenkasse abrechnen?

Das Aufstehen und die Morgentoilette kosteten ihn nicht mehr Zeit als in früheren Jahren. Um viertel neun frühstückte er bereits, Toast mit Marmelade, Kaffee, Ei, ein Schälchen mit allerlei superfoodverdächtigem Zeug. Und acht Tabletten. Mittags noch mal zwei und abends drei. Von einem Kollegen hatte er die Faustregel gehört, solange man mit dem morgens-mittags-abends Tablettenkonsum Potenzen bildet und das Ergebnis (in seinem Fall acht hoch zwei hoch drei) kleiner als das Lebensalter sei, ist alles in Ordnung. Vermutlich gehörte diese Berechnung zu jener Sorte Humbug, für deren Verbreitung das Internet erschaffen wurde. Denn er hatte den Tablettenkonsum, der für einen über Zweihundertzweiundsechzigtausendjährigen in Ordnung wäre, also einen noch lebenden, gleichsam unsterblichen Frühmenschen.

Die Entscheidung, nach Bräsenfelde zu ziehen, war eine durch und durch unüberlegte. Rita, seine Frau, war bei einem Verkehrsunfall verunglückt, allein auf gerader Strecke, bei einem nächtlichen Frontalzusammenstoß. Der andere, ein dreiunddreißigjähriger Mann, der am Steuer wohl eingeschlafen war, starb auch.

Rita war nicht mehr da, aber das ganze Haus steckte voller Erinnerungen, die ihn traurig machten. Er musste weg, irgendwohin, wo nichts mit Rita-Erinnerungen kontaminiert war. In diesem Moment hatte ein Satz seiner Mutter seinen großen Auftritt, auf den er ein halbes Leben lang gewartet hatte: Nirgends ist es so schön wie in Mecklenburg. Er war ja gebürtiger Mecklenburger, hatte aber mit zwei Jahren und demzufolge ohne Erinnerungen den Landstrich in Richtung Minden verlassen. Seine Mutter machte sich Hoffnungen, dort seinen »Leiblichen«, wie er ihn bezeichnete, zu ehelichen. Der war aber inzwischen bei einer um fünfzehn Jahre älteren Frau untergekommen. Seine Mutter heiratete dann einen Mindener Lokalpolitiker. So kam es, dass Hagen Ahlert alles über Ostwestfalen wusste und über Mecklenburg nur, dass es das Paradies ist. Er hatte diese Bemerkung mehr als fünfzig Jahre nicht vergessen, sie aber auch nie geprüft – und als er sich entschloss, an einem neuen, erinnerungsfreien Ort zu leben, da reichte ihm diese Verheißung, um nach Mecklenburg umzusiedeln. Er kaufte ein altes Gutshaus, über dessen Herrichtung sich ein Ehepaar so zerlebt hatte, dass es sich trennte und verkaufen musste.

Hagen Ahlert hatte sich nach seinem Studium auf Korruptionsbekämpfung spezialisiert und wurde im Laufe der Jahre zur unangefochtenen Instanz. Er formulierte an Gesetzestexten, schrieb ein Standardwerk, und als Leiter einer Schwerpunktstaatsanwaltschaft trieb er regelmäßig Großkonzerne an den Rand des Abgrunds. Bis er, von Intrigen zermürbt, die Seiten wechselte, indem er den Beamtenstatus aufgab und eine Anwaltskanzlei eröffnete. Es ging nicht darum, Konzerne in Korruptionsprozessen rauszuhauen; so plump lief das nicht ab. Seine Auftraggeber sagten, sie hätten aus Fehlern gelernt und wollten nun alles richtig machen – was im Klartext bedeutete, Hilfestellung bei der Ausgestaltung korruptionsartiger Abläufe zu geben. Darauf ließ sich Hagen Ahlert ein, was ihm erlaubte, in seinen letzten fünfzehn Berufsjahren noch mal richtig Kasse zu machen. Warum auch nicht, war sein Mantra doch immer, dass »jeder« – also auch er – »irgendwo korrumpierbar« sei.

Mochte er auch zugezogener Witwer auf dem mecklenburgischen Dorf sein – Vereinsamung oder mangelnde Akzeptanz fürchtete er nicht. Wenn sich herumspricht, dass er Jurist ist, kommen die Leute von ganz allein. Ständig flattern amtliche Bescheide ins Haus, die als Frechheit, Willkür, Anmaßung empfunden werden. Sein Spezialgebiet, das Wirtschaftsstrafrecht, hatte zwar mit Alltagsdingen rein gar nichts zu tun. Doch dank der universellen Mechanik des Rechts war er nie um Antworten verlegen.

Das galt auch für diese Waschbärenangelegenheit. Der rechtliche Gehalt des Problems ließ sich mühelos herausfiltern und ordnen. Inzwischen war er beim dritten und größten Komplex angelangt, der wirtschaftlichen Verwertung des öffentlichen Interesses an der Verwandlung. Da stand er aber noch ganz am Anfang, und der Artikel von Marleen Pawloweit war keine wirkliche Hilfe. Es ging da gar nicht um Jugendliche, die sich in Waschbären verwandelt hatten, sondern um die Glaubwürdigkeit von Medien. Wie der Redaktion aus einer seriösen Quelle eine unglaubliche, ja geradezu lächerliche Story präsentiert wurde, nämlich die von der Verwandlung einer Jugendlichen in einen Waschbären. Und wie die Reporterin in der Annahme, dass hier ein Experiment stattfinde, die Macher des Experimentes ausfindig machen will – und dabei keinen Schritt weiterkommt. Immerhin münzte Marleen Pawloweit den Begriff Hybride auf das Mensch-Waschbär-Wesen. Aber leider weckte ihr Artikel keinerlei Neugier. Er las sich wie die Positionsbestimmung einer Online-Redaktion: Wir drucken nicht jeden Quatsch, auch wenn er aus einer vermeintlich seriösen Quelle stammt, was uns von Facebook unterscheidet, wo sich jeder Blödsinn in Windeseile verbreitet.

Hagen Ahlert hatte den Artikel schon am Vortag unmittelbar nach seinem Erscheinen gelesen, und als er ihn sich erneut vornahm, verstand er, warum er keine Neugier auf die »Hybriden« und die Verwandlung erzeugte: Weil die Journalistin selbst nicht daran glaubte.

Wir haben gestern versäumt, Frau Pawloweit zur Zeugin zu machen, dachte Hagen Ahlert. Menschen sind erst dann von etwas überzeugt, wenn sie es mit eigenen Augen gesehen haben. Auf alles Übrige machen sie sich ihren Reim, kochen ihr Süppchen, wobei Plausibilitäten, Lebenserfahrungen, Überzeugungen und Loyalitäten die Zutaten bilden.

»Wir brauchen Zeugen«, sagte Professor Ahlert, als er eine halbe Stunde später bei den Hüvelands war. »Diese Zeugen sollen zahlreich und seriös sein, und sie müssen Multiplikatoren sein, also die Nachricht von Fibis Existenz schnell und weit streuen.«

»Klingt nach Deutscher Bischofskonferenz«, sagte Wiebke. »Zahlreich und seriös, und wenn sie predigen …«

Professor Ahlert lachte. Nach einigem Hin und Her entschieden sie sich für den Nordsender, dessen Inforadio lieber hundert Stunden langweilt, als eine Minute zu marktschreiern. Außerdem hatte der Nordsender ein Funkhaus in Neubrandenburg, und was sich in einem Funkhaus abspielt, kann sofort gesendet, also verbreitet werden.

Der erste Anruf im Funkhaus ergab, dass die Leiterin, Frau Dallasch, erst um zehn Uhr erwartet wird. Was man ihr denn ausrichten soll?

Er werde noch mal anrufen, sagte Professor Ahlert. Aber Frau Dallasch kann ja inzwischen die Geschichte aus dem Ostseekurier lesen.

Um zehn Uhr hatte Hagen Ahlert allerdings schon einen Termin. »Sandra Rösch, Fa. Argus« stand in seinem Kalender. Es ging um die Aufnahmen der Überwachungskamera in der Araltankstelle in Seenot, auf der die Verwandlung zu sehen ist. Johst Wander hatte die zuständige Firma ausfindig gemacht und einen Kontakt zu ihrer Chefin geknüpft. Dabei wurde offenbar, dass der Anwalt von Sandra Rösch, Dr. Ingo Heuer, in den einschlägigen Rankings die Nummer fünfunddreißig im Datenrecht ist, während Johst Wander auf Platz acht gerankt wird. Johst Wander argwöhnte, dass von Seiten des Anwaltes Manöver zu befürchten seien, die eher auf die Rudelhierarchie als auf ein Ergebnis zielten, weshalb Professor Ahlert und nicht Johst Wander in den Termin gehen sollte, »am besten mit Rollator, denn Tattergreise schlägt man nicht«, witzelte Wander.

Und richtig, das Händeschütteln war noch nicht beendet, als Ingo Heuer schon erklärte, wieso er bereit war, das Treffen entgegen den Gepflogenheiten beim »Bittsteller« (er verwendete wirklich dieses Wort) abzuhalten: Seine Mandantin habe ein neues Auto, den A8, der ja autonom fahre – und das wolle er mal erleben, wie man sicher und schnell von Tür zu Tür bewegt werde, ohne auch nur einmal das Lenkrad zu berühren.

Sandra Rösch war klein und breitschultrig, hatte herabhängende Mundwinkel und einen abschätzigen Blick. Sie investierte weder Zeit noch Mühe oder Geld in Kleidung, Schuhe und Make-up, hatte weder Mann noch Kind. Ihre Leidenschaft waren Autos. Den autonomen A8 hatte sie sich für die Bequemlichkeit zugelegt, zum Selberfahren hatte sie einen Porsche Cayenne und einen Porsche 911, und für die Ästhetik einen Mercedes SL 280, Baujahr 1970.

Wenn es nach ihr gegangen wäre, hätte man sich nicht im Rokoko-Wohnzimmer eines Fliegenprofessors getroffen – einer der zwei Bistrotische im Tankstellensnack Seenot wäre auch o. k. Bloß weil der hier auf Ludwig XIV. macht, soll er mal nicht glauben, dass ich meinen chinesischen Leppi nicht raushole, dachte sie, als sie das abgegriffene Teil aus ihrer Tasche zog.

»Der Hund geht nicht auf elektronische Geräte?«, fragte sie.

Mark hatte seit dem Eintreffen der Gäste pausenlos gebellt. Zusätzlich vier Menschen im Haus waren ein Grund für den schwererziehbaren Spitz von Professor Ahlert, ein Riesenfass aufzumachen, und Sandra Rösch zeigte ihm, dem Besitzer, dass sie den Hund nicht ignorieren könne und um

Beruhigung bitte. Was Professor Ahlert erst gelang, als er Mark eine alte Weste aus Schurwolle überließ.

»Sie wollen etwas von mir haben, von dem Sie nicht wissen, ob ich es habe«, begann Sandra Rösch. »Aber da wir gekommen sind, werde ich es wohl haben.«

»Das freut uns«, sagte Wiebke.

»Sie wissen, dass meine Mandantin keine Verpflichtung hat, Ihnen das gewünschte Material zu überlassen oder auch nur zur Kenntnis zu geben«, sagte Ingo Heuer.

»Gewiss«, sagte Professor Ahlert. »Aber da Sie gekommen sind ... Wir sind Bittsteller. In einer rechtlichen Auseinandersetzung auf Herausgabe hätten wir gegen Sie keine Chance, das ist uns vollkommen klar. Aber hier sitzen verzweifelte Eltern, und dann gibt es ein weiteres Elternpaar, ebenso verzweifelt. Ich weiß ja nicht, ob Sie Kinder haben ...«

Hagen Ahlert wusste es wirklich nicht, und leider hatten weder Sandra Rösch noch Ingo Heuer Kinder, wie er nach dem Kopfschütteln der beiden feststellte. Ach herrje. Nicht dass wir jetzt für durchgeschriene Transatlantikflüge bezahlen müssen.

»Ich habe auch keine Kinder«, sagte Professor Ahlert schnell.

»Wir haben etwas, das wir Ihnen nicht geben müssen, und wollen dafür etwas, das Sie uns Ihrerseits nicht geben müssen: Ihre Unterschriften.«

Mit diesen Worten schob Ingo Heuer drei magere Blätter sowie drei geklammerte Schriftstücke über den Tisch. »Vereinbarung« prangte in Fettdruck auf jeder Seite der Einzelblätter sowie »Haftungsausschluss« auf den geklammerten Schriftstücken.

»Wenn Sie bevollmächtigt sind, reicht auch Ihre Unterschrift allein«, sagte Ingo Heuer zu Professor Ahlert. Der hatte schon mit dem Lesen begonnen.

»Ich kann Ihnen sagen, worauf es hinausläuft«, sagte

Ingo Heuer, wobei er sich mehr an die Hüvelands richtete. »Sie bekommen die Aufnahmen der Überwachungskamera, dürfen sie aber nicht veröffentlichen, verbreiten, verkaufen oder, oder, oder. Wir bekommen dafür die vollen Rechte an diesem Material, das heißt, wir dürfen dieses Material veröffentlichen, verkaufen, verbreiten und die nichtautorisierte Verbreitung verfolgen. Wir sind die Einzigen, die damit Geld verdienen dürfen. Sollten Sie sich nicht an die Vereinbarung halten, zahlen Sie dreihunderttausend Euro Strafe.«

»Was? So viel haben wir doch gar nicht!«, sagte Hilmar Hüveland erschrocken.

»Ja, wir wollen es Ihnen ja auch so leicht wie möglich machen, sich an die Vereinbarung zu halten«, sagte Ingo Heuer lächelnd.

»Und dürfen wir den Film niemandem zeigen?«, fragte Wiebke Hüveland. »Nicht mal Wissenschaftlern?«

»Zeigen schon«, sagte Ingo Heuer. »Sie dürfen diesen Film aber nicht verkaufen oder veröffentlichen, und die, die ihn von Ihnen bekommen, dürfen es auch nicht.«

»Aber Sie dürfen das?«, fragte Wiebke Hüveland.

»Wenn Sie unterschrieben haben«, sagte der Anwalt.

»Und wenn wir nicht unterschreiben?«, fragte Hilmar Hüveland in einem Anflug von Übermut. Wiebke trat ihm gegen das Schienbein.

»Haben wir nichts, was wir verkaufen können, und Sie nichts, was Sie sich anschauen können«, sagte Heuer.

»Klingt doch nach fifty-fifty«, sagte Hilmar. »*Ihr* Film, *unsere* Darsteller, und ... Aua!« Er unterbrach sich, weil ihm Wiebke erneut vors Schienbein trat.

»Hör auf damit«, sagte Wiebke kühl, und an den Anwalt richtete sie die Frage: »Was steht in dem anderen Papier?«

»Das ist ein Haftungsausschluss. Sie verzichten auf alle Schadenersatzansprüche gegen Argus, gegen Aral, gegen Hersteller und Monteure der Waschanlage, gegen die Baufirmen, Putzmittelhersteller und -lieferanten, gegen die

Wasserwerke … Habe ich jemanden vergessen?«, fragte er Sandra Rösch.

»Die Genehmigungsbehörden«, sagte diese.

»Richtig, gegen jegliche Behörden, die Aufstellung und Betrieb der Tankstelle und der Waschanlage genehmigt und überwacht haben«, sagte der Anwalt.

»Hätten wir denn Schadenersatzansprüche?«, fragte Wiebke, wobei ihr Blick erst zu Ingo Heuer, dann zu ihrem Mann und schließlich zu Professor Ahlert ging. Doch der war noch in die Lektüre vertieft.

»Vermutlich nein. Aber wenn ich Ihnen diesen Film gebe, und Sie gehen dann auf meine Geschäftspartner oder auf die Geschäftspartner meiner Geschäftspartner los …«

»Verstehe«, sagte Hilmar.

Professor Ahlert zeigte durch ein geräuschvolles Umblättern der letzten Seite an, dass er nunmehr alles gelesen hatte.

»Grundsätzlich sind meine Mandanten bereit. Aber was kriegen wir denn?«, fragte Professor Ahlert. »Kriegen wir das, was wir wollen?«

»Natürlich«, sagte Sandra Rösch, mit leicht krächzender Stimme. Sie drehte den Laptop, der vor ihr stand, so dass insbesondere Wiebke gut auf den Bildschirm schauen konnte.

»Die Aufnahme hat insgesamt eine Länge von acht Minuten und dreiunddreißig Sekunden.« Sie fuhr das Video ab. »Zu Beginn: Leere Waschhalle. Jetzt kommen die Jugendlichen.«

Hilmar und Wiebke sahen, wie Aram und Fibi ihre Fahrräder in die Waschanlage schoben, auf den Seitenständer stellten und wie Fibi dann hinauslief, um die Waschanlage zu starten, wie sie schnell wieder hineinlief und nach Arams Hand fasste. Fibi zu sehen, als Menschen, so wie sie immer war – das verschlug ihnen den Atem. Hätte Sandra Rösch ein Standbild ihres Videos präsentiert – sie hätten sofort alles unterschrieben, was man ihnen vorgelegt hätte, ohne zu fragen oder zu feilschen.

»Und am Ende ...«, Sandra Rösch schob die Zeitmarke auf etwa zwanzig Sekunden vor Schluss, »... verlassen zwei Waschbären die Halle.«

Dass da, wo eben noch Fibi und Aram standen, in ihrem Übermut, ihrer Vorfreude und Aufgeregtheit, jetzt zwei Waschbären zwischen umgerissenen Fahrrädern herumtippelten (und schließlich aus der Waschhalle liefen), machte die ganze Grausamkeit der Verwandlung sichtbar. Wiebke schossen Tränen in die Augen.

»Kann ich Fibi noch mal sehen?«, fragte sie. Sandra Rösch scrollte zurück. Hilmar spürte einen Kloß im Hals.

»Ist das ein gängiges Dateiformat?«, fragte er der Vollständigkeit halber.

»Das ist in AVI aufgenommen, aber es ist auch in eine Quicktime-, MPEG-4- und HTML-5-Datei umgewandelt worden. Mindestens ein Format davon werden Sie haben«, sagte Sandra Rösch, die angesichts der elterlichen Gefühlsaufwallungen in eine weiche, einfühlsame Tonlage wechselte.

Sie hielt einen Speicherstick hoch. »Die vier Dateien sind jeweils acht Minuten und dreiunddreißig Sekunden lang. Sie heißen *Verwandlung* und haben jeweils andere Endungen, je nach Format. Die Uhrzeit ist auf allen vier Dateien zu sehen, auf die hundertstel Sekunde genau. Die Uhr ist geeicht. Eine Funkuhr.«

Professor Ahlert hatte gesehen, dass Mark von der Weste abgelassen hatte und sich für den Speicherstick interessierte, und das gefiel ihm gar nicht. Bis jetzt war dieser Hund noch auf jede dumme Idee gekommen.

Sandra Rösch steckte den Stick ein und wartete, bis ihr Laptop ihn erkannt hatte.

Professor Ahlert gab währenddessen die nötigen Unterschriften.

»Können wir den ganzen Film sehen?«, fragte Wiebke. »Jetzt gleich.«

Nach einem Blickwechsel mit ihrem Anwalt sagte die Argus-Chefin: »Meinetwegen.« Dann startete sie den Film.

Den Anfang kannten sie schon, und trotzdem musste Wiebke sofort wieder weinen. Sie wollte das nicht, aber der Schmerz und die Trauer überwältigten sie sofort, als sie ihre Fibi sah, mit ihren typischen Bewegungen, ihren Trippelschritten auf der Stelle, dem Schlenkern und Hochwerfen der Arme. Und obwohl das Band ohne Ton war, konnte sich Wiebke ganz genau vorstellen, wie es in der Waschhalle mit Fibis Rufen, Juchzen und Lachen geklungen hatte. Sie hatte Seife in den Augen, aber sie lachte. Jeden Moment konnte es vorbei sein. Sie wusste von Fibi, dass es ganz zuletzt, beim Trocknen, geschehen war, aber eigentlich wollte sie die Verwandlung im Detail gar nicht mehr sehen. Es reichte ihr, Fibi so zu sehen, wie sie zuallerletzt gewesen ist, nämlich so, wie sie immer war.

Jetzt kam schon das Gebläse, und leider gab es immer einen Moment, in dem sich die bewegliche Apparatur der Waschanlage vor die Kamera schob und den Blick auf Aram und Fibi verstellte, nur fünf Sekunden, und Wiebke, Hilmar und der Professor waren sich sicher, dass genau dann, wenn die Apparatur auf ihrer Rückfahrt das letzte Mal Aram und Fibi verdeckt, die Verwandlung stattfindet. Aber so war es nicht: Die Apparatur verdeckte den Blick auf die beiden, und als sie ihn wieder freigab, standen sie da immer noch.

Und plötzlich nicht mehr. Sondern zwei Waschbären hockten auf dem Boden.

»Bitte noch mal«, sagte Professor Ahlert.

»Haben Sie Zeitlupe? Oder Einzelbildfortschritt?«, fragte Hilmar.

»Beides«, sagte Sandra Rösch und ging in den Einzelbildmodus. Hier war zu sehen, dass Fibi von einem Augenblick zum nächsten verschwand – nur Fibi. Eben war sie noch da – und auf dem nächsten Bild weg, während Aram noch da war. Auf dem nächsten Bild war Aram weg – aber auf dem Boden saß ein Waschbär. Im nächsten Bild saßen zwei Waschbären auf dem Boden.

»Bitte noch mal«, sagte Professor Ahlert, und als die entscheidende Sequenz kam, die vier Bilder umfasste, sagte er: »Zwei Menschen – ein Mensch – ein Waschbär – zwei Waschbären.«

»Ich habe mir die Bilder natürlich auch angeguckt, mehrmals«, sagte Sandra Rösch. »Und mir war der Effekt neu. Das, was da ist, wird auch gefilmt. Dass etwas, was da ist, nicht gefilmt oder aufgenommen wird, kannte ich nicht.«

»Haben Sie es mal einem Techniker in der Firma gezeigt?«, fragte Hilmar.

»In der Firma gibts niemanden, der mehr technischen Sachverstand hat als ich«, sagte Sandra Rösch. »Es sieht so aus, als ob zwischen Mensch-Sein und Waschbär-Sein ein Moment liegt, in dem Aram und Fibi nichts waren. Als ob sie da nicht existierten – allerdings zuerst der eine, dann der andere, nicht etwa gleichzeitig. – Und noch etwas ist mir aufgefallen.«

Sie klappte jetzt den Laptop zu, weil das Folgende die ungeteilte Aufmerksamkeit erforderte. »Ein Videobild besteht aus fünfundzwanzig Bildern pro Sekunde. Genauer: aus fünfzig Halbbildern pro Sekunde. Die Gesamtlänge des Films besteht aus fünfhundertdreizehn Sekunden und vier hundertstel Sekunden. Das wären zwölftausendachthundert*sechs*undzwanzig Einzelbilder. Es sind aber nur zwölftausendachthundert*vier*undzwanzig. Da sind zwei Bilder abhandengekommen. Aber wo? Ich habe natürlich zuerst an der kritischen Stelle gesucht – und tatsächlich: Hier fehlen zwei Bilder. Und fehlen auch wieder nicht. Denn auch die Systemzeit vergeht in dieser Sekunde um zwei fünfundzwanzigstel Sekunden schneller.«

»Ach komm!«, sagte Hilmar.

»Die Systemzeit wird mit einer Funkuhr synchronisiert. Ich habe mir die Aufnahmen in anderen Anlagen angeschaut. Da war alles regulär. Da dauerte die fragliche Sekunde genau eine Sekunde und lieferte auch fünfundzwanzig Bilder ab.«

»Und warum ist das hier anders?«, fragte Hilmar.

»Keine Ahnung!«, sagte Sandra Rösch. »Diese eine Sekunde enthält so viele Merkwürdigkeiten. Zu viele. Da ist was … passiert.« Sie machte eine Geste in die Luft, um anzudeuten, dass es etwas Kosmisches sein musste.

»So als ob … Gott die Zeit angehalten hat, und als der Zug wieder anruckte, ist was ins Loch gefallen.« Wiebke merkte selbst, dass sie zweieinhalb Bilder in eine Beziehung setzte, die es nicht gab. Aber der zugrundeliegende Vorgang war an Sinnlosigkeit, an Zufall und Willkür ohnehin nicht zu überbieten.

Bevor Sandra Rösch den Speicherstick vom Laptop trennte und auf den Tisch legte, prüfte Ingo Heuer die Vollmachten der Hüvelands und der Steins für Professor Ahlert. In diesem Moment bedauerte Hagen Ahlert insgeheim, dass er, obwohl er in so einen Wahnsinnsfall involviert war, gezwungen war, sich nur als Bürokrat dafür zu interessieren. Da hatten sich zwei Jugendliche in Waschbären verwandelt – und er prüft Haftungsausschlussklauseln, legt Vollmachten vor und belehrt junge Journalistinnen in Sachen Schutz der Privatsphäre. Und richtig, er wollte die Leiterin des Funkhauses, Frau Dallasch, noch einmal anrufen. Kaum waren Sandra Rösch und ihr Anwalt aus der Tür, wählte er ihre Nummer.

»Ich stell Sie durch«, sagte die Sekretärin, mit der er vorhin schon gesprochen hatte.

»Dallasch«, hörte Professor Ahlert. »Und Sie sind Professor …?«

»Ahlert.«

»Und Sie haben heute schon mal angerufen?«

Am leisen Klackern der Tasten erkannte Professor Ahlert, dass er gerade gegoogelt wurde.

»Es gibt drei Professor Ahlerts. Ich bin der emeritierte. Prof. Dr. jur. Hagen Ahlert. Der mit der Fliege.«

Frau Dallasch merkte, dass sie beim Live-googeln ertappt wurde, lachte kurz und fragte: »Und Sie haben wegen diesem Medienexperiment angerufen?«

»Wegen des Artikels im Ostseekurier, der gestern Abend online veröffentlicht wurde«, sagte Professor Ahlert, der im Moment keine Ahnung hatte, wie er seiner Gesprächspartnerin das Medienexperiment ausreden und sie auf Mensch-Waschbär-Hybriden einstimmen konnte.

»Und weshalb rufen Sie da bei uns an? Wir haben damit doch gar nichts zu tun.«

»Diese Geschichte findet im Norden statt, im Nordosten. Und sie ist doch einigermaßen rätselhaft, finden Sie nicht?«

»Ich habe es nur überflogen – aber wieso soll in einem Ethnologie- oder Publizistik-Seminar mit einem phantasievollen Dozenten nicht die Idee aufkommen …«

»Aber für diesen Verdacht findet Frau Pawloweit doch keinerlei Beweise!«

»Ich habe diese Reportage nur überflogen. Sie ist ja auch nicht in unserem Hause entstanden.«

Professor Ahlert merkte, wie dünn das Eis wurde, auf dem er ging. Frau Dallasch hatte ihn gegoogelt und wusste um sein Alter, wusste, dass er Fliege trug. Er musste aufpassen, dass die ihn nicht in die Ecke des leicht senilen Pensionärs stellt, dessen Restlebenshöhepunkte Leserbriefveröffentlichungen in der F. A. Z. sind.

»Klar«, sagte Professor Ahlert. »Ich habe Sie angerufen, weil ich glaube, dass der nächste Twist in dieser Sache bei Ihnen … Also dass Sie der richtige Ort dafür sind.«

»Und was muss ich mir darunter vorstellen – der nächste Twist?«

»War ungeschickt formuliert. Ich hätte sagen sollen: die Auflösung.«

»Warum gehen Sie damit nicht zum Ostseekurier?«, fragte Frau Dallasch.

»Genau das würde ich auch an Ihrer Stelle fragen«, sagte Professor Ahlert.

»Sehn Se!«

»Darf ich Ihnen einen Kompromiss vorschlagen?«, sagte Professor Ahlert. »Ich bringe Ihnen die Lösung, und wenn Sie das dann nicht interessiert, gehe ich wieder.«

»Können Sie es mir nicht am Telefon sagen?«

»Leider nein«, sagte Professor Ahlert.

»Warum nicht?«, fragte die Funkhaus-Chefin.

»Ich spüre die professionelle Skepsis der erfahrenen Journalistin, und wenn diese Geschichte ungewöhnlich angefangen hat, dann wird sie vielleicht eine so irre Auflösung haben, dass Sie bloßen Worten am Telefon nicht glauben. Stellen Sie sich mal vor, ich würde Ihnen jetzt sagen: Ich komme nachher mit den beiden *Hybriden*, wie Frau Pawloweit sie nennt – würden Sie da sagen, oh, prima, dann kommen Sie mal?«

Frau Dallasch lachte. »Ich würde vielleicht sagen: Schicken Sie erst mal ein Videofilmchen, aber das ist vielleicht der Trick, um uns hier ein Virus anzuhexen.«

»Eben«, sagte Professor Ahlert. »Wir sind in neunzig Minuten bei Ihnen. In all unserer analogen Bodenständigkeit.«

»Wer ist wir?«, fragte Frau Dallasch.

»Das Mädchen, das in Greifswald untersucht wurde. Und ihre Eltern. Das Mädchen heißt Fibi Hüveland, ihre Eltern sind Hilmar und Wiebke Hüveland aus Bräsenfelde.«

»Wie schreibt sich Hüveland?«, fragte Frau Dallasch.

»Wie der Arzt Christoph Wilhelm Hufeland, nur mit Ü und Vau.«

Es klackerten schon wieder die Tasten.

»Wiebke Hüveland ist Kinder- und Jugendpsychologin hier in Neubrandenburg?«

»Genau.«

»Ist sie gerade in ihrer Praxis?«

»Nein, sie steht neben mir«, sagte Professor Ahlert.

»Geben Sie sie mir mal bitte?«

Professor Ahlert reichte das Telefon weiter.

»Spreche ich mit Frau Wiebke Hüveland?«

»Ja«, sagte Wiebke. »Die bin ich.«

»Und Sie kommen in neunzig Minuten ebenfalls?«

»Ja.«

»Da haben Sie doch Sprechstunde.«

»Ich hab alle Termine abgesagt.«

Frau Dallasch schwieg einen Moment. Hagen Ahlert konnte sich den Grund ihres Schweigens denken: Sie überlegte, die verbleibende Zeit zu nutzen, um bei Marleen Pawloweit, Wiebkes Bruder und in Wiebkes Praxis anzurufen und die wenigen Informationen zu überprüfen.

»Na gut«, sagte Frau Dallasch. »Dann bis gleich. Ich bin sehr gespannt, was so wichtig ist, dass Sie alle Termine abgesagt haben.«

»Bis gleich«, sagte Wiebke und legte auf.

Vor dem Haus stand der A8 von Sandra Rösch, die, wie auch ihr Anwalt, noch nicht eingestiegen war. Etwas zaghaft näherte sie sich der Dreiergruppe, die aus dem Haus kam. »Wenn wir schon mal hier sind, wollten wir gern auch mal einen Blick auf das Tier geworfen haben«, sagte Sandra Rösch und gab damit zu erkennen, dass sie zu der Sorte Menschen gehört, die ihrer Verlegenheit durch umständlichen Satzbau Ausdruck verleihen.

»Das Tier ist meine Tochter«, sagte Wiebke.

»Natürlich. Entschuldigung«, sagte Sandra Rösch.

»Wir haben also etwas, das Sie gerne sehen würden ...«, sagte Professor Ahlert und kostete es insgeheim aus, dass sich der Satz *Man trifft sich immer zweimal* manchmal schneller bewahrheitet als erwartet.

»Richtig, und jetzt sind wir die Bittsteller und haben im Gegenzug nichts anzubieten«, sagte Ingo Heuer.

»Vielleicht ja doch«, sagte Hilmar. »Wenn Sie uns nach Hause bringen und dann noch ein Stück weiter fahren, nach Mühlbach, können Sie Fibi kennenlernen. Und wir haben unsere autonome Jungfernfahrt.«

»Das machen wir«, sagte Sandra Rösch, woraufhin Hilmar sein Telefon hervorholte, um die Steins darüber zu informieren, dass es einen Blitztermin in Neubrandenburg gibt.

Als der A8 das Hüveland'sche Haus erreichte, stiegen Hilmar und Wiebke aus. Professor Ahlert blieb im Auto, während Sandra Rösch dem Bordcomputer die neue Adresse diktierte. Als ihm bewusst wurde, dass er sich im Auto einer Frau befindet, die von Videoüberwachung lebt, hatte er Gesprächsbedarf.

»Was gibt mir eigentlich die Garantie, dass sich keine Überwachungstechnik in diesem Auto befindet und dass Sie mit dieser Überwachungstechnik nicht heimlich Aufnahmen machen und die womöglich veröffentlichen?«, fragte Professor Ahlert.

»In diesem Auto befindet sich auch ein Rechtsanwalt, der genau weiß, dass das so ziemlich gegen jeden Paragraphen der DSGVO und des BDSG verstößt, und der alles tun wird, um seine Mandantin von dieser himmelschreienden und schweineteuren Dummheit abzuhalten«, sagte Ingo Heuer.

»Aber Sie können Gift darauf nehmen, dass ich hier Überwachungstechnik drinhabe, und zwar vom Feinsten«, sagte Sandra Rösch. »Wenn mir das Auto geklaut wird, sehe ich nicht nur, wo es gerade ist – ich hab auch Livebilder vom Fahrer, und dank Gesichtserkennung weiß ich, wie er heißt, wo er wohnt und wann er das letzte Mal mit Erfolg geimpft wurde.«

Ingo Heuer stöhnte. »Ich hab das alles nicht gehört.«

Sandra Rösch lachte. »Ich kann ihn sogar im Auto anrufen«, sagte sie. »Marek, wenn das Auto in einer Stunde nicht gewaschen und vollgetankt vor meiner Tür steht, dann lass ich mit einer Drohne vergiftetes Gulasch über der Ulica Piłsudski siebzehn in Kaczyperczy regnen, und du wirst weinen, weil Hund tot. – Im Ernst: Ein neues Auto zu klauen ist heutzutage eigentlich unmöglich. Es springt gar nicht an, oder es wird geortet.«

Wenn Hagen Ahlert solche Geschichten hörte, wurde er immer etwas traurig, dass er so viel von der Zukunft nicht mehr mitbekommen wird. Er wird in wenigen Minuten seine erste autonome Autofahrt erleben – aber die Welt ohne Ampeln wird es erst nach ihm geben. Seine Frau starb bei einem tödlichen Verkehrsunfall; in einer Welt mit autonomen Fahrzeugen würde sie noch leben. Nur der Gnubbel, den Hagen Ahlert seit einem halben Jahr an einer bestimmten Stelle unter der Achselhöhle spürte, gab ihm einen Vorgeschmack auf das Kommende. Denn dank dieses Gnubbels, hinter dem sich eine implantierte Sonde samt Sender verbarg, konnte er sicher sein, dass bei einem Herzinfarkt ganz in der Nähe ein Rettungshubschrauber aufsteigen wird. Dank der Daten wird alles bequemer und sicherer als je zuvor.

Wiebke und Hilmar kamen eilig aus dem Haus, mit einer Reisetasche, aus der Fibi schaute. Professor Ahlert sorgte dafür, dass die Tasche auf die Fußmatte im Fond gestellt wurde.

»Du bist also Fibi?«, sagte Sandra Rösch, die sich, um Fibi zu sehen, fast verdrehte.

»Ja«, sagte Fibi. »Und wer sind Sie?«

»Das ist die Frau, die deine Verwandlung gefilmt hat«, sagte Hilmar.

»Um genau zu sein: die Frau, der das System gehört, das deine Verwandlung gefilmt hat«, sagte Ingo Heuer. »Und ich bin ihr Anwalt.«

»Ihr Anwalt, oder sind Sie auch irgendwie n Paar?«, fragte Fibi.

»Sind wir nicht«, sagten beide sofort.

»Aha«, sagte Fibi. »Hab ich mir doch gleich gedacht. – Und was ist auf dem Film zu sehen, mit der Verwandlung? Kann man was erkennen?«

»Man kann es sehr gut erkennen. Es geht nicht langsam, es geht nicht schnell – es geht auf einen Schlag«, sagte Sandra Rösch. »Und eins ist sehr merkwürdig: Für einen winzigen Augenblick warst du weg. Du warst Mensch und im nächsten Augenblick Waschbär. Aber dazwischen warst du – weg.«

»Inzwischen wundere ich mich über gar nichts mehr«, sagte Fibi. »Fahren wir etwa schon?«

»Schon ne ganze Weile. Noch nie vom Autonomen Fahren gehört?«

»Dieses Fahren, wo du keinen Führerschein brauchst? Cool! Kann ich mal sehen?«

»Darf ich dich hochheben?«, fragte Sandra Rösch. »Darf ich?« Die zweite Frage ging an Professor Ahlert, der weiterhin Vorsicht im Hinblick auf heimliche Fotos walten ließ. Doch er zeigte an, dass es in Ordnung ist, und so ließ sich Fibi von Sandra Rösch aus der Tasche heben.

»Wollten wir nicht nach Neubrandenburg fahren?«, fragte Fibi, als sie Sicht auf die Strecke bekam. »Hier gehts nach … Ihr fahrt zu Aram! Das habt ihr mir nicht gesagt!«

Fibi war wütend.

»Fibi, du und dieser Aram – seid ihr n Paar?«, fragte Ingo Heuer und feixte.

Auf der Fahrt nach Neubrandenburg ignorierten sich Aram und Fibi nach Kräften. Holger Stein fuhr das Dickschiff, Lydia saß auf dem Beifahrersitz, mit Aram auf dem Schoß. Hinter ihnen saßen Wiebke und Hilmar, zwischen ihnen Professor Ahlert. Fibi hatte sich ganz nach hinten zurückgezogen.

Professor Ahlert besprach die Verhaltensregeln. Filmaufnahmen von Fibi und Aram müssen unterbunden werden. Ebenso dürfen keine Familienfotos herumgezeigt oder gar hergegeben werden, und in Mikrofone, Diktiergeräte und dergleichen darf auch nicht gesprochen werden. Nur ein einziger Satz dürfe aus dem Mund der Eltern kommen. Diesen einen Satz hatte Hagen Ahlert mit Bedacht formuliert; er sollte klingen wie ein Anfang bei Kleist. »Am Abend des dreizehnten August, als unsere Tochter von einem ihrer sommerlichen Streifzüge zurückkehrte, hatte sie sich in einen Waschbären verwandelt.« Das war der Satz für Fibis Eltern; für die Steins wurde er entsprechend abgewandelt.

Er übte den Satz mit den Hüvelands und den Steins so lange, bis er halbwegs saß. »Abseits von Mikrofonen und Diktiergeräten können Sie alles sagen. Du auch Fibi. – Hast du gehört?«

»Ich weiß gar nicht, was das alles soll«, sagte Fibi.

»Es geht darum, dass ihr beide möglichst bekannt werdet. Am besten weltberühmt. Je mehr von euch wissen, desto eher ist vielleicht einer dabei, der weiß, wie eine Rückverwandlung geht.«

»Rückverwandlung ist der neue Weihnachtsmann«, sagte Fibi genervt.

»Kann sein«, sagte Hagen Ahlert. »Aber dann könnt ihr immer noch so berühmt werden, dass ihr und eure Eltern ausgesorgt habt.«

»Wofür denn berühmt? Wir haben doch nichts vollbracht, waren nie Number one, er hat kein einziges von seinen Kacktoren geschossen, und jetzt sind wir zwei pissige Felltiere.«

Wiebke nahm Fibi scharf in den Blick; es gefiel ihr nicht, wie sie redete.

»Guck mich nicht so an!«, sagte Fibi. »Will nicht wissen, wie du drauf bist, wenn du dich in nen Waschbären verwandelst!«

Dann schaute sie wieder aus dem Fenster, auf die hügelige Landschaft, in der sich abgeerntete Felder, Waldstücke und Wiesen abwechselten.

Eine Viertelstunde später stand die fünfköpfige Gruppe auf dem oberen Absatz der Eingangstreppe des Funkhauses; Fibi und Aram waren in Reisetaschen untergebracht. Der Professor drückte den Klingelknopf, und als aus der Sprechanlage ein »Bitte?« erklang, sagte er: »Hagen Ahlert nebst Begleitung, zu Frau Dallasch.« Kurz darauf öffnete sich die Tür, und Frau Dallasch stand vor ihnen, eine Endfünfzigerin mit Silberhaar, wasserblauen Augen und einer Nahsichtbrille, an deren Bügel sie gewohnheitsmäßig knabberte wie eine Raucherin im Entwöhnungsstress.

In der Eingangshalle, die zugleich auch Treppenhaus war, fragte Frau Dallasch: »Und? Was ist so schwierig, dass man es nicht am Telefon sagen kann?«

»Es geht um kein Medienexperiment«, sagte Professor Ahlert. »Es geht um Waschbären, genauer, um Hybriden.«

Er machte eine Handbewegung in Richtung seiner Begleiter, und als die daraufhin die Reisetaschen öffneten und zwei Waschbären herausschauten, sagte Frau Dallasch nur: »Ja und nun?«

Fibi sagte: »Na toll. Jetzt hat sie uns gesehen. Dann können wir ja wieder fahren.«

»Fibi, jetzt halt mal deinen Mund«, sagte Hilmar Hüveland, und Hagen Ahlert sagte: »Eigentlich soll sie gerade *nicht* ihren Mund halten.«

Fibi sagte. »Ich hab keinen Mund, sondern ne Schnauze. Ich kann Schnauze halten. Schon vergessen?«

Frau Dallasch lächelte und sagte: »Netter Effekt.« Dann rief sie hoch ins Treppenhaus: »Thomas, willst du dir das mal angucken?«

Fibi war aus der Tasche gestiegen. Aram ebenfalls.

Auf der Empore erschien Thomas, ein schwarzhaariger

Mittvierziger, der ebenfalls eine Nahsichtbrille an einer Halskordel trug. Scheint hier die gängige Brillenmode zu sein, dachte Hagen Ahlert. Thomas schaute nach unten. Wenn Professor Ahlert seinen Gesichtsausdruck richtig deutete, dann war der Anblick von sechs Menschen und zwei Waschbären nichts, was einen Kommentar erforderte.

»Was sagstn dazu?«, fragte Frau Dallasch.

»Was soll er schon sagen?«, sagte Fibi.

»Oh, ein Bauchredner!«, sagte Thomas, der mit einem Mal lebhaft wurde. Er lief rasch die Treppe hinunter.

»Bauchredner?«, sagte Fibi. »Was solln das sein?«

»Das sind Menschen, die sprechen, ohne die Lippen oder den Kiefer zu bewegen«, sagte Wiebke.

»N Zirkustrick«, sagte Holger Stein. »Die Leute glauben ja immer, dass wir Zirkus sind.«

»Sind wir doch auch«, sagte Fibi. »Ihr fahrt hierher, nur um zu zeigen, dass ihr nen sprechenden Waschbären habt, und weil ihr wollt, dass ich irgendwas sage. Wenn das nicht Zirkus ist, dann weiß ich auch nicht.«

Frau Dallasch sah Thomas mit einem Was-sagstn-dazu?-Blick an.

»Das ist allerhand«, sagte Thomas schließlich. »Das ist richtig gut. Ich verstehe nichts von der Bauchrednerei – aber das sieht ...«

»Das sieht nicht nur echt aus, das *ist* echt!«, sagte Fibi.

Aus einem Zimmer mit einer offenen Tür kam eine Frau in Jeans und weißer Bluse, nach Meinung von Professor Ahlert noch zu jung für eine Nahsichtbrille, weshalb er auch keine an ihr erblickte. Neugierig näherte sie sich der Gruppe.

»Ich höre hier immer mal so ne süße Stimme ...«

Es war die Frau, mit der Professor Ahlert telefoniert hatte, als Frau Dallasch noch nicht im Haus war. Die drei Mitarbeiter warfen einen prüfenden Blick auf Fibi, um irgendwie hinter den Trick zu kommen.

»Darf ich das Tier mal hochnehmen?«, fragte Frau Dallasch.

»Das Tier ist meine Tochter«, sagte Wiebke Hüveland. »Aber bitte.«

Nachdem Fibi hochgehoben worden war, sagte diese: »Und nun? Plüschig geht anders, oder?«

Die Frau in der weißen Bluse konnte sich ein Lachen kaum verkneifen. Thomas raunte Frau Dallasch zu, dass Fibi mal den Mund aufmachen soll.

Fibi tat es, und Thomas warf rasch einen Blick hinein, da war es schon vorbei. »Suchen Sie nen Lautsprecher oder so was? Ich steck mir doch keinen Lautsprecher in die Schnauze.«

»Können wir uns mal mit Ihrer Tochter entfernen, wo Sie uns nicht hören können?«, fragte Thomas.

»Eigentlich will ich das nicht«, sagte Wiebke.

»Was ist eigentlich mit dem?«, fragte die Frau in der weißen Bluse und wies auf den anderen Waschbären, der gelangweilt zu den Füßen von Holger Stein lag.

»Das ist Aram«, sagte Fibi. »Aber er spricht nicht mit jedem, was vielleicht das Beste ist, denn zuletzt hat er nur Scheiße geredet. Wenn er die Schnauze hält, ist das in seinem Fall für alle das Beste.«

Thomas war noch immer skeptisch. Nachdem sein Vorstoß mit dem Sich-Entfernen abgewiesen worden war, versuchte er es anders.

»Oder wenn Sie Kopfhörer aufbekommen? Sie können alles sehen, aber nichts hören – wäre das was?«

»Klar«, sagte Professor Ahlert. »Warum nicht?«

Sie gingen in die obere Etage, in einen der Studioräume. Thomas lief in weitere Studioräume, um Kopfhörer einzusammeln, und er brachte drei weitere Mitarbeiter.

»Sie können gern auch Kinder, Familie, Freunde, die gerade in der Nähe sind, hinzuholen. Ein paar Minütchen können wir schon bleiben«, sagte Professor Ahlert.

Der Vorschlag blieb ohne Resonanz, was Professor Ahlert nicht überraschte. Das Mecklenburger Phlegma war eine Tatsache, nicht bloß ein Gerücht. Wenigstens eine Felicitas ließ sich noch blicken. Damit gab es sieben Augenzeugen.

Fibis und Arams Eltern sowie Professor Ahlert bekamen Kopfhörer aufgesetzt und wurden mit dem laufenden Programm beschallt. Professor Ahlert sah, wie eine Unterhaltung zwischen Fibi und den Mitarbeitern in Gang kam, erkannte Verwunderung und Amüsement auf deren Gesichtern. Nur Thomas gesellte sich noch einmal zu den Kopfhörer-Trägern, um zu kontrollieren, dass die Besucher nichts anderes als Radio hörten und Fibi demzufolge nicht ferngesteuert sein konnte.

Felicitas, eine schlanke Einmeterachtzigfrau, die hinten an ihrer Hose eine propellergroße Schleife trug, hatte während ihrer Unterhaltung mit Fibi ein Mikrofon eingestöpselt. Professor Ahlert sagte: »Entschuldigung, hab ich vergessen: Keinerlei Fotos bitte, und keinerlei Tonaufnahmen!« Er merkte, dass er viel zu laut spricht und damit den Standardfehler eines Kopfhörer tragenden Sprechers macht, und er ahnte auch, dass er sich wohl gerade lächerlich machte vor all diesen Tonstudio-Menschen. Da verstummte das Radioprogramm in seinen Ohren, und er hörte dafür Frau Dallaschs Stimme: »Kein Problem. Frau Pawloweit hat vorhin schon erwähnt, dass Familie Hüveland einen Anwalt hat, der es mit den Persönlichkeitsrechten sehr genau nimmt.« Professor Ahlert drehte sich um und sah Frau Dallasch hinter einer Glasscheibe in ein Mikrofon sprechen, ihn über den Rand der nunmehr aufgesetzten Nahsichtbrille anschauend.

Thomas hatte nichts gefunden, was auf Betrugsmaschen hinwies. Die Gäste durften die Kopfhörer abnehmen. Als Felicitas mit ihrem Mikrofon kam – sie war offensichtlich jene, die den Beitrag über den Studiobesuch von Aram und

Fibi produzieren wird –, war sie etwas enttäuscht, dass Fibis und Arams Eltern nur einen Satz in ihr Mikro sprachen und sich diese Sätze obendrein ähnelten.

Dafür war das »Hintergrundgespräch« umso ausführlicher. Felicitas wollte wissen, ob denn nur Fibi durch die Universitäts-Mediziner untersucht wurde und ob Aram auch so eine Untersuchung bevorsteht. Dies war das einzige Mal, dass sich Lydia zu Wort meldete. Sie war ganz und gar dagegen, dass ihr Sohn »mit Spritzen, Kanülen und diesen Instrumenten gequält wird«, als Wiebke plötzlich »O nein!« rief und in das benachbarte Zimmer lief, wo sie auf dem Boden erste Schaumgummiflocken wahrgenommen hatte. »Fibi, was ist los!«, rief sie. Fibi sprang von dem Drehstuhl, den sie begonnen hatte zu zerrupfen, hinunter.

»Sie kann nichts dafür!«, sagte Wiebke. »Wenn sie sich langweilt und sich keiner mit ihr beschäftigt, wird sie mental zum Waschbären, unabhängig von ihrem Willen.« Sie nahm Fibi auf den Arm und drückte sie an sich, wie ein Baby. »Wir sind schuld, wir haben dich vergessen, tut mir leid!«

»Tut mir auch leid«, sagte Fibi. »Ich weiß gar nicht, was ich da mache. Das ist etwa so, als wenn man mir sagt: Eh, du schlafwandelst und machst dabei alles Mögliche kaputt.«

»Ist nicht schlimm«, sagte Thomas, dessen Stuhl dank Fibi nun ein Fall für den Sperrmüll war. »Der hätte schon im letzten Jahr ersetzt werden müssen.«

Im Folgenden fachsimpelten Thomas und Frau Dallasch über die Büromöbelnutzungsdauerrichtlinien beim Nordsender, wonach Dreh- und Rollsessel über vier, bei Einsatz im Mehrschichtbetrieb jedoch nur über drei Jahre abgeschrieben werden. Felicitas unterhielt sich mit Fibi, was die Eifersucht von Holger Stein weckte, der auch für Aram Aufmerksamkeit forderte. Weil er keinen Ball fand, nahm er eine schnurgebundene Maus von einem Schreibtisch, ließ sie vor Aram herunterbaumeln und forderte ihn auf, die Maus von sich wegzuschießen. »Aram, Seitfallzieher, komm! – Bämm! – Bämm!« Diese Aktion war Hingucker genug, dass Felicitas ihr Gespräch mit Fibi unterbrach.

Professor Ahlert stand neben Lydia. Bämm, bämm zu sagen war so oft Teil des Trainings gewesen, dass sich Lydia an früher erinnerte, und diese Erinnerungen trieben ihr das Wasser in die Augen.

»Warum?«, sagte sie leise. »Warum?« Dann kullerten Tränen, die niemand sah. Außer Professor Ahlert.

»Die furchtbarsten Dinge passieren, und manchmal ohne jeden Grund«, sagte er. »Man kann keine Wälle gegen das Unglück bauen. Das Schicksal schlägt trotzdem zu, als ob es aus der vierten Dimension kommt. Man kann sich vorab nicht dagegen schützen und hinterher durch kein Warum erklären. Aber das Leben geht weiter.«

»Ich werde nie wieder glücklich sein«, sagte Lydia. »Er ist doch mein einziges Kind.«

»Nee, nee, nee!«, sagte Holger Stein erbost, weil er bemerkte, dass Thomas Aram heimlich filmte. Ohne zu fackeln, griff er sich dessen Smartphone und setzte es auf die Werkseinstellungen zurück.

Danach war die Stimmung im Eimer, und die Besucher verließen das Studio.

Aus dem Auto heraus telefonierte Professor Ahlert mit Frau Dallasch, ob sie über die Geschichte berichten werde, und sie sagte, dass Frau Gensicke – das war Felicitas – »einen Dreidreißiger« vorbereite, der regional gesendet und überregional angeboten wird. Sie kann sich nicht vorstellen, dass die anderen Sender nicht zugreifen, aber es ist nun mal deren Entscheidung.

Ein Dreidreißiger war ein Beitrag von dreieinhalb Minuten, und kurz vor dem Ziel hörten sie zumindest den Anfang. »In Mecklenburg ist Unglaubliches geschehen: Eine sechzehnjährige Jugendliche hat sich in einen sprechenden Waschbären verwandelt, ist zu einem Mensch-Waschbär-Hybriden geworden.«

»Was ist denn das für eine Scheiße!«, fluchte Holger Stein. »Was ist mit Aram?«

»Können wir das mal hören?«, sagte Hilmar Hüveland.

»Nein, das regt mich auf!«, sagte Holger Stein. »Wir waren auch mit Aram da, und Aram hat sich auch in einen Waschbären verwandelt! Ist doch Kacke, dass die immer nur von Fibi sprechen!«

»Ja, aber lass uns doch mal zuhören!«

»Nein!«, sagte Holger Stein trotzig und schaltete das Radio aus. »Ist mein Auto.«

Er setzte sie vor dem Haus von Professor Ahlert ab. Der Abschied war kühl. Holger sagte: »Ihr könnt nichts dafür, aber mich ärgert einfach, dass Aram überhaupt keine Rolle spielt.«

Fibi verließ das Auto, ohne Aram auch nur eines Blickes zu würdigen. Und umgekehrt.

Kaum war das Stein'sche Dickschiff entschwunden, sagte Fibi zu ihrer Mutter: »Gib mir mal dein Handy.«

Keine Minute später hatte sie den Beitrag als Podcast gefunden »Mensch und zugleich Waschbär – Mecklenburger Sensation«, und sie hörte ihn mit ihren Eltern und Professor Ahlert noch auf der Straße. Auch Aram wurde erwähnt, die medizinische Untersuchung, der Ostseekurier, der zuerst der Geschichte nachging, sowie der Besuch der beiden Hybriden am Nachmittag im Nordsender, mitsamt den vergeblichen Versuchen der staunenden Belegschaft, einen Betrug wie Bauchrednerei oder Ähnliches aufzudecken. Der Beitrag enthielt einige O-Töne, nicht nur von Wiebke (»Am Abend des dreizehnten August, als unsere Tochter von einem ihrer sommerlichen Streifzüge zurückkehrte ...«), sondern auch von Frau Dallasch, die einräumte, das Gesehene nur zu glauben, weil ihre Kolleginnen und Kollegen dasselbe gesehen haben, und von Thomas, der sagte, man habe etwas gesehen, »auf das man überhaupt nicht vorbereitet war«.

»Was Besseres konnte uns in dreidreißig gar nicht passieren«, sagte Professor Ahlert aufmunternd, als der Beitrag vorüber war. Und insgeheim dachte er: Oh, diese Mecklenburger! Gehts denn nicht eine Nummer theatralischer? Ein Hybride in Los Angeles wäre die wörlds greetest ßänßejschn. Und hier? Haben etwas gesehen, auf das wir nicht vorbereitet waren.

Wiebke bekam einen Anruf von Alexander, der gerade von einer Wespe gestochen worden war. »O Gott!«, sagte sie und wollte schnell nach Hause.

Professor Ahlert versprach, für den Rest des Tages die Nachrichtenkanäle im Blick zu behalten. Kaum war er im Haus und hatte Mark beruhigt, brummte das Telefon in der Tasche des Professors.

Auf sein »Hallo?« hörte er erst ein Bellen, dann ein Lachen.

»Frau Pawloweit! Schön, Sie so gut gelaunt zu hören«, sagte er.

»Ich hab wirklich gute Laune, nachdem meine Vermutung bestätigt ist«, sagte sie. »Wobei ich doch etwas betrübt war und meine Welpenohren traurig hängen ließ, weil Sie die Bestätigung gegenüber dem Nordsender gemacht haben und nicht mir gegenüber. Was haben die, was ich nicht habe?«

»Nun, das werden Sie mir doch nicht übelnehmen«, sagte er.

»Ist das Ihr Ernst? Dann sollten Sie mir etwas erzählen, was noch keiner weiß. Aber bitte nicht, dass sich Fibi am Nachmittag des dreizehnten August, so gegen siebzehn Uhr, in einen Waschbären verwandelt hat, das weiß ich nämlich selbst.«

»Und woher, wenn ich fragen darf?«

»Da habe ich doch erst gestern das Wort Quellenschutz

benutzt … Aber ganz unter uns: Waschbärdaddy hat mir seine Nöte anvertraut. Gute Frage. Nett.«

»Ich fürchte, ich kann Ihnen nicht ganz folgen«, sagte Professor Ahlert.

»Themenwechsel«, sagte Marleen Pawloweit. »Unser Server ist gerade zusammengebrochen, weil wir die Ersten mit den Waschbär-Hybriden waren, und wir wollen den Vorsprung so lange wie möglich verteidigen. Fibis letztes Posting auf Facebook war am dreizehnten August um fünfzehn Uhr neunundzwanzig. Da war die Welt noch in Ordnung. Wenige Stunden später verwandelt sie sich in einen Waschbären, angeblich nach einer Anleitung aus dem Internet. Die ich allerdings nicht gefunden habe.«

»Die wurde gelöscht«, sagte Professor Ahlert. »Aber wir kennen den Urheber.«

»Moment, das Ganze ist nach einer Anleitung geschehen, und Sie wissen, von wem die stammt?«, sagte Marleen Pawloweit, hörbar perplex. »Wie kann das sein?«

»So seltsam das klingt«, sagte Professor Ahlert, »aber das ist ohne Belang.«

»Und warum haben Sie eine Pressemeldung verschickt – und dann gemauert?«

»Unzureichende Koordination untereinander. Linke Hand, rechte Hand. Außerdem hat die Uni die Pressemeldung nicht autorisiert, aus Angst um die Reputation.«

»Dann würde ich gerne noch ein Wort über den zweiten Hybriden verlieren«, sagte Marleen Pawloweit und kicherte. »Wenn ich ein Kätzchen wär, würd ich jetzt schnurren.«

»Kann ich mir vorstellen«, sagte Professor Ahlert. »Dass Sie was über den zweiten Hybriden wissen wollen. Das mit dem Kätzchen hab ich verstanden.«

»Ach, kommen Sie, das geht doch rein quotentechnisch gar nicht – wir berichten über das Mädchen und nicht über den Jungen? Stellen Sie sich das mal umgekehrt vor, was da los wär!«

»Wissen Sie, dass ich ausgesprochen gern mit Ihnen telefoniere?«

»Können Sie haben, solang Sie wollen – wenn Sie mir alle paar Minuten …« Ihr lag die Wendung »was stecken« auf der Zunge, aber das war von einer Zweideutigkeit, die der Professor bislang sicher umschifft hatte, also wollte sie damit auch nicht anfangen. »… etwas sagen, was ich noch nicht weiß.«

»Der Junge ist fünfzehn und lebt in einem Nachbardorf. Den Verwandlungsvorgang haben die beiden gemeinsam erlebt. In einer Autowaschanlage.«

»In einer …« Marleen Pawloweit glaubte, der Professor scherze.

»Ganz recht, in der Autowäsche. Wo man sich heutzutage eben in Waschbären verwandelt. Sagen Sie bloß, das ist Ihnen neu!«

»So was wollte ich hören. Vielen Dank!«, sagte Marleen Pawloweit.

»Eben hörte ich noch was von ›solang Sie wollen‹, aber das klingt mehr nach Tschüss«, sagte der Professor, mit einem scherzhaft vorwurfsvollen Ton.

»Es ist ein Tschüss bis morgen«, sagte Marleen Pawloweit. »Aber wenn Sie so gerne telefonieren …«

»Ich telefoniere gerne mit *Ihnen*«, präzisierte Professor Ahlert.

»Darf ich Sie in einem Anflug mütterlicher Fürsorge fragen, ob Sie im Telefonbuch stehen?«

»Ja, Menschen meines Alters unterhalten noch Telefonbuch-Einträge«, bestätigte Professor Ahlert.

»Festnetz«, tippte Marleen Pawloweit.

»Ich bitte Sie, was denn sonst!«, sagte der Professor mit gespielter Entrüstung.

»Das hab ich mir gedacht«, sagte Marleen. »Aber was ne Anrufweiterleitung aufs Handy ist …«

»Bitte unterschätzen Sie mich nicht. Ich hab davon schon mal gehört«, sagte Professor Ahlert.

»Dann nehmen Sie sofort das Telefonbuch und suchen im Abschnitt ›Servicenummern‹ nach ›Rufnummernumleitung‹«, sagte Marleen Pawloweit. »Und lassen sich alle ankommenden Anrufe aufs Handy leiten. Ansonsten verbringen Sie den gesamten morgigen Tag neben Ihrem Festnetz-Telefon.«

»Mal ernsthaft«, sagte Professor Ahlert. »Können Sie sich vorstellen, die Seiten zu wechseln? Ich sags ganz offen, ich kenn mich mit diesem Facebook-kram nicht aus.«

»Brauchen Sie auch nicht. Facebook ist die neue Fernsehzeitschrift. Haben nur noch die, die zu alt zum Abbestellen sind. Instagram, Snapchat, Tiktok, Bloggen, YouTube-Kanäle – damit ist man heute unterwegs.«

»Ich kenn mich damit nicht aus. Mir ist ja schon eine Anrufweiterleitung zu hoch. – Wenn ich ein Hündchen wär, würd ich jetzt winseln.«

»Nicht doch, der Welpe bin ich.«

»Dafür möchte ich mich in aller Form entschuldigen.«

»Akzeptiert«, sagte Marleen Pawloweit. »Ich muss über Ihr Angebot nachdenken. Besprechen Sie das mal mit Frau Hüveland. Ich bin nicht sicher, ob die mich im Team Fibi sehen will. Aber schönen Dank für die Anfrage. Bis jetzt bin ich immer den Jobs hinterhergerannt. Ist das erste Mal, dass mir einer angeboten wird. Fühle mich geehrt.«

Es war neunzehn Uhr zwölf, als das Gespräch beendet war. Professor Ahlert hielt sich an Empees Rat und machte sich sofort daran, die Anrufweiterleitung zu aktivieren.

Um neunzehn Uhr einundvierzig bekam er von Marleen eine SMS, dass der neue Artikel soeben eingestellt wurde. Mit dem Gong der »Tagesschau« (die mit keiner Silbe die »Waschbär-Mensch-Hybriden« erwähnte) rief ein Redakteur vom Privatfernsehen an, dem Marktführer. Professor Ahlert schaltete den Fernseher stumm, und als das Gespräch beendet war, riefen Nachrichtenredakteure der verschiedensten Sender an, über Stunden. Um zweiundzwanzig Uhr achtundzwanzig sah er, dass im ersten Nachrichtenblock der »Tagesthemen« ein Foto der Greifswalder Universitätsklinik gezeigt wurde, zur Nachricht »Sensation an Greifswalder Uniklinik«. Fünf Minuten später fuhr ein Übertragungswagen an seinem Haus vorbei und wendete. Kurz darauf war die Einfahrt taghell erleuchtet, und eine junge Journalistin klingelte, doch er verweigerte jegliches Interview und ging in sein Haus zurück, um weitere Anrufe entgegenzunehmen. Um dreiundzwanzig Uhr sechsundfünfzig entschied er, sein Telefon auszuschalten – und guckte die Spätnachrichten, auf denen der Beitrag jener Journalistin lief, die eben noch vor seinem Haus stand. »Niemand wollte mit uns über die angeblichen Hybriden reden«, sagte die Journalistin zu Bildern vom Greifswalder Klinikgebäude. »Der Arzt des Greifswalder Uniklinikums, der einen Mensch-Waschbären untersucht haben will, hat von seiner Uni einen Maulkorb verpasst bekommen. Der Medienanwalt der Familien« – und hier erkannte sich Professor Ahlert an der Haustür – »wollte mit uns nicht reden, und auch den oder die Waschbären konnten wir nicht filmen. Ob es sie überhaupt gibt?« – Hier erfolgte ein Umschnitt auf einen Wissenschaftler mit längeren grauen Haaren, dunkelgrüner Breitcordhose und einem hellgrauen Fusselpullover. »Es ist völlig ausgeschlossen, dass diese Geschichte in der jetzigen Form einer Überprüfung standhält«, sagte er. »Ich erinnere an die mysteriösen Kornkreise Ende der achtziger Jahre. ›Außerirdische‹ hieß es zuerst, bis dann herauskam, dass es sich um einen Studentenspaß handelte.« – Es folgte ein Umschnitt auf das wie ausgestorbene nächtliche Bräsenfelde, dazu der Kommentar der Journalistin. »Wer weiß. Waschbären haben wir in dieser Nacht im Dörfchen Bräsenfelde nicht gesehen. Allerdings auch keine Menschen, und schon gar nicht Studenten.«

*

Etwa eine Stunde nach ihrer Rückkehr aus Neubrandenburg hatten Hilmar und Wiebke aus dem Zimmer des Lütten Musik gehört, dann sein Lachen und Kreischen. Was war da los? Sie liefen in sein Zimmer – und sahen Fibi auf dem Tisch tanzen. Die Musik kam aus dem Laptop, und Fibi twerkte, was saukomisch aussah. Schlenkerte sie das Hinterteil, erinnerte Fibis Waschbärenkörper mit dem viel zu breiten Popo und den kurzen Beinen an einen tanzenden Kartoffelsack. Wiebke hatte den Lütten noch nie so lachen sehen; ihm kam vor Lachen der Rotz in Blasen. Und auch Fibi hatte Spaß an ihrer Vorführung; sie drehte sich mal nach vorn, mal nach hinten, hob die Arme mal über den Kopf, mal drehte sie sie mit einer arabischen Anmutung seitlich. Dann ließ sie sich auf den Rücken fallen und wollte breakdancemäßig kreiseln, was aber überhaupt nicht funktionierte und die Sache noch komischer machte, denn nun strampelte Fibi vierfach in der Luft. Sie rappelte sich wieder auf und twerkte weiter, und nun ging auch Hilmar die Musik in die Beine, doch weil er nicht twerken konnte, twistete er. Wiebke machte mit und animierte ihrerseits den Lütten – der nun weiter lachte, allerdings, weil er mit den Tanzbewegungen fremdelte und zwischen *Bewegung denken* und *Bewegung tun* immer ein Augenblick lag, der alles zunichtemachte. Als der Song zu Ende war, johlten Hilmar, Wiebke und Alex und applaudierten Fibi, die daraufhin Hardrock laufen ließ und dazu Luftgitarre spielte, während Alex den Headbanger gab.

Heidi Walissa

Das Bett neben Heidi war leer. Richtig, Freddie war heute in Bamberg. Oder wars Friedrichshafen? War sie auf einer Konferenz, oder war was zu coachen? Heidi hatte es vergessen, und es war ja auch nicht wichtig. Denn heute sollte ihr Tag werden.

Heidi Walissa hatte jahrelang davon gelebt, unterschätzt zu werden. Sie fand nicht, dass sie der Typ war, der zum Unterschätztwerden einlud. Was die Leute aber nicht davon abhielt, es trotzdem zu tun.

Es begann damit, dass sie im Wintersemester 2002/03 in einer Disco angequatscht wurde, ob sie nicht zu einem Casting von DWED kommen wolle. Sie wurde damals fast täglich angequatscht, aber nie von Frauen, und schon gar nicht von Frauen, die ihr auch eine Visitenkarte der Produktionsfirma von DWED gaben, die Heidi noch aus dem Abspann in Erinnerung war, als sie die Soap als Fünfzehnjährige ein Dreivierteljahr lang gesehen hatte; in jenem Dreivierteljahr, in dem sie auch im Schülertheater spielte.

Sie ging zu dem Casting und bekam eine Rolle. Die war zunächst nur auf kleinere Auftritte in vier Folgen angelegt, doch ihre Figur der Vanessa, einer intriganten, vor Falschheit nur so strotzenden Freundin, entfaltete dank Heidis Darstellung ein ungeahntes Aroma, wurde zu einem funkelnden Kleinod und kam schließlich auf einhundertvierundachtzig Folgen. »Von da an hielt ich dem Sender die Treue«, sagte Heidi. Was sie nicht sagte, war, dass sie auch der Rolle die Treue hielt.

Die Gagen halfen bei der Finanzierung des Studiums,

später kamen Praktika. Während ihres Volontariats nannte ein Studiotechniker mit DDR-Hintergrund sie immer »Frau Wassilissa«, bis sie herausfand, dass es mal einen sowjetischen Märchenfilm, »Die schöne Wassilissa«, gegeben habe. Weil sie so unbeschreiblich blond war und in ihrer Gegenwart Männer regelmäßig zu sabbern begannen, traute ihr kaum jemand etwas zu. Dabei arbeitete sie härter, diätete strenger, schlief weniger als die Konkurrenz. Und schließlich offenbarte sich ein Talent, für das sie senderintern legendär wurde: Sie konnte totgesagten Formaten neues Leben einhauchen. Was sie aus der Mottenkiste holte und nach ihrem Gusto aufhübschte, wurde zum Renner. Die Walissa-Methode bestand darin, auf technisch höherem Niveau zu produzieren, bei gleichzeitiger Absenkung des inhaltlichen Niveaus. Auch als sie Intendantin wurde, blieb sie auf Linie, nun schon über drei Jahre. Die Darstellung differenzierter Gefühle war ihr verhasst, da wahrte sie die Tradition des Kölner Senders, wenn auch mit einem neuen Argument: »Goethe war schon.« Das sagte sie, wenn Eindeutigkeiten in Gefahr zu geraten drohten oder ein Trivialstück sich anschickte, das Strickmuster zu verlassen. Es war nie verkehrt, niedere Instinkte zu bedienen; die Quote hat immer recht. Insgeheim wussten das natürlich auch die Fernsehjournalisten, Berufsästheten, Geschmacksapostel, Petzen und Spaßbremsen. Weshalb sie in deren Richtung zu Beginn ihrer Intendanz in einem Interview sagte: »Wir machen ein gutes und erfolgreiches Programm. Wir sind nicht die Kotztüte des Fernsehjournalismus.« Wer bei Google »Heidi Walissa« eingab, fand an Position eins der Autovervollständigung »Heidi Walissa lesbisch«, an Position zwei »Heidi Walissa Kotztüte«. Das war doch mal ein Profil.

In jenen Jahren, als sie noch niemand kannte und sie ständig von Männern nicht nur angequatscht, sondern auch bedrängt und festgehalten wurde, war es einmal richtig knapp: An einem Dezembermorgen um kurz nach sieben

Uhr hatte ihr ein Fremder den Mund zugehalten und sie in ein Gebüsch gezerrt. Was folgte, war eine Art Strampel-Duell, bei dem sie die größere Ausdauer hatte. Aber wie geht es beim nächsten Mal aus? So entschloss sich Heidi Walissa zu einem Selbstverteidigungskurs. Natürlich nicht zu einem Frauen-Selbstverteidigungskurs, bei dem sie es lernte, sich gegen Frauen zu verteidigen, wo sie sich doch vor Männern schützen wollte. Nein, sie ging zu einem richtigen Karatekurs. Und fand Gefallen daran. Männer waren hervorragend zum Reintreten, -springen und -schlagen. Sie liebte das klatschende Geräusch eines Männerkörpers, der auf der Tatami genannten Matte landet, und auch als sie keinen Kampfsport mehr betrieb, dachte sie beim Betreten von Räumen unwillkürlich und geradezu reflexhaft daran, in welcher Reihenfolge und mit welchen Techniken sich die anwesenden Männer außer Gefecht setzen ließen.

Am Vorabend hatte sie Meldungen über ein Mädchen gehört, das sich in einen Waschbären verwandelt haben sollte. Klang nach einem gänzlich neuem Erzählgenre (Factasy?). Heidi fühlte sich an den 11. September 2001 erinnert, als sie glaubte, einen als Nachrichtensendung verkleideten Actionfilm zu sehen. Nach drei Minuten Zuschauens vermutete sie eine Art Experimentalfilm, der mit der Geduld seiner Zuschauer spielt, wie lange die sich eine Nachrichtensendungs-Imitation gefallen lassen – und erst als ihr klar wurde, dass dieser Film auf allen Kanälen läuft, und sei es als Fließtext am unteren Bildrand, verstand sie, dass es um tatsächliches Weltgeschehen ging.

Was sie daraus lernte: Halte das Unglaubliche für möglich.

Deshalb hatte sie, als die ersten Waschbären-Berichte auftauchten, die Nachrichtenredaktion gebeten, über Nacht alles herauszufinden, was sich dazu herausfinden ließ. Heidis erster Anruf am Morgen galt der Chefin vom Dienst.

»Wie siehts aus?«

»Nichts Genaues weiß man nicht«, sagte die Chefin vom Dienst. »In Neubrandenburg soll der sprechende Waschbär im Studio des Nordsenders gewesen sein. Allerdings gibts weder Bild- noch Tonaufnahmen davon.«

»Warum nicht?«, fragte Heidi.

»Persönlichkeitsrechte.«

»Bei Waschbären? Das wird ja immer verrückter!«

»Es sollen zwei Familien da gewesen sein. Beide mit ihren Waschbären, die noch vor ein paar Tagen ihre Kinder waren. Der eine Waschbär kann sprechen, der andere nicht. Der kann nur Fußball spielen.«

Bitte sag etwas, das nicht so irre klingt. Ich werde mich für den Rest meines Lebens dafür schämen, dass ich mich mit diesem Quatsch länger als eine Sekunde abgegeben habe, dachte Heidi. Ich folge nur meinem Credo Halte das Unglaubliche für möglich.

»Darüber gibt es einen Audio-Dreidreißiger als Podcast. Ein paar Tage zuvor wurde angeblich an der Greifswalder Uniklinik ein Waschbär gewordener Mensch untersucht, doch die entsprechende Pressemeldung wurde nicht autorisiert. Seitdem kursiert eine lateinische Bezeichnung, irgendwas mit Metamorphose totalis oder so. Und eine Lokalzeitung, der Ostseekurier, hat auch darüber geschrieben.«

»Aber nirgends Augenzeugen«, sagte Heidi.

»Doch!«, sagte die Chefin vom Dienst. »Die Leute aus dem Nordsender-Studio.«

»Und haben Sie einen von den ›Augenzeugen‹ persönlich gesprochen?«, fragte Heidi, darauf bedacht, den »Augenzeugen« mit unüberhörbarer Ironie zu artikulieren.

»Ich habs versucht, aber außerhalb der Dienstzeit … Ich habe nur die Ostseekurier-Autorin gekriegt, und die hat mir die Telefonnummer eines Rechtsanwaltes gegeben. Den habe ich angerufen, und er gibt sich als Anwalt der Familien aus.«

»Und der hat die Geschichte bestätigt.«

»Ja.«

»Und gibt es Bilder?«

»Er sagt ja. Aber die rückt er nicht raus. Ein Regionalteam ist außerdem in dem Dorf gewesen.«

»Wir haben ein Team dort?«, fragte Heidi. Mann, diese Chefin vom Dienst hatte eine unmögliche Art, ihre Infos zu sortieren.

»Nicht mehr. Sie waren letzte Nacht da.«

»Ja, und?«, fragte Heidi ungeduldig.

»Das Dorf heißt Beerenfelde oder so und liegt in Mecklenburg, und es war wie ausgestorben.«

»Dafür, dass Sie den Auftrag hatten, alles über die Sache zu recherchieren, gebrauchen Sie mir die Wendung *oder so* ein bisschen zu häufig«, sagte Heidi, die gegenüber der ihr unbekannten Mitarbeiterin mal ein Zeichen zu setzen gedachte. »Beerenfelde oder so. Metamorphose totale oder so.«

»Entschuldigung«, sagte die Chefin vom Dienst. Es war über die Entfernung zu spüren, wie ihr das Blut in den Adern gefror. »Der Ort heißt Bräsenfelde, mit Ä.«

»Und wo ist das Team jetzt?«

»Wieder nach Hause gefahren.«

»Schicken Sie mir bitte alles, was es zu den Waschbären gibt. Zuerst aber die Telefonnummern von unserem Reporter und diesem Anwalt.«

»Kriegen Sie sofort.«

Kaum war das Gespräch beendet, kamen die Nummern. Heidi rief zuerst die Reporterin an.

»Hallo?« War das Kleinkindgeplapper im Hintergrund?

»Walissa am Apparat, guten Morgen! Frau Kluck, wo sind Sie denn?«

»Hab ich richtig gehört, Walissa?«

»Haben Sie.«

»Oh, ja, guten Morgen. Ich bin in Güstrow.«

»Wie wars denn gestern Abend?«

»Viel rausgekriegt haben wir nicht.«

»Dann erzählen Sie mir eben das Wenige.«

»Bräsenfelde, also der Ort, wo die eine Familie angeblich lebt, war schon um halb elf wie ausgestorben. Nirgends brannte noch Licht. Ein Hund hat gebellt. Also mit dem Dorf stimmt irgendwas nicht.«

»Was denn?«

»Ist nur so n Gefühl.«

»*Was* stimmt nicht?«, fragte Heidi ungeduldig. »Halten die einen Waschbären versteckt, oder verarschen die gerade die ganze Welt?«

»Weiß nicht. Vielleicht beides. Ist nur so n Gefühl.«

»Beides geht nicht. Entweder oder. Oder noch was Drittes. – Frau Kluck, Sie fahren da noch mal hin. Und fragen Sie den Leuten Löcher in den Bauch. Wenn Sie einen sprechenden Waschbären sehen, dann nehmen Sie das auf, führen ein Interview mit dem.«

»Kann ich Geld anbieten?«

»Aber gegen Quittung!«, entschied Heidi.

»Wie teuer darfs denn werden?«, fragte die Reporterin.

Heidi überlegte. »Fünftausend, wenn Sie die Erste sind und für heute auch die Einzige. Alles andere bitte erst nach Rücksprache mit mir.«

Inzwischen war ein halbes Dutzend Links gekommen. Heidi sichtete das Material auf dem iPad parallel zur Morgentoilette, und während sie sich das Gesicht eincremte, sprach sie mit sich selbst. »Heidi Walissa, du bist ja immer noch rattenscharf, und damit musst du umgehen.« Sie hantierte mit Lash Enhancer und Mascara, wobei sie sich tief in die Augen schaute. »Wir dürfen bei geilen Männern Punkte machen, aber die dürfen wir nicht wieder bei eifersüchtigen Frauen verlieren. Dazu spielen wir das Oh-bitte-erklär-mir-hässlichem-Entlein-wie-ich-ein-so-schöner-Schwan-wiedu-werde-Spiel«. Sie zupfte sich zwei, drei Härchen aus den Augenbrauen und benutzte abschließend den Lippenstift. Dann rief sie ihren Fahrer an, damit er sie abhole. Beim Öffnen der ziehharmonikaartigen Kleiderschranktür drehte sich ihr Spiegelbild ins Seitliche. Vor dem Kleiderschrank setzte sie ihr Selbstgespräch fort.

»Okay, dein Bauch ist nicht mehr so flach wie zu DWED-Zeiten, aber die Jeans von damals passen noch. Das ist überhaupt die Idee«, sagte sie und stöberte im Jeansabteil. »Du fährst ins Gummistiefelland, da kannst du nicht auftreten wie beim Bundespresseball.«

Im Auto war ohnehin noch ein Businessanzug, für alle Fälle.

Der Wagen kam kurz darauf. Heidi ließ sich zunächst zum Hauptbahnhof fahren, um sich ein Obstfrühstück und einen großen Pott Kaffee zu kaufen. Im Presseshop ließ sie dann noch mal zwanzig Euro. Die Nachrichtenredaktion beauftragte sie, einen Radar über das Waschbären-Thema zu spannen und ihr sofort Neuigkeiten mitzuteilen. Dann googelte sie den Rechtsanwalt. Aha, ein pensionierter Professor. Fachanwalt im Wirtschaftsstrafrecht. Rückfrage beim Sender: Wissen wir was über den? So kam heraus, dass ihr Justiziar Jens Frohlieb mal mit ihm in einer Kanzlei gearbeitet habe. Viel wusste der allerdings auch nicht. »Trug damals immer eine Fliege«, so Zeug eben. Es soll mal jemand aus der Boulevardredaktion bei dem anrufen und versuchen, einen Dreh einzufädeln. Dann wird man ja erfahren, was er will.

Inzwischen war der Wagen auf der Autobahn. Der Fahrer, Herr Neubert, war der Mensch, der einem Roboter am nächsten kam, fand Heidi Walissa. Er war ein ehemaliger Radprofi, der nie murrte, mokant rückfragte, abfällig dreinschaute oder eine Bitte (die natürlich keine Bitte, sondern eine Anweisung war) ironisch wiederholte. Nie fluchte er, nie geriet er in eine heikle Situation.

Inzwischen war es kurz vor halb neun. Eine gute Zeit, um Freddie anzurufen.

»Hi Süße, wo bist du?«, sagte Freddie, als sie das Gespräch annahm.

»Auf der Autobahn. Und du?«

»Am Frühstücksbuffet. – Wohin fährst du?«

»Sage ich dir, wenn du mir das Frühstücksbuffet beschrieben hast.«

»Also drei verschiedene Sorten Croissants, Paninibrötchen, Baguette, Rosinenbrot, Vollkornbrot, Sektkühler mit ner Flasche Sekt drin – nee, das ist sogar Champagner, ist das zu fassen ...«

»Aufhörn! Ich fahr zu dir!«

»Bis du da bist, ist längst abgeräumt. – Also, wo gehts hin?«

»Nach Mecklenburg. Mal sehen, ob du rauskriegst, wieso.«

Freddie dachte einen Moment nach.

»Wegen diesem Mädchen, das sich in einen Waschbären verwandelt hat?«

»Du hast davon gehört?«, fragte Heidi. »Glaubst du daran?«

»Ich kanns mir nicht vorstellen. Aber meine beschränkte Phantasie soll kein Maßstab sein.«

»Ich bin mir, ehrlich gesagt, auch nicht sicher. Vielleicht ist es nur eine schräge Form von Standortmarketing. Die Welt will über einen waschbärgewordenen Menschen berichten, kann aber mangels Berichterstattungsobjekt nur über den Ort berichten.«

»Ich war noch nie in Mecklenburg«, sagte Freddie. »Soll sehr schön sein dort. Können wir ja mal hinfahren.«

»Siehst du, du verhältst dich wie das perfekte Opfer!«

»Stimmt!« Freddie lachte. »Aber warum fährst du dann hin?«

»Vielleicht ist ja doch was dran. Und dann werde ich die

Story einsacken. Ich mach aus dieser Familie eine Fernseh-familie, nicht dekadent. Eine normale, nette Familie, nur dass die einen sprechenden Waschbären als Familienmit-glied hat. Die Frau ist in unserem Alter. Ich krieg die dazu, dass die noch n Kind will, nachdem sich ihre Älteste in ei-nen Waschbären verwandelt hat. Und dann gehen wir mit ihr durch die Reproduktionsmedizin.«

»Aber diese Frau kann doch ganz normal Kinder kriegen.«

»Mit Anfang vierzig ist die ein Fall für die Fruchtbar-keitsklinik.«

»Schon klar«, sagte Freddie. »Ist das deine Art, mir zu sagen, dass du ein Kind willst? Du willst doch nicht etwa die Waschbärenmami vorschicken, um rauszufinden, wie es so läuft in den Fruchtbarkeitskliniken?«

»Au weia, so ein Typ bin ich ja wirklich«, sagte Heidi. »Aber ich hab erst mal nur an die Quote gedacht. – Und das Mädchen, also der Waschbär, kriegt ne eigene Sendung, so ne Art Late Night. Und dann kriege ich sie alle: Scarlett Johansson, Tom Hanks, George Clooney, Ed Sheeran – wenn ein Waschbär einlädt, kommt jeder.«

»Könnte klappen.«

»Das Schöne ist: So weit wie ich denkt im Moment noch keiner, und deshalb kann auch keiner so ein Angebot machen. Wenn den anderen dämmert, wie sich mit einem Waschbären Geld verdienen lässt, ist er längst bei mir unter Vertrag.«

»Süße, du weißt, dass ich hier ein Seminar zum Thema Verhandeln gebe?«

»Nein, hab ich vergessen. Ich hab sogar vergessen, wo *hier* ist.«

»Und vorhin noch angeben, dass du herkommst. Wenn ich auf Schaumschläger stehe, kann ich mir ja wieder nen Mann suchen.«

»Pass auf, was du sagst! – Oje, da klopft grad meine Se-kretärin an«, sagte Heidi.

»Ciao, ciao«, sagte Freddie.

»Ciao, ciao, Freddie«, sagte Heidi und nahm das neue Gespräch an. Es war Eva, die Sekretärin, die darüber informierte, dass ein weiterer Anwalt Material über Waschbären anbiete, und zwar von jenem Moment, als sich die beiden Jugendlichen in einer Autowaschanlage in Waschbären verwandelten. Da Eva nicht wusste, wie viel dieser Anwalt für sein Material verlangt, sollte sie den Justiziar Jens Frohlieb mit dem Einholen der Informationen betrauen.

Das rollende Büro ist erfunden worden für Leute wie mich, dachte Heidi, als sie ihren Kaffee, der längst kalt war, austrank.

»Hallo, Ute, was gibts?«, fragte Heidi, als das nächste Gespräch reinkam. Ute Schäfer war Heidis unmittelbare Vorgesetzte während ihres Volontariats gewesen, und sie tat schon damals sonst wie kundig, indem sie Formulierungen wie »Wenn du erst mal eine Weile hier bist« oder »Das wird schon« benutzte. Auch ihre Säuferstimme hatte sie schon damals. Ute Schäfer verströmte noch immer einen subtilen Dünkel, der aus Formulierungen wie »Wer hier schon so lange dabei ist wie ich« oder »Ganz früher haben wir das so gemacht« grüßte.

»Du wolltest, dass ich mal mit dem Anwalt spreche, über den die Interviews mit den Waschbären gehen.«

Typisch Ute Schäfer. Ich wollte natürlich nicht, dass *sie* mit dem Anwalt spricht. Sondern, dass das jemand vom Boulevard macht. Hätte ich gewusst, dass Ute Frühdienst hat, hätte ich noch gesagt: Aber bitte nicht Ute.

»Hast du ihn gekriegt?«

»Ja«, sagte Ute. »Er will zehn Millionen für ein Interview.«

»Euro?« Was für eine dumme Frage!, dachte Heidi. Kaum spricht man mit einer Ute, redet man wie eine Ute.

»Ja«, sagte Ute, und weil Heidi nichts erwiderte, »hallo?«

»Zehn Millionen für *ein* Interview? Ich bin immer noch sprachlos.«

»Früher, also ich meine ganz früher, noch vor deiner Zeit, als Arno Funke, weißt du, Dagobert …«

»Entschuldigung, Ute, hier kommt grad ein Anruf rein«, log Heidi und beendete das Gespräch.

Dass zehn Millionen aufgerufen werden, war, bei Licht betrachtet, eine Supernachricht. Niemand wird zehn Millionen für so ein Interview bezahlen. Und wenn dem Anwalt klar wird, dass er auf unverkäuflicher Ware sitzt, zumindest zu diesem Preis, wird er vernünftig.

»Hallo Herr Frohlieb«, sagte Heidi, als der nächste Anruf reinkam.

»Ich sollte mal mit Rechtsanwalt Ingo Heuer sprechen«, sagte Jens Frohlieb, der eine eigentümliche Art zu reden hatte. Er artikulierte überdeutlich, als würde er eine Texterkennung der ersten Generation füttern, was schon nach kurzer Zeit nicht nur ermüdend, sondern von geradezu aufreizender Langeweile war. Heidi bedauerte die arme Frau Frohlieb, die seinem Protokollsprech Tag für Tag ausgesetzt war. »Der Mann sitzt in Potsdam und vertritt Frau Sandra Rösch, Geschäftsführerin der Wach- und Sicherheitsfirma Argus GmbH. Deren Überwachungskamera hat in der Araltankstelle in Seenot – der Ort heißt wirklich Seenot – die Verwandlung gefilmt und auf einer Festplatte gespeichert. Frau Rösch hat mit den Eltern der noch nicht volljährigen Jugendlichen eine Vereinbarung getroffen und verfügt nun über die alleinigen Rechte an dem Material. Es handelt sich um einen etwas mehr als achtminütigen Film, wobei die eigentliche Verwandlung, wie mir Herr Rechtsanwalt Heuer sagte, die Angelegenheit eines Augenblicks ist. Der Kostenpunkt läge dann bei eineinhalb Millionen Euro für die zeitlich uneingeschränkte Nutzung des Materials.«

»Kann man das vorab sichten?«

»Habe ich auch gefragt«, sagte der Justitiar. »Eine Sichtung ist nur in den Räumlichkeiten von Herrn Heuer und nur in dessen Anwesenheit und nach Einwilligung in eine mit dreihunderttausend Euro strafbewehrte Verschwiegenheitserklärung möglich.«

»Danke«, sagte Heidi, die an dem Punkt angelangt war, das Gelaber des Justitiars nicht länger hören zu können. »Wenn mir noch was einfällt, melde ich mich.«

Fassen wir zusammen, dachte Heidi. Zwei Anwälte, die mit Mondpreisen hantieren. Eine Story, die ich noch immer nicht glauben kann. Wenn ich da ankomme, und alles war ein Prank, bin ich bis auf die Knochen blamiert. Wenn die Story echt ist, und ich ziehe sie an Land, bin ich die Größte.

Sie schaute aus dem Fenster. Sie waren einunddreißig Kilometer vor Bremen. Das Navi sagte, dass sie Bräsenfelde in zwei Stunden und zweiundzwanzig Minuten erreichen.

Da kam eine SMS aus der Nachrichtenredaktion. »Erste Bilder vom Waschbären«, mit einem Link zum Ostseekurier. Tatsächlich, drei Videoclips, alle vor vier Minuten erst eingestellt. »Frühstück«, »Küche« und »Garten«. Heidi schlug das Herz bis zum Hals, als sie auf »Frühstück« klickte.

Sie sah eine Familie beim Frühstück – nur dass ein Waschbär am Tisch dabei war. Er stand auf seinem Stuhl, schaute über den Tisch und sagte: »Kann mir mal jemand die Butter geben?«, wofür er ein zurechtweisendes »Bitte!« hörte und daraufhin ein gequältes »Bitte« nachschob.

Der ganze Clip war nur neun Sekunden lang.

Heidi musste lächeln und klickte »Küche« an. Eine Küchenmaschine lärmte. Ein Waschbär saß auf der Arbeitsplatte ganz in der Nähe der Küchenmaschine. Die Frau, die beim Frühstück das »Bitte« gefordert hatte, fettete ein Backblech ein und rief gegen den Lärm: »Fibi, mach mal den Mixer aus.« Woraufhin der Waschbär ein zurechtweisendes »Bitte!« vernehmen ließ, den Mixer aber dennoch ausschaltete und damit Ruhe herstellte. Die Waschbärenpfote ging

Richtung Schüssel, als sie sagte »Endlich kann man sich wieder normal unterhal...« und ihre Mutter »Pfoten weg!« rief. Elf Sekunden.

Heidi musste schon wieder lächeln. *Pfoten weg!* Hat ja echt Humor, diese Familie. Sie schaute sich den Clip noch dreimal an, weil sie das allererste Wort nicht verstanden hatte, bis ihr dämmerte, dass der Name des Mädchens wohl *Phoebe* war. Dieses Detail war bislang nicht bekannt.

Das dritte Video, »Garten«, war deutlich länger, nämlich eine Minute und fünfundfünfzig Sekunden. Es zeigte den Jungen, der schon am Frühstückstisch saß. Er mochte acht Jahre alt sein, und er lag mit geschlossenen Augen auf einer Wiese. Neben ihm saß ein Waschbär. Die beiden spielten ein Spiel: Der Waschbär tippte auf eine Körperstelle, die in der Reichweite des Jungen lag – und der versuchte daraufhin, die Waschbärpfote zu erwischen. Zweimal misslang es, doch beim dritten Mal hatte er sie, und jedes Mal quietschte er vor Vergnügen.

An einem seltsamen Verspringen merkte Heidi, dass der letzte Film nachbearbeitet worden war – er lief in einer Art Endlosschleife, indem er eine Szene wiederholte, die nur dreizehn Sekunden gedauert hatte. Aber dieser Film gefiel ihr; er hatte etwas Leichtes, Unschuldiges, sogar etwas Beglückendes und zugleich auch etwas Beruhigendes, um nicht zu sagen etwas Einschläferndes.

Aber was hatte der Ostseekurier damit zu tun? Wie kommen die an Material, das für zehn Millionen verkauft werden soll? Wieso stellen die das frei ins Netz?

Heidi wusste, dass sie jetzt bald den Rechtsanwalt mit der Fliege anrufen musste. Aber zuvor wollte sie noch einen Anruf erledigen. Sie steckte sich wieder den Knopf ins Ohr und wählte eine Nummer aus der Anrufliste.

»Hallo, Frau Kluck«, sagte sie. »Wie siehts denn aus?«

»Ich bin vor ner halben Stunde angekommen. Von der Konkurrenz ist nichts zu sehen. Sind ein paar Ortsfremde hier, nicht viel, etwa zehn Leute. Und die sammeln sich vor einem Haus von einer Familie Hüveland.«

»Und warum?«

»Einer hat gesagt, dass hier die einzige Sechzehnjährige des Dorfes wohnt. Mit mir redet aber keiner, ob mit oder ohne Kamera. Ich glaube, die wissen auch nichts.«

Heidi beendete das Gespräch, aktivierte die Massagefunktion ihres Sitzes und widmete sich den letzten Resten ihres Obstsalates. Ein paar Melonenstückchen, die sie zuvor gemieden hatte, weil sie wie Gurke schmeckten. Aus Langeweile schaute sie, ob die drei Clips bereits auf YouTube eingestellt waren. Waren sie. Und es gab schon erste Kommentare: HUSTENGASTRONOM schrieb »voll der fake siehste klar auf anhieb«. Der Kommentar war erst eine Minute alt, und er stand unter dem »Küche«-Film. Heidi postete direkt darunter »@hustengastronom, wie erkennst du den fake?«, und tatsächlich antwortete der umgehend »mit den augen wie denn sonst«, garniert mit einem aggressiv lachenden Smiley.

Heidi versuchte zu verstehen, warum sie das Gespräch mit dem Anwalt, der offenbar der Agent des Waschbär-Mädchens Phoebe und ihrer Familie war, so hinauszögerte.

Ruf den jetzt an, sagte sie sich und wählte die Nummer von Rechtsanwalt Ahlert. Wenn sogar der Ostseekurier was kriegt, wirst du es doch erst recht schaffen.

»Ahlert, hallo«, hörte sie.

»Guten Tag, ich bin Heidi Walissa, die Intendantin von ...«

»Ich weiß, wer Sie sind.«

»Ich höre im Hintergrund einen Hund bellen. Wollen Sie den erst mal beruhigen?«

»Ich hab den Knopf noch nicht gefunden, wo man das Bellen abstellt. Ich kann nur in ein anderes Zimmer gehen.«

Als das Bellen vorbei war, nahm Heidi den Faden wieder auf. »Sie wundern sich vielleicht, wieso ich mich erst jetzt melde. Ich wollte Ihnen ein paar Stunden geben, in denen

Sie sich in Ihrer Situation erst mal, wie soll ich sagen, einrichten. Sie haben vermutlich in den letzten Stunden viel herumtelefoniert …«

»Entschuldigung, dass ich unterbreche. Aber herumtelefoniert ist nicht das richtige Wort. Ich bin pausenlos angerufen worden.«

»Verstehe«, sagte Heidi. »Sie sind oft angerufen worden und haben dann immer eine sehr große Zahl gesagt. Und Sie sind ganz sicher, dass da keine Null zu viel …«

»Ach, kommen Sie«, sagte der Anwalt. »Natürlich können wir verhandeln. Aber doch nicht so.«

»Ich sondiere noch«, sagte Heidi. »Aber verraten Sie mir, wieso der Ostseekurier als Erster Bildmaterial bekommen hat?«

»Gerne«, sagte der Anwalt. »Mit der Meldung, dass sich zwei Jugendliche in Waschbären verwandeln, hat man ein Glaubwürdigkeitsproblem, das sich als Manko in Verhandlungen erweist. Also dachten wir uns, dieses Problem offensiv anzugehen.«

»Aber das hätten Sie doch mit uns machen können! Wenn Sie das wegen der Glaubwürdigkeit gemacht haben, dann kann das bei einem kleinen Partner auch nach hinten losgehen. Oder kennen Sie noch nicht die neuesten Reaktionen aus dem Netz?«

»Nein«, sagte der Anwalt.

»›Ist doch Fake, sieht man doch auf den ersten Blick.‹ Solches Zeug steht als erster Kommentar unter dem Clip. Wir filtern die Kommentare, da könnte so was gar nicht erscheinen«, sagte Heidi. »Aber gut. Ich vermute, Sie haben in den letzten Stunden gemerkt, dass es durchaus viele Anfragen gibt, aber zu wenig potente Interessenten, und dass kein echter Wettbewerb in Gang kommt. Meine Vermutung: Sie haben nur ein einziges Angebot. Fünfhunderttausend Euro vom Öffentlich/Rechtlichen. Und das nicht mal verbindlich.«

Die Antwort war ein Schweigen. »Lassen Sie mein Telefon abhören?«, fragte der Anwalt schließlich.

»Ich kenne die Branche. Und ich sag Ihnen, was ich noch glaube: Es werden sich keine potenten Partner melden. Die Fernsehlandschaft ist überschaubar, und je länger Sie warten und hoffen, desto eher sickert etwas durch. Und dann? Wer kauft Ihnen etwas ab, was schon millionenfach im Internet zu sehen war?«

»Sondieren Sie noch oder verhandeln Sie schon?«, fragte der Rechtsanwalt.

Heidi lachte. »Verstehen Sie es, wie Sie wollen.«

»Ich habe genügend Verhandlungen geführt, um zu wissen, dass es zur Folklore gehört, die gegnerische Position kleinzureden.«

»Na gut, dann sind Sie jetzt dran«, sagte Heidi. »Sie reden meine Position klein. Und ich hör zu.«

»Eigentlich will ich das nicht. Wir wissen beide, dass zehn Millionen für Ihren Sender machbar sind und dass sich Ihr Investment amortisiert, vermutlich sogar glänzend. Wenn Sie dem widersprechen, dann – halten zu Gnaden – beleidigen Sie meine Intelligenz. Aber erwarten Sie bitte nicht, dass ich Ihnen en detail vorrechne, wie Sie die zehn Millionen refinanzieren. *Sie* machen Fernsehen, nicht ich.«

Ein pensionierter Rechtsanwalt, der Fliege trägt und Halten zu Gnaden sagt. Den muss ich kennenlernen.

»Angenommen, ich komme zu Ihnen, um mit Ihnen in Verhandlungen einzusteigen – werde ich da auch Phoebe kennenlernen?«

Der Anwalt schwieg einen Moment, was Heidi als Zeichen seiner Verdatterung zu deuten wusste. »Sie wollen wissen, woher ich ihren Namen weiß? – In einem der drei Videoclips vom Ostseekurier wird sie so genannt.«

»Ja, stimmt«, sagte der Anwalt. »Hatten wir übersehen. – Sie werden sie kennenlernen, und dann muss ich sie Ihnen ja nicht einmal mehr vorstellen.«

Dass sie auch den Familiennamen kannte, erwähnte Heidi nicht, weil die Gegenseite nicht wissen musste, dass sie längst gegoogelt waren.

Eine Dreiviertelstunde später hielt der Mercedes von Heidi Walissa vor dem Hüveland'schen Grundstück, vor dem sich inzwischen zwei Dutzend Schaulustige eingefunden hatten. Heidi registrierte Zahnspangen, Fahrräder und Kuscheltiere. Sie lief auf das Gartentor zu, und wie durch Zauberei ertönte der Summer, als sie es erreichte. Mit Frau Kluck und ihrer Kamerafrau wechselte sie kein Wort, obwohl die nur ein paar Schritte entfernt standen.

Heidi hatte einen riesigen Blumenstrauß mitgebracht, der sie zwanzig Minuten gekostet hatte. Der einzige Blumenladen der einzigen Stadt, die sie nach der Autobahnabfahrt durchfuhren, hatte keinen Blumenstrauß der Größe vorrätig, die Heidis Vorstellung entsprach, so einer musste erst gebunden werden. »Entschuldigung, dass ich Sie einfach überfalle«, sagte sie und überreichte die Blumen an Wiebke Hüveland, die sie in zwei der Filme gesehen hatte. Heidi hatte sofort registriert, dass das Beauty-Gap zwischen ihr und Wiebke zum Glück nicht so krass war, dass jedes Kompliment von Heidi in Wiebkes Richtung nur als Verhöhnung verstanden werden konnte – was die Sache erleichterte. Viele Frauen waren für etwas korrumpierbar, was mehr war als Freundlichkeit; Heidi nannte es *Freundinnenhaftigkeit*. Frauen sehnen sich nach Freundinnen; wer es versteht, diese Sehnsucht zu bedienen, kann sie leicht einwickeln. Mit Männern wie diesem Hilmar ist es noch leichter: Die blickficken dich, und um solche Männer auf deine Seite zu ziehen, musst du nur mal erwähnen, dass du wiederkommst. Ansonsten kannst du sie getrost zu Gunsten ihrer Frauen ignorieren.

»Du musst Fibi sein!«, sagte Heidi, als sie den Waschbären im Rahmen der Wohnzimmertür sah.

»Nein, ich bin Mona Lisa«, sagte Fibi und verschwand im Wohnzimmer.

»Sie ist noch etwas geschockt, weil so was wie eine Versteigerung begonnen hat«, sagte Hilmar. »Um ihr zu erklären, was es bedeutet, wenn etwas versteigert wird, das es nur ein einziges Mal gibt, hat Professor Ahlert Mona Lisa als Beispiel genommen.«

Wiebke stand mit dem großen Blumenstrauß etwas abseits und gab sich, wie Heidi fand, keine Mühe, die feindselige Note in ihrem Blick zu unterdrücken. Als Heidi sagte: »Aber einer fehlt doch noch!«, verschwand Wiebke mit den Blumen von der Bildfläche. Dafür kam der Junge, den Heidi aus dem Clip »Garten« kannte.

»Ja, da ist er ja!«, rief sie und strahlte ihn an, und er lächelte schüchtern zurück. »Wie heißt du denn?« Sie gab ihm die Hand.

»Alexander«, sagte er und schaute seinen Vater an, als ob der ihn gleich korrigieren werde. »Und ich komme schon in die dritte Klasse!«

»Na, da bist du ja schon fast fertig mit der Schule!«, sagte Heidi, ohne seine Hand loszulassen. »Ich bin Heidi. – Ihr seid ja eine tolle Familie. Ich hab gesehen, dass du mit deiner Schwester auch mal spielst?« Im Fibi-Stil tippte sie ihm mit zwei Fingern in die Rippen, was bei Alex zu einem Kieksen und einem reflexhaften Griff nach Heidis Hand führte, doch sie war schneller und zog sie weg.

Wiebke kam zurück, ohne Blumen. »Passt nicht in unsere Vase«, sagte sie zu Hilmar.

Sie hat sich also entschieden, hier die Trotzige zu spielen, dachte Heidi. Durch den Türspalt sah sie, dass die Blumen in einem Wischeimer standen.

»Sie haben eine tolle Familie«, wiederholte Heidi in Wiebkes Richtung. »Wirklich!«

Der Rechtsanwalt wies mit einer einladenden Bewegung ins Wohnzimmer. »Wo ist Mona Lisa?«, fragte Heidi.

»Heute hängt sie mal nicht an der Wand«, sagte Fibi, die hin und her lief.

»Darf ich dich mal streicheln?«, fragte Heidi, und Wiebke rief: »Fibi, du musst nicht, wenn du nicht willst!«

Fibi sagte: »Ist schon okay.«

Heidi hatte sich in einen Sessel gesetzt, Fibi war ihr auf die Beine gesprungen, und als Heidi tiefer in den Sessel rutschte, ließ sich Fibi auf Heidis Bauch nieder. Heidi streichelte sie mit der Rechten und schaute Fibi dabei in die Augen. Auch Fibi schaute ihr in die Augen. Niemand sprach, und niemand hatte erwartet, dass sich so schnell ein Moment von geradezu hypnotischer Intensität herstellen würde. Heidi ruhte in den schwarzen Augen Fibis, und es überkamen sie Gefühle von Glück, von Vertrauen und Liebe. Es muss was Hormonelles sein, dachte sie. Ein Hundertstel von dem, was Frauen kriegen, wenn ihnen nach der Geburt das Kind auf den Bauch gelegt wird, ist jetzt in meinem Körper unterwegs.

Heidi wusste, dass sich ihre Muttergefühle für Fibi nicht mit ihrer medialen Ausbeutung vertrugen, aber im Moment wollte sie sich nicht damit auseinandersetzen.

Hilmar und Professor Ahlert hielten Heidis Schweigen für ein taktisches Manöver, nur Wiebke argwöhnte intime Landnahmen. Alexander hingegen streifte seine Schüchternheit ab und sagte zu Heidi: »Hier ist sie kitzlig!« Er grabbelte Fibi unterm Bauch, woraufhin die von Heidi heruntersprang.

»Weshalb bin ich hier?«, sagte Heidi. »Um dir, Fibi, zu sagen, dass du einfach mal eine Sensation bist. Du kriegst eine eigene Fernsehsendung, drei, vier, fünf Mal die Woche. Wie gefällt dir das? Jeden Tag einen anderen Star treffen?«

»Lieber einmal oder zweimal in der Woche Henning May.«

Heidi Walissa hatte auf den letzten zwanzig Minuten Autofahrt in jenen Zeitschriften geblättert, die sie schon im

Presseshop in Köln gekauft hatte. Nur deshalb wusste sie, wer Henning May ist, und sie fühlte sich erleichtert wie nach einer bestandenen Prüfung.

»Der von AnnenMayKantereit? Ja, der ist wirklich süß. Mit so einem Geschmack für Stars wirst du eine phantastische Sendung machen, da bin ich ganz, ganz sicher. – Und es ist nicht gerecht, dass nur Fibi ein Star wird. Ich sehe hier eine tolle Familie, die Freuden und Probleme hat wie viele andere Familien auch, die aber als Besonderheit einen Waschbären als Familienmitglied hat. Diese Familie könnte ein Aushängeschild unseres Senders werden.«

»Wir haben eher an ein Interview gedacht, oder auch zwei, meinetwegen sehr ausführliche Interviews, eines mit Fibi, eins mit den Eltern oder der gesamten Familie«, sagte der Anwalt. »Oder auch eine Doku, ein Familienporträt ...«

»Ich sagte schon am Telefon, dass weder ich noch irgendjemand sonst dafür zehn Millionen hinlegt. Woraufhin Sie sagten, dass ich doch wohl wissen müsse, wie man diese Summe erwirtschaftet. Ich beschreibe lediglich, wofür ich bereit bin, zehn Millionen zu zahlen: Für die Begleitung des Familienalltags einer sympathischen, normalen, wunderbaren Familie, deren Besonderheit es ist, dass ein Familienmitglied ein Waschbär ist, der seine eigene Fernsehsendung hat.«

»Begleitung des Familienalltags heißt dann wohl: Dauerbeobachtung wie im Dschungelcamp.« Wiebke wedelte mit den Armen in alle Richtungen. »Und hier hängen überall Kameras rum!«

»Die Kameras sind klein wie Streichholzschachteln, und sie arbeiten kabellos. Die nehmen Sie bald gar nicht mehr wahr.«

»Umso schlimmer! Ich will mich nicht dabei filmen lassen, wenn ich mit Lockenwicklern übern Flur laufe.«

»Ich versteh das«, sagte Heidi, die sich aber gleichzeitig ermahnte, nicht zu dick aufzutragen, denn sie hatte es mit einer Psychologin zu tun, die sich vermutlich nicht so leicht manipulieren ließ. »Auch ich tue sehr oft Dinge, wo es mir bei der Vorstellung graut, die ganze Öffentlichkeit könnte es sehen. Was meinen Sie, was es für einen Aufstand gab, als sich das Fernsehen im Bundestag breitmachen durfte. Die Abgeordneten, ob sie nun popeln, sich im Ohr puhlen, schlafen oder was auch immer – keiner war mehr sicher. Erinnern Sie sich noch an den armen Jogi Löw? Wenn der sich vor Aufregung mal sein Glockenspiel geordnet hat, dann hats das Fernsehen gezeigt. Ich gebs zu: Wir auch! Um zu zeigen, dass seine Anspannung so groß ist, dass er sogar die permanente Beobachtung vergisst. Aber glauben Sie mir: Wir wollen aus Ihnen Gesichter des Senders machen, wir wollen Fibi als unseren Star, und Sie als Vorzeigefamilie. Um Sie so zu präsentieren, tun wir eines nicht: Sie bloßstellen.«

»Und wie viel Kameras werden Sie installieren?«, fragte Wiebke. Die Frage gefiel Heidi, denn sie klang so, als habe sich Wiebke damit abgefunden, von Kameras umgeben zu leben, und wolle jetzt nur noch um die Anzahl feilschen.

»Ich kenne das Haus nicht und kann gar nicht seriös sagen, wie viel Kameras wir brauchen. Es geht auch gar nicht darum, wie Sie vielleicht befürchten, dass wir in jeden Winkel, jede Ritze reinkommen wollen. Nein, wir wollen überall zwei oder drei verschiedene Blickwinkel einnehmen können. Wir machen schon eine ganze Weile Fernsehen, und da wissen wir, wie langweilig es für die Zuschauer ist, wenn sie das Geschehen nur aus ein und derselben Kameraperspektive verfolgen können. Mehrere Kameraperspektiven sorgen für Abwechslung, und die mag der Zuschauer.«

»Trotzdem will ich, dass wir ein Veto einlegen können. Wenn etwas nicht in die Sendung soll, dann darf es nicht gesendet werden«, sagte Wiebke Hüveland, die ihren Trotz wiederbelebte.

»Da bin ich Ihnen sehr dankbar, dass Sie auch bei der Materialauswahl mitwirken wollen«, sagte Heidi Walissa, die in zahllosen Motivationsseminaren gelernt hatte, wie man negative Energien umlenken soll. Aus »Veto« »Mitwirkung« zu machen war schon ein starkes Stück. »Denn wenn Sie sich mit der Sendung nicht wohlfühlen, sind wir verloren. Natürlich, das verspreche ich Ihnen in die Hand: Wir senden nichts, was Sie nicht möchten.«

»Versprechen Sie es mir in die Hand, oder geben Sie es mir schwarz auf weiß?«, fragte Wiebke mokant.

»Warum oder? Ich habs Ihnen schon versprochen, und Sie kriegen es obendrein noch schwarz auf weiß.«

»Was kriegen sie denn noch?«, fragte Professor Ahlert. »Beim Geld lagen wir zuletzt weit auseinander.«

Heidi Walissa wusste, dass sie, wenn sie künstlich lächelt und dabei die Zähne bleckt, wie eine »Piranhahyäne« (Zitat Verhandlungspartner) aussieht, »die binnen Sekunden alle im Raum zerfleischen kann«. Jetzt war der Moment für dieses Lächeln gekommen.

»Wir alle wissen, dass Sie bei niemandem mehr verdienen können als bei uns. Wir wollen was Langfristiges mit Ihnen aufbauen. Aber wenn die Werbung nicht die erhofften Erlöse bringt, stirbt jede Sendung den Tod. Im Moment weiß niemand, wie sich die Sendung entwickelt, inhaltlich, quotenmäßig. Es ist ein echtes Risiko, eine Familie mit einem gewissen Niveau zu bringen. Hier fliegt kein Essen an die Wand, und wenn doch, dann dürften wir es nicht mal senden. Denn Sie wollen das letzte Wort über das Sendematerial. Kurzum: Sie bekommen Geld dafür, viel Geld, dass wir das Bild über Sie verbreiten, das Sie von sich haben.« Sie machte eine Kunstpause, ließ den Irrwitz sein Aroma entfalten. Und fuhr fort: »Sie kriegen viel Geld. Und obwohl zehn Millionen im Vertrag stehen sollen, kann ich heute nicht versprechen, ob es wirklich zehn Millionen werden. Vielleicht werden es sogar mehr?«

Im Raum war es still, nur von draußen klang das Lachen und Rufen heller Mädchenstimmen herein.

»Ein Waschbär mit einer eigenen Fernsehsendung, und eine Fernsehfamilie mit einem sprechenden Waschbären als Familienmitglied. Ob das funktioniert? Das Fernsehen ist nicht so irre und zufällig, wie viele denken. Das Fernsehen hat eine Entwicklungslinie und bringt sich trotzdem immer wieder neu hervor. Der Zuschauer weiß davon nichts. Aber wer Sendungen macht, weiß, wie viel zusammenkommen muss, um eine Sendung zum Gelingen zu führen. Das gilt auch für seichtes Fernsehen, und erst recht für Trash, so seltsam es klingt. Wenn Sie schlechtes Fernsehen sehen wollen, gucken Sie keinen Trash, sondern Lokalfernsehen. Das ist Fernsehen von Leuten, die keine Ahnung von Fernsehen haben.«

»Haben Sie sich das jetzt anders überlegt?«, fragte Hagen Ahlert vorsichtig.

»Nein«, sagte Heidi Walissa. »Aber bevor beim Fernsehen etwas gemacht wird, wird jede Kleinigkeit ausführlich durchgekaut, wirklich jede. In diesem Fall jedoch wird eine große Entscheidung getroffen, die nicht ausführlich besprochen wird. Das ist sehr, sehr ungewöhnlich.«

Und deshalb darf es nicht schiefgehen, dachte Heidi.

»Ich kann Ihnen zweieinhalb Millionen Euro anbieten, für das erste Vierteljahr, mit einer Option auf eine dreimalige Verlängerung von jeweils drei Monaten. Macht zehn Millionen. Danach wird neu verhandelt. Natürlich will ich Exklusivität für sämtliche medialen Aktivitäten, von Ihnen allen, und wir gehen schon heute auf Sendung, um achtzehn Uhr dreißig, in nicht mal vier Stunden. Deshalb müsste ich jetzt mal ungestört telefonieren.«

Wiebke führte sie zur Hintertür hinaus. Heidi erkannte den Garten wieder, in dem der letzte der drei Clips aufgenommen wurde. Sie telefonierte mit dem Chef vom Dienst. Inzwischen hatte die Schicht gewechselt, und Michael Mann war derjenige, bei dem alle Fäden zusammenliefen. Heidi fiel ein Stein vom Herzen, als sie seine Stimme hörte; mit ihm wird nichts schiefgehen.

»Michi, du musst den Ausnahmezustand vorbereiten. Stell dir vor, ich bin in Bräsenfelde. Es gibt dieses sprechende Waschbär-Mädchen wirklich. Vor zwanzig Minuten hat sie auf meinem Schoß gesessen. Ich bin kurz davor, mit ihrer ganzen Familie abzuschließen, exklusiv, für ein Jahr. Wir brauchen einen Ü-Wagen und eine Moderatorin, und zwar die beste, die wir bis achtzehn dreißig hierherkriegen. Und wenn sie mit dem Heli kommt, egal. Außerdem schon mal Clips vorproduzieren, die sofort auf Sendung gehen, wenn was unterschrieben ist: Achtzehn dreißig, große Enthüllung Waschbär-Mädchen. Ich mach ein paar Aufnahmen mit ihr, dann haben wir nicht nur die Bilder, die schon alle kennen. Sie heißt übrigens Fibi, nicht in amerikanischer Schreibweise, sondern Friedrich Ida Berta Ida.«

»Das Abendprogramm?«, fragte der Chef vom Dienst.

»Lassen wir so«, sagte Heidi. »Nur in den aktuellen Sendungen ...«

»Ist klar.«

»Außerdem soll der Frohlieb in Standby gehen, um ein Deal Memo aufzusetzen. Ich muss das noch durchverhandeln und melde mich sofort bei ihm. Außerdem haben wir ein Team vor Ort ...«

»Ich weiß, Kluck und Güvecen.«

»... die sollen das Making-of machen. Wenn der Heli landet, der erste Händedruck. Das hier ist ne echte Sensation – ein Mensch, der sich körperlich in ein Tier verwandelt hat, das hats noch nie gegeben, das ist für unmöglich gehalten worden, das ist, als ob wir ein Paralleluniversum betreten. Und wir, nur wir, machen die Geschichte.«

»Darf ich dich mal was fragen? – Wie war das, als du mit dem Waschbär-Mädchen gesprochen hast?«

»Ehrlich: Ich war so gestresst bei dem Gedanken an die ganze Organisiererei, dass ich das gar nicht genießen konnte. Ich hab nur gedacht: Aha, spricht wirklich. Gut, Haken hinter. Was war das Nächste?«

»Dann geh ich mal an die Arbeit«, sagte Michael Mann. »Oder war noch was?«

In diesem Augenblick bemerkte Heidi, dass Fibi alles gehört haben musste. Sie saß regungslos im Schatten unter dem Gartentisch.

»Nein«, sagte Heidi. »Wir sind durch.«

Sie beendete das Gespräch, und während sie Fibi anschaute, überlegte sie, ob sie etwas gesagt hatte, was Fibi besser nicht hätte hören sollen.

»Das war der Sender«, sagte Heidi. »Die sind ganz aus dem Häuschen, dass du das machst. Die schicken unsere beste Moderatorin, die ist super nett. Die kommt sogar mit nem Helikopter.«

»Du hast gesagt, dass ich für dich überhaupt nichts Besonderes war. Wie soll ich dann für die anderen etwas Besonderes sein?«, sagte Fibi und lief davon, bis sie hinter der Hausecke verschwand.

Heidi kehrte ins Haus zurück. Inzwischen war das Angebot anscheinend beredet worden, und es schien, dass die Hüvelands und ihr Anwalt darauf eingehen wollten.

»Eine Frage noch«, sagte Hilmar Hüveland. »Kann Fibi ihre Sendung hier machen, in Bräsenfelde?«

»Sicher, warum nicht? Für das Familienporträt mit Waschbär darf Fibi nicht von der Familie getrennt werden«, sagte Heidi. An so einer Frage sollte das alles nicht scheitern. Es wird ihr schon gelingen, einen Leonardo DiCaprio in die Pampa zu locken.

Heidi Walissa fand es ohnehin am klügsten, jetzt zu verschwinden. Waschbär, Waschbären-Familie und Waschbären-Anwalt hatten sie gesehen und demzufolge eine Vorstellung, mit wem sie den Vertrag schlossen. Mit den Details wollte sie nichts zu tun haben. Sie hatte keine Lust, den Vertragspartnern jede einzelne Rechteabtretung zu erklären. Branchenneulinge fallen gewöhnlich aus allen Wolken, wenn sie das Kleingedruckte lesen. Welchen Umfang an Rechten sie eigentlich halten, erfahren sie immer erst, wenn sie lesen, welche Rechte sie abtreten. Soll sich der Frohlieb damit befassen und aus den Textbausteinen der Dschungelcamp-Verträge einen neuen Vertrag bauen.

Nachdem der schwarze Mercedes das Dorf Bräsenfelde verlassen hatte, sagte Heidi leise, »Hey Siri – Freddie anrufen«, und Freddie ging ran. Beim Erzählen merkte Heidi, wie stolz sie darauf war, allen anderen zuvorgekommen zu sein. Sie hatte nicht ins Internet gestarrt und abgewartet, sondern hatte sich ins Auto gesetzt und an den Ort des Geschehens begeben.

»Ein Mensch, der sich in einen Waschbären verwandelt hat, das ist die größte Sensation seit ... Ich weiß nicht. Seit dem Urknall?«, sagte Freddie. »Man kann es mit nichts vergleichen. Nicht mit der Mondlandung, dem Mauerfall oder dem elften September. Hier hast du ein Rätsel. Die Hälfte der Menschen wird an einen Betrug glauben, von unglaublich geschickten Betrügern, auf die nur eine blonde Tusse wie du reinfallen konnte.«

»Ich kanns nicht erklären. Aber ein Betrug ist es nicht«, sagte Heidi. Im selben Moment bekam sie einen Schreck bei dem Gedanken, dass Fibi, die beim Abschied verschwunden war, jetzt von ihrem Auto, von ihrem Herrn Neubert, überfahren wird. Der Waschbär wäre gestorben, auch als Story.

»Hast du eine Theorie, wie das passiert ist?«, fragte Freddie. »Ich sag dir gleich, ich habe keine.«

»Habe ich dir mal von meinen ersten Amerika-Fotos erzählt?«, fragte Heidi.

»Aus dieser Kleinstadt?«

Genau die meinte Heidi, und sie liebte Freddie dafür, dass sie sich so etwas merkte. Wie sie als sechzehnjährige Austauschschülerin von ihren Austauscheltern in Dengle Falls, Indiana, vom Flughafen abgeholt wurde. Als sie an der ersten Kreuzung hielten, war Heidi wie berauscht davon, dass es hier genauso aussah, wie sie es aus amerikanischen Filmen kannte: Eine rechtwinklige Kreuzung, mit einer Texacotankstelle und an den anderen Ecken zweigeschossige So-lang-wie-breit-Bauten, und Ampeln, die an quer über die Straße gespannten Drahtseilen hingen. In einem Fenster die Inschrift *Bar*, in einem anderen *Liquor Store*, und ein weiteres Geschäft war ein *Seven-Eleven*. In der Tankstelle stand ein Truck mit jeder Menge Chrom und retromäßiger Motorhaube, gegen die europäische LKWs wie guillotinierte Hundeschnauzen wirkten. Heidi war davon überzeugt, an der uramerikanischen Kreuzung zu stehen, und zum Beweis ihres Dagewesenseins verknipste sie, sehr zur Verwunderung ihrer Gasteltern, ihre komplette Speicherkarte. Als sie an die nächste Kreuzung kam, stellte sie fest, dass auch hier die Ampeln an quer gespannten Stahlseilen hingen und zweigeschossige Flachdach-Bauten dominierten. Und egal, wie viele Kleinstadt-Kreuzungen sie noch sah: Sie alle ähnelten sich, und was anfangs exotisch und spektakulär schien, erwies sich als langweilig und hässlich. Die Bilder auf der Speicherkarte löschte sie irgendwann.

Nun musste sie Freddie nur noch sagen, was das mit der Frage zu tun hat, warum sich zwei Menschen in Waschbären verwandelt haben.

»Ich vermute, dass das nur der Anfang ist. Wir stürzen uns darauf, weil wir das für sensationell halten. Aber vielleicht ist das der Anfang einer Epidemie. Warum soll das ein Einzelfall bleiben? Alles, was rar ist, inflationiert. Vielleicht erwischt es uns ja auch irgendwann. Vielleicht schon bald.«

Heidi war überrascht, wie gelassen sie das aussprach. Vor die Wahl gestellt, würde sie lieber ihren Menschenkörper behalten, aber sie wusste, dass Freddie sie auch mit einem Waschbärenkörper lieben würde. Und umgekehrt.

»Wie war das eigentlich, als diese Fibi auf deinem Schoß saß?«, fragte Freddie.

»Erzähle ich dir später«, sagte Heidi, die nicht wollte, dass ihr Fahrer hört, wie sie diesen Moment beschreibt.

Diese eine Minute, in der Fibi auf ihrem Bauch gesessen hatte, war der stärkste Moment dieses Tages, zweifellos. Es war so beruhigend, so unendlich friedenstiftend, in diesen schwarzen Augen zu versinken, die einem Wesen gehörten, das erst ein Mensch und nun ein Tier war oder zumindest den Körper eines Tieres hatte.

Ich habe Gott in die Augen geschaut, dachte Heidi. Und dann habe ich ihn gekauft, für lächerliche zehn Millionen.

*

Das Beste, was Aram in den vergangenen Tagen erlebt hatte, waren die Seitfallzieher beim Nordsender, als er gegen die Maus trat, die sein Vater am Kabel pendeln ließ. Doch das Vergnügen währte nur kurz. Weil dieser dämliche Thomas es nicht lassen konnte, Aram trotz Verbot zu filmen, musste sich sein Vater um dessen Smartphone kümmern, und für Aram war der Spaß zu Ende gewesen.

Aram bekam Lust, wieder gegen einen Ball zu treten, und er wusste, dass in der Garage ein gelber Tennisball liegt. Doch als der Ball vor ihm lag, wurde für Aram Gewissheit, was er die ganzen letzten Tage schon geahnt hatte: Für einen Vierbeiner ist Fußball ein völlig anderes Spiel. Um Kraft in den Schuss zu bekommen, musste man auf zwei Beinen – eigentlich nur auf einem Bein, dem *Stand*bein – stehen, das hieß, er musste sich unmittelbar vor dem Schuss aufrichten, ein, höchstens zwei Schritte gehen und dann schießen, mit dem *Spiel*bein. Diesen Bewegungsablauf – Aufrichten, Ausholen, Schießen und auf allen vieren weiterlaufen – übte Aram auf der Wiese, und als er ihn beherrschte, machte er an der Mauer der ehemaligen Scheune weiter, indem er den Ball an die Scheunenwand schoss und versuchte, den zurückspringenden Ball zu verwerten und gleichsam in eine

Art Endlosschleife seines Bewegungsablaufs zu finden. Was nicht gelang.

Doch das Ploppen des Tennisballs an der Scheunenwand weckte die Aufmerksamkeit seiner Eltern, und Holger Stein sah schon nach einer Minute, dass ein Tennisball nicht der ideale Ball war. Zu klein und kompakt. Mit den Worten »Mach weiter, ich bin gleich wieder da!« setzte er sich ins Auto und kam eine knappe Stunde später zurück, mit mehreren Bällen, die etwas größer waren und eine dünnere Haut hatten und die sich als geeigneter erwiesen. Aram konnte den Abstand zwischen sich und der Scheunenwand vergrößern, und mit den neuen, besseren Bällen schimmerte sofort seine alte, besondere Schusstechnik durch, die selbst durch die Waschbären-Verwandlung nicht geleugnet werden konnte.

»Aram, das ist toll, das sieht aus wie immer!«, rief Holger Stein, und Aram spürte, dass sein Vater die Wahrheit sagte, und auch Lydia, die nur gelegentlich den Fußballspielen ihres Sohnes zugeschaut hatte, erkannte auf Anhieb, dass dieser Waschbär Aram ist, nur Aram sein konnte. Aram war in Anbetracht der wiedergefundenen Schusstechnik so aufgeregt, dass er zweidrei Bälle sonst wohin schlug. Sein Vater gab Hinweise; er hatte schon immer ein gutes Auge, ein angeborenes Talent dafür. Aram konnte nun schießen, schießen, schießen, und keiner erwartete von ihm, zu sprechen, und es war an diesem Abend ein bisschen wie früher. Ach was, eigentlich war es genauso wie früher.

Wiebke Hüveland

Fibi lief über eine Wiese, als Mensch, als Mädchen, als Zweibeiner, und mehrere Mädchen schrien im Chor »Fibi!« hinter ihr her, doch Fibi lief davon und wurde mit jedem Schritt etwas jünger, bis sie ein so kleines Mädchen war, dass sie hinfiel, und als die Mädchen wieder »Fibi!« riefen, merkte Wiebke Hüveland, dass sie sich in einem Traum befand, dass aber die »Fibi!«-Rufe real waren. Richtig, Fibi war ja ein Waschbär, willkommen im Albtraum Realität. Doch irgendwas war jetzt anders, das war der zweite Gedanke, den Wiebke sortiert kriegte. Richtig, wir sind jetzt Millionäre. Ist das gut? Soll ich mich darüber freuen? Gestern habe ich mich nicht darüber gefreut. Werde ich mich heute darüber freuen?

»Fibi!«

Es war ein Chor von Dreizehnjährigen, die sich vor dem Haus versammelt hatten. Wieso sind die nicht in der Schule?

Egal. Wieso habe ich mich gestern nicht gefreut? Es waren, ja richtig, es waren zehn Millionen, nicht nur eine. Aber worin besteht der Unterschied? Wenn du dir schon mit einer Million mehr kaufen kannst, als du brauchst, warum sollst du dich dann über zehn Millionen mehr freuen? Professor Ahlert hatte spätabends den Vertragsentwurf gebracht, sechzehn Seiten. Auf Seite zwei stand die Zahl, 10.000.000,00 (in Worten: zehn Millionen) EUR. Es folgte ein Dutzend Seiten, aus denen im Prinzip hervorging, dass sie mit keinem über sich sprechen darf – außer mit dem Sender –, dass sie keiner fotografieren darf – außer der Sender, dass sie sich gefallen lassen muss, dass jeder Schritt von ihr beobachtet, gefilmt, gesendet, gestreamt, gedownloadet werden kann. Außerdem durften die Fernsehleute das gewonnene Material neu zusammensetzen. Wenn sie vor einem Kinoplakat steht und ausruft »Das gefällt mir!«, konnten sie diesen Ausruf in eine Aufnahme hineinschneiden, in der sie vor einem Schuhgeschäft steht – wobei das noch die harmlosere Annahme war. Zwar gab es auf Seite 14 auch die einschränkenden Sätze »Jegliches Material ist vor der Veröffentlichung den Darstellern zur Kenntnis zu geben und darf nur mit deren Einverständnis veröffentlicht werden« sowie »Widerspricht ein Darsteller der Veröffentlichung einer Szene, in der auch andere Darsteller präsent sind, die einer Veröffentlichung zustimmen, muss entweder der seiner Darstellung widersprechende Darsteller aus der strittigen Szene oder die gesamte Szene aus dem Beitrag getilgt werden«, doch es war ein Kampf von David gegen Goliath. Da waren unendlich viele Kameras, da war ein Sender mit Tausenden Angestellten, die in ihrer Quotenbessenheit allesamt vernagelt waren wie Mitglieder einer Sekte. Wiebke blieb skeptisch, auch wenn das Chefinnen-Blondchen zehnmal beteuerte, eine »sympathische Familie« zu präsentieren. Es kann bei diesen vielen Kameras und jahrelanger Dschungelcamp-Konditionierung gar nicht ausbleiben, dass die nur Dummheiten mit dem eingefangenen Material anstellen.

Das Chefinnen-Blondchen war kaum zur Tür raus gewesen, als der Sprinter kam, mit vier Leuten. Ein magerer Mittdreißiger, der wegen seines graugrünen Hauttons auf Wiebke wirkte wie eine Scheibe Bierschinken, die außerhalb des Kühlschranks übernachtet hatte, stellte sich als Produktionsleiter vor und betrat dann das Haus, als wäre es seins. Bierschinken, wie Wiebke ihn insgeheim nannte, hatte einen Assistenten im Schlepptau, der mit einem digitalen Winzling herumfotografierte und auf einem Klemmbrett Entfernungen notierte, die Bierschinken ansagte, nachdem er sie mit einem Laser bestimmt hatte. »Tür–Sofa: zwei zwanzig.

– Sofa–Sessel: eins fünfzig.« Einmal rief er: »Hängt hier
irgendwo n Familienbild?« – »Nein!«, rief Wiebke zurück.

»Und wieso nicht?«

Da wurde Wiebke klar, dass es die zehn Millionen (abzüglich Provision, vor Steuer) nicht für umsonst geben
wird.

Wiebke ging in Gedanken den Freundes- und Bekann-
tenkreis durch. Wer von denen wird nicht die feste Meinung
haben, »dass das viele Geld dich/euch ganz schön verändert
hat«? Allein schon die Erwartung dieses anklagenden, miss-
günstigen Tons konnte ihr die Laune verderben. Sie wollte
am liebsten die Decke über den Kopf ziehen, aber draußen
kreischten schon wieder die Mädchen.

Natürlich ändert sich eine Menge, wenn du von einem
auf den anderen Tag jede Menge Geld hast. Es ändert sich
auch eine Menge, wenn deine Tochter von einem auf den
anderen Tag ein Waschbär ist.

Wiebke war noch im Bad, als ein Fiat Ducato hinter dem
großen gelben Bus mit dem Logo des Senders hielt. Der
Bus, der auf dem Dach eine Parabolantenne hatte, so groß,
als wäre sie für den Kontakt mit Außerirdischen ausgelegt,
stand seit gestern Nachmittag auf der gegenüberliegenden
Straßenseite, und er war das Fanal des Ausnahmezustands.
Durch seine Anwesenheit schien sich die Anzahl der Schaulustigen zu vervielfachen.

Vier Leute holten ein Dutzend truhengroße Alukisten
aus dem Fiat Ducato und brachten sie binnen weniger Minuten ins Haus. Als Wiebke das Badezimmer verließ, war
das Wohnzimmer bereits im Chaos untergegangen; etliche
Kisten waren aufgeklappt. In manchen lagen durch dunk-
len Schaumstoff geschützte Gerätschaften, aus anderen
quollen Kabel wie tote Aale. Aus dem Fenster führte ein
fettes Stromkabel, und überall lagen Leitungen herum. Eine
Kamerafrau lief umher und filmte die Aktivität. »Meesta,

mal bitte ausm Weg!«, sagte einer der Männer, der eine weitere Kiste brachte. Hilmar wich mit einem Rückwärtsschritt aus, stolperte über eine Blechkiste, die er dort nicht erwartet hatte, und fiel in die Arme von Wiebke. Sie hielt ihn umfasst, den Oberkörper ihres Mannes, und inmitten dieser Invasion, in dem Geklapper, dem Türenschlagen, der Betriebsamkeit und der unvorstellbaren Summe von zehn Millionen, dem Elefanten im Raum, war dieser Männerkörper was Reelles und Vertrautes zugleich – weshalb sie ihn auch dann nicht losließ, als Hilmar sein Gleichgewicht wiedergefunden hatte. »Du wirst dich doch hoffentlich heute noch über mich hermachen«, sagte sie und bereute es sofort. »Haben Sie das etwa *aufgenommen*?« Die Kamerafrau hatte sich unbemerkt von hinten genähert. Die nahm die Kamera vom Gesicht und entschuldigte sich mit aufgerissenen Augen: »Das war nicht mit Absicht, also ich wollte Sie nicht belauschen, ich dachte, ich wusste nicht …«

»Wofür ist das überhaupt?«, fragte Hilmar.

»Das ist so ne Art Produktionstagebuch, ein Making-of«, sagte die Kamerafrau. »Wie das Haus verändert wird, das wird alles gefilmt.«

»Verändert?«, fragte Wiebke empört. »Hier wird nichts verändert! Und es war auch nichts anderes abgesprochen.«

»Ja, ja, sicher«, sagte die Kamerafrau. »Hinterher siehts wieder aus wie vorher.«

Die letzten Worte waren von einer Bohrmaschine verschluckt worden.

»Wenn noch ein Bagger mit der Abrissbirne kommt, sagen Sie es lieber gleich«, sagte Wiebke mit Galgenhumor, und eine zweite Bohrmaschine sorgte für doppelten Lärm.

Die Kamerafrau lächelte gequält und schickte sich an, weiterzufilmen.

»Was wird hier eigentlich gebohrt?«, fragte Hilmar.

»Für die Kameras, nehm ich an. Hier kommen doch überall Kameras hin.«

»Und dann?«

Die Kamerafrau zeigte auf den großen gelben Bus. »Da sind die Monitore, die Joysticks, mit denen geschwenkt und gezoomt wird – das wird alles von da gemacht.«

Keine Stunde später waren die Leute wieder raus. Wiebke begab sich in die Küche, hinein in den Bereich, der von Kameras erfasst wurde. Sie überlegte, ob sie die erste Kamera mit einem freundlichen »Guten Morgen!« begrüßen sollte. Die Frage stand stellvertretend für die Frage, ob sie die Kameras ignorieren oder sie als neue Mitbewohner akzeptieren sollte. Beides war schlecht: Im ersten Fall lebte und handelte sie an den Realitäten vorbei, im zweiten Fall beschnitt sie sich ihre Freiheit.

Sie bereitete das Frühstück vor. Der Küchentisch konnte von insgesamt vier Kameras erfasst werden, und an deren Schwenks merkte Wiebke, dass das System arbeitete. Jedes Wort, jede Geste, jeder Blick und erst recht jede Entgleisung, jede Ungeschicklichkeit, jede Peinlichkeit wurde festgehalten, möglicherweise gesendet und blieb bis in alle Ewigkeit abrufbar. Es war das Ende der Gedankenlosigkeit. Fortan musste alles bewusst getan werden, wie bei einem Schauspieler, der in seiner Rolle steckt. Und so verteilte sie Teller, Besteck und Gläser mit affektiert majestätischen Bewegungen auf dem Tisch, auf dass sich ein Aroma der Liebe und Fürsorglichkeit ausbreite. Welches Mädchen will nicht Schauspielerin werden, dachte Wiebke, und dann dachte sie: Ach, dir ist kein Versuch zu billig, dir diese Scheiße schmackhaft zu machen.

Obendrein merkte sie schnell, wie zeitraubend es ist, bei allem darüber nachzudenken, wie es gut aussehen kann – und deckte den restlichen Frühstückstisch wie immer. Drei Dinge rief sie sich in Erinnerung: erstens, es geht um Fibi; zweitens, wir haben ein Vetorecht; drittens, sie nehmen täglich höchstens eine Dreiviertelstunde von uns. Und wir wollten es nicht wegen des Geldes, rief sich Wiebke in Erinnerung, sondern weil vielleicht irgendeiner helfen kann. Sieben Milliarden Mitwisser sind besser als sieben. So war doch das Motto?

Kurz darauf war die Familie beisammen. Fibi saß auf dem Tisch und nutzte die Vorderpfoten, um sich ihr Fresserchen hinzulegen. Wiebke konnte anhand der Kameraausrichtung sehen, wie sensationell die Regie das fand. Egal, was ich sage, es wird steif klingen, dachte Wiebke. Es wird eine Szene im Fernsehen: Kinderpsychologin unterhält sich mit pubertierender Tochter.

»Fibi, Riesenbahnhof gestern wegen dir, und dann haust du ab«, sagte Wiebke.

»Tut mir leid, war nicht mit Absicht«, sagte Fibi.

»Hast du dich inzwischen mal mit Aram getroffen?«, fragte Hilmar.

»Ach, Aram. Aber ihr wart so blöd und musstet nach uns suchen. ›Aram! – Fibi!‹« Sie sprach mit verstellter Stimme, was bei ihrer veränderten Stimmlage noch mal so komisch klang.

»Gestern haben wir dich nicht gesucht«, sagte Wiebke, die beschwichtigen wollte.

»Weil?«

»Weil wir ja selbst interviewt wurden. Dazu wurden wir erst geschminkt, sogar Papa, der hat erst …«

»*Ihr* wurdet interviewt?«, fragte Fibi fassungslos. »Wieso wurdet *ihr* interviewt? Ich dachte, es geht hier um *mich*?«

»Ja, schon«, sagte Wiebke. »Aber als du nicht da warst …«

»Da nehmen die *euch*? Wieso das denn? Ihr seid doch keine … Guckt euch mal an! Ihr seid ne ganz normale Spießerfamilie!«

»Klar«, sagte Hilmar. »Zum Waschbären hats bei uns nicht gereicht.«

»Mama, was ist eine Spießerfamilie?«, fragte Alex.

»Und was habt ihr gesagt? ›Ja, typisch Fibi, voll unzuverlässig, Pubertät eben, da macht man echt was durch, so als Spießereltern.‹« Sie sprach schon wieder mit der verstellten Stimme. Wenn die im Bus auf ihre Kosten kommen sollen, macht Fibi das echt gut, dachte Wiebke.

»Mama, was ist eine Spießerfamilie?«

»Eine ganz normale Familie. Oder frag Fibi.«

»Eine Spießerfamilie ist eine Familie, wo es immer nur darum geht: O Gott, was denken die anderen von uns!«, sagte Fibi, an Alex gewandt.

»Moooment«, sagte Hilmar Hüveland, der sich Sven Regeners Gesamtwerk als Hörbuch reingezogen hatte und schon lange auf den Moment wartete, in dem ihm das Leben die Chance eröffnet, selbst einen Sven-Regener-mäßigen Dialog zu führen. »Wenn du Angst hast, dass wir im Interview unvorteilhafte Dinge über dich gesagt haben – wer ist denn dann der Spießer?«

»Wieso?«

»Wieso ist ne sinnlose Frage«, sagte Hilmar, der sich an Regel eins der Regener-Dialoge erinnerte, wonach man keinesfalls ergründen darf, was das Gegenüber vielleicht gemeint hat, sondern dessen Wörter streng beim Wort nehmen muss. »Spießer sind deiner Meinung nach die, die sich immer nur fragen: Was denken die anderen darüber? Aber wenn *dir* nicht egal ist, was über dich geredet und gedacht wird, dann bist *du* ...«

»Ich hab ja gesagt, ne Spießer*familie*«, sagte Fibi, die ohne Verabredung das Stilelement der Haarspalterei einführte, die zu jedem echten Sven-Regener-Dialog gehörte; Hilmar konnte sein Glück kaum fassen. »Und wo ist da der Widerspruch? Ich bin Teil einer Spießerfamilie. Weil ich so denke wie ihr.«

»Fibi hat aber auch Spießereltern gesagt«, sagte Alex. »Wenn wir eine Spießerfamilie sind wie bei Greg, bin ich dann wie Greg?«

Wie soll sich ein Regener-Dialog entfalten, wenn ständig ein Achtjähriger reinquatscht, dachte Hilmar.

»So, so, du denkst wie wir«, sagte Hilmar. »Interessant, dass du weißt, wie wir denken. Ich würde mir nicht anmaßen, zu sagen, dass ich weiß, wie du denkst.«

»Auch noch stolz drauf?«, sagte Fibi. »Ist eigentlich traurig. Aber es ist wahr. Ihr habt keine Ahnung, wie ich denke!«

Die Sache war leider aus dem Ruder gelaufen. Fibis Fellhaare hatten sich aufgerichtet, ihre Augen funkelten.

»Fibi, weder Papa noch ich haben gestern so was über dich gesagt. Niemand macht dir einen Vorwurf, dass du nicht da warst, niemand. Du kannst da nichts für.«

Das war besänftigend gemeint, aber Fibi wollte sich nicht beruhigen.

»›Du kannst da nichts für‹«, äffte sie ihre Mutter nach. »Wie das klingt! Wie n Bettnässer. ›Eh, du hast wieder eingepinkelt, aber du kannst da nichts für!‹«

Alex lachte. Für ihn war »einpinkeln« eines von ungefähr zwanzig Wörtern, bei denen es reichte, sie zu hören, um loszulachen.

Wiebke hatte keine Lust, von dem Interview zu erzählen, das am Vortag mit Hilmar und ihr geführt worden war, verlegenheitshalber. Sie war zunächst vor Bierschinken und seinem Laser-Vermessungsassistenten in den Garten geflüchtet, wo zwei nicht mal Dreißigjährige, Mann und Frau, in Cargohosen und mit Gürteln, an denen etliche Werkzeuge baumelten, ein silbrig glänzendes Segel, Lampen und zwei Kameras aufbauten und eine weitere, eine Schulterkamera, einrichteten. Ihre Professionalität unterstrichen sie durch die Benutzung elastischer Fingerhandschuhe mit sesamkörnergroßen Gumminoppen; es war ein Unding, was sich bei der Arbeit heutzutage Handschuhe überstreifte.

Dann war der gelbe Bus gekommen, es war wie die Landung eines Raumschiffes. Dem Bus war eine junge, kosmetisch rundumversorgte Frau entstiegen, mit Jeans und weißer Bluse, mit blauen Augen und blond. Sie hatte, wie sich schnell herausstellte, eine quäkige Stimme. Als sie Wiebke erblickte, war sie auf sie zugelaufen und hatte ihr die Hand gegeben.

»Ich bin Carmen Wegner. Die Außenreporterin von Topnews.«

Sie war nicht nur von Weitem schön, sondern auch aus der Nähe, fand Wiebke. Sie roch auch gut. Frischemäßig spielte sie in einer ganz anderen Liga als Bierschinken.

Dann hatte Carmen Wegner nach Fibi gefragt, und Wiebke hatte ihr nicht sagen können, wo Fibi gerade steckte, und sie hatte sich dabei gefühlt wie die typische Mutter ausm Unterschichtenfernsehen, die nicht weiß, wo die Tochter ist. Fehlten nur noch Leggings und *Zigrette*.

Fibi war auch in den folgenden Stunden nicht aufgetaucht. Der groß angekündigte Fernsehauftritt musste verschoben werden, und Carmen Wegner interviewte Wiebke und Hilmar. Wiebke wurde in diesen drei Minuten vor der Kamera bewusst, in welch fürchterlicher Verkrampfung sie (und Hilmar erst recht) redete; der Weg zum Fernsehliebling war noch weit. Als Carmen Wegner fragte, wo denn Fibi sei, »der Waschbär, auf den die ganze Welt schon sehnsüchtig wartet«, sagte Wiebke, dass Fibi eben mal abgehauen sei, was normal wäre, sowohl für ein sechzehnjähriges Mädchen als auch für einen Waschbären. Auch Carmen Wegners nächste Frage, nämlich ob die Eltern irgendwann losziehen werden, Fibi zu suchen, wiegelte Wiebke ab, indem sie sagte, dass Fibi gegen Morgen schon zurückkommen werde. Waschbären sind bekanntlich nachtaktiv. Die anschließende Frage, ob Fibi denn Mensch oder Waschbär sei, beantwortete sie etwas knapp: Mal so, mal so. Sie ist im Körper eines Waschbären, aber charakterlich ist sie mal Mensch, mal Waschbär. Wiebke war in dem Moment vollkommen klar gewesen, dass die präzise Antwort gewesen wäre, dass Fibi charakterlich zu einem Waschbären wird, wenn sie sich als Mensch nicht gefordert fühlt. Aber das Gewimmel fremder Menschen, die Scheinwerfer, der ganze Aufwand mit Pudern und mehreren Kamerablickwinkeln gaben ihr das Gefühl, dass ein Detail wie Fibis Langeweile vollkommen nebensächlich sei. Und prompt wurde Wiebke missverstanden, denn Carmen Wegner sagte »Also ein Mensch im Körper eines Waschbären« in die Kamera und wandte sich sodann Hilmar zu, den sie fragte, was sich denn verändert habe, seitdem sich Fibi in einen Waschbären verwandelt hat. Worauf Hilmar sagte, es habe sich nicht viel verändert, denn immerhin leben sie ja noch alle gemeinsam im schönen Bräsenfelde. Als Carmen Wegner fragte, welcher Grund oder welche Ursache seiner Meinung nach hinter der Verwandlung stecke, hörte Hilmar die Frage gar nicht richtig, weil er fand, dass er die vorige Frage nicht korrekt beantwortet hatte, und dies nun in einem zweiten Anlauf versuchte: Wenn die Tochter plötzlich jemand anderes ist, da kommen Sie gar nicht dazu, groß über Veränderung nachzudenken, sagte er. Carmen Wegner tat so, als sei das die Antwort auf die Frage nach dem Grund der Verwandlung, und stellte die nächste Frage, nämlich warum sich die Hüvelands gerade jetzt entschlossen haben, Fibis Schicksal öffentlich zu machen – aber Hilmar war noch immer bei der ersten Frage, als deren Zentrum er das Wort »Veränderung« herauskristallisierte, über das er nun philosophisch zu werden drohte. »Es hat sich so viel verändert dadurch«, hatte er gesagt und damit seinem ersten Satz, es habe sich nicht viel verändert, binnen einer Minute komplett widersprochen. Er konnte nicht Frage-Antwort-Ping-Pong spielen, er glaubte, wenn die Welt an seinen Lippen hängt, müsse er den Begriff »Veränderung« komplett ausleuchten. »Wir haben erst mal die Nase voll von Veränderung. Aber wir wissen auch: Das war erst der Anfang. Da kommt noch ganz viel Veränderung nach.«

Wen interessiert das?, hatte Wiebke in dem Moment gedacht, als Hilmar sprach, und sie dachte es auch am nächsten Morgen. Sie wusste, dass es *zu interessieren hatte*. Die zehn Millionen Euro, eine nach wie vor unfassliche Summe, wurden nur gezahlt, weil ein Riesenapparat, mit Chefinnen-Blondchen an der Spitze, darauf setzte, dass sich viele Menschen dafür interessieren.

Fibi war kurz vor Mitternacht zurückgekommen. Sie hatte, wie sich herausstellte, auf den avisierten Helikopter gewartet – kam er, wollte sie sich zeigen. Carmen Wegner war noch vor Ort und konnte gegen Mitternacht endlich Fibi interviewen. Doch Fibi war lustlos und wortkarg. »Wo warst du denn?«, hatte Carmen Wegner mit keck-neugierigem Gestus gefragt, worauf Fibi »unterwegs« gesagt hatte, so düster und vieldeutig, als hätte ihr Odysseus, gespielt von Charles Bronson, die Antwort eingeflüstert. »Und was hast du so gemacht?«, hatte die Reporterin gefragt, worauf Fibi erwiderte: »Bin rumgelaufen. Mal aufn Baum geklettert und so. Oder ne Schnecke eingepfiffen. War alles cool so weit.« Carmen Wegner hatte angewidert das Gesicht verzogen und das Thema nicht vertieft. Wiebke hingegen hatte an Fibis Art erkannt, wie peinlich es ihr war, dass Millionen Menschen vor dem Fernseher vergeblich auf sie gewartet hatten, während sie durch die Felder streifte. – Natürlich blieb die Frage nicht aus, ob sich Fibi denn mehr als Mensch oder mehr als Waschbär fühle. »Als Mensch natürlich!«, sagte Fibi. »Oder haben Sie schon mal nen Waschbären gesehen, der sprechen kann?«

Danach war Fibi wieder in die Nacht entschwunden und erst gegen Morgen zurückgekommen.

Nach dem Frühstück, als Hilmar die Spülmaschine einräumte, klingelte es. Wiebke öffnete: Bierschinken. Unrasiert sah er noch schlechter aus.

»Moin«, sagte er. »Ich wollte mal den Tag durchgehen. Können wir?«

Bierschinken brauchte man weder hineinzubitten, noch

musste man ihm einen Platz anbieten. Das machte er alles alleine. Er ließ sich in die Sofagarnitur fallen und streckte die Beine von sich.

»Anstrengenden Tag gehabt?«, fragte Wiebke ironisch.

»Wasser ist okay«, sagte Bierschinken. »Oder was haben Sie gefragt?«

Wiebke wusste, dass Kameras im Raum waren und dass die im Bus den Auftritt von Bierschinken mitverfolgen.

»Pass mal auf, Freundchen«, sagte Wiebke. »Das üben wir noch mal. Du klingelst, ich öffne, du sagst, um was es geht, ich bitte dich rein …«

Bierschinken war schon aufgestanden und wedelte die Hände, als ob er Glühbirnen einschraubt. »Sorry, Madam«, sagte er und schickte sich an, das Haus zu verlassen.

»Ja, so macht man das hier!«, sagte Wiebke.

Kurz darauf klingelte es wieder – und diesmal stand eine sommersprossige junge Frau vor der Tür, die nett lächelte, ein Klemmbrett an die Brust drückte und Wiebke die Hand entgegenhielt: »Guten Morgen! Ich bin Katja Seifert, und ich wollte fragen, ob wir jetzt vielleicht die Tagesdispo machen können.«

»Klar«, sagte Wiebke und machte eine einladende Bewegung. »Find ich großartig, dass der Sender jemanden schickt, der den Tag unter der Dusche beginnt.«

»Die Männer haben im Gasthof Linde übernachtet. Da ist wohl das Warmwasser ausgefallen.«

»In der Linde, oje. So wie man im Frühjahr manchmal auf einen Schneehaufen stößt, obwohl ringsrum schon längst alles getaut ist, so stößt man in Mecklenburg auf Fleckchen wie den Gasthof Linde, wo sich die DDR hält und einfach nicht weggeht. – Kaffee?«

»Danke, wir haben drüben einen super Kaffeeautomaten.« Katja Seifert hatte, wie auch Carmen Wegner, eine Quäkstimme. Wiebke fragte sich, ob die Einstellungsvoraussetzung ist.

»Wo ist Fibi eigentlich?«

Wiebke rief nach Fibi, und Fibi kam.

»Fibi, das ist Katja Seifert«, sagte Wiebke.

»Hallo, Fibi«, sagte die junge Frau. »Wir machen nachher das Interview. In deinem alten Kinderzimmer, okay? In zwanzig Minuten?«

»Cool«, sagte Fibi.

»Und wir reden später?«, fragte Katja Seifert, an Wiebke gewandt. »Vielleicht im Garten. Sie haben da so ne gemütliche Sitzecke, das kann ich mir sehr gut vorstellen.«

»Im Spießerelternrefugium?«, sagte Wiebke. »Warum nicht?«

An dem verlegenen Lächeln von Katja Seifert erkannte Wiebke, dass der Bus die Diskussion beim Frühstück mitverfolgt hatte.

»Und schön wäre natürlich, wenn es auch zu einiger Interaktion mit denen käme.«

Sie wies aus dem Fenster. Wiebke hatte an diesem Morgen noch nicht aus dem straßenseitigen Fenster geschaut, weil sie doch nur den riesigen gelben Bus gesehen hätte, der – auch in seiner Größe – ein Symbol ihres neuen Lebens darstellte, das anzusehen sie sich scheute. Doch nun nahm sie eine Menschengruppe wahr, die seit dem Vortag immer zahlreicher geworden war: die Schaulustigen.

Mit einer Neugierde, die sie von sich gar nicht kannte, beobachtete Wiebke fortan das Geschehen vor dem Fenster, minutenlang. Sie erhoffte sich Zerstreuung und Ablenkung von dem Geschehen in ihrem Haus, von den Kameras, dem Interview mit Fibi, also von all dem, was neu, fremd und peinlich war.

Manche der Schaulustigen waren tatsächlich so, wie es die Bezeichnung unterstellte, nämlich lustig. Mädchen in Fibis Alter und jünger, die Zeit hatten, aus der Gegend kamen und es toll fanden, dass jemand wie sie im Mittelpunkt stand. Für sie war das Warten vor Fibis Haus so etwas wie ein

Happening und eine Art Freundschaftsanbahnungsritual. Sie schnatterten mit ihren hellen Stimmen oder riefen im Chor Fibis Namen, banden sich gegenseitig Blumenkronen ins Haar und sangen spontan entstandene Lieder, die meist in der zweiten Zeile ihre Pointe hatten und mangels weiterführender Idee sogleich endeten. Wenn sie Alex sahen, kreischten sie wie Groupies und wollten Selfies mit ihm machen. Die zahllosen Reporter, die nicht an die Waschbären und ihre Familien rankamen, berichteten über den Rummel, und für diese Art der Berichterstattung waren die Mädchen vor Fibis Haus wie geschaffen. Die Reporter konnten sich aussuchen, welches von fünfzig Zahnspangengesichtern begeistert in die Kamera spricht, dass es »total cool« sei, ein Waschbär zu sein. (Gesendet wurde eine, die mit selig verhangenem Blick sagte: »Waschbär ist mega, aber Einhorn, wie geil wär das denn?«) Die »Zahnspangen«, so Wiebkes Bezeichnung für die zwölf-, dreizehnjährigen Belagerinnen, machten zahllose Selfies, die ganze Zeit über. Jede mit jeder, vor jedem Hintergrund. Einige hatten Waschbär-Kuscheltiere mitgebracht, mit denen wurden ebenfalls Selfies gemacht. Schließlich begannen die Mädchen, sich mit den Kuscheltieren theatrale Handlungen auszudenken, eine Melange aus »Romeo und Fibi«, »Graf Dracula« und »Fack Ju Göte«, nur eben im Waschbären- und Einhornmilieu. Alles ganz nett und harmlos. Leider hatten diese Mädchen nicht das mindeste Gefühl für alles, was irgendwie mit Müll zusammenhing. Was unablässig aus ihren Taschen wanderte, war grundsätzlich einzeln verpackt. Hanuta. Kinder Bueno. Oreo. Die Verpackungen landeten mit einer Selbstverständlichkeit, die Wiebke sprachlos machte, auf dem Boden; vor ihrem Haus sah es aus, als hätte ein Fuchs den Gelben Sack gefleddert.

Die ersten Zahnspangen waren schon am Vortag gekommen, und unablässig trafen weitere Grüppchen ein. Wiebke Hüveland kam sich vor wie eine Zeitzeugin, die die Geburt einer Jugendbewegung erlebt, deren Erweckungserlebnis die Übernachtung im Freien darstellt. An so etwas wie eine Toilette hatten die Mädchen natürlich nicht gedacht, was zur Folge hatte, dass ein verwilderter Holunderbusch, der an einer Wegmündung in hundert Metern auf neutralem Gebiet stand, zur Toilette umfunktioniert wurde. Wiebke beobachtete, dass sich die Zahnspangen an diesem Busch die nicht vorhandene Klinke in die Hand gaben, und sie fragte Hilmar, ob man nicht von »Bernd die Bühne« (Slogan: »Der Eventdienstleister, dem die Kommunen vertrauen«) ein Dixi-Klo ordern sollte, »denn so gehts ja nicht weiter«. Was Hilmar ablehnte: »Wenn ich da ein Klo aufstellen lasse, ist die Umwidmung unserer Straße in einen Campingplatz offiziell.«

Die Zahnspangen waren das größte, aber auch das harmloseste Segment der Schaulustigen. Weitaus unangenehmer fand Wiebke die Unterschicht-Touristen, junge Männer mit raspelkurzen Haaren, braungebrannt, mit halblangen Cargohosen und Y-förmigen Fitness Shirts, die einen rückwärtigen Blick auf muskulöse Schulterblätter und eine für teuer Geld gestochene Tattoo-Ornamentik ermöglichten. Sie kamen in gepimpten Autos, etwa zwölf Jahre alten BMWs, und sie hatten oft Hunde dabei, deren Herkunft und Aufzucht vermutlich in Graubereiche ost- und südeuropäischer Mafias hineinspielte. Die Frauen auf den Beifahrersitzen waren meist blond und hatten gezupfte Augenbrauen, waren ebenfalls tätowiert und hatten Arschbacken wie halbe Pampelmusen, wie Wiebke nicht ohne Neid feststellte. Während es den Männern genügte, mit wummernden Bässen anzukommen und mit durchdrehenden Reifen loszufahren, war der Part ihrer Begleiterinnen, im Laufe der Stippvisite in Bräsenfelde loszuzetern: »Wo ist denn nun dieser Waschbär? Eh, wir fahren doch nicht ne Stunde, um uns *verarschen* zu lassen!« Wenn dieses Wort fiel, herrschte allerdings Alarmstufe Orange bei den Hüvelands; die Ausrufung der Vokabel »verarscht« hatte auf die jungen Unterschicht-Männer etwa die gleiche Wirkung wie der Schuss der »Aurora« auf die revolutionär gestimmten Soldaten Petrograds. Als Wiebke einen Mann mit seinem Hund beim Übersteigen des Zauns beobachtete, öffnete sie das Fenster und rief, begleitet vom dutzendfachen Klicken der Fotoapparate: »Raus da! Runter vom Grundstück!« Der Mann mit dem Hund dachte nicht daran. Stattdessen leinte er den Hund ab und gab das Kommando »Such!«. Der Hund sollte anscheinend Fibi aufspüren und am Schlafittchen zu Herrchen bringen. Wiebke rannte nach unten, um das Kellerfenster zu schließen, und kaum hatte sie das getan, kratzten Hundeläufe von außen an der Scheibe.

Fibi war in ihrem ehemaligen Kinderzimmer, gab ein Interview und ahnte noch nicht, dass sie bis auf Weiteres das Haus nicht wird verlassen können.

Trotz der dekorativen Tattoos kamen die Unterschicht-Touristen so gut wie nie ins Fernsehen; ihre rhetorischen Fähigkeiten waren nicht sendefähig, und ihr feindseliges Gehabe gegenüber Kameras besorgte den Rest. Den prototypischen TV-Auftritt lieferte eine etwa fünfzigjährige Berlinerin, deren Arsch das Halbe-Pampelmusen-Stadium längst verlassen hatte und ins Halbe-Wassermelonen-Stadium eingetreten war. »Is ne Unfascheemtheit! Ne eschte Unfascheemtheit! Ick meine, dafahn wir stun-den-lang raus inne Pampa, nur um wat zu sehn? Nüscht?! Na aba hallo! So n Waschbär is doch ne Einmalichkeit uffda Welt! So wat kann man schoma vorzeing, findick!«

Sie war Mutter einer Pampelmusenarsch-Blondine, deren Lippen wie das Resultat einer »Wie-viel-Botox-geht-da-noch-rein«-Challenge anmuteten, und ein Blick auf die überdimensionierten Reifen des gepimpten Suzuki Swift, dem Mutter und Tochter entstiegen waren, erledigte den Nachweis der Inspirationsquelle. Als der Suzuki-Fahrer seine Auspuffanlage vorführte, sagte Hilmar Hüveland, nachdem das Zittern der Gläser im Wohnzimmerschrank abgeklungen war: »Wie der mit dieser Karre durch den TÜV gekommen ist ...« Worauf Wiebke mit Blick auf die Beifahrerin sagte: »Es sollte auch einen Gesichts-TÜV geben.«

Obwohl sie durch das Öffnen des oberen Fensters und ihren Ruf *Raus da!* ihren Beobachtungsposten verraten hatte, schaute sie doch immer wieder hinunter, den Schutz der Stores nutzend. »Wir ziehen Gesocks an!«, sagte Wiebke. »Nur Gesocks steht bei uns vor der Tür! Und keiner interessiert sich für das Unglück, dass Fibi ...«

Sie unterbrach sich, weil ihr einfiel, dass dieser Verzweiflungsausbruch gesendet werden könnte; auf »Emotionen« war das Fernsehen geil, und sie lieferte prompt.

»Was denkst du denn?«, fragte sie Hilmar, zu leise, um sendefähiges Material daraus zu gewinnen.

»Ich?«, sagte Hilmar. »Seit gestern geht es mir gut, sehr gut sogar. Ich stelle mir vor, was wir mit dem Geld machen. Ich finde das so toll, dass ich befürchte, das Geld auszugeben macht nicht annähernd solchen Spaß, wie *sich vorzustellen*, das Geld auszugeben. Ich guck mir das noch eine Woche an, und dann schreib ich ein Buch ›Wie man glücklich wird, indem man sich vorstellt, viel Geld zu haben, das man ausgeben kann‹ oder so.«

»Ehrlich?« Dass ihr Mann so einfach gestrickt war, hatte Wiebke nicht erwartet.

»Ja«, sagte Hilmar. »Ich kanns ja selbst kaum glauben. Wenn du alles haben kannst, dann reicht es, dass du dir vorstellst, es zu haben – aber du kaufst nur das, was du brauchst. Oder womit ich dir ne Freude mache.«

»Und wenn wir den Steins was abgeben? Wir kriegen so viel, und die kriegen nichts. Kann ich schon verstehen, dass der sich aufregt.«

»Ich weiß nicht«, sagte Hilmar.

»Wenn unsere Pflaumenbäume mehr getragen haben, als

wir brauchten, haben wir immer Nachbars abgegeben und umgekehrt.«

»Ich weiß nicht«, sagte Hilmar. »Mit Geld ist noch n büschen was anderes.«

Hilmar hatte vor einigen Tagen die Idee ins Spiel gebracht, mit den Steins zusammenzuziehen, als eine Art Waschbären-WG. Wiebke war sofort dagegen gewesen, fand nun aber angesichts der Szenen vor ihrem Haus, dass Hilmars Idee auch Vorteile hätte. Schon wieder war ein junger Mann über den Zaun geflankt und posierte mit herausfordernder Geste.

»Jetzt könnte uns einer wie Holger sicher helfen«, sagte Wiebke.

»Der muss sich nur in der Tür zeigen, im Unterhemd, abgesägte Dachlatte in der Hand ... – So.« Hilmar imitierte den entsprechenden Auftritt Holgers, indem er mit halb geöffnetem Mund und halb geschlossenen Augen eine Gorillapose einnahm und, hinter der Gardine stehend, auf den Typen im Garten starrte. Auch die abgesägte Dachlatte musste sich Wiebke hinzudenken.

Wiebke lachte. »Wenn du dich so in der Tür zeigst, rufen die: Suchst du nen Hammer?«

Sie genoss es, fünf ungestörte Minuten mit Hilmar zu haben und ihn so zu erleben, wie sie es von früher kannte, als er sie noch gewinnen wollte und vor Witz und Geist sprühte.

»Kannst du dir vorstellen, was jetzt los wäre, wenn sich Fibi und Aram zurückverwandeln?«

»Heute?«

»Ja«, sagte Wiebke. »Stell dir vor, die Tür von Fibis Zimmer geht auf, und die alte Fibi kommt raus.«

»Autsch!«, sagte Hilmar. »Wir würden dastehen wie Betrüger. Alle schlauen Leute werden uns erzählen, wie wir getrickst haben.«

»Wie ist das eigentlich dann mit dem Geld? Müssten wir

das zurückgeben?«, fragte Wiebke. Weil Hilmar nachdenklich die Stirn in Falten legte und dennoch keine Antwort fand, sagte Wiebke: »Müssen wir mal Professor Ahlert anrufen. – Was istn da los?«

Ein weiteres Auto war gekommen, ein brauner Lieferwagen mit einer Firmenaufschrift *Nordic WSD*. Er war im Schritttempo durch die Menschenansammlung gefahren, hatte gewendet und war ebenso langsam wieder zurückgefahren. Dann hielt der Wagen, und zwei Wachmänner stiegen aus.

»Kugelsichere Westen?«, fragte Wiebke, als sie die dicken, steifen Teile sah, die die Männer über ihren T-Shirts trugen.

»Ist nur Show«, sagte Hilmar.

Die beiden Männer sprachen jeden Einzelnen an, im Bestreben, die Leute von der Straße wegzukriegen. Obwohl sie es überhaupt nicht eilig hatten, sondern ruhig, fast träge ihren Job taten, änderte sich die Atmosphäre im Nu. Keiner würde es jetzt noch wagen, das Hüveland'sche Grundstück zu betreten. Schon eine bloße Berührung des Zaunes hatte den »Tu das ja nicht wieder!«-Blick von einem der beiden zur Folge.

Keine Stunde brauchten die beiden Männer, um sämtliche Zahnspangen, Unterschicht-Touristen und Kamerateams zu vergraulen. Nur der gelbe Bus mit der Parabolantenne stand noch auf der Straße.

Und die beiden Wachschützer. Die Lerchen sangen, Insekten summten und zirpten, in der Ferne knatterte ein Rasenmäher. »Wie früher«, sagte Hilmar Hüveland. »Wie jeden Sommer.«

Fibi lief auf die Wiese, Alex kam ihr nachgerannt, und schon spielten sie wieder das Spiel, das von Marleen Pawloweit zu einer Endlosschleife geknüpft worden war: Sie tippt ihren mit geschlossenen Augen auf der Wiese liegenden Bruder an und versucht dann, seiner Hand zu entwischen.

Alex lachte und quiekte vor Vergnügen. Wiebke und Hilmar lächelten und empfanden die Freude, die Eltern beim Anblick ihrer Kinder empfinden. Fibi jetzt ein Waschbär? Dann ist sie eben ein Waschbär. Sie ist immer noch unsere Tochter.

Fibi erahnte die Gedanken ihrer Mutter, unterbrach das Spiel mit Alex und gesellte sich zu Wiebke.

»Mir gehts doch gut«, sagte Fibi. »Wenn du glaubst, was du selbst immer gesagt hast, ›Hauptsache, den Kindern gehts gut‹, musst du nicht traurig sein.«

»Ich weiß«, sagte Wiebke. »Aber zeig mir die Mutter, die nicht am Boden zerstört ist, wenn sich ihre Tochter in einen Waschbären verwandelt.«

»Die wenigsten Töchter werden das, was sich ihre Mütter wünschen. Wenn du hättest wählen können, ob ich eine obdachlose, drogenabhängige Prostituierte werde oder ein Pornostar, eine IS-Braut, eine Kindesentführerin, ein Boxenluder, ein Lockvogel für eine Betrügerbande, die alte Leute um ihre Ersparnisse bringt, eine Mörderin oder ein Waschbär – was hättest du gewählt?«

»Boxenluder«, sagte Wiebke Hüveland tonlos.

»Na, sind wir gerade in unserer Trotzphase?«, fragte Fibi. Indem sie ihre Mutter imitierte, zauberte sie ihr ein Lächeln aufs Gesicht, und sie begann, von Liebe überflutet, Fibi zu drücken und zu knuddeln. »Lass dich knuddeln, du Waschbärluder, du süßes, süßes Knopfaugen-Fellchen ...«

»Aua, Mama, Vorsicht! Ich bin ein zartes Wesen mit dünnen Knochen!«, rief Fibi.

»Ist mir egal! Ich zieh dir das Fell ab und schieb dich in den Ofen, und dann fress ich dich auf, so lieb hab ich dich!«

»Hilfe! Hilfe! Ich ruf den Kindernotruf, ich renn zum Jugendamt, meine Mutter will mich in den Ofen schieben und auffressen wie die Hexe bei Hänsel und Gretel!«

Dann lief Fibi wieder zu Alex, wobei die Außenkamera ihren Lauf verfolgte.

Wenn die Szene von eben gesendet werden soll, werd ich kein Veto einlegen, dachte Wiebke.

Später sagte Hilmar. »Ich muss noch zu Bernd. Dem hat wer die Einfahrt zerdonnert.«

»Kann ich mitkommen?«, fragte Wiebke.

»Klar«, sagte Hilmar. Als sie schon aus dem Haus waren, sagte Hilmar: »Ich muss noch mal rein.«

Während Hilmar im Haus war, nickte Wiebke den Wachmännern zu. Beide trugen Sonnenbrillen, so dass Wiebke nicht erkennen konnte, ob ihr Gruß auch wahrgenommen wurde. Doch einer der beiden grüßte zurück, indem er die Hand in Hüfthöhe hob und zurücklächelte. Der andere Wachmann schaute in den blauen Himmel, als wäre er mit Außerirdischen verabredet.

»Was macht der?«, fragte Wiebke.

»Drohnen«, sagte der Wachmann.

»Oh«, sagte Wiebke.

»Halb so wild«, sagte der Wachmann.

Der Wachschützer, der den Himmel beobachtete, hatte den Dialog mitgehört, und er nickte mit dem gesamten Oberkörper.

Wiebke und Hilmar gingen zu Bernd Fennwitz, einem Nachbarn von Professor Ahlert. Wiebke erfuhr unterwegs, dass Bernd bereits am Vortag bei Hilmar angerufen hatte, weil ihm ein Übertragungswagen die Einfahrt ramponiert hatte. Hilmar vermutete, dass der ehemalige Kurierfahrer von kleinlichen Kunden so oft des Einfahrtramponierens bezichtigt worden war, dass er nun zum Gegenschlag gegen jene ausholte, die mit ähnlich großen Wagen in seiner Einfahrt wendeten.

Tatsächlich war auf den ersten Blick kein Schaden in der Fennwitz'schen Einfahrt zu sehen. Hilmar klingelte. Bernd zeigte sich an der Tür und kam aufs Tor zugelaufen.

»Bernd«, sagte Hilmar. »Deine Einfahrt. Sag an!«

»Ja guck dir dat mal an!«, sagte Bernd und zeigte auf einen Randstein. »Da sind die rangedonnert und zwei Mal rübergebrettert, die Presseheinis.«

»Hast du dat gebaut?«

»Na aber sicher«, sagte Bernd. »Weißt du, was der Fanseloh dafür haben wollte? Dreihundertfünfzig Euro! Da gehste selber bei. Hab ne Karre Kies rangetoort, Sack Zement, drei so Randsteine vom Baumarkt, hab das zusammengetütert – zack, fertig.«

Das Problem war also »zack, fertig«, aber das durfte Hilmar nur im äußersten Notfall sagen.

»Für selbstgebaut sieht das richtig gut aus.« Hilmar rüttelte am Stein, aber er kannte das Ergebnis vorher schon. »Hält wie Bombe. Einwandfrei!«

Er schlug sich den Dreck von den Fingern. »Ernsthaft, Bernd, das sieht doch gut aus. Das ist nicht schief.«

»Natürlich ist das schief! Stell dich mal hierher, und nun sag mir, dass das nicht schief ist.«

»Na ja … Wenn die Landvermesser das mit ihrem Laserkram nachmessen, vielleicht. Aber wenn ich jetzt auf Gemeindekosten einen Minibagger kommen lasse – und du weißt, Bernd, für dich würde ich das tun –, dann zerschlägt der mit den Ketten nur das schöne Pflaster. Dann hast du gar nichts gekonnt. Der Krischan hat nen halben Tag mit dem Minibagger in seiner Einfahrt gewühlt. Na, guck dir mal an, wie das jetzt bei dem aussieht, du. Das Pflaster, das willste nicht geschenkt.«

»Gibt auch Minibagger mit Gummiketten.«

»Klar«, sagte Hilmar. »Aber hier.« Er rieb den Zeigefinger am Daumen.

Bernd seufzte.

»Wenn ich mein Budget für Straßenausbesserung hier verballer, kann ich den Weg zu Schweeck nicht machen«, sagte Hilmar. »Und wenn der Pflegedienst da nicht mehr fahren kann, kommt der Schweeck ins Heim. Is so. – Pass auf. Ich hab – also die Gemeinde hat noch ein paar richtig schöne alte Poller übrig. Ich lass dir zwei davon. Und wenn du die mit Spaten, Karre Kies, Sack Zement und im Zack-fertig-Stil selbst in die Erde bringst, hast du einen Blickfang ...«

Er unterbrach sich, als ob ihm gerade eine Idee gekommen sei, und fragte Wiebke: »Warum haben wir die Poller nicht bei uns verbaut?«, dann Bernd: »Willst du die überhaupt?«

»Na immer her damit!«, sagte Bernd Fennwitz. Wiebke hatte Mühe, nicht loszulachen im Angesicht des Theaters, das Hilmar da spielte.

»Die sind aber nicht gestrichen«, sagte Hilmar.

»Farbe hab ich selber, RAL sechsnullnullfünf, noch über nen Liter.«

»Na gut, dann hast du nen Blickfang, und keiner wird mehr wie ein Idiot in deiner Einfahrt wenden, wenn da n Poller steht.«

»Da kannste Gift drauf nehmen!«, sagte Bernd Fennwitz. »Poller sind Schiete, wenn du mit so ner Kiste wenden willst.« Er lief ein bisschen umher und visierte mit zugekniffenen Augen die Punkte an, an denen er die Poller aufstellen wollte. »Sag mal, ist das wahr?«

»Was denn?«

»Ihr habt nen Waschbären bei euch?«

»Ja«, sagte Hilmar.

»Ich hatte auch mal nen Waschbären. Die tun aber nix. Schieten nur in Garten und machen am Müll rum. Die haun von ganz allein wieder ab. Muss man gar nichts tun.«

»Ach so«, sagte Hilmar. »Dann ist ja gut. – Die Poller bring ich in den nächsten Tagen mal rum. Wenn du nicht da bist, leg ich sie hinters Tor.«

»Ja«, sagte Bernd Fennwitz. »So tun wir dat.«

Von Professor Ahlert hatten sie nichts gehört, seitdem er am Vortag mit dem Chefinnen-Blondchen, wie Wiebke Heidi Walissa zu nennen sich nicht abgewöhnen konnte, entschwunden war. Ausgemacht war, dass er sich im Falle unerwarteter Schwierigkeiten meldet. Aber da man nun schon bei seinem Nachbarn war – warum nicht auch bei ihm klingeln?

»Sie sehen müde aus«, sagte Wiebke. »Kommen Sie auch mal zur Ruhe?«

»Leider nein«, sagte Professor Ahlert und ließ sie auf seiner Chaiselongue Platz nehmen. »Ich schaffs nicht. Es wäre mehr drin, aber ich schaffs einfach nicht.«

Der Computer war eingeschaltet, ebenso der Fernseher, allerdings lautlos.

»Sie erinnern sich bestimmt an diese Journalistin, die als Allererste da war, vom OstseekurierOnline, Frau Pawloweit.«

»Und ob«, sagte Wiebke.

»Die ist gut«, sagte Professor Ahlert. »Obwohl ich sie anfangs so ein bisschen von oben herab ...«

»Ich erinnere mich«, sagte Hilmar. »Das war nicht ein bisschen, das war ... Oha!«

»Dafür hab ich mich entschuldigt, und sie hat mir inzwischen hier und da geholfen, aus der Ferne, und es waren immer gute Tipps. Ich würde sie gern dazuholen.«

»Und warum?«, fragte Wiebke. »Sie hat doch n Job.«

»Der ganze Online-Kram ist noch offen. Diese Welt ist mir fremd. Ich kann das nicht. Frau Pawloweit kennt sich aus. Ein Mensch-Waschbär-Hybride und das Internet, das passt wie Arsch auf Eimer. So ihre Worte.«

»Herr Professor, wenn Frau Pawloweit Ihnen die Füße massiert – das kriegen Sie auch von mir«, sagte Wiebke.

»Das klingt gut!«, sagte Professor Ahlert. »Dann arbeitet sich Frau Pawloweit in die Online-Angelegenheiten ein, und Sie massieren mir die Füße?«

Sieh an, immer noch schlagfertig, dachte Wiebke.

»Ich kann Ihre Vorbehalte verstehen. War ja ne unangenehme Begegnung«, sagte Professor Ahlert. »Aber sehen Sie es mal so: Wenn Frau Pawloweit nichts draufhätte, wenn sie ne Pfeife wäre – hätte sie es dann als Erste hierher geschafft? Und wenn sie was draufhat – warum soll sie uns nicht bei Dingen helfen, die sie kann, wir aber nicht? Haben Sie nen handfesten Grund?«

»Nein«, gab Wiebke zu. »Es ist nur dieser sehr unangenehme erste Eindruck von ihr.«

»Ich kann mir das vorstellen«, sagte Hilmar.

»Arbeitet sie von zu Hause aus, oder kommt sie hierher?«, fragte Wiebke im Tonfall einer Frau, die sich nichts vormachen lässt. »Zieht sie hier vielleicht ein?«

»Sie sind auf der falschen Spur.«

»Sagen Sie das nicht!«, sagte Wiebke. »Ich hab nen Riecher für so was.«

»Dann gönnen Sie es mir nicht?«

»Schon, aber sagen Sie, ich hab mich verliebt und kann deshalb nicht schlafen, oder was auch immer. Wir können doch Klartext reden.«

»Gut«, sagte Professor Ahlert. »Klartext. Ich schlafe zu wenig, weil ich in Arbeit ersaufe. Seitdem Sie hier rein sind, hat mein Handy acht Mal pling gemacht. Jedes Pling eine Mail. Klartext. Von den Möglichkeiten des Internets verstehe ich wenig bis gar nichts. Frau Pawloweit sehr viel, meiner Meinung nach. Und sie fühlt sich dem auch gewachsen. Klartext: Mir fehlt keine Frau. Mir fehlt vielleicht eine treue Gefährtin. Ich wähle bewusst eine Bezeichnung, die auch auf eine schöne Schäferhündin passt. Nun habe ich aber den Verdacht, dass Frau Pawloweit, wenn sie überhaupt einen Mann sucht – was ich nicht weiß –, einen Mann haben will, der sie als Frau wahrnimmt und nicht als Gefährtin. Klartext: Was sie von zu Hause erledigen kann, erledigt sie zu Hause. Anfangs wird sie häufig hier sein, vielleicht sogar täglich. Und wenn sie die knapp drei Stunden Fahrt täglich nicht auf sich nehmen will, kann sie gern hier übernachten. Oben ist ein Gästezimmer mit separatem Bad.«

»Für Frau Pawloweit dürfte ein voller Kühlschrank wichtiger sein als ein separates Bad«, sagte Wiebke.

»Ich glaubs nicht!«, rief Hilmar.

»Ich schon«, sagte Wiebke mokant – und bemerkte, dass sich Hilmars Ausruf auf das Bildschirmgeschehen bezog, wo ein Mann zu sehen war, dessen Gesicht zwischen lustig und hässlich pendelte, wobei das Pendel deutlich zu Letzterem ausschlug, was vielleicht an der knolligen Nase und der unteren Zahnreihe lag, die deutlich auf Lücke gesetzt war.

»Wer istn das?«, fragte Professor Ahlert überflüssigerweise, denn der Name war eingeblendet: Thomas Diederich.

»Ton mal bitte, Ton her!«, sagte Hilmar hektisch, und während Professor Ahlert nach der Fernbedienung suchte, sagte Hilmar zu Wiebke: »Der Typ mit der Homepage, wie du zum Waschbären umgedingst wirst.«

Wiebke starrte auf das Fernsehbild. »Diese lachhafte, durch und durch gewöhnliche Figur soll das alles ausgeheckt haben?«, sagte sie.

Als der Professor endlich die Fernbedienung gefunden hatte, war schon ein neues Bild hinter der Nachrichtensprecherin, so dass die Zuschaltung des Tons nicht mehr nötig war, und als es zum wie vielten Male Pling machte, zeigte Professor Ahlert an, dass er sich wieder seiner Arbeit widmen wollte. Und Hilmar sagte, dass er sich noch zur Familie Al-Ansi wolle, zu Shaima.

III

Doug Winter

Das Leben, dachte Doug Winter, versteht es, die seltsamsten Pointen zu setzen. Du ziehst aus, um zwei Gerippe zu finden – und endest als Gerippe, das selbst erst mal gefunden werden muss. Das mit Ödipus war doch so ähnlich: Da war ein Ermittler, der ein Verbrechen untersuchte und herausfand, dass er es selbst begangen hatte. Aber dieser Vergleich war schief. Hello Delirium, dachte Doug, willst du mir sagen, dass es jetzt ernst wird mit dem Verdursten?

Doug Winter war Gewohnheitssarkastiker, und als solcher ging er mit sich selbst ins Gericht: Wer in menschenleerer Gegend, fernab von Straßen und Wegen, unterwegs ist, wessen Wasserflasche so leer ist wie der Akku seines Smartphones und wer sich dann noch den Knöchel bricht, für den ist Verdursten eine Option. Er hatte in den letzten vierundzwanzig Stunden nicht ein Mal gepinkelt, und er war kaum zweihundert Meter gekrochen, zu einem etwas größeren Moosflecken als der Moosfleck, auf dem er aus der letzten Nacht erwacht war. Saugte er am Moos, ergaunerte er sich etwas Feuchtigkeit; es fühlte sich an wie trinken. Morgens war der Effekt am stärksten. Allerdings rechnete Doug nicht damit, den nächsten Morgen zu erleben. Sollte er noch mal davonkommen, hatte er schon den Titel für seine Autobiographie: Lieber am Moos gesaugt als ins Gras gebissen.

Er hörte es rascheln und sah einen Waschbären. Wahr oder Delirium? Waschbären hatten ihn hierhergeführt, genauer gesagt, die Reziproken.

Innere Stimme befiehlt: *Doug Winter, um den Deliriums-*

verdacht zu entkräften, erklären Sie bitte in drei Sätzen, wie
Sie aus dem Starbucks von Tyneside in die gottverlassensten
Landstriche der Rocky Mountains geraten konnten.

Die Waschbär-Mania war von Anfang an mein Ding. Der
ganze Forschungskram, irre abgefahren! Die Reziprokentheorie – Hammer! Gelingt mir ihr Nachweis, indem ich
die Reziproken finde, wäre ich berühmt. Ich, der vielleicht
vielseitigste Ausbildungs- und Studienabbrecher, den die
Stadt Tyneside je hervorgebracht hat, werde der neue Bear
Grylls.

Innere Stimme erwidert: *Das waren zwar mehr als drei*
Sätze, aber egal. Das Gedächtnis arbeiten zu lassen, nehmen
wir als Strategie gegen das Delirium. Erzähln Se mal, über
das Waschbären-Fieber und die naturwissenschaftliche Seite
der Angelegenheit. Sagen Sie was über die Reziprokentheo-
rie, und wie Sie überhaupt auf diesen Moosflecken in den
Rocky Mountains, der mutmaßlichen Stätte ihres nahen
Todes, gekommen sind.

Mitnichten war die Waschbär-Mania von Anfang an Doug
Winters Ding gewesen. Er hatte nie einen Benutzernamen
gewählt, der mit Waschbär zu tun hatte, und Menschen,
die sich, wie von einem Waschanlagenbetreiber in Tyneside
angeboten, in einer Autowaschanlage trauten, waren ihm
ein Rätsel – auch wenn er den Slogan »Die einzige Trau-
ung, bei der die Braut *hinterher* zum Friseur muss« mochte,
der war witzig. Ihn hatte immer nur die Frage interessiert:
Wie konnte das passieren? Wie konnten sich zwei Menschen in Waschbären verwandeln, unter Beibehaltung ihrer
seelischen Identität? Er bevorzugte den Begriff Putensen-
Syndrom; die Bezeichnung HPMT, also Human Procyon
Metamorphosis Totale, hielt er für irreführend: Wie kann
man von einer metamorphosis *totale* sprechen, wenn Psyche und Identität erhalten blieben? Doug las alles, was ihm
über das Putensen-Syndrom in die Finger kam und was

das Netz hergab, und bedauerte, dass sich die wenigsten Wissenschaftler zum Putensen-Syndrom äußerten. Viele verbarrikadierten sich hinter ihrer Skepsis; sie vermuteten eine Mischung aus Betrug, Wahn, ungenauer Beobachtung, Sinnestäuschung und Ähnlichem.

Die seriöse Wissenschaft forschte anscheinend unbeeindruckt weiter an Medikamenten, Werkstoffen, Energiespeichern, Therapien – obwohl die Existenz der Hybriden die Naturwissenschaften in ihrem Wesenskern erschütterte. Der einzige universitätsbestallte Astrophysiker, der etwas zu den Hybriden beisteuerte, war ein französischer Wissenschaftler namens Antoine Luger. Seinen Berechnungen zufolge war die Verwandlung ein reversibler, also umkehrbarer Vorgang. Doch diese an sich sensationelle Meldung blieb ohne Echo, ohne Folgen. Erst nach Monaten begriff Doug, weshalb nach der Schlagzeile »Französischer Wissenschaftler hält Verwandlung für umkehrbar!« nichts mehr in der Presse stand: Lugers Rechnereien waren auch der Fachwelt zu hoch. Öffentliche Fürsprache hatte er einzig von seiner ehemaligen Grundschullehrerin erhalten, die erklärte, dass ihr Antoine recht habe, weil er ein Genie sei; sie habe niemals einen Schüler gehabt, der so toll rechnen konnte.

Solange der seriösen Wissenschaft nichts einfiel, gaben Parawissenschaftler, Chemtrailer, Ufologen und Impfgegner den Ton an. Ein Paradebeispiel war die Interpretation der »Zeitparadoxie« auf dem Überwachungsvideo der Waschanlage. Die Aufnahmen zeigten, dass es für je eine fünfundzwanzigstel Sekunde erst keine Fibi und dann keinen Aram gab, weder als Menschen noch als Waschbären. Was noch gespenstischer war: Zwei Bilder schienen »verschwunden« zu sein; in der Aufnahmezeit hätten zwei Bilder mehr aufgenommen werden müssen, als aufgenommen worden waren. Radiotechniker nahmen sich die gesamte Überwachungsanlage der Araltankstelle in Seenot vor, erzeugten Millionen von Prüfsignalen – und konnten keinen

Fehler in der Anlage finden. Ein deutscher Wissenschafts-journalist fasste zusammen, dass es im Augenblick der Ver-wandlung gleich drei Paradoxien gab: erstens, es gab für eine fünfundzwanzigstel Sekunde keine Fibi; zweitens, es gab für eine fünfundzwanzigstel Sekunde keinen Aram; drittens, es gab für eine fünfundzwanzigstel Sekunde kein Bild. Ein US-Esoteriker machte daraus *Es gab für eine fünfundzwanzigstel Sekunde keine Welt*, und Doug wusste sofort, dass diese Formel neunundneunzig Prozent der Menschen aber so was von einleuchtete. Denn der Irrsinn dieser Erklärung passte zu dem ganzen Verwandlungs-Irrsinn, der mit immer neuen pseudowissenschaftlichen Erklärungen garniert wurde. Den Parawissenschaftlern gefiel die Vorstellung zweier »Zeit-platten«, welche sich seit dem Urknall ausbreiten, nur um eine Winzigkeit versetzt – und wenn diese Platten »zusam-menstoßen«, kommt es zu einem »Zeitbeben«, das in Seenot das erste und bislang einzige Mal beobachtet wurde. Die seriösen Wissenschaftler hingegen befragten jegliche Atom-uhren zwischen Sydney und Vancouver, und siehe da: Ein »Zeitbeben« hatte es nicht gegeben, weder am 13. August 2023 noch an einem anderen Tag, und »Zeitplatten« wur-den auch nicht beobachtet. Auch keine »Zeitspalten«, die ein russischer »Forscher« ins Spiel brachte, der eine »große Theorie« schmiedete, die Schneemensch, Nessie, Kornkreise und Bermuda-Dreieck unter einem Dach vereinte.

Manuel Bastinda, ein spanischer Exzentriker, der in sei-nem Leben schon Komiker, Politiker, Museumsdirektor war und während der Waschbär-Mania eine Wissenschafts-Boulevardsendung moderierte (er hatte drei Semester Phy-sik in Cambridge in seinem Lebenslauf zu stehen, also der Stephen-Hawking-Uni), brachte eine weitere Hypothese in Umlauf. Er stellte den Umstand, dass die »fehlende Zeit« auf der Überwachungskamera exakt der Dauer des Urknalls entsprach, an den Anfang seiner Überlegung – und folgerte, dass es in der Waschanlage den Urknall eines weiteren

Universums gegeben haben muss, welches sogleich in eine »Parallelität« »entwischt« sei. Dank ihrer Bildhaftigkeit war der Erfolg auch dieser vollkommen irren Theorie vorprogrammiert. Bastinda behauptete, dass sich die anfängliche Gesamtmasse des neu gegründeten Universums nur auf Fibis und Arams menschliche Körpermasse, abzüglich der Körpermassen der Waschbären, belief. Das neue Universum würde aber kontinuierlich an Masse gewinnen, da die Massen, die in Schwarzen Löchern verschwinden, in Wahrheit in jenes gerade gegründete Universum fließen. Dass es Schwarze Löcher schon vor dem von ihm proklamierten »Urknall in Seenot« gab, konnte Bastinda mühelos in seine Theorie integrieren: Natürlich hat es auch schon in der Vergangenheit Urknalle gegeben, nur eben nicht auf der Erde oder nicht unter Beteiligung von Menschen, und die daraus hervorgegangenen Universen ernährten sich von den früheren Schwarzen Löchern. – Kein seriöser Astrophysiker machte diese Überlegungen mit. Doch in der spanischsprachigen Welt wurde die Theorie sehr populär. Als eine Online-Petition, die den Nobelpreis für Bastinda forderte, über eineinhalb Millionen Unterzeichner hatte, beleuchteten professionelle Rechercheure den Lebenslauf des »Neuer-Urknall-Theorie«-Urhebers. Dabei kam heraus, dass die drei Semester Physikstudium in Cambridge eine Erfindung waren: In Wahrheit war Manuel Bastinda dort nur Fahrradbote gewesen.

Auch wenn Doug Winter realistisch einschätzte, keine Ahnung von Astrophysik zu haben, verfügte er doch über Antennen für Humbug, die ihn davor bewahrten, jeden Quatsch zu glauben. »Kurzzeitige Weltabwesenheit«, »Zeitplatten«, »Zeitspalten«, »neuer Urknall« – das hatte mit Wissenschaft nichts zu tun, das waren erkennbar Eitelkeiten von Wichtigtuern.

Doch Beiträge der seriösen Wissenschaft waren rar. Da gab es die »DNA-Paradoxie«, die noch auf die Untersuchung am Greifswalder Universitätsklinikum durch Dr. Sören Putensen zurückging. Es war bekannt, dass in Deutschland zwei Waschbären-Populationen siedelten, die »Ausgesetzten« und die »Ausgebombten«. Die Erstgenannten wurden Mitte der dreißiger Jahre des zwanzigsten Jahrhunderts in einem hessischen Naturschutzgebiet ausgewildert, die Letztgenannten durch einen Bombentreffer im Januar 1945 aus einer Pelztierfarm in Strausberg bei Berlin befreit. Beide Populationen vergrößerten über die Jahre und Jahrzehnte ihre Habitate, die sich zufällig mit Beginn der deutschen Einheit auch zu überschneiden begannen. Beide Populationen waren genetisch gut zu identifizieren, auch nach der Durchmischung. Fibis DNA-Test ergab aber, dass Fibi weder zu den Ausgesetzten noch zu den Ausgebombten gehörte; ihre DNA stimmte mit einer in den Rocky Mountains beheimateten Waschbären-Population überein. Dies war ein weiteres Rätsel der an Rätseln ohnehin nicht armen Geschichte. Ein halbes Jahr nach Greifswald kam es zu einer weiteren Untersuchung, und zwar an einer chinesischen Universität, die sich als weltweite »Nummer eins in Medizin« darzustellen gedachte und die beiden Hybriden vier Tage lang mit allermodernster Diagnosetechnik untersuchte. Zwar wurden sechzehn Terabyte Daten erhoben, aber selbst die vermeintlich simplen Fragen konnten von der selbsternannten »Nummer eins in Medizin« nicht ansatzweise beantwortet werden: Wie kann ein Gehirn mit so einfacher Anatomie und so geringem Volumen leistungsfähig sein wie ein menschliches Gehirn? Wieso ist die Hals-Gaumen-Zunge-Kiefer-Anatomie eines Waschbären in der Lage, menschliche Lautbildung zu leisten, oder, allgemeiner gefragt, wieso ist so viel menschliche Funktionalität bei einer anscheinend so inadäquaten Anatomie möglich? Und wo kommen eigentlich mitten in Deutschland Waschbären her, deren DNA dort niemals nachgewiesen wurde? Es war das zweite Mal, dass die Öffentlichkeit auf diese DNA-Parado-

xie gestoßen wurde, die am Beginn der »Reziprokentheorie«
stand, deren Urheberin eine niederländische Psychologin
namens Kelly Straaten war. Sie gab ihrer Antrittsvorlesung
an der Uni Leiden den Titel »Blinde Flecken in öffentlichen Diskursen« und eröffnete sie mit der Frage, ob denn
nirgends »Jugendliche mit einem Waschbären-Wesen« aufgetaucht seien. Und für diese Frage hatte Doug insgeheim
erst mal nur Spott übrig: Denn ein Effekt der Waschbär-
Mania war, dass *unzählige* Jugendliche den Waschbären
in sich entdeckten; allein in Deutschland wurden noch im
Jahr 2023 vierhundertsiebenundzwanzig Fälle klinischer
PPPD III (»pubertäre procyonare Persönlichkeitsdissozia-
tion dritten Grades«) dokumentiert. Fünfundachtzig Prozent der PPPD III-Fälle waren Mädchen zwischen vierzehn
und siebzehn, die in der Regel nach einem zehntägigen stati-
onären Aufenthalt und der täglichen Einnahme von eintau-
send Milligramm Johanniskraut (Hypericum perforatum)
entlassen werden konnten. Eine Psychologin wie Kelly
Straaten sollte das doch wissen. Doch beim Weiterlesen
ihres Vorlesungstextes merkte Doug, dass es Kelly Straaten
um etwas anderes ging: Wenn die konkreten Identitäten
mecklenburgischer Jugendlicher auf die konkreten Körper
zweier nordamerikanischer Waschbären übergegangen
sind, müsse man fragen, so Kelly Straaten, wo die Körper
der beiden Jugendlichen abgeblieben seien. Dies habe aber
niemand gefragt, und so sei übersehen worden, dass die Verwandlung vielleicht gar keine Verwandlung war, sondern
ein Tausch, ein Körper-und-Seelen-Tausch, aus dem nicht
nur die beiden Hybriden Aram und Fibi hervorgegangen
sind, sondern auch zwei bislang unentdeckte »Reziproken«.
Das war ein bestechender Gedanke, und Doug Winter ärgerte sich, dass er nicht selbst darauf gekommen war. Wenn
die Verwandlung in Wahrheit ein Körper-Identitäts-Tausch
war, müssten die »Reziproken« (also die Waschbär-Identi-
täten im Körper zweier Jugendlicher) da zu finden sein, wo

die Waschbärenkörper herkamen: in den Rocky Mountains. Weil aber, so Kelly Straaten, ein Mensch mit der Intelligenz eines Waschbären in freier Wildbahn keine Überlebenschance hat, müssten die »Reziproken« irgendwo in den Rocky Mountains verendet und ihre Leichname dort auch zu finden sein.

Das Habitat der Waschbären mit der Hybriden-DNA war fast so groß wie Deutschland, aber sehr dünn besiedelt. Wer die Reziproken bzw. deren Leichname finden will – und die Zahl derer, die das wollten, war Legion –, sollte einen Plan haben, hatte Doug gedacht. Sein Instinkt sagte ihm, dass er den Umkreis von Waschanlagen absuchen sollte. Nun gab es in dem fraglichen Gebiet über sechshundert Waschanlagen, und zählte man die nichtöffentlichen Waschanlagen dazu, waren es fast tausend. Aber wie Doug herausfand, gab es nur eine einzige Waschanlage, die vom gleichen Hersteller war wie jene Waschanlage in Seenot. Rein intuitiv kam für Doug nur diese Waschanlage des deutschen Maschinenbauers Amethyst, die an einer Texacotankstelle im Städtchen Small Heritage betrieben wurde, als »Geburtsort« der Reziproken in Frage. Also buchte er Denver, fuhr nach Small Heritage und fragte den Betreiber aus. Doch der konnte sich an keine sich seltsam verhaltenden, fremden Jugendlichen erinnern, aber das musste nichts heißen; das Ereignis lag ein Dreivierteljahr zurück. Die Klamotten der mecklenburgischen Jugendlichen waren an jenem Tag in der Waschanlage in Seenot verblieben, weswegen die Reziproken, sollten sie in Small Heritage aufgetaucht sein, nackt gewesen sein mussten. Daran hätte sich der Betreiber gewiss erinnert, erst recht, wenn es sich Sonntagvormittags um zehn (was siebzehn Uhr deutscher Zeit entsprach) abgespielt hätte. Auch von den übrigen Bewohnern Small Heritages hatte niemand zwei fremde nackte Jugendliche gesehen, weder an einem Sonntagvormittag im letzten August noch sonst irgendwann. Dennoch begann Doug Winter die umliegenden

Wälder zu durchstreifen und versuchte, sich in die Instinkte von Waschbären einzufühlen, um exakt die Wege zu gehen, die in Menschen verwandelte Waschbären gegangen wären. Im Unterholz fernab der Wege bestand höherer Navigationsbedarf, der sich zu höherem Stromverbrauch aufschaukelte. In der Minute, als der Akku leer war, dachte Doug, dass die Reziproken entgegen Kelly Straatens Vorhersage vielleicht doch noch lebten und dass er, wenn ihm jetzt unverhofft zwei schwer verhaltensgestörte Jugendliche begegnen, sie nicht mal fotografieren könnte. Doug schritt weiter durch die Abenddämmerung, übersah ein Erdloch, knickte um und brach sich den Knöchel. Schnell war ihm klar, dass seine Chancen schlechter als fifty-fifty stehen.

Seitdem – also seit drei Tagen – war er im Umkreis einer Meile herumgekrochen, hatte vergeblich die Ohren gespitzt, ob nicht irgendwo ein Bächlein plätschert, und ebenso vergeblich auf Regen gehofft. Ich bin ausgezogen, die Gerippe zweier Menschen zu finden – und ende als ein Gerippe, das selbst eines Tages gefunden wird. Vermutlich von jemandem, der die Reziproken sucht.

Erzähl mir was Neues, sagte die innere Stimme. *Sonst nimmt dich das Delirium in den Schwitzkasten.*

Doch Doug Winter hatte sein Pulver verschossen. Es ist nicht fair, zu sterben, ohne zu wissen, warum sich diese beiden Jugendlichen in Waschbären verwandelt hatten. Ach nein, sie hatten mit ihnen getauscht, sonst wäre er ja nicht hier, sondern stünde im Tynesider Starbucks. Auf der letzten Schulung lehrte ein Londoner Barista, aus Milchschaum und Espresso Waschbären-Fratzen zu gießen ... Der Ausbilder fand allerdings, dass Dougs Kreationen eher Munchs *Schrei* ähnelten als Waschbärengesichtern, und Doug musste ihm recht geben. Aber erst jetzt wusste er, was der von Munch Porträtierte schrie: DURST! Für den Herrn im Bilderrahmen bitte ein French Frappee Grande aus der fair gehandelten Bohne von der äthiopischen Hochebene, mit

Soya Milk, einem Double Shot Caramel und einem Deliri-umbügel, nein Delirium*bagel*. Dann zur Waschanlage und zum Friseur. Es ist nicht fair, zu sterben und nicht die letzten, höchsten Dinge denken zu dürfen. Die Dinge, für die der Alltag zu profan ist und die mit dem Gedachtwerden bis zum letzten Stündlein warten müssen. Doch dann kommt ein Delirium und dominiert dein letztes Stündlein. Ist das etwa fair? Dieser Philosoph hat von Blitzen geredet. Fällt mir das ein, weil ich gerade Blitze sehe? Dann kommt ein Gewitter, also Wasser, das vom Himmel fällt. Aber was hat dieser Philosoph gesagt? *Wir fühlen uns wie Höhlenmenschen beim Blitz. Unsere Erklärungsversuche der nächsten zweihundert, vielleicht auch der nächsten zwanzigtausend Jahre werden der Wahrheit über das Waschbären-Phänomen so nahe kommen wie die Erklärungen der Höhlenmenschen, Blitze betreffend. Wir müssen uns allerdings darauf gefasst machen, diese Erklärungen mit derselben Festigkeit für wahr zu halten.* Diese Philosophen. Gehen nie einen Schritt ausm Haus und strahlen trotzdem immer das Gefühl aus, mit allem recht zu haben. Das ist auch nicht fair. Und mit Warum beginnt jede dumme Frage. Schade, dass ich das erst jetzt kapiere. Jeder Dreijährige kann endlos Warum-Fragen stellen, und jeder Vierunddreißigjährige auch. Warum konnten sich zwei Jugendliche in Waschbären verwandeln, oder meinetwegen: mit ihnen tauschen? Damit Doug Winter einen Grund hat, am anderen Ende der Welt zu verdursten? Vielleicht. Vielleicht aber auch nicht. Es wird dunkel. Gewitter kommt nicht. Aber kommen da zwei Jugendliche? Sie sollen mir vom Leibe bleiben mit ihrem French Frappee Grande.

Fibi, Aram, Bräsenfelde
und der Rest der Welt

Mit Fibis erstem Fernsehauftritt brach ein Waschbären-Fieber aus, das ohne Beispiel war. Der Waschbär wurde allgegenwärtig. Er wurde Markenzeichen, Logo, Werbefigur, Maskottchen, Titelseitenmotiv, meistverkauftes Faschingskostüm, meistverkauftes Kuscheltier, meistverkaufter Schokoladenhohlkörper, wurde Neologismus (»der hat sich gewaschbärt« hieß: der hat sich vollkommen verändert, ist nicht wiederzuerkennen; analog im Englischen »to racoon«/»racooning«). Natürlich wurde der Waschbär auch Objekt der bildenden Kunst; ein chinesischer Milliardär sammelte ausschließlich Waschbären-Motive, und der Turner-Preis ging an eine Deutschitalienerin für eine Serie Waschbärendarstellungen aus vielfarbigen Granulaten geschredderter iPhones, die mit einer hauchzarten Kunststoffglasur auf dem Untergrund – Schrottbleche von US-Jagdbombern – fixiert wurden. Der Waschbär wurde in zahllosen Popsongs besungen; er war gleichsam das erste Tier, das in siebenundzwanzig Ländern gleichzeitig auf Platz eins und zwei der Charts stand.

Überall auf der Welt schummelten sich Jugendliche in Autowaschanlagen – teilweise als Mutprobe, als Spaß –, aber auch oft, um den »Beeren-Trick«, der längst wieder im Internet kursierte, zu wiederholen. Den »Beeren-Trick« gab es in etlichen Abwandlungen – mal mit Bärlauch, aber auch mit Bärlapp und Bärenklau (aber nie mit Sauerampfer, den Fibi und Aram verlegenheitshalber genutzt hatten). Jede dieser Abwandlungen beanspruchte für sich, der originale Beeren-Trick zu sein. Es war eine Art russisches Roulette: Wenn es einmal, wenn auch auf unerklärliche Weise, zu einer Waschbär-Verwandlung gekommen war, warum dann auch nicht ein zweites Mal? Keine Waschanlage auf der Welt war mehr vor Teenagern sicher. Die Waschanlage der Araltankstelle in Seenot hingegen erlebte den Boom schlechthin. Sie arbeitete pausenlos, Tag und Nacht, sieben Tage in der Woche. Unzählige Autofahrer wollten ihr Auto einmal in der berühmtesten Waschanlage der Welt gewaschen haben. An manchen Wochenenden, den Spitzenzeiten des Waschanlagen-Tourismus, kam es zu mehrstündigen Wartezeiten, obwohl die Taktung von 5:30 auf 3:52 Minuten reduziert worden war.

Die Fernsehkarriere von Fibi und ihrer Familie begann, wie von Heidi Walissa erträumt, mit einer Einschaltquote von zweiundsechzig Prozent Marktanteil, die sich binnen sechs Wochen bei stabilen vierundzwanzig bis dreißig Prozent einpendelten. Der heimliche Plan Heidi Walissas, bei der einundvierzigjährigen Wiebke Hüveland noch mal einen Kinderwunsch akut werden zu lassen, ging nicht auf, und »Mutter, Vater, Waschbär, Kind« musste ohne all die privatfernsehaffinen Momente auskommen, die sich aus nervenaufreibenden Fertilitätsklinikbesuchen ergeben, aus Schwangerschaftstests-Spannung und -Jubel, aus »Es-bewegt-sich!«-Euphorie und schließlich dem Bild der Mutter im Wochenbett, mit schrumpeligem Baby im Arm und von Familie umrahmt. Dennoch zogen die Hüvelands genug Zuschauer und damit genügend Werbekunden an. In nicht einmal zwei Wochen lernten die Hüvelands, sendefähiges Material zu liefern, ohne Selbstentblößung zu betreiben. Wiebke fiel auf, dass vollkommen egal ist, worüber man redet, Hauptsache, man schreit durchs Haus, von Zimmer zu Zimmer, von Etage zu Etage, oder vom Haus in den Garten und umgekehrt. Wenn Hilmar das Gefühl hatte, dass noch zehn Minuten Material am Tagessoll fehlten, sagte er zu seiner Familie: »Los, noch n bisschen Bambule!«

Fibis Sendung lief vier Mal in der Woche. Was am Abend auf Sendung ging, wurde tagsüber in Bräsenfelde aufgezeichnet. Der erste Gast war Henning May, ihr Wunschgast. Fibi stellte vor Aufregung drei Mal ein und dieselbe Frage. Doch dem coolen Sänger machte das überhaupt nichts aus; er gab dann eben drei verschiedene Antworten.

Diese Sendungen wurden aus einem großen Partyzelt gesendet, in dem vierhundert Menschen Platz fanden. Doch nebenan arbeiteten schon die Bagger, die ein Amphitheater, »den Waschbären-Bau« mit zweitausendfünfhundert Sitzplätzen, aushoben und einen vier Hektar großen, gebührenpflichtigen Parkplatz planierten. Bräsenfelde wurde gewaschbärt, denn Hilmar Hüveland rechnete mit einem »warmen Regen«, wie er Wiebke anvertraute. Bräsenfelde werde die deutsche Kommune mit den höchsten Pro-Kopf-Einnahmen aus dem Showbusiness; selbst die Musicalhauptstadt Hamburg wird neben Bräsenfelde zum Zwerg. Hilmar überzeugte Wiebke davon, ein dem Verfall preisgegebenes Gehöft in Kudorf, das als eine der »fünf Kirschen auf dem Törtchen« zum Bräsenfelder Gemeindeverbund gehörte, zu kaufen und als Hotelanlage wiederaufzubauen. Es sollte ein Kleinod entstehen, ein Schmuckstück, das Gegenteil vom Gasthof Linde, der von den Einheimischen verdientermaßen als »Chateau Sperrmüll« geschmäht wurde. Aus den alten Pferdeställen des Kudorfer Gutes ließen sich zwanzig Gästewohnungen machen, und das Haupthaus sollte eine Suite bekommen, in der irgendwann »halb Hollywood« geschlafen haben wird. Die Wahl des Architekten übernahm Wiebke, und sie entschied sich für einen Italiener, der sich, wie sie in einer Landhaus-Doku auf N24 gesehen hatte, nur »Maestro« nennen ließ und in der Toskana für einen deutschen Theaterregisseur eine Ruine in ein herrschaftliches

Anwesen zurückverwandelt hatte. Besonders die als »einzigartig« gerühmte Synthese aus traditionellen Materialien und zeitgenössischem Luxus hatte es Wiebke angetan. Für die Arbeiten im Kudorfer Gutshaus brachte Maestro vier seiner Florentiner Stuccatori und Restauratori mit; Geld war ja da.

Am Ortseingangsschild prangte »Waschbären-Dorf Bräsenfelde«, und im Haus von Professor Ahlert schlug das Herz des Waschbärenimperiums: Er hatte begonnen, ein weltumspannendes Fibi-Merchandising aufzuziehen, erteilte Lizenzen und ließ Verstöße überwachen. Sein Netzwerk aus Partnern, Agenturen, Verlagen, Kanzleien wuchs schier ins Uferlose. Jeder neue Partner bedeutete, so Professor Ahlert, »noch mehr Einnahmen bei noch weniger Arbeit«.

Der höchstdotierte Vertrag, den Professor Ahlert aushandelte, belief sich auf sechzehnkommaacht Millionen Euro. So viel wollte eine chinesische Uni zahlen, wenn sie Aram und Fibi vier Tage lang untersuchen darf. Lydia wusste inzwischen, dass Fibis Greifswalder Gentest nicht den geringsten menschlichen Einfluss verraten, geschweige denn etwas über ihre familiäre Abstammung ausgesagt hatte, und sie vertraute insgeheim darauf, dass Arams Genanalyse durch die Chinesen das gleiche Ergebnis zutage fördert – und willigte ein.

Marleen Pawloweit, die mit einem sechsköpfigen Team Fibis Online-Aktivitäten organisierte, wurde zur Schlüsselfigur der Goldgrube. Sie spielte sicher auf der Klaviatur des Internets, ganz in Fibis Sinne. Zum chinesischen Neujahrsfest sagte Fibi ein paar Sätze auf Chinesisch und richtete tausend Grüße »an meine Freunde, die Pandas« aus – und am nächsten Tag gingen beim Merchandising die Bestellungen aus China durch die Decke. Fibi bekam den Twitter-Account #WOBIM (was für »Waschbär of Bräsenfelde in Mecklenburg« steht), der dank Empees Ideen auf vierundvierzig Millionen Follower kam; fast die Hälfte Chinesen. Einmal wachte Empee schweißgebadet aus einem Traum auf, in dem die vierundvierzig Millionen *Follower* ihre Rolle wörtlich genommen hatten und vor Fibis Haus standen.

Tatsächlich war »Sicherheit« für Fibi ein Thema. Eines Tages fiel den Wachleuten um das Hüveland'sche Haus ein verdächtiges Fahrzeug auf. Darin saß ein Mann mit einem Jagdhund, der auf Waschbären abgerichtet war. Fibi trug zwar eine Bodycam, aber die ließ sich im Handumdrehen lösen.

Eine Entführung war der Albtraum schlechthin. Doch Fibi wollte auf ihre nächtlichen Ausflüge und auf die Stunden, in denen sie als Waschbär lebte und fühlte, partout nicht verzichten. Professor Ahlert schlug vor, Sandra Rösch und ihre Argus hinzuzuziehen. Die veranlasste, Fibi einen GPS-Mikrochip zu implantieren, über den sie jederzeit geortet werden konnte. Fibis Streifzügen folgten fortan zwei autonome Drohnen, die Diskretionsabstand hielten und mit Überwachungselektronik vollgestopft waren. Die zehnköpfige Sicherheitsabteilung bereitete sich auf jedes denkbare Szenarium vor, ob böswillig (Jagdhunde, Falle) oder zufällig (Begegnung mit einem Wolf), doch glücklicherweise geriet Fibi nie in Gefahr.

Fibi verlor auch nicht die Eigenschaft, dass sie zum reinen Waschbären wurde, sobald sie sich langweilte. Dies passierte sogar in ihrer Show, wenn Gesprächspartner nur Geplänkel absonderten. Das Publikum johlte, wenn Fibi mitten im Gespräch begann, die Tischdecke zu zerrupfen oder Gläser umzustoßen und über den Tisch zu rollern. Fibi war, wie von Heidi Walissa prophezeit, das Vehikel, mit dem sich reihenweise »TripleA-Promis« ranschaffen ließen. Wenn ein Tom Hanks je in seinem Leben mit einem leibhaftigen Waschbären reden will, muss er nach Bräsenfelde in Mecklenburg-Vorpommern kommen. Und er kam. Wie auch eine Lady Gaga, eine Selena Gomez, ein David Beckham (von dem Fibi glaubte, er sei ein Ex-Model, was zu einem absurden Dialog führte, welcher zum meistgeklickten Beckham-Video auf YouTube wurde). – Aber leider benutzte der Sender Fibis Show dazu, belanglose Eigengewächse aufs Schild zu heben. So wurde nicht nur jeder, der das DGSE-Halbfinale erreichte, durch Fibis Show geschleust. Auch wenns in »Pension Hundeherz«, »Abenteuer Autobahnkreuz« und »Die Klinik« neue Schauspieler gab, hatten die eine Reise nach Bräsenfelde anzutreten.

Die beiden Hits, die von Waschbären handelten und in siebenundzwanzig Ländern der Welt die Plätze eins und zwei der Charts belegten, stammten von Taylor Swift und von Ed Sheeran. Beide hatten die Waschbär-Mania von Anbeginn verfolgt. Ed Sheeran hatte Fibis allererste Show gesehen, die mit Henning May. Da gab es einen Moment, der ihn rührte: May spielte auf einer Schrammelgitarre Fibis AnnenMay-Kantereits-Lieblingslied, und als er die Gitarre weglegte, sprang ihm Fibi an den Hals, rutschte aber ab und strampelte, Halt suchend, mit ihren Hinterbeinen – bis Henning May beherzt zufasste und sie vor dem Abrutschen bewahrte. Ed Sheeran schrieb daraufhin den Song »Flying Racoon«, in dem der Refrain am Schluss wiederholt wird – auf Deutsch. Das Management von Ed Sheeran kontaktierte den Sender, um einen Auftritt in Fibis Show einzufädeln, inklusive der Weltpremiere von »Flying Racoon«. Das Kölner Management steckte Ed Sheeran jedoch in die Warteschleife und brachte stattdessen belanglose Eigengewächse zu Fibi, die neue Serienstaffeln und Ähnliches promoten sollten, wodurch zwei Wochen vergingen. Zwei Wochen, in denen Taylor Swift mit ihrem Waschbären-Song Ed Sheeran zuvorkam.

An dem Tag, an dem Ed Sheeran nach Bräsenfelde kam, regnete es seit dem Morgen. Die Autos hatten die Scheibenwischer im Dauerbetrieb. Wer auf dem Fahrrad saß, fühlte kleine Bächlein an sich herabrinnen. Regenjacken halfen wenig. Ebenso wenig wie die Regenschirme jenen halfen, die zu Fuß kamen – sie alle waren nass bis auf die Haut.

Angesichts der Massen wurde das Partyzelt gar nicht erst geöffnet, sondern entschieden, das halbfertige Amphitheater zu nutzen, fast drei Stunden vor dem Beginn der Aufzeichnung. Der Regen unterspülte Mauern und Tribünen, und der Bauleiter redete sich den Mund fusselig: Ein Unglück, Todesopfer sogar seien nicht auszuschließen, und obendrein habe der Regen in Verbindung mit der verfrühten Öffnung zu Schäden am Bauwerk geführt, deren Folgekosten noch gar nicht abzusehen sind.

In der Abwägung, was gefährlicher sei – die Baustelle zu räumen oder die Veranstaltung durchzuziehen –, entschied man sich, den Beginn vorzuverlegen und unverzüglich zu beginnen.

Ed Sheeran kam in einem Hubschrauber, der direkt hinter der Bühne landete. Das Kreischen der Fans übertönte den Hubschrauber. Ed trug ein rot-braun kariertes Holzfällerhemd und Jeans, und seine Augen leuchteten, als er Fibi sah. Doch bevor er die Bühne betreten konnte, bekam er von einem Techniker, der mal links, mal rechts um ihn herumwuselte, ein Mikroport. Fibi war genauso aufgeregt wie die Fans, sie war ja selbst Fan, und als Ed endlich das Mikrofon da hatte, wo es der Techniker haben wollte, kam er auf die Bühne, und das Geschrei der Fans wurde noch mal lauter. »Ich kann gar nicht glauben, dass du wirklich hier bist«, rief Fibi, und die Fans zeigten durch ihr Geschrei an, dass es ihnen genauso ging, und als Ed Sheeran antwortete, dass er bis eben nicht geglaubt habe, dass Fibi wirklich sprechen kann, kreischten die Fans erneut. Er musste warten, bis sich das Geschrei gelegt hatte – doch sowie er zu sprechen anhob, entfesselte es sich aufs Neue.

Ed Sheeran sang den Waschbär-Song, dann redete er mit Fibi. Wie es ist, sechzehn zu sein, und dass dies keine besonders schöne Zeit ist. Weil man niemanden hat, der einem glaubt, dass man etwas Besonderes ist. Weil man von allen für einen bescheuerten Teenager gehalten wird – und das nur, weil man sich vielleicht wie ein solcher benimmt. Die beiden schafften es, das Geschrei zum Verstummen zu bringen; die Fans begannen zuzuhören, und Ed und Fibi konnten sich wie normale Menschen unterhalten. Doch mit der Ankündigung von Eds nächstem Song brach erneutes Geschrei los, und als er mit seinem Song durch war, gingen Ed und Fibi in ihre letzte Gesprächsrunde.

»Ich hab mir geschworen, dich das zu fragen«, sagte Ed. »Willst du wieder ein Mensch sein wie alle anderen, den Waschbärenkörper los sein und dafür dieses sehr hübsche Gesicht und die blonden Haare wiederhaben, die du vor ein paar Monaten noch hattest? Ich hoffe, die Frage ist nicht verletzend, aber ich habe gelesen, dass es Wissenschaftler gibt, die glauben, deine Verwandlung sei nur vorüberge-hend. Ich hab mich sehr beeilt, dich noch zu treffen, solange du ein Waschbär bist.«

»Klar, als Mensch wäre ich nicht so interessant.«

»Nein, nein, so war das nicht gemeint. Du bist ein ganz wunderbarer Mensch, so feinfühlig und interessiert, wirklich was Besonderes. Aber jetzt musst du mich auch mal verstehen: Wenn mir jemand sagt, dass ich einen spre-chenden Waschbären treffen kann, der in Wirklichkeit ein Mensch ist – da musst du doch hin. Da denke ich, Mensch, das lohnt sich jetzt echt mal, Ed Sheeran zu sein.«

»Wenn du bei Prinz Harry bist, denkst du es vielleicht auch?«

»Na klar, und in vielen anderen Momenten auch. Aber lenk jetzt nicht ab: Würdest du lieber wieder deinen Fibi-Körper zurückhaben, oder findest du es im Waschbären-körper besser?«

»Es ist beides cool«, sagte Fibi. »Wenn ich plötzlich wie-der die Alte wäre, dann wäre das okay. Aber so ist es auch gut. Ich beschwere mich nicht.«

»Und wenn jetzt ein Wissenschaftler kommt und sagt: Ich hab herausgefunden, wenn du dasunddas machst, dann ist alles wieder so wie vorher – was dann?«

»Da müsste ich drüber nachdenken«, sagte Fibi.

»Und wenn du die Zeit nicht hast? Wenn er sagt, du musst sofort in diese Astral-Gravitations-Radon-Strahlungskammer, denn wegen der Magnetfeldkonstellation und den Sonnenflecken ist in zehn Sekunden der Effekt vorbei und du wirst für immer im Waschbärenkörper gefangen sein?«

»Da würde ich vor lauter Schreck wahrscheinlich reingehen. Aber nur, weil mir die Formulierung ›im Waschbärenkörper *gefangen* sein‹ Angst einjagt. Ich glaube, je länger ich es mir überlegen dürfte, desto weniger würde ich den Waschbärenkörper aufgeben wollen. Weißt du, manche Dinge sind sehr schön, so als Waschbär.«

»Was denn so?«, fragte Ed Sheeran.

»Die Pfoten. Die sind innen unglaublich empfindlich. Das ist so wunderwunderschön, die zu streicheln. Es gibt nichts Vergleichbares.«

»Und gibt es nichts, was dir fehlt?«, fragte Ed.

»Doch«, sagte Fibi. »Die Augen. Das hätte ich mir niemals vorstellen können – aber mir fehlen die Sonnenuntergänge. Was wir hier im Sommer für Sonnenuntergänge haben, fast jeden Tag. Da siehst du Farben, das ist der Wahnsinn. Du denkst, der Himmel ist blau? Dann komm mal im Sommer zu unseren Sonnenuntergängen. Der Himmel ist grün, er ist sogar gelb.«

»Grüner oder gelber Himmel, klingt irre.«

»Geht auch violett. Pink. Rosa! Orange! Und rot natürlich auch.«

»Wow.«

»Dass ich das nicht mehr sehen kann – das fehlt mir. Waschbären sehen Farben als Einerlei, da knallt nichts aufs Auge. Aber ich habe nie geglaubt, dass mir Sonnenuntergänge mal was bedeuten. Verstehst du, die sind doch einfach da, sind immer da gewesen, kein Grund um auszuflippen. Dachte ich. Seitdem ich Waschbär bin, denke ich anders drüber.«

Bierschinken machte Zeichen, dass die Zeit um ist. Ed sagte: »Oh, da zeigt uns jemand, dass unsere Zeit vorbei ist. Aber ich finde es gerade ziemlich interessant mit dir. Was dagegen, wenn wir uns weiter unterhalten?«

»Nee«, sagte Fibi und lachte. »Wenn du schon mal hier bist.«

»Eben«, sagte Ed. »Ich bin doch nicht aus London gekommen, um mir sagen zu lassen, Zeit ist um, wenn es noch was gibt, was ich dich unbedingt fragen wollte.«

»Du willst mich noch was fragen?«

»Klar«, sagte Ed. »Angenommen, du wärst jetzt wieder die Fibi. Es macht Bäng – und vor mir sitzt jetzt die, die du zuvor warst. Was hättest du gelernt? Was wäre deine Botschaft? Was hätte sich bei dir verändert durch deine Waschbären-Phase?«

»Das hat mich noch nie einer gefragt. Und ich hab auch nicht darüber nachgedacht. Wie kommst du auf solche Fragen?«

»Wozu bin ich Künstler?«, sagte Ed. »Aber falls das ein Versuch war, von der Frage abzulenken ...« Er drohte scherzhaft mit dem Finger. »Läuft nicht.«

»Also du meinst, wie ich aufs Leben blicken würde, wenn ich meinen alten Fibikörper zurückbekomme«, sagte Fibi.

»Exaktamento«, sagte Ed. »Und was du denen sagen würdest, bevor du wieder in der Masse untergehst, auch wenn du immer das Mädchen, das mal der Waschbär war, sein wirst.«

»Ich würde sagen: Du lebst nur einmal. Und dass jede Minute deines Lebens weg ist, wenn sie vorbei ist. Und dass Menschen wichtig sind, die dich verstehen und die an dich glauben, sonst gehst du ein wie ne Primel.«

»Wow«, sagte Ed Sheeran.

»Alle gucken mich an, weil sie mich für außergewöhnlich halten. Aber ich bin dieselbe, die ich vorher war, als sich niemand für mich interessierte, und dass ich in diesen Waschbärenkörper kam, ist nicht mein Verdienst, sondern Zufall. Wenn *ich* was Besonderes bin, dann ist *jeder* Mensch was Besonderes.«

»Wow!«, sagte Ed Sheeran noch mal. »Aber du bist wirklich was Besonderes. Echt. Ich würde dich am liebsten mitnehmen.« Im Publikum kreischten die ersten Fans.

»Wirklich jetzt?«, fragte Fibi.

»Wirklich«, sagte Ed. »Meine Gitarre und meine Fibi wären immer dabei. Wäre ein super Leben. Ist schon jetzt ein super Leben. Aber es gibt immer Luft nach oben.«

»Dir ist schon klar, dass kein Mädchen sagen wird, och nö, ich hab was Besseres zu tun, wenn Ed Sheeran sie fragt, ob sie mit ihm mitkommen will. Erst recht nicht, wenn sie YOLO-mäßig drauf ist.« Das Kreischen wurde wieder so laut, dass sich Fibi und Ed kaum verstehen konnten.

»Dann sag Tschüss zu Mom und Dad. Einen kleinen Bruder gibts auch, wie ich gehört habe? Schon mal im Helikopter geflogen?«

»Nein.«

»Flugangst?«

»Nicht, wenn ich auf deinem Schoß liege«, sagte Fibi.

»Fusselst du?«, fragte Ed.

»Seh ich so aus?«

»Das bedeutet gar nichts. Ich fussle nicht, obwohl ich so aussehe«, sagte Ed und begrabbelte seinen Bart.

Zwanzig Minuten später hob der Helikopter ab, mit Fibi an Bord, die auf dem Schoß von Ed Sheeran lag und sich von ihm den Bauch kraulen ließ. »In so ner Gegend hab ich auch mal gelebt«, sagte Ed. »Viel Felder und nicht so viele Menschen. – Was ist n das?«

Er war auf Fibis Halsband mit der Kamera gestoßen.

»Jetzt sollte ich mich mal vorstellen«, sagte eine Frau, die mit im Helikopter saß. »Ich bin nicht die Mutter von Ed, auch wenn ich mich manchmal so benehme. Ich bin seine Managerin. Hi, Fibi, ich bin Deborah.«

»Hi, Deborah.«

»Wie soll ich sagen ... Ich habe eben mit deinem Management gesprochen«, sagte Deborah.

»Du bist sechzehn, und da kann man dir manche Dinge nur vorsichtig sagen«, sagte Ed. »Zum Beispiel, dass du ein Produkt bist. Das klingt sehr hart, aber was dich vielleicht tröstet: Ich bin auch ein Produkt. Egal, was ich tue: Irgendeiner in meiner Umgebung tippt immer etwas in seinen Taschenrechner. Bei dir ist es vermutlich genauso. Und wenn wir zusammen auf Tour gehen wollen, werden die ganz, ganz großen Taschenrechner rausgeholt.«

Deborah lachte.

»Na klar«, sagte Ed. »Ich stoße auf eine Kamera von dir – und schon will uns Deborah was sagen.«

»Okay«, sagte Deborah. »Fibi hat einen Vertrag, dass alles, was sie erlebt, von ihr aufgenommen und abgeliefert wird. Ed hat aber ein Recht auf Privatsphäre. Wenn er alles über sich zeigen will, kann er sich auch selbst eine Kamera umhängen.«

»Du hast eine Kamera und musst alles abliefern, was die filmt? Das ist ja wie Sklaverei, nur ohne Peitsche«, sagte Ed.

»Ich glaube, ich kann bei allem ein Veto einlegen.«

»Aber du musst mindestens neunzig Minuten täglich freigeben«, sagte Deborah.

»Kann sein«, sagte Fibi. »Ich hab diese Dinge nicht so genau im Kopf. Ist das wichtig?«

»Für uns schon«, sagte Deborah. »Ich hab mit deinem Management vereinbart, dass auch Ed sein Veto einlegen kann, was die Darstellung seiner Person angeht.«

»Ich hab mit gar nichts ein Problem«, sagte Ed.

»Zum Glück hast du ein Management«, sagte Deborah. »Das muss intern diskutieren, ob es als tierlieb rüberkommt, wenn du Fibi kraulst, oder als unsittliche Annäherung an minderjährige Groupies.«

»Wenn ich ein Fell sehe, will ich es streicheln«, sagte Ed. »Egal, ob das Fell einem Tier, einem Kaminkuschelfleckchen oder einem minderjährigen Groupie gehört. Ich bin absolut fellfixiert.«

Keine Stunde später landete der Hubschrauber in Berlin, von wo aus Ed, Deborah und Fibi im Flugzeug nach London wollten. Ed hatte Fibi auf dem Arm, und er meinte, wenn er schon in Deutschland ist, dann will er nicht abgeflogen sein, ohne eine Currywurst gegessen zu haben.

An einem Imbiss orderten sie Currywurst mit Kartoffelsalat. Ed stellte beide Teller auf einen Bistrotisch und setzte Fibi daneben. Kaum hatten sie angefangen zu essen, schnauzte die Imbissverkäuferin sie an: »Nehmse det Viech da mal runter, det is ja eklich, da wollen die Leute noch essen!«

»Ich sollte dich in Zukunft immer mitnehmen, wenn ich zum Essen eingeladen werde«, sagte Ed leise. »Solange du alle Aufmerksamkeit in Sachen Tischsitten auf dich ziehst, bin ich sicher.«

»Aber weißt du, was abgeht, wenn ich mich langweile?«, fragte Fibi.

»Du wärst das erste sechzehnjährige Mädchen, das sich in Gegenwart von Ed Sheeran langweilt.«

Deborah machte komische Handzeichen.

»Was ist?«, fragte Ed.

»Ich soll dir doch unauffällig Zeichen geben, wenn du anfängst abzuheben«, sagte Deborah.

»Stimmt«, sagte Ed und wandte sich an Fibi. »Ich korrigiere mich: Alle Menschen, sechzehnjährige Mädchen eingeschlossen, haben das unveräußerliche, gottgegebene Recht, sich in Gegenwart von Ed Sheeran zu langweilen.«

Im Flugzeug hatte Fibi einen eigenen Sitz neben Ed. Sie rollte sich zusammen und spielte mit dem Schweif.

»Wo schläfst du eigentlich?«, fragte Ed. »Hast du ein Körbchen oder so was?«

»Ich kann überall schlafen, wo es weich ist. Und nicht kalt von unten«, sagte Fibi.

»Wenn ich müde bin, schlafe ich auch ein, wenns hart und kalt ist«, sagte Ed. »Ich bin sogar schon im Stehen eingeschlafen. Zu Schülerband-Zeiten haben wir geprobt und geprobt, und dann ging was kaputt. Ich hab mich an die Wand gelehnt und wollte auf Matt und Donny warten, bis die mit Reparieren fertig sind, und plötzlich sagte Donny ›Eh, Ed, was geht, wir machen weiter, schlaf nicht!‹ Ich: ›Äh was?‹, und ich spiel irgendwas, und Donny sagt: ›Mann, was spielst du? Das ist *Day Tripper* von den Beatles, das haben wir nie gespielt‹, und ich merke, dass ich geträumt habe, einer von den Beatles zu sein. John Lennon, um genau zu sein. – Kannst du auch ne lustige Geschichte erzählen?«

Fibi überlegte. »Mir fällt auf die Schnelle nichts ein.«

»Was? Noch nie was Lustiges erlebt, das du sofort erzählen kannst als deine lustigste Geschichte?«

»Na ja …«, sagte Fibi. »Ich weiß nicht, ob das lustig ist. Aber als ich mich in einen Waschbären verwandelt hatte, wusste ich nicht, wie ich es meinen Eltern sagen soll. Ich hab mich unters Bett verkrochen, und als meine Mutter kam, habe ich ihr nur gesagt, dass ich ein Waschbär bin. Und sie hat geglaubt, dass ich nur deshalb anders klinge, weil ich eine App runtergeladen habe, die die Stimme verändert.«

»Eine *App*!« Ed mußte laut lachen. »Das ist ja wirklich zum Totlachen! ›Mama, ich bin ein Waschbär.‹ – ›Kind, erzähl nicht, das ist doch nur ne coole App!‹«

»Was würde denn deine Mutter sagen, wenn du als Waschbär nach Hause kommst?«, fragte Fibi.

»Ich weiß nicht«, sagte Ed. »Vielleicht: ›Ed, klar, du willst was Besonderes sein – aber das geht zu weit!‹«

Den Rest verbrachten sie damit, sich komische Geschichten zu erzählen, die immer auch etwas Peinliches hatten. Fibi hatte mal ein Handytelefonat mit ihrer Mutter nicht richtig beendet, so dass ihre Mutter hörte, was Fibi danach mit einer Freundin besprach – nämlich dass sie im Schulbus neben einem Jungen (bei dem es sich um Aram handelte, was Fibi gegenüber Ed nicht erwähnte) gesessen hatte, der eingeschlafen war, und sie, Fibi, sich dann vorgestellt hatte, ihn mit Nutella einzuschmieren und abzulecken ...

»O mein Gott«, sagte Ed. »Wenn meine Mutter so was mithören würde, ich würde mich umbringen.«

»Meine Mutter hat mir am nächsten Morgen ein Glas Nutella hingestellt und mich angegrinst. Ich hab sie gefragt, was los ist, und sie sagt: ›Fibi, wenn du telefonierst – am Ende immer auf den roten Kreis drücken ...‹«

»Ich hab mal einer meine Liebe gestehen wollen. Sie war ein Jahr älter, ich fünfzehn, sie sechzehn. Wir gehen durch den Park, ich setz mich auf einen Baumstamm und fang an, ihr das Lied vorzuspielen, das ich für sie geschrieben habe. Ich habe eine Woche lang die romantischste Ecke im Park gesucht, aber sie guckt mich regelrecht angewidert an, je länger ich spiele. Ich frag sie, was denn los ist, und sie sagt: ›Falls du es nicht gemerkt hast, dir hat ein Vogel auf die Schulter geschissen.‹ Und nicht nur auf die Schulter. Er traf den Hals, und von da gings auf die Schulter. Aber ich war ja so mit meinem Song beschäftigt, dass ich das nicht mitgekriegt habe. Am nächsten Tag sagte sie mir, dass sie die ganze Nacht nicht schlafen konnte wegen der ekligen Vorstellung, jemanden zu küssen, der von einem Vogel vollgeschissen wurde.«

»Wo denn?«, fragte Fibi.

Ed zeigte auf die linke Halsbeuge. Fibi richtete sich auf. »Darf ich mal mit meinem feinen Waschbärennäschen ...«

Sie roch an der Stelle und sagte: »Puh! Mann! Das war ein Fink! Ist ja übel!«

»Echt?«, sagte Ed. »Mann, das ist Ewigkeiten her!«
Fibi lachte.

Ed sagte: »Hab ich vergessen, dir zu sagen: In London zahlen die Behörden wegen der Waschbärenplage hundert Pfund für jeden abgelieferten Waschbären, tot oder lebendig. Also immer schön in meiner Nähe bleiben!«

»Wirklich?«, fragte Fibi erschrocken, und jetzt war es Ed, der lachte.

Am Londoner Flughafen wurden sie von einem Musiker abgeholt. Er sah Fibi, die von Ed in der Armbeuge getragen wurde, und seine Augen leuchteten. »Ist sie das sprechende Waschbär-Mädchen?«

»Ich dachte, ich geb ihr mal ne Chance als Tänzerin«, sagte Ed. »Besser als ich wird sie schon sein.«

Deborah verabschiedete sich von Ed und Fibi, die mit dem Musiker zu einem Wagen gingen, der auf sie wartete; Deborah nahm sich ein Taxi.

Wiebke und Hilmar schauten sich noch mal im Fernsehen an, was da passiert war. Es war so unfassbar schnell gegangen. Ed Sheeran hatte Millionen Fans – warum musste ausgerechnet Fibi mit ihm durchbrennen?

»Wenn ich an die Folgen denke«, sagte Hilmar und stöhnte. »Was soll die Gemeinde mit dem Amphitheater, ohne Fibi und ihre Sendung? Zweitausendfünfhundert Plätze! Und was ist mit dem Vertrag? Ist noch alles tüffig ohne Fibi?« Er seufzte. »Es ist ein bisschen wie mit dem Fischer und sin Fru. Wir sitzen jetzt wieder im Pisspott, wie am Anfang.«

»Übertreib nicht«, sagte Wiebke.

»Aber sag mal: Wozu soll das Fernsehen noch bleiben?«

»Um das Zusammenflicken unserer gebrochenen Herzen zu filmen«, sagte Wiebke. Später hatte auch Hilmar eine Idee. »Fibi hat doch diese Kamera, mit der sie alles filmt«, sagte er. »Der Livestream. Und wenn der gespart wird, spielen wir ihre Szenen nach, denn wir dürfen reingucken. Ich bin Ed Sheeran und du bist Fibi, und als zurückgelassene Familie spielen wir Situationen aus dem Leben unserer Tochter nach.«

»Und was ist der Sinn davon?«, fragte Wiebke.

»Das ist lustig! Wenn sie diesen peinlichen Teenie-Quatsch macht – ehe wir uns für Fibi schämen, machen wir genau denselben Quatsch.«

So verbrachten sie den Rest des Abends damit, den Ed-Sheeran-Auftritt bei Fibi nachzuspielen, und Wiebke kam nicht umhin, insgeheim für den Charme, den Witz und die Wärme von Ed Sheeran zu schwärmen.

Und auch Hilmar fand, dass er als Ed Sheeran Dinge zu seiner Frau sagte, auf die er selbst schon längst hätte kommen können. Dass sie ein wunderbarer Mensch ist, feinfühlig und interessiert, und was Besonderes. Wenn der Plan war, sich über Fibi lustig zu machen, dann war das gründlich nach hinten losgegangen. Wenn der Plan war, Fibi zu verstehen, war ihnen ein Volltreffer gelungen.

Nur Alex war auch noch am nächsten Morgen traurig und konnte nicht getröstet werden. Er beschloss, ein »noch berühmterer Sänger als Ed Sheeran« zu werden – und dann wird Fibi schon zurückkommen.

Seitdem Hilmar ein kleiner Splitter im großen Fernsehprogramm war, konnte er das Fernsehen als Ganzes nicht mehr ernst nehmen. Er fand es peinlich, wie über sein Dorf, wie über Mecklenburg insgesamt berichtet wurde. Was es hier alles zu »entdecken« gäbe. Wir waren schon immer da, dachte Hilmar Hüveland grimmig, wann immer er das E-Wort hörte. Du bist nur noch nie hierhergekommen. Er fand auch seltsam, was er von Politikern in Talkshows und Fernsehdiskussionen hörte. Einen Wortwechsel fand er so bizarr, dass er ihn in der Mediathek nochmals aufstöberte und auswendig lernte: »Es ist doch bezeichnend, nein, Herr Kollege, lassen Sie mich ausreden, es ist doch bezeichnend für die Perspektivlosigkeit der heutigen Jugend, an der Ihre Regierung eine Mitverantwortung trägt, wenn sich die Jugendlichen scharenweise in Autowaschanlagen begeben, in der Hoffnung, sich in Waschbären zu verwandeln.« – »Wer hat denn das Kindergeld nochmals um dreißig Euro erhöht? Wer hat denn das Familiengeld auf Alleinerziehende ausgeweitet? Wer fordert denn kostenlosen Nahverkehr für Schüler und Studenten? Doch nicht Sie! Also das lassen Sie mal schön bleiben, uns in die Schuhe zu schieben, wenn sich einige Jugendliche in Waschbären verwandeln wollen!«

Oder was er in ach so klugen Zeitungsartikeln las. »Um sich das ganze Ausmaß der Staatsferne der heutigen ostdeutschen Provinz begreiflich zu machen: Da verschwindet die Tochter, der Sohn, und obwohl die Eltern tadellos in ein bürgerliches Leben integriert waren, kam ihnen nicht die Idee, öffentliche oder gar staatliche Institutionen einzuschalten. Wenn der Staat aber nicht einmal in solchen Momenten zur Stelle sein soll, dann soll er nie zur Stelle sein; dann gibt es ihn gar nicht. Das ist Ostdeutschland 2023.«

Die Bräsenfelde-Berichterstattung verlor vollends ihre Aura, nachdem Fibi gegangen war. Die Konjunktur vor Ort kollabierte. Nun gab es nichts mehr zu »entdecken«, jetzt war alles wie früher. Vor allem war der Landstrich rechtsradikal, und er hatte Übung darin, diese seine Eigenschaft zu »verdrängen«. Das V-Wort war in den neuen Berichten der Schlüsselbegriff, wie es das E-Wort in den früheren war. Ein Reporter wagte sich mit dem Film »Zeichen an der Wand« an das »Porträt eines Landstrichs«, indem er sich für die Achtundachtzig in der alten Schweinemast interessierte. Da hatte er alles: Zuerst die DDR-Nostalgie, indem er zwei passende Sätze – WirhattenalleArbeit/Eswarnichtallesschlecht – von alten LPGlern benutzte. Er hatte aber auch den Nachwende-Irrsinn, er hatte Treuhand-Machenschaften, Heimatverlust, Entvölkerung, Neonazis, er hatte das »Wegschauen«, weil den Mecklenburgern gleichgültig war, was vor knapp dreißig Jahren mal an die Wand einer abgelegenen Schweinemast gesprayt wurde, und er hatte die »Verharmlosung«, weil Aram den verkappten Hitlergruß als Trainingsobjekt genutzt hatte. Der Film bekam in der Kategorie »Dokumentationen« sogar einen Fernsehpreis. Hilmar hatte das Gefühl, dass er am Reißbrett entworfen worden war und dass der Journalist schon alles wusste, als er die Kamera das erste Mal einschaltete. – Aber insgeheim musste Hilmar zugeben, dass ihm die Doku »Zeichen an der Wand« auch ein Aha-Erlebnis bescherte: Der Abspann ruhte auf der Achtundachtzig, deren beide Achten nicht in jeweils einem Zug auf die Wand gesprayt waren, sondern aus zwei mal zwei Kreisen bestanden, wie Schneemänner. Hilmar dachte, dass er diese Art der Acht schon mal gesehen hatte, und als er sich den Vertrag anschaute, den er mit Professor Ahlert geschlossen hatte, sah er diese Schneemann-Acht beim Datum neben der Unterschrift von Holger Stein.

Nach »Zeichen an der Wand« war Bräsenfelde und Umgebung medial abgefrühstückt.

Hilmar Hüveland verspürte eine innere Verpflichtung zum Fernsehdissidententum, und manchmal lebte er die auch aus. Oder versuchte es. Wiebke hatte früh herausgefunden, dass für »Mutter, Vater, Waschbär, Kind« wie von selbst Momente für die Sendung ausgewählt werden, in denen etwas von Zimmer zu Zimmer, von Etage zu Etage gerufen wird. So streute Hilmar seine fernsehkritischen Äußerungen, indem er sie durchs ganze Haus rief: »Wiebke, ist dir eigentlich aufgefallen, dass diese Fernsehteams hier immer was *entdecken*? Sind die *Kolumbus*?« – »Vielleicht ja Marco Polo«, rief Wiebke zurück, die instruiert war, irgendwie mitzuspielen. »Wer sind *wir* dann? Die Indianer?«, rief

Hilmar, und Wiebke machte »Wuwuwuwuwu!« Das wird gesendet, dachte sie, das geht gar nicht anders.

Doch bei der Abnahme tauchte die Szene nicht auf, stattdessen ein durch das Haus gerufener Dialog: »Hast du die Milch in den Kühlschrank gestellt?« – »Wieso?« – »Soll nachher noch gewittern!«

»Veto«, sagte Hilmar, und Bierschinken fragte: »Wieso?«

»Weil es nicht gewittert hat und ich dann dastehe wie einer, der keine Ahnung hat«, sagte Hilmar. Bierschinken schüttelte den Kopf; es war die dämlichste Veto-Begründung, die ihm je unterkam. Wegen solcher Empfindlichkeiten nach einem Ersatz zu suchen ging ihm gegen den Strich.

»Nehmen Sie doch die Stelle mit dem *Wuwuwu!* rein«, sagte Wiebke. »Die ist sogar noch besser.«

Bierschinken ließ ein undefinierbares Knurren vernehmen.

Gesendet wurde: »Hast du die Milch in den Kühlschrank gestellt?« – »Wuwuwuwuwu!«

Und Aram? Er stand im Schatten, während Fibi im Licht stand. Er sprach nicht, weshalb sich kaum jemand für ihn interessierte. Ihm wars recht. Er verbrachte viel Zeit am Computer. Er sammelte wie ein Besessener sämtliche Informationen über die Jugendmannschaft des Hasfau, die er bei seinem Probetraining gesehen hatte. Erst saugte er über Yussuf jeden Informationskrümel aus dem Internet, dann über dessen Mitspieler, auch ehemalige, und deren Werdegänge ... Wie ein Myzel breitete sich Arams Wissen über Yussuf aus. Als der »Stern« an einem Dreiteiler namens »Der zweite Waschbär« schrieb, für dessen Rechte Professor Ahlert eineinhalb Millionen Euro ausgehandelt hatte, fragte die »Stern«-Reporterin Aram, worauf er denn Lust habe. Ob es irgendetwas gibt, wo man gemeinsam hingehen könnte; schließlich brauche man auch eine Bildstrecke.

Aram tippte livestream hsv u15 alle spiele u training

Warum livestream, wenn man hinfahren kann, fand die

Reporterin, und auch der Fotograf wollte Abwechslung bei den Motiven. »Ein Waschbär am Laptop ist ja ganz witzig, aber nicht mehr beim zwanzigsten Bild.« Also ließ sich Aram in eine Reisetasche setzen und nach Hamburg fahren, zu einem Spiel der U fünfzehn des Hasfau. Während des Spiels vergaß Aram, weshalb er hier war. Er fühlte sich zu Hause. So kannte er die Fußballplätze: dass bei einem Ballbesitzwechsel von beiden Trainerbänken gleichzeitig ein Geschrei taktischer Anweisungen einsetzte (»Hopp, hopp, hopp und steil!« – »Rico, nachsetzen!«) und dass ein Torjubel aus zwanzig Kehlen auch nicht zu verachten ist.

Aram fühlte sich durch das Geklicke des Fotografen gestört, und das Bohei war ihm peinlich; die Aufmerksamkeit stand den Spielern zu, nicht ihm. Yussuf zum Beispiel. Er hatte zwar in der ersten Halbzeit nur einen genialen Moment – eine Ballmitnahme in Hochgeschwindigkeit, bei der er den Gegenspieler überrumpelungsartig überlupfte –, doch ansonsten war Yussufs Spiel von einer rätselhaften Schlampigkeit, krankte an einer Boykott- oder Sabotagementalität. Er verlor alle seine Laufduelle und versuchte erst gar nicht, ungenaue Zuspiele vielleicht doch noch zu verwerten. Trotzdem gewann der Hasfau sechs zu null. Beim Gang in die Kabine winkte Yussuf mal rüber, Aram erwiderte mit seinem gegenläufigen Vorderpfoten-und-Schweif-Scheibenwischer-Winken, und das wars. Man blieb auf Distanz, war sich wohlgesinnt, und für Aram war alles in Ordnung.

Die Sternreporterin hingegen wollte Aram mit der Mannschaft fotografieren, zu der Aram ohne seine Verwandlung vermutlich gehören würde. Aram weigerte sich, indem er einfach davonlief. Die einzigen Bilder nach Spielschluss zeigten Aram, wie er sich auf dem Parkplatz unter einem Auto verkrochen hatte.

Teil des Eineinhalbmillionenvertrages war ein Auftritt von Familie Steins bei Sternteefau. Aram saß neben seinen Eltern auf dem Sofa wie ein Requisit. Nach Aufforderung drosch er Tennisbälle per Seitfallzieher ins Publikum. Holger Stein meinte, Aram könne das Maskottchen der deutschen Mannschaft werden, »schwarzweiß gekleidet, hält die Klappe, macht die Dinger, was will der Trainer mehr?« Der Moderator fragte Aram, wie er diese Idee findet. Aram tippte

btu

in den Laptop, was unverständlich war, bis jemand aus dem Publikum rief, das bedeute *both thumbs up*, also sehr gute Idee.

Ob sein Vater öfter mit Ideen komme.

ja

tippte Aram.

Und sind die immer so gut?

eher nich so

Es ging noch darum, dass Aram mit niemandem sprach. Wenn das die Eltern so belaste, ob sie denn versucht haben, da Hilfe zu bekommen, zum Beispiel eine Psychotherapie.

btd

tippte Aram, obwohl die Frage gar nicht an ihn ging, aber der Moderator verstand schon: »*Both thumbs down* soll das wohl heißen.«

Zu unterschiedlich war das auf dem Präsentierteller ausgebreitete, als »aufregend« inszenierte Leben der Hüvelands im Vergleich zur stillen Tragödie der Steins, die um einen schweigsamen, sich an den Computer kettenden Sohn kreiste. Die Steins erlebten, dass Unglück einsam macht wie eine ansteckende, tödliche Krankheit. Jeden Sonntag fuhren die Steins zu den Spielen der U fünfzehn, Aram zuliebe. Für Lydia waren das »Familienausflüge«, und Holger sagte sich, dass diese Touren auch auf dem Programm gestanden hätten, wenn Aram kein Waschbär, sondern Hasfau-Nachwuchsspieler geworden wäre. Nach einigen Wochen begannen Lydia und Holger sich für die Mannschaft zu interessieren und werteten das jeweilige Spiel auf der Heimfahrt aus, diskutierten Aufstellung und Taktik. Sie sprachen über Dinge, von denen Aram einfach mal mehr verstand und die Aram liebte. Aram wünschte sich für einen Augenblick, mitreden zu können, um in das unqualifizierte Gerede seiner Eltern (bei dem der ach vor Fußballkennertum nur so strotzende Vadder in mancherlei Hinsicht noch verkehrter lag als die angeblich so ahnungslose Mutter) reinzufahren. Doch Aram hatte zu lange nicht geredet, hatte sich längst schon an sein Schweigen gewöhnt.

Wiebke besuchte die Steins gelegentlich, und sie hatte sich einiges in Sachen Mutismus angelesen. Zufällig fiel einer ihrer Besuche auf den Tag, an dem eine Anfrage einging, ob Aram tatsächlich als Nationalmannschaftsmaskottchen zur Verfügung stünde. Aram war in Hochstimmung. Zwar tippte er alle naselang etwas in den Computer, sprang aber immer wieder von seinem Tisch, kam zurück, tippte erneut … So aufgekratzt hatte ihn Wiebke noch nie gesehen, und sie fand es ein gutes Zeichen.

»Stell dir mal vor, du kannst bis zur WM sprechen«, sagte Wiebke. »Dann holen die dich noch als Experten ins Studio. Machst die Spielanalyse. Hast du doch drauf.«

Aram sprang auf den Tisch und tippte

will kein wm xperte sein

»Nee? Was denn sonst?«, fragte sie, und als Aram seine Antwort eintippen wollte, schlug sie den Laptop vor Arams Tatzen zu. Aram sprang vom Tisch, lief auf dem Boden unruhig hin und her, sprang wieder auf den Tisch, und als er den Laptop öffnen wollte, legte Wiebke ihre Hand auf den Deckel, so dass ihn Aram nicht öffnen konnte. Wieder sprang er vom Tisch und lief unruhig hin und her. Wiebke wiederholte ihre Frage: »Was willst du dann sein?«

»Scout!«, sagte Aram. Alle hatten es gehört: Holger, Lydia und Wiebke. Arams Eltern stand vor Staunen der Mund offen. Wiebke lächelte, reckte *both thumbs up* und sagte: »Super Idee!«

Wiebke hatte seit August nicht mehr die Praxis betreten, aber sie wollte wieder arbeiten. »Seit August« war der stehende Begriff, der den Einschnitt aus Verwandlung, Unglück, Prominenz und Geldregen bündelte. Der August hatte nicht nur Fibi in einen Waschbären, er hatte die gesamte Familie Hüveland (und damit auch Wiebke) in Fernsehgesichter, in Promis verwandelt. Sie wusste, dass sich, bedingt durch ihre Spezialisierung auf dreizehn- bis siebzehnjährige Klienten, Themen in der Praxis einfinden werden, die nicht in eine Therapie gehören: Manche werden davor Angst haben, von ihr, Wiebke, in einen Waschbären verwandelt zu werden, andere werden etwas über Fibi herausfinden wollen. Oder über Ed Sheeran, mit dem Fibi neuerdings durch die Weltgeschichte tourte. Wiebke plante, auf Drei- bis Sechsjährige umzusatteln, und belegte entsprechende Fortbildungen. Doch in der Zwischenzeit wollte sie Aram aus seinem stimmlichen Dornröschenschlaf erwecken. Er fand die Idee einer Therapie jetzt nicht mehr *btd*. Aber auch nicht *btu*. Er »kann, aber will nicht«, ist die landläufige Diagnose. Die aber trifft auch auf jeden zu, der nicht vom Zehner springt. Wiebke glaubte, dass Aram »rein physiologisch sprechen kann, aber mental blockiert ist und es sich in dieser Blockierung gut eingerichtet hat«. Ich werde diese Blockierung nicht knacken, denn er ist stark genug, sie zu verteidigen, dachte sie. Ich kann ihn nur dabei unterstützen, die Blockade aufzugeben.

Sein erster Termin war zugleich die Wiedereröffnung ihrer Praxis nach monatelanger Schließung. Sie wischte Staub, saugte die Böden und trennte sich von Pflanzen, die vertrocknet waren. Aram sollte checken, ob die Böden wirklich sauber sind. Wiebke machte es sich in Arams Gegenwart zur Gewohnheit, laut zu denken – in der Hoffnung, zufällig etwas zu sagen, was Aram zum Reden provoziert. Doch es gelang ihr nicht, auch nicht nach Wochen und Monaten. Je länger Aram ihr zuhörte, desto überflüssiger kam ihm das

Reden vor. Er fand es nicht nur lästig. Es war doch geradezu albern, sich Dinge zu sagen. In den allermeisten Fällen redeten die Menschen Stuss, oder sie sagten komplett überflüssiges Zeug. Es ging nie um das, was sie sagten. Sondern darum, dass sie Kummer hatten oder Geltungsdrang oder sonstige Probleme. Wiebke Hüveland zum Beispiel redete doch nur mit ihm, damit er endlich anfängt zu reden – obwohl sie genau weiß, dass er nichts Interessantes mitzuteilen hat. Es gab also gar keinen Grund für ihn, etwas zu sagen. Aber wie sie sich abstrampelte, mit welchen neuen Ideen sie ihn zum Reden verführen wollte, das sah er sich gern an.

Manchmal versuchte sie, Aram in Diskussionen zu verwickeln, aber das fand er durchschaubar, und es war ihm auch zu stressig. Es war doch die billigste Sache der Welt, ein Gespräch zu führen, indem man einander widerspricht. Das kann man endlos spielen – ohne Folgen. Wenn *das* Reden ist, kann man es gleich lassen.

Aram erinnerte sich, dass er, lange vor seiner Verwandlung, im Fernsehen oft Leuten zugehört hatte, die begründeten, warum Trump ein katastrophaler Präsident ist: Weil er unverantwortliche Entscheidungen trifft, einen miesen Charakter hat, lügt und hetzt und spaltet, Untergebene mies behandelt, Gegner verhöhnt und demütigt, sich als beratungsresistent erweist, Verträge zerreißt, sich an Absprachen hält oder eben nicht hält, wie es ihm gerade passt – und dass er wegen all dieser Eigenschaften eigentlich unwählbar ist. Und obwohl unzählige Worte seiner Unwählbarkeit gewidmet wurden, war er wiedergewählt worden, mit einem noch deutlicheren Vorsprung als beim ersten Mal. Wenn das also die Wirkung von Worten und von Argumenten ist, dachte Aram, sind sie die Mühe nicht wert.

Während es inzwischen Apps gab, die Texte in mehreren Sprachen mit Fibi-Stimme wiedergaben, blieb Aram stumm. Er konnte sich nur eine einzige Gelegenheit vorstellen, bei der er sprechen wird: Wenn er dem Hasfau einen bestimmten Spieler empfiehlt und die ihn nicht wollen, wird er ein Plädoyer für seinen Spieler halten müssen.

Wie das mit Fibi weiterging, bekam er nur am Rande mit, obwohl er den Nachrichten über sie nicht entgehen konnte. Fast jedes Portal hatte eine Fibi-Meldung auf der Startseite. Die Schlagzeile fing er noch auf, bevor er sie wegklickte. Yussuf interessierte ihn. Nicht Fibi.

Auf der Facebook-Seite von Yussuf Abdelami wurde am 21. Mai 2024 um 4:17 Uhr von Aram Stein das folgende Posting veröffentlicht:

Hi Yussuf was ist los mit dir? Ich war inzwischen bei fast 20 Spiele von dir aber ich habe nie wieder den Yussuf gesehen von letzten August beim Training. Ich weiß genau was du für 1 Fußballer bist. Du guckst Fußballtricks auf insta und bringst sie dir bei. Wahrscheinlich mit 1 Kumpel. Die Tricks zu lernen das dauert ich weiß. Geht mal schneller und mal langsamer aber auch wenn man 1 echtes Talent ist braucht man Zeit bis man sie drauf hat. Wenn es so weit ist gehst du auf den Bolzplatz probierst sie aus und machst 1 auf Angeber. Und bei deinem Verein wirst du noch mal besser das ist das Wichtigste. So hast du das mit jedem Trick gemacht bis du sie alle draufhattest. Und du hast sie rabiat gut drauf. Wenn der Ball kommt weiß keiner was du machst. Gegenspieler Mitspieler Trainer. Keiner weiß was du jetzt mit dem Ball anstellen wirst. Nicht mal du selbst weißt es. Aber allen ist klar wenn der Ball zu dir kommt passiert gleich was. Dein Okocha den ich im August beim Training gesehen habe war Hammer. Ich hab noch nie so 1 Okocha gesehen nicht mal in der Bundesliga. Wahrscheinlich hatte nicht mal Okocha solche Okochas drauf.

Ich hab auch mal Fußball gespielt. Ich konnte rabiat gut schießen. Mein Schuss war 1 Strich. Alles nur Training Bruda. Hab die Bälle immer an die Wand geschossen wo eine Zielscheibe gesprayt war. Immer so aus 20 Meter geballert. Manchmal auch nur 15 Meter oder mal 25 Meter. Bäng bäng bäng. Technik hat mein Vadder gezeigt und der Rest war Übung. Ich hab den Ball wie 1 Strich an die Wand geknallt und er flog in hohem Bogen zurück und wenn ging habe ich ihn volley gleich wieder an die Wand geknallt. Ich bekam Hornhaut rechts und links im Spann ohne Scheiß. Und frag nicht wie viele Bälle ich ruiniert habe. Aber die Schüsse waren rabiat. Freistöße für mein Verein hab immer ich geschossen. Die gingen nie daneben oder in die Mauer. Die gingen Lattenunterkante rein. Ich war voll der Killa Mann.

Leider hab ich mich kurz vor dem Probetraining in 1 Waschbären verwandelt aber zum Probetraining bin ich doch gefahren und da habe ich dich gesehen. Ich hab gedacht das kann doch nur 1 Irrtum sein. Wenn die 1 Zehner wie dich haben was wollen die dann mit mir?

Inzwischen hab ich deine Spiele gesehen und ich muss leider sagen dass du rabiat unter deinen Möglichkeiten bleibst. Das Schlimmste ist doch wenn du irgendwann mal sagst ich hätte 1 toller Fußballer werden können ich hab mit fünfzehn schon Autogramme gegeben. Wenn ich kein Waschbär und Scheißmaskottchen wäre sondern beim Hasfau dann wäre ich heut der Zehner und nicht du das steht schon mal fest. Ich sags nicht gerne aber ich beneide dich weil du kein Waschbär geworden bist wie ich. Und wenn du die Chance hast 1 ganz toller Fußballer zu werden dann musst du sie auch nutzen. Was ich auf insta bei dir sehe hat kaum mit Fußball zu tun und das ist 1 Fehler Bruda.

Warum machst du so wenig aus dein Möglichkeiten? Das ist keine Frage. Denn es gibt keine Antwort die ich akzeptiere. Ich verlange von dir dass du zeigst was du kannst. Zeig es mir und allen anderen.

Aram

Der schönste Tag, die schönsten Stunden, die Fibi mit Ed Sheeran erlebte, war der erste Tag, die ersten vier Stunden. Schon als der Musiker erschien, der Ed vom Flughafen abholte, kam sich Fibi wie abgemeldet vor, denn die Beiden hatten etwas zu bereden, die gesamte Fahrt über. Fibi konnte zwar in der Villa leben, in der Ed mit seiner Familie wohnte, aber sie blieb sich selbst überlassen. Ed traf Freunde, Musiker, Musik- und Filmproduzenten und »Geschäftspartner«. Für Fibi hatte er keine Zeit. Ihr war noch eine komische Geschichte eingefallen, eine aus der Reihe »Missgeschicke«, nämlich dass sie sich bei einer Berlin-Klassenfahrt in einer Retro-Eisbar auf etwas gesetzt hatte, das sie für einen Barhocker hielt, das aber in Wirklichkeit ein Mülleimer mit Schwingdeckel war, und dass sie nicht nur den Schwingdeckel kaputt machte, sondern auch so weit im Mülleimer versank, dass sie nur mit Mühe daraus befreit werden konnte. Die Geschichte erzählte sie am dritten Tag beim Frühstück, und weil Eds Frau bis dahin Fibi noch nie etwas Persönliches hatte sagen hören (und auch nicht wusste, dass sich Fibi und Ed gleich am ersten Tag allerlei Missgeschick-Beichten an den Kopf geworfen hatten), glaubte sie, dass Fibi das von ihr so geliebte Retro-Design durch den Kakao ziehen und Zweifel an ihrer ästhetischen Kompetenz säen wollte. Denn was sonst sollte die Moral einer Sieht-aus-wie-ein-Barhocker-ist-aber-ein-Mülleimer-Geschichte sein?

An dem Tag wurde ein Video gedreht. Ed nahm Fibi mit an den Drehort, eine Brückenunterführung, aber der Regisseur war strikt dagegen, Fibi in das Video einzubinden, und Ed fügte sich, nachdem er seine Argumente vergeblich vorgebracht hatte. »Ich rede anderen Leuten nicht in Dinge hinein, von denen sie mehr verstehen als ich«, sagte er zu Fibi. »Und er ist nun mal der Regisseur.«

Nach Drehschluss – Ed stand wieder mit drei Leuten zusammen, um etwas zu besprechen – kam Fibi.

»Ich will ja nicht stören …«

»Fibi, du störst nicht!«

»Aber was soll ich denn hier?«

Ed entgleisten die Gesichtszüge, als ihm klar wurde, um was für ein Missverständnis es sich handelte.

»Ich hab gesagt, ich nehm dich mit, und du bist überall mit dabei«, sagte Ed. »Du wohnst sogar bei mir. Aber ich kann nicht alles fallenlassen, weil du beschlossen hast, dich anzuschließen. Mein Leben geht doch weiter!«

Fibi hatte im Ohr, wie Ed zu ihr gesagt hatte, dass sie ein ganz besonderer Mensch sei. Dann behandle mich gefälligst auch so!, dachte sie.

»Bei meiner nächsten Tour sind wir zusammen auf der Bühne«, sagte Ed. »Hast du schon mal getanzt?«

Fibi schüttelte den Kopf.

»Ich ruf Sheila an. Die ist ne super Tanzlehrerin, die hat auch mich unterrichtet, was beweist, dass sie sich für die mieseste Drecksarbeit nicht zu schade ist und auch hoffnungslose Fälle anpackt. Mit der machst du ein bisschen Grundlagen, und in zwei Monaten beginnen die Proben für die Show mit einer richtigen Choreographin.«

Tatsächlich begann Fibi am nächsten Tag mit dem Training; Sheila kam in die Villa der Sheerans und trainierte mit Fibi im Fitnessraum, Tag für Tag, eine Woche lang. Dann ließ sich Ed von seinen Musikern davon überzeugen, dass er seinen Liedern keinen Gefallen tue, wenn er einen Waschbär dazu tanzen lasse; die Lieder würden dadurch »veralbert«. Ed sagte Fibi sofort, dass er sich anders entschieden habe und warum, »aber wenn dir das Training mit Sheila Spaß macht – kein Problem, sie kann weiter kommen, wenn du willst!«

Fibi hätte gern Freunde gefunden – aber wer freundet sich schon mit einem Waschbären an? Für Eds Freunde war sie der Spleen eines Superstars – aber eben keine Freundin, der man sich anvertraut und von der man hofft, auf sie zählen zu können. Selbst mit Sheila, mit der sie täglich zu tun hatte, ergab sich nichts. Sheila war eine kalte, perfekte Tanzmaschine. Was immer sie im Kopf hat, dachte Fibi, viel kanns nicht sein.

Noch unangenehmer war es nur mit Danu, der »guten Seele« der Sheeran-Villa. Danu, eine gebürtige Rumänin, schmiss den kompletten Haushalt. Die Sheerans schwärmten von ihr in den höchsten Tönen, denn das Haus befand sich in einer perfekten Balance: Es war stets ordentlich, ohne steril zu sein, es war überall aufgeräumt und zugleich lebhaft. Doch als Fibi Danu gestand, dass sie, ohne es kontrollieren zu können, das Haus mistig oder Einrichtungen kaputt macht, wenn sie sich langweilt, hatte Danu kein Verständnis. Fibi versuchte mehrmals, es Danu zu erklären – aber Danu glaubte, es handle sich um Charakterlosigkeit, und Fibi befürchtete, dass Danu mit ihrer Skepsis Ed und Cherry infiziert und sie, Fibi, den Sheerans damit noch weiter entfremdet.

Ihre Mutter hatte sie verstanden; da war das überhaupt kein Problem.

Aber wo war sie jetzt hingeraten? Sie lebte im Herzen von London, in der Villa von Ed Sheeran. Noch vor wenigen Wochen hätte sie sich keinen lebenswerteren Ort denken können. Sie war im Epizentrum ihrer Träume. Aber was machst du, wenn du alles hast? Sie erinnerte sich an ihre eigenen Worte, die sie gesagt hatte, als sie Ed kennengelernt hatte: *Dass Menschen wichtig sind, die dich verstehen und die an dich glauben, sonst gehst du ein wie ne Primel.* – Sie hatte genau dieses Gefühl.

Und sie erinnerte sich daran, dass sie gesagt hatte, lieber Waschbär zu bleiben als wieder Mensch zu werden. Wie dumm das doch war! Sie spürte, wie alle Menschen auf Distanz blieben, weil sie anders war. Sie war seltsam, sie war mit einem unübersehbaren Makel behaftet, der sich niemals wegdiskutieren ließ, und sie wünschte sich, einfach wieder so sein zu dürfen wie alle anderen. Aram, dachte sie, ist da aus einem anderen Holz geschnitzt. Dem ist egal, wie die anderen ticken. Ihr hingegen wäre es gern egal. War es aber nicht. Doch den Kontakt zu ihm suchen, bloß weil er der Einzige war, mit dem sie das Schicksal teilte? Nö. Schließlich war er es, der nichts mehr mit ihr zu tun haben wollte. Er hatte was an *seiner* Einstellung zu ändern, und nicht sie an *ihrer*. Deshalb war es an ihm, sich bei ihr zu melden, nicht umgekehrt.

Heidi Walissa und ihr Gefolge zermarterten sich das Hirn, wie sich mit Fibi in London interessantes Fernsehen machen ließ. Kann man täglich hundert Londoner dazu bringen, sich als Studiopublikum für ein auf Deutsch geführtes Gespräch zwischen einem Waschbären und einem GNSP-Halbfinalisten zu interessieren? Die Antwort war Nein. Also ließ man das Publikum weg. Das funktionierte aber gar nicht; es fühlte sich fad an. Die Sendung wurde eingestellt. Dafür wurde Fibi als eine Art Society-Reporterin in die Londoner Szene geschickt – was sich auch als keine gute Idee erwies: Der Geräuschpegel der Szene-Schauplätze war dermaßen hoch, dass Fibi mit ihrer dünnen Stimme kaum verstanden wurde und mehr als die Hälfte ihrer Gesprächszeit für Rückfragen und Wiederholungen draufging. Unter den Londoner Promis grassierte bald eine Art Dünkel, es würde den Ruf »beschädigen«, wenn man es nötig habe, sich mit einem Waschbären zu unterhalten. Dass Fibi die Herzen zuflogen, das war mal. Inzwischen drehten sich allzu viele weg, wenn sie auftauchte.

Dann begann endlich die Welttournee von Ed Sheeran, mit Fibi. Bei »Flying Racoon« schwebte sie vom Hallen- oder Stadiondach ein, umkreiste Ed wie einen Satelliten und teilte mit ihm den Jubel und die Begeisterung der Fans. Für ein Vierteljahr war sie eingebunden, lieferte brauchbares Material, und vor allem schenkte sie dem Sender Zeit, darüber nachzudenken, wie es mit ihr weitergehen sollte. Und so kam es nach der Welttournee zu einem letzten Versuch: Fibi sollte ihre Show in Köln machen, vor Publikum, und sie sollte jeden Tag zwischen London und Köln hin- und hergeflogen werden. So vereinbarten es Fibi und Heidi Walissa, die geradezu begeistert von Fibis Idee war, Aram mal in eine Sendung zu holen. Mit Fibi konnte Aram sprechen, das war allgemein bekannt, warum also sollte er das nicht vor der Kamera tun?

An einem Dienstag um elf Uhr spazierte Fibi ins Wohnzimmer der Steins. Lydia hatte sie ins Haus gelassen, nachdem sie überraschend in der Tür stand. Für Aram hatte Holger Stein einen niedrigeren Klingelknopf gebaut; den hatte Fibi benutzt.

Aram saß am Wohnzimmertisch und arbeitete am Laptop, und anhand der Begrüßungslaute seiner Mutter erkannte er, dass Fibi gekommen war. Als sie im Wohnzimmer war, sagte Lydia »Na, ich lass euch mal allein« und schloss die Tür, das heißt, sie lehnte sie an; sie wollte ja lauschen.

Fibi kletterte auf einen Stuhl neben Aram.

»Hallo, Aram«, sagte Fibi.

»Hallo«, sagte Aram.

Lydia konnte kaum glauben, dass das wahr ist. Aram, der seit fast zwei Jahren nicht sprach, der monatelang nicht von Wiebke Hüveland, der studierten Psychologin, zum Reden gebracht wurde, hat eben »Hallo« gesagt, einfach so? Sie schaute durch den Türspalt – und sah Fibi und Aram nebeneinandersitzen, auf zwei Stühlen. Sie schwiegen. Fibi sah Aram an, doch der starrte auf den Bildschirm, und als Fibi ihren Schweif auf seinen legte, entzog er sich.

»Hast du mal geguckt, wie viele Klicks unsere Lifehacks haben?«, fragte Fibi.

Aram sagte nichts, sondern ließ die Tasten klackern.

»Sechsundsiebzigmillionenvierhundertzweiundachtzigtausendneunhundertsieben für die Tüte«, sagte er und ließ erneut die Tasten klackern. »Und dreiundsechzig Millionen und ein paar Zerquetschte für das Türschloss.«

»Sechsundsiebzig und dreiundsechzig Millionen. Und wir haben mal von vier Millionen geträumt«, sagte Fibi. Aram schwieg und tippte auch nichts.

»Ist fast zwei Jahre her«, sagte Fibi. »In der nächsten Woche haben wir den zweiten – wie nennst du das? Jahrestag? Jubiläum? Geburtstag?« Das letzte Wort betonte sie ironisch.

»Ich nenne es gar nicht«, sagte Aram.

»Weil du sowieso nicht redest«, sagte Fibi.

»Bin eben ein echter Mecklenburger«, sagte Aram.

Du machst es genau richtig, dachte Fibi, denn das einzig Richtige und Ehrliche, was ich dir jetzt sagen könnte, ist *Weißt du, dass ich dich mal geliebt habe und immer noch liebe,* aber so was kann man nicht sagen, und wenn man so was nicht sagen kann, kann man auch alles, alles Übrige ungesagt lassen.

»Ich wollte dich fragen, wie es dir geht«, sagte Fibi.

»Deshalb bist du gekommen?«

»Ich wollte dich das in meiner neuen Sendung fragen, die wird in Köln gemacht. Vielleicht hast du ja Lust, am zweiten Jahrestag oder Jubiläum ein bisschen von dir zu erzählen.«

»Was soll das werden?«, sagte Aram. »Soll ich da erzählen …«

»Du *sollst* gar nicht«, versuchte Fibi zu unterbrechen, die sofort merkte, wie die Sache nach hinten losging.

»Also ich *darf* da erzählen, wie es mir geht, nachdem ich Waschbär geworden bin. Mann, ich hatte was vor, ich wollte viele Tore schießen, für große Mannschaften – und jetzt bin ich n Scheißmaskottchen, fürn Haufen Kohle – und darf erzählen, wie's mir geht? Weil du so gnädig bist und mich in deine tolle Sendung lässt, die jetzt nicht mehr in London, aber immerhin noch in Köln gemacht wird. Weil du ja so berühmt bist, mit deinen zigmillionen Klicks, während du an meiner Seite von lachhaften vier Millionen geträumt hast.«

»So war das nicht gemeint!«, sagte Fibi.

»Wie denn dann? ›Ich bin jetzt so berühmt, wie du mal werden wolltest. Und wie du auch sein könntest, wenn du nicht eigene Wege gegangen wärst‹«, sagte Aram, indem er Fibi etwas unterstellte. Was sie wütend machte.

»Kann es sein, dass du ein bisschen blöd bist?«, sagte Fibi. »Dass du total bekloppt bist? Dass sie dir ins Hirn geschissen haben? – Ich hab aus meinem Leben wenigstens was gemacht! Nicht so wie du.«

»Für mich ist dieses Waschbären-Dasein doch Gulli. Ist wie Rollstuhl. Ich hab keine Lust darauf, nur dafür berühmt zu sein, weil ich n abartiges Felltier bin. Aber das siehst du ja rabiat anders. ›Jeder Mensch sollte in seinem Leben mal Waschbär gewesen sein‹«, sagte Aram, Fibi zitierend.

»Im Leben ändern sich auch mal Pläne«, sagte Fibi, die sich schon in dem Moment, als sie das sagte, altklug und verlogen vorkam. Aram war ungnädig, er war *rabiat*, aber er war wenigstens ehrlich – während sie sich nur rechtfertigen und keine Blöße geben wollte. Sie benahm sich wie eine Scheißerwachsene, die sie niemals werden wollte, und aus der Nummer kam sie nun nicht mehr raus. »Ich kann mich darauf einstellen, wenn sich die Umstände ändern. Ich sehe darin sogar eine Chance, während du … hier nur rumhockst und daran denkst, dass es doch eigentlich anders laufen sollte.«

»Danke, dass du mir die Chance gegeben hast, in deine Sendung zu kommen. Aber die interessiert mich nen Scheiß. Oder hast du was anderes erwartet?«

»Nein, hab ich nicht! Weil du schon immer …« Ehe sie dazu kam, einen neuen Schwall Beschimpfungen über Aram auszukippen, unterbrach er sie.

»Und warum bist du dann gekommen?«, fragte er, und als Fibi klar wurde, dass die Frage, wenn man sie beim Wort nahm, nicht nur einen Sinn, sondern auch eine Antwort hatte, fing sie an zu weinen. *Weil ich mich mit dir vertragen will. Weil das kein Zustand ist, dass wir beide nicht reden und so scheiße zueinander sind,* wäre die Antwort. Aber das ließ sich nicht sagen, nicht ums Verrecken.

Er macht das genau richtig, dachte Fibi, als sie wieder in London war, in der Villa von Ed und Cherry, in der pausenlos gequasselt wurde. Wenn man sich die wichtigen Dinge nicht sagen kann, wozu dann überhaupt noch reden?

Nach wenigen Sendungen war klar, dass auch das neue Konzept nicht funktioniert: Das Kölner Publikum konnte mit Fibi nichts anfangen, und Fibi hatte nicht mehr den Elan und die Unbefangenheit ihrer Bräsenfelder Partyzelt-Sendungen. Wie sehr sie sich verändert hatte, nicht zum Guten, wurde ihr nach der Sendung mit Henning May klar, jenem Sänger aus ihrer allerersten Sendung: Henning war wie immer, freundlich und auf eine ungekünstelte Art bescheiden – aber sie behandelte ihn, als sei er hier, um etwas zu verkaufen, und sie versuchte mit ihm eine Art Wir-beide-kennen-ja-nun-das-Leben-der-Stars-Gespräch anzufangen; sie fragte ihn ernsthaft, ob er lieber mit Emirates oder Singapore Airlines fliege (worauf Henning May sagte: Och, man kann auch mit Easy Jet abstürzen.).

Der Sender ließ den Vertrag einfach auslaufen und bot keine Verlängerung an, auch nicht zu neuen – schlechteren – Konditionen. Sowohl Fibis Sendung als auch »Mutter, Vater, Waschbär, Kind« verschwanden aus dem Programm. Es war Heidi Walissas Entscheidung; sie ahnte, dass sie abserviert wird, wenn sie Sentimentalitäten zeigt. Sie kam mit Fibi überein, sie »von Fall zu Fall zu aktivieren«, etwa als Juror bei GSPM oder DWGJ. Fibi bewohnte in der Villa von Ed Sheeran inzwischen einen Kellerraum, den sie wie den

Bräsenfelder Keller straflos verwüsten durfte, und wenn Ed an einem neuen Song fummelte, war sie eine der Ersten, die ihn hörten. Mehr Privilegien erwartete sie von ihrem Leben nicht mehr.

Am Abend vor Alexanders zehntem Geburtstag – Alex lag schon im Bett, schlief aber noch nicht – rappelte es auf seinem Fensterbrett, und Fibi klopfte an seine Scheibe. Alex sprang sofort aus dem Bett und öffnete das Fenster. »Tättää! Kleine Geburtstagsüberraschung!«, sagte Fibi.

Fibi war zur Aufzeichnung einer Fernsehsendung am Nachmittag in Köln gewesen und hatte sich danach mehr oder weniger heimlich nach Bräsenfelde bringen lassen – erst mit dem Flugzeug nach Berlin, dann mit einem Limousinenservice, der sie, um nicht die Aufmerksamkeit der Eltern zu wecken, bereits am Dorfeingang absetzte. Als sie ihr Haus erreichte, war sie, wie schon am allerersten Abend ihres Waschbären-Lebens, die Tanne hochgeklettert, aufs Dach gesprungen und hatte sich von dort aus auf den Fenstersims des Kinderzimmers fallen lassen, das am entgegengesetzten Giebel des Schlafzimmers lag. Vielleicht wiederholte sie Handlungen aus der Anfangszeit, um noch mal von vorn anzufangen, und weil sie herausfinden wollte, wo sie falsch abgebogen war.

Alex schlüpfte sofort wieder in sein warmes Bett, und Fibi kroch mit ihm unter die Decke. Alex war größer geworden – aber sie konnte ihn sich noch immer nicht als einen Mann vorstellen.

»Morgen wirst du zehn«, sagte Fibi. »Wie ist das so?«

»Dann habe ich endlich ein Alter mit zwei Zahlen!«, sagte Alex. »Und nur noch neunzig Jahre vor mir.«

»Nur noch ist gut«, sagte Fibi.

»Lieber dreißig Jahre aufregend leben, so wie du, als hundert Jahre langweilig«, sagte Alex. »Wenn ich es mir aussuchen könnte.«

»Weißt du, wie alt Waschbären werden? Höchstens zwanzig Jahre. Als Waschbär wäre die Hälfte deines Lebens vorbei.«

»Oh«, sagte Alex, und Fibi fühlte es in seinem Kopf rattern. »Dann bleiben dir ja nur noch zwei Jahre!«, sagte Alex total verzweifelt, und sofort begann er zu weinen. »Nur noch zwei, dann bin ich ganz allein auf der Welt!« Fibi musste ihn festhalten, sonst wäre er aufgestanden und zu seiner Mutter gelaufen.

Dass ihr nur noch zwei Jahre blieben, war auch ihre Angst. Aber es ließ sich auch anders rechnen, und Fibi wusste nicht, wie sie zu rechnen hatte. Wenn ihre Menschenjahre nicht auf ihr Waschbärenleben angerechnet würden, blieben ihr noch achtzehn Jahre. Wenn ein Mensch höchstens hundert und ein Waschbär höchstens zwanzig wird, dann entsprechen sechzehn Menschenjahre etwas mehr als drei Waschbärenjahre, und Fibi blieben immerhin noch fünfzehn Jahre. Oder die Natur entscheidet, dass Fibi ein Mensch ist und demzufolge auch so alt wie ein Mensch wird. Das wäre natürlich am besten!

»Ich weiß nicht, was für mich vorgesehen ist«, sagte Fibi. »Aber eins weiß ich: Ein langes Leben ist super, und ein langes, intensives noch besser.«

»Was ist intensiv?«, fragte Alex. »So was wie aufregend?«

»Aufregend ist was anderes. Achterbahn ist aufregend. Aber jeden Tag Achterbahn ist dann auch wieder langweilig. Oder?«

»Ja.«

»Intensiv ist …« Fibi suchte nach dem richtigen Wort, und sie wollte das eine Fremdwort nicht mit einem anderen, wie konzentriert, erklären. »Intensiv leben heißt, dass du es *richtig* machst, also dass du, wenn du etwas machst, dass du es voll und ganz machst – oder gar nicht.«

»So einfach?«, fragte Alex.

Wenn du wüsstest, dachte Fibi, aber sie sagte »Ja, so einfach!«, und sie wünschte sich, dass Aram erfahren könnte, wie sie wirklich denkt und spricht.

»Bleibst du bei mir?«, fragte Alex. »Du bist so schön warm.«

»Frierst du?«

Alex ließ ein bestätigendes Grunzen vernehmen.

»Dann musst du träumen«, sagte Fibi. »Träume geben dir Wärme.«

Im Januar 2026 verlangte das Finanzamt von Hilmar und Wiebke Hüveland vier Millionen fünfhundertsechzehntausenddreihundertsechsundachtzig Euro und zwölf Cent Einkommenssteuer. Obwohl die Hüvelands eine hohe Steuernachzahlung immer auf dem Schirm hatten, stellte sie diese Forderung vor Probleme, denn während die Baukosten explodiert waren, gab es Ebbe bei den Einnahmen. Nicht nur das Geld vom Fernsehen war ausgeblieben, auch die Merchandise-Einnahmen waren eingebrochen. Sie mussten mit dem Finanzamt verhandeln und Verzugszinsen hinnehmen. Professor Ahlert fädelte zwei – mäßig dotierte – Buchverträge ein: einen »Ratgeber für Waschbäreneltern«, eine ironische Auseinandersetzung mit der Pubertät (aus Elternperspektive), und »23/24 – Was wirklich geschehen ist«. Das war als große Korrektur des durch das Fernsehen vermittelten Bildes gedacht. Die Buchverkäufe waren geringer als erhofft, und nur dank zahlreicher Talkshow-Einladungen konnten die Hüvelands ihre Steuerschulden begleichen. Das Amphitheater »Waschbärenbau« blieb unvollendet; über eine Million Euro wurden buchstäblich in den Sand gesetzt. Klingt nach viel, aber für die Investoren (Sender und Land) waren es Peanuts.

Im Juli führte ein Abendspaziergang Hilmar und Wiebke über die Fläche, die einmal der Parkplatz des »Waschbärenbaus« hatte werden sollen. Auf der Schotterfläche gedieh das Unkraut, was Hilmar auf die Idee brachte, für die Gemeinde eine Renaturierungs-Förderung der EU abzugreifen, da diese vier Hektar nach ihrer Bewilligung als »versiegelte Fläche« in der Statistik auch als solche geführt werden, obwohl sie nie versiegelt worden waren. Die »Renaturierung« werde die Gemeinde nichts kosten, denn das Unkraut wächst ja von allein, und mit dem Geld könne die Gemeinde dann …

»Wie hat das alles angefangen?«, fragte Wiebke, und Hilmar wusste sofort, was sie meinte. Was war der erste Schritt, mit dem wir vom Weg abgekommen sind. Dass wir uns mit Geldeinnehmen und Geldausgeben beschäftigt haben.

»Wir sind nun mal im Hamsterrad zu Hause«, sagte Hilmar nach einer Weile, und Wiebke dachte über diese Antwort ebenso lange nach, wie Hilmar benötigt hatte, um auf sie zu kommen. Auf Fibis Verwandlung reagierten sie wie gewohnt; eigentlich reagierten sie instinktiv: mit Aktivität. Wiebke führte das »zivilisatorische Frühstück« ein, und Hilmar fuhr nach Berlin, nach Baden-Württemberg, gab den »Mann, der die Herausforderung annimmt«. Er kümmerte sich, stresste sich in Handywerkstätten, durchforstete das Internet, konsultierte Anwälte, erbeutete fremde Computer. Und sie? Ließ Fibi in der Greifswalder Uniklinik von oben bis unten, von vorn bis hinten untersuchen. Doch egal, ob es um die Rückverwandlung ging, um das Warum, um mögliche Schicksalsgenossen – Sackgassen, Sackgassen, Sackgassen. Nur eines funktionierte: die Goldgrube. Wenn es ums Geldverdienen ging, wurden *die Anstrengungen belohnt*. Sie wollten das Geld nicht; sie brauchten es nicht. »Alles, was wir taten, war umsonst und sinnlos«, sagte Wiebke.

»Außer das Geldverdienen«, sagte Hilmar. »Das war nicht umsonst. Nur sinnlos.«

Der nächste Abend schenkte Bräsenfelde einen Sonnenuntergang wie von Fibi einst beschrieben: Orange flammte der Himmel am Horizont, darüber spannte er Purpur und

Violett. Wiebke ging über die Schotterfläche, über die sie schon am Vorabend mit Hilmar gegangen war, und identifizierte mittels ihrer neuen Pflanzenerkennungs-App, welche der Pflanzen sich für einen Salat eigneten, und als es danach mal wieder *geschredderte Fußgängerampel* gab, war das Gefühl der Sinnlosigkeit dessen, was sie die letzten Jahre getrieben hatten, nicht mehr ganz so groß wie noch am Tag zuvor: Ohne den Vertrag mit dem Sender gäbe es keine Sendungen mit Fibi, keine Baustelle für ein Amphitheater, keinen halbfertigen Parkplatz, auf dem Unkraut sprießt, und demzufolge auch nicht dieses Abendessen.

»Hätten wir auch einfacher haben können«, sagte Hilmar.

»Klar«, sagte Wiebke. »Aber besser so als gar nicht.«

Fibi erfuhr von Arams Tod durch einen Anruf ihrer Mutter. »Aram ist tot. Er wurde letzte Nacht überfahren.«

Fibi fühlte sich, als würde ihr der Boden unter den Füßen weggezogen. Der Einzige, der ihre Lage teilte, war nun tot, und er war gegangen, ohne sich mit ihr auszusöhnen. Insgeheim hatte sie immer zu Aram aufgeblickt, zu seiner Konsequenz und seiner Festigkeit. Unvorstellbar, dass er nicht mehr da war. Und dann noch dieser Tod! An ihrem ersten Tag als Waschbären, bei ihrer Mutprobe, da blieb sie viel zu lange stehen, wollte warten, bis sie das Auto riecht ... Sie war diejenige, die eigentlich überfahren gehört hätte, schon damals – doch nun war er derjenige. Wie kann das sein?

Fibi machte sich Vorwürfe. Es war so hirnverbrannt, statt miteinander zu reden, in künstlicher Gleichgültigkeit auszuharren. Mag sein, dass sie verschieden waren – aber sie waren doch die einzigen menschlichen Waschbären, und allein deshalb war es lächerlich und dumm, einander zu ignorieren. Doch jetzt war es zu spät für jederlei Einsichten. Nichts ließ sich noch einrenken. Alles, was zwischen ihr und Aram nicht gesagt wurde, wird für immer ungesagt bleiben.

Für Aram war es Gewohnheit geblieben, das Haus nach Einbruch der Dunkelheit zu verlassen. Er streunte durch die Felder, stöberte in Schutthaufen und Deponien, erklomm Bäume oder machte es sich unter gerade erst abgestellten Autos bequem, deren Motoren noch Restwärme spendeten. Es konnte nicht ausbleiben, dass er auch anderen Tieren begegnete: Wildschweinen, Rehen, Katzen, Füchsen, Hasen und sogar einem Wolf. Vorsicht war bei Hunden geboten, sie waren schnell und gefährlich, weswegen es sich Aram angewöhnte, immer in Reichweite von Bäumen zu bleiben. Einmal hatte er es nur mit Ach und Krach zum nächsten Baum geschafft, ein anderes Mal, als es weit und breit keinen Baum gab, hatte er bei der Begegnung mit einem Schäferhund Glück, dass dieser nichts von ihm wollte.

Mit den meisten Tieren konnte er nichts anfangen, und sie nichts mit ihm. Wildschweine wollten niemanden in der Nähe haben, obendrein waren sie rücksichtslos und vulgär. Hasen rannten gleich weg. Füchse gaben sich immer so beschäftigt, hielten sich für was Besseres. Katzen waren nicht davon abzubringen, ihn auch dann anzufauchen, wenn er freundlich gesinnt war. Und auch wenn er vor dem Wolf keine Angst hatte, so war der doch ersichtlich kein Umgang für einen Waschbären. Die Einzigen, in deren Nähe es stressfrei zuging – sofern es überhaupt zu Nähe kam –, waren Rehe. Aber sie waren auf Dauer langweilig. Mit den Igeln war es ähnlich. Eigentlich waren Igel coole Typen, aber sie nahmen jeden Tag die immer gleiche Strecke, und immer zur gleichen Uhrzeit, wie der Schulbus. Und was bitte ist cool an einem Schulbus?

In einer Winternacht begegnete er einer Waschbärin, mit der er sich paarte. Als er zu Hause wieder denken und empfinden konnte wie ein Mensch, wunderte ihn die Alltäglichkeit und Selbstverständlichkeit dieser Episode. Die Menschen machten um ihre Paarung ein Gewese, mit Liebesfilmen, Dating-Apps, Hochzeitskatalogen, Flirtkursen,

Tanzschulen … Wenn man erst mal anfing, hinter allem, was Menschen taten, verborgene Paarungsaktivitäten zu vermuten, fand man gar nicht mehr raus aus dem Dschungel. Aber sich als Waschbär zu paaren war kein Riesending. Nichts, worüber sich ein Film lohnte oder wozu man sich verabreden musste.

Als Aram es sich in einer Sommernacht auf einer Astgabel bequem gemacht hatte, hörte er es unter sich knacken und rascheln. Waren es Igel? Katzen? Nein, es waren Waschbären, drei Rüden, und als er sich ihnen anschloss, waren sie zu viert. Das kleine Rudel schien sich auszukennen. Ein Maisfeld zu durchqueren, hätte Aram nicht gewagt – aber das Rudel schien zu wissen, dass es zu keiner Begegnung mit einem Hund kommen wird. Schließlich erreichten sie ein verfallenes Gehöft, zu dem ein verwilderter Obstgarten gehörte. Dutzende Mirabellen lagen im Gras, die tagsüber von Wespen angefressen worden waren. Aram erkannte die Stelle wieder; hier war es, wo er sich im Winter mit der Waschbärin gepaart hatte. Nachdem Aram von den Mirabellen genug hatte, erklomm er den Mirabellenbaum, um sich auszuruhen. Die übrigen Waschbären folgten ihm. Als es zu regnen begann, suchten sie in dem verfallenen Gehöft ein trockenes Fleckchen, und dort fand Aram einen Tennisball, schon mit Stockflecken auf dem Filz. Aram fand, es ist an der Zeit, den Fußball unter die Waschbären zu bringen. Sie waren zwar nur zu viert, was gerade für zwei Zweierteams reichte, aber später wird er schon elf Spieler zusammenbekommen. Oder zweimal elf, dann kann man Matches spielen. Oder noch mehr, viel mehr, dann reichts für eine Liga … Doch als er seinen Waschbären den Tennisball zuspielte, ignorierten sie ihn. Egal, ob er den anderen den Ball an den Kopf warf, an den Körper, vor die Füße oder ob er ihn weit weg warf, egal, ob der Ball flog, fiel, sprang, kullerte oder einfach nur dalag: Kein Spieltrieb ließ sich wecken, geschweige denn ein Ehrgeiz, bei keinem seiner Waschbären. Sie würden sich nie um diesen Ball organisieren, würden sich nie zu einer Mannschaft formieren. Es gab ein wort- und sprachloses Verständnis untereinander. Alles passierte, ohne dass geredet wurde oder dass man sich sonst wie verständigte. Man tat etwas und sah, was die anderen taten – und alles war klar. So zogen sie durch die Felder, kletterten auf Bäume, suchten Unterschlupf und fanden Nahrung. Aber ein Ball war etwas, das Waschbären vollkommen kaltließ.

Als Aram das nächste Mal bei sich zu Hause den Ball an die alte Scheune schoss, kam es ihm sinnlos vor. Menschen lassen ihn nicht mitspielen, und Waschbären ist der Ball egal. Wozu noch Fußball spielen, wenn er nie wieder Teil einer Mannschaft sein wird?

Abends traf er seine kleine Gang, immer kurz vor der Dunkelheit. Im Spätsommer legten sie sich oft auf eine wenig befahrene Landstraße, deren Asphalt tagsüber von der Sonne aufgeheizt wurde, der seine Wärme in den Nachtstunden abgab. Sie schliefen auch auf dem Asphalt, und wenn ein Auto kam, was selten der Fall war, wachten sie rechtzeitig auf und verließen die Straße. Aram erwachte meist als Letzter; er war derjenige, der tagsüber am wenigsten schlief. Eines Abends, als zwei Autos aus beiden Richtungen gleichzeitig kamen – was auf dieser einsamen Straße nie zuvor geschehen war –, war es wieder Aram, der als Letzter erwachte. Die Fahrzeuggeräusche von beiden Seiten sorgten für Desorientierung, und so irrte Aram auf der Straßenmitte umher, anstatt von der Straße herunterzulaufen, und geriet unter eines der Autos, einen Seat Alhambra, und er wusste sofort, dass es diesmal eng wird. Das Auto erfasste ihn, und binnen Sekundenbruchteilen prallten Kopf und Körper zwischen Straße und Unterboden hin und her, und Arams letzter Gedanke war, dass ihn das alles an seine Seitfallzieher erinnerte, denn für einen Moment lag er tatsächlich seitlich in der Luft. Einen Augenblick später wurde er vom Hinterrad überrollt. Der Fahrer spürte ein Rumpeln und hielt an, während der in der Gegenrichtung Fahrende weiterfuhr. Ein zweijähriger Junge, der in seinem Kindersitz hinter dem Fahrer schlief, wurde durch das Gerumpel nicht geweckt; er schlief weiter. Der Fahrer ging sechzig Meter zurück und sah den toten, praktisch zermalmten Waschbärenkörper am Straßenrand liegen. Er wusste, dass er im Areal von Fibi und Aram unterwegs war. Waschbären wurden hier nicht gejagt, weshalb sie sich in den letzten Jahren stark vermehrt hatten. Der Fahrer hoffte insgeheim, dass er nicht gerade Fibi oder Aram erwischt hatte.

Er nahm das leblose Tier von der Straße und warf es in hohem Bogen aufs Feld. Dann ging er zu seinem Auto, wischte sich mit einem Putzlappen die Hände sauber und setzte seine Fahrt fort. Am nächsten Ortseingangsschild kehrte er um und fuhr zurück zur Unfallstelle. Im Lichte seiner Handy-Taschenlampe suchte er den Kadaver im Maisfeld, und als er ihn gefunden hatte, wickelte er ihn in eine Plastiktüte, die er in den Kofferraum legte. Am nächsten Tag wollte er den Tierkörper untersuchen lassen.

Shaima

Als ich nach Bräsenfelde kam, war ich elf. Vom Alter gehörte ich in die Sechste, aber weil mein Deutsch so schlecht war, haben sie mich in die Vierte gesteckt. Aram fiel mir sofort auf. Er redete mit den Augen, mit jedem Gesichtsmuskel. Er war wie ein kleiner frecher Bruder, und ich wollte schnell Deutsch lernen, um in seiner Klasse zu bleiben und nicht etwa irgendwo noch tiefer reingesteckt zu werden, wo ich meinen kleinen frechen Bruder nur noch im Schulbus sehe.

Mein kleiner frecher Bruder hatte nichts als Fußball im Kopf. Aber er war der Einzige, der mich manchmal gefragt hat, was dasunddas auf Syrisch heißt. Ich hab ihm natürlich nicht gesagt, dass wir Arabisch sprechen, sondern habe brav übersetzt, und manches hat er sich sogar gemerkt. Einmal hat er gesagt, dass Syrien bestimmt auch Wüste hat. Das hört man an der Sprache, sagte er, denn sie würde klingen, als hätte man permanent eine trockene Kehle und eine angeschwollene Zunge. Und einmal kam er zu mir, weil er im Fernsehen jemanden auf Arabisch sprechen gehört hatte, und er wollte von mir wissen, ob sich die syrische und die arabische Sprache ähneln, und als ich ihm sagte, dass sie sich so sehr ähneln, dass es praktisch keinen Unterschied gibt, sagte er stolz: »Siehste, ich hab ein Ohr für so was!«

Einen wie Aram musste man einfach liebhaben.

Als er sich in einen Waschbären verwandelte, war ich sehr, sehr traurig. Bei uns in Syrien geschieht es oft, dass Menschen verschwinden, weil sie sich in Tiere verwandeln und in der Wüste weiterleben, ohne Kontakt zu ihren Familien. In fast jeder Familie in Syrien, und sei es bei den

Vorfahren, hat sich schon mal ein Mensch in ein Tier verwandelt. Dass es in Deutschland so eine Sensation war, lag vielleicht daran, dass Fibi nach ihrer Verwandlung sprechen konnte. So was habe ich von unseren Wüstenhasen nie gehört.

Fibi war das schönste Mädchen der Schule. Sie hatte so kleine Hände, und ihre Finger legten sich wie eine Melodie, wie eine harmonische Tonfolge um die Dinge, die sie in die Hand nahm, sei es ein Löffel oder ein Kugelschreiber. Sie hatte auch die schönsten Lippen und den schönsten Mund. Ich habe sie mal beobachtet, wie sie im Winter auf heißen Tee gepustet hat. Das Loch in ihrem Mund hatte die perfekte Größe, und ihre Lippen waren zart wie Rosenblätter. Sie war mit Aram befreundet. Jeder wollte mit ihm befreundet sein. Fibi aber war etwas Besonderes, und deshalb war sie mit ihm befreundet. Und weil Fibi etwas Besonderes war, konnte sie nach ihrer Verwandlung auch sprechen. Sogar mit Aram, der sonst mit niemandem sprechen konnte außer mit einem Fußballer. Ich glaube, es wäre ihm leichtgefallen, auch mit mir zu sprechen, aber er hat es nie versucht.

Als sich Aram und Fibi verwandelten, hatten meine Eltern Angst, dass die Deutschen uns die Schuld geben an der Verwandlung, wenn sie erfahren, dass sich in Syrien schon seit Jahrhunderten Menschen in Tiere verwandeln. Die Deutschen werden dann glauben, so fürchteten meine Eltern, dass wir das Verwandlungsvirus eingeschleppt haben oder die Kinder sogar verzaubert haben. Sie wollten, dass wir am liebsten alle unsichtbar werden, und so sagten sie mir, ich soll den Hidschab nicht mehr tragen. Meine Eltern sind vorsichtig, rechnen immer mit dem Schlimmsten, was gut ist, sonst würden wir alle nicht mehr leben, sondern wären in Aleppo gestorben wie so viele andere, die nicht das Talent hatten, sich das Schlimmste vorzustellen.

Aber so vorsichtig meine Eltern sind – Hellseher sind sie nicht. Kaum trug ich den Hidschab nicht mehr, kam

Fibis Vater und fragte meine Eltern, ob ich zur Apfelkönigin gewählt werden dürfte. Eigentlich war das für Fibi vorgesehen, aber wegen ihrer Verwandlung war das nicht möglich. Ich glaube, Herr Hüveland hat gefragt, weil ich den Hidschab nicht mehr trug. Das tat ich, weil meine Eltern mich unsichtbar machen wollten – aber als erste syrische Apfelkönigin wäre ich sichtbarer gewesen als je zuvor. Zeitung, Fernsehen – all das wollten wir nicht. Ich habe Herrn Hüveland gesagt, dass es eine große, eine zu große Ehre ist, und meine Mutter hat ihm gesagt, wir werden es uns überlegen, und als Herr Hüveland gegangen war, sagte meine Mutter, ich soll wieder Hidschab tragen. Herr Hüveland fragte nicht mehr, wie wir es uns überlegt haben.

Es gab auch kein Apfelfest, nur noch ein Waschbären-Fest und Waschbären-Wochen, und da brauchte man keine Apfelkönigin, und das Fernsehen war sowieso da, fast jeden Tag, zumindest solange Fibi in Bräsenfelde blieb. Herr Hüveland hatte so viel zu tun, auf der Baustelle vom Amphitheater, das in Bräsenfelde gebaut werden sollte, und bei den zwanzig Gästewohnungen, die er in den alten Pferdestallungen aus den Ruinen des Gutshofs Kudorf entstehen ließ. Es hieß, dass Herr Hüveland viel Geld bekommen hatte für die Fernsehsendungen mit Fibi und seiner Familie, auch wenn andere gesagt haben, dass es nach den Provisionen und den Steuern gar nicht mehr so viel war und dass er sich verrechnet hatte. Außerdem, sagten die Leute im Dorf, würde er auf das Geld der chinesischen Universität, die Fibi und Aram untersuchen durften, immer noch warten. Ich glaube, dieses Geld ist bis heute noch nicht gekommen. Trotzdem wurde der Gutshof mit den zwanzig Gästewohnungen in den ehemaligen Pferdeställen fertig, aber nach dem ersten Jahr Fernsehen sollte es kein zweites Jahr geben, weil die Familie Hüveland ohne Fibi nicht mehr interessant genug war. Und weil auch die Gästewohnungen leer blieben, hatte Herr Hüveland nicht genug Geld, um den Gutshof in Schuss zu halten, und so musste er alles verkaufen. Doch wer kauft ein Hotel, das keine Gäste hat?

Als Fibi wegging mit Ed Sheeran, hab ich mich sehr für sie gefreut, auch wenn ich mir denken konnte, dass sich das Leben hier sehr verändern wird ohne sie. Es hatte sich ja auch sehr verändert, nachdem sie sich in einen Waschbären verwandelt hatte. Es war, als hätten nicht nur sie und Aram sich verwandelt, es war, als hätten wir alle uns verwandelt. Für ein paar Wochen schien hier alles möglich: Es kamen so viele neue, fremde Menschen, alle waren so aufgeregt und lebendig, und kein Tag war wie der andere. Unser Dorf hatte ein ganz anderes Fluidum. Vor diesem ganz besonderen August wusste niemand, dass es ein Bräsenfelde gibt – und plötzlich kannte uns die ganze Welt. Doch als Fibi wegging, war es bald wieder wie vorher. Ich weiß noch, dass Herr Hüveland zu uns kam, als Fibi noch da war, und wir ihm versprechen sollten, dass wir in seiner Hotelanlage arbeiten werden, denn er wusste, dass wir in Aleppo selbst ein kleines Hotel hatten. In der Küche und in der Zimmerreinigung sollten wir später arbeiten, und ich sollte sogar auf eine Hotelfachschule gehen, um die Managerin zu werden, und mein Vater sollte der Hausmeister sein – aber als Fibi wegging und das Hotel fertig wurde, rief er uns nur einmal die Woche an, um uns die Nummern der Gästewohnungen zu nennen, die wir saubermachen sollten; er zahlte acht Euro für jede Wohnung.

Dann gab es doch jemanden, der das Hotel kaufen wollte, aber er wollte nicht das zahlen, was Herr Hüveland an Geld hineingesteckt hatte, nicht mal die Hälfte davon, wie mir Herr Hüveland mal sagte, aber ein Dreivierteljahr später waren der Gutshof und die Gästewohnungen dann doch verkauft; ich weiß nicht, ob Herr Hüveland das bekam, was er wollte, aber niemand im Dorf glaubt das. Der neue Besitzer hat aus dem Hotel ein Altenheim gemacht. Nun ist das Gut Kudorf bewohnt, und meine Mutter und ich haben dort

Arbeit, und wenn ich meine Ausbildung als Altenpflegerin abgeschlossen habe und nach Tarif bezahlt werde, wie es Frau Moosbichler, die Frau vom neuen Besitzer, die auch meine Chefin ist, versprochen hat, dann bekomme ich mehr Geld, als meine Mutter oder mein Vater je bekommen haben, ob in Syrien oder in Deutschland. Meine beiden Brüder haben es sogar auf das Gymnasium geschafft, sie sind fleißig und werden in zehn Jahren sogar noch mehr Geld verdienen als ich.

Es gibt ein Gedicht von einem großen deutschen Dichter, von dem ich zuerst dachte, er hat den etwas seltsamen Vornamen Fack Ju, aber in Wirklichkeit heißt er Johann Wolfgang, und dieses Gedicht endet mit den Worten: »hier bin ich Mensch, hier darf ich's sein!« Ja, wer aus Aleppo kommt, ist froh, an einen Ort zu gelangen, wo man Mensch sein darf. Vielleicht muss man sogar aus Aleppo kommen, um zu verstehen, dass das Menschsein was mit »dürfen« zu tun hat. Über so was hätte ich gern mal mit Aram diskutiert, und ich kann mir sogar denken, was mein kleiner frecher Bruder geantwortet hätte. »Shaima, wenn du glaubst, man muss aus Aleppo kommen, um zu verstehen, dass Menschsein was mit dürfen zu tun hat, da bist du rabiat schief gewickelt. Denn der Erste, der das verstanden hat, war Goethe, und der kam ja wohl nicht aus Aleppo.«

Fibi und Aram durften ab dem 13. August 2023 keine Menschen mehr sein, obwohl sie immer hier gelebt haben, und seit dem Abend des 25. September 2026 durfte Aram nicht einmal mehr weiterleben. Er war mit ein paar anderen Waschbären immer zu einer einsamen Straße gegangen, zwischen den Dörfern Nentwig und Barzow, und weil Aram einen Tracker implantiert hatte, wussten seine Eltern, wo er ist. Sie sagten ihm oft, er soll sich nicht auf die Straße legen, denn wenn ein Auto kommt, kann es gefährlich werden, aber Aram hat sich trotzdem immer wieder an dieser Stelle auf den Asphalt gelegt. An der Straße zwischen Nentwig und Barzow kamen höchstens drei Mal am Abend Autos und scheuchten die Waschbären von der Straße. Doch Arams Eltern machten sich trotzdem Sorgen, und so beantragten sie bei der Straßenverkehrsbehörde, dass ein Dreißigerschild am Liegeplatz der Waschbären aufgestellt wird, und weil sich die Entscheidung hinzog, hat Herr Stein von einer Baustelle selbst ein Dreißigerschild nebst Gummifuß geklaut, sogar zwei, für jede Richtung eins, und sie zwischen Nentwig und Barzow aufgestellt. Als das rauskam, wurden die Schilder weggeschafft, und Herr Stein musste obendrein eine Strafe von eintausendfünfhundert Euro bezahlen.

In der Nacht, als Aram überfahren wurde, kamen die Autos aus zwei Richtungen, und beides waren E-Mobile, weshalb die Waschbären sie später hörten als gewöhnlich, und dass sie aus beiden Richtungen kamen, hat Aram, der ja eben noch geschlafen hatte, zusätzlich verwirrt, und so kam er nicht rechtzeitig von der Straße runter. Er war sofort tot.

Am nächsten Morgen, als Aram nicht zu Hause war, sahen seine Eltern am Trackingverlauf sofort, dass etwas nicht stimmte. Aram lag in einer Garage, über dreißig Kilometer von seiner Schlafstelle entfernt, und er war auf dem Straßenweg dorthin gekommen, was bedeutete, dass er in einem Auto dorthin gefahren wurde. Der Tracker zeigte aber auch, dass Aram zunächst mitten auf der Straße war, dann die Straße verlassen hatte und in einem Feld war, ehe er nach etwa fünf Minuten zur Straße zurückkehrte und in das Auto einstieg, in dem er bis in die Garage gefahren wurde, wo ihn der Tracker am Morgen des 26. September ortete. Herr Stein war davon überzeugt, dass Aram lebt, denn wie sonst soll er von der Straße auf das Feld und wieder zurück auf die Straße gelangt sein. Es wird sich, so hatte Herr Stein gehofft, um eine Entführung handeln, auch wenn er sich weder erklären konnte, wie es dem Entführer gelungen ist, Aram unter den Waschbären zu identifizieren, noch wieso Aram in das Auto seines Entführers eingestiegen ist. – Andere sagen, dass Herr Stein schon wusste, dass Aram nicht mehr lebt, denn wenn er von einer Entführung überzeugt gewesen wäre, hätte er doch die Polizei zu der getrackten Garage geschickt. Aber die so was sagen, kennen sich nicht aus. Hier geht niemand zur Polizei, wenn er die Angelegenheit auch selbst regeln kann.

Als Herr Stein mit dem toten Aram nach Hause kam, lag ein Brief vom Straßenverkehrsamt im Briefkasten, in dem stand, dass sein Antrag nun bearbeitet ist und zum 1. Oktober zwischen Nentwig und Barzow eine Dreißigerstrecke eingerichtet wird.

An diesem 26. September weinten viele Menschen in Bräsenfelde und Umgebung. Ich auch. Ich erinnerte mich an Aram, der mit den Augen und mit jedem Gesichtsmuskel sprechen konnte, erinnerte mich, wie er lachte und immer mit seinen Armen und Händen schlenkerte, und an seine krummen Fußballerbeine. Einmal habe ich ihm beim Training zugesehen. Ich war mit dem Fahrrad unterwegs und hörte in einiger Entfernung, wie etwas rumms machte und wieder rumms, und wollte wissen, was es ist. Es war Aram, der einen Ball an eine Wand schoss. Aber wie! Er ballerte ihn mit einer Kraft und einer Geschicklichkeit, und sein Gesicht, das so schön lachen konnte, war in dem Moment entschlossen und konzentriert. Er war erst vierzehn, aber in dem Moment, als der Fuß den Ball traf, war er ein Mann. Und so werde ich ihn auch immer in meinem Herzen tragen.

Als er sich in einen Waschbären verwandelte, hatte ich immer gehofft, dass er sich zurückverwandelt und doch noch der große Fußballer wird, der er zweifellos geworden wäre. Aber nachdem er überfahren wurde, war gewiss, dass ich nichts von dem Aram haben werde, den er an jenem Nachmittag, als ich ihn beim Training beobachtete, zu werden versprach.

Für zwei Tage war es wie früher, wie Ende August 23: Fernsehteams und Übertragungswagen kamen, und natürlich kam auch Fibi. Ich hoffte, dass mit der Wiedererweckung von Bräsenfelde vielleicht auch Aram wiederauferssteht. Wenn er sich in einen Waschbären verwandelt hat, warum sollte ihm nicht ein zweites Wunder gelingen und er aus dem Totenreich zurückkehren? Es gibt nichts, was ich meinem kleinen frechen Bruder nicht zutraue.

DIE VER-WANDEL-TEN

Yusuf Abdelami (15), fußballerisches Ausnahmetalent

Hagen Ahlert (72), Prof. em., pensionierter Jurist (Wirtschaftsstrafrecht), verwitwet in Minden (Westf.), Mecklenburg-Rückkehrer

Shaima Al-Ansi (17), Schülerin, älteste Tochter einer fünfköpfigen Flüchtlingsfamilie aus Aleppo, seit 2017 in Mecklenburg lebend

»Bierschinken« (30), Produktionsleiter beim Fernsehen mit schlechter Haut und schlechten Manieren

Ruth Dallasch (58), Leiterin des Nordsender-Funkhauses Neubrandenburg

Tomas Diederich (53), erfolgloser Komiker mit eigenem Wikipedia-Eintrag, »Humo(o)rsoldat« aus Örtingen, einer Kleinstadt in Schwaben

Ingo Heuer (43), promovierter Rechtsanwalt aus Postsdam, Anwalt von Sandra Rösch

Fibi Hüveland (16), Schülerin und designierte Apfelkönigin, Youtuberin im Frühstadium

Hilmar Hüveland (45), Fibis Vater, Ingenieur für Kältetechnik, Bürgermeister eines mecklenburgischen Gemeindeverbandes, verheiratet mit

Wiebke Hüveland (41), geb. Putensen, Kinder- und Jugendpsychologin und Fibis Mutter

Alex(ander) Hüveland (8), alias **der Lütte**, Fibis Bruder

Henning May (31), Frontmann der Kölner Rockband AnnenMayKantereit, Idol von Fibi

Marleen Pawloweit (28), alias **Empee**, alias **Miss Zwinkersmiley**, von einem Furunkel geplagte Online-Journalistin beim Rostocker »Ostseekurier«, Patientin von

Sören Putensen (36), Facharzt am Universitätsklinikum Greifswald, Bruder von Wiebke und Onkel von Fibi Hüveland

Sandra Rösch (50), Inhaberin der »Argus GmbH«, einer auf Videoüberwachung spezialisierten Sicherheitsfirma, Autonärrin

Ed Sheeran (32), Singer-Songwriter aus England, Welterfolgsmusiker, Idol von Fibi

Aram Stein (15), Schüler und rabiat ehrgeiziger Fußballer

Holger Stein (43), selbständiger Handwerker (Trockenbauer), nach allgemeinem und eigenem Dafürhalten Arams Vater

Lydia Stein (42), Sprechstundenhilfe, Arams Mutter

Heidi Walissa (42), Intendantin eines großen privaten Fernsehsenders aus Köln

Johst Wander (36), Rechtsanwalt aus Berlin mit bildhaftem Sprachgebrauch; spezialisiert auf Datenrecht, in den einschlägigen Rankings auf Platz 9

Doug Winter (34), Abenteurer, vielfacher Ausbildungs- und Studienabbrecher, Starbucks-Barista aus der englischen Provinz-zum-Quadrat-Stadt Tyneside

Sollte diese Publikation Links auf Webseiten Dritter enthalten,
so übernehmen wir für deren Inhalte keine Haftung,
da wir uns diese nicht zu eigen machen, sondern lediglich
auf deren Stand zum Zeitpunkt der Erstveröffentlichung verweisen.

Penguin Random House Verlagsgruppe FSC® N001967

1. Auflage
Genehmigte Taschenbuchausgabe Mai 2022
btb Verlag in der Penguin Random House Verlagsgruppe GmbH,
Neumarkter Straße 28, 81673 München
Copyright © der Originalausgabe 2020 Wallstein Verlag, Göttingen 2020
Umschlaggestaltung: Günter Karl Bose, Berlin
Druck und Bindung: GGP Media GmbH, Pößneck
ts · Herstellung: sc
Printed in Germany
ISBN 978-3-442-77098-4

www.btb-verlag.de
www.facebook.com/btbverlag

Till Raether

Treue Seelen

Roman

352 Seiten, btb 75855 HC mit Schutzumschlag

Frühsommer 1986: Achim und Barbara, um die 30, sind nach
West-Berlin gezogen. In die Großstadt, weg aus der Provinz.
Weil es dort eine Stelle gibt für ihn im Labor der Bundesanstalt
für Materialprüfung. Weil man ein anderer Mensch sein
könnte, da, wo Bowie mal gewohnt hat. Doch statt eines
neuen Lebens finden die beiden Stillstand, spießige Enge und
Tschernobyl-Angst.

Während Barbara an Trennung denkt, verliebt Achim sich in die
zehn Jahre ältere Nachbarin Marion, die enttäuscht von ihrem
Bundesgrenzschutz-Ehemann Volker ist. Marion stammt aus
Ost-Berlin, sie ist als Teenager kurz vor dem Mauerbau in den
Westen abgehauen. Mit ihr fährt Achim heimlich in den Osten,
wo sie Marions Schwester Sybille wiedersehen …

»Eine Geschichte in kleinbürgerlichem Rahmen, aber die
Gefühle sind groß. Raethers Prosa sowieso.«
Brigitte

btb

Jaroslav Rudiš

Der Himmel unter Berlin

Roman

176 Seiten, btb 71331

**Blitzlichter aus dem Untergrund einer Metropole,
ein Roman voller Härte und Poesie**

Der Himmel unter Berlin ist eine Welt für sich, dort spinnt seit
hundert Jahren die U-Bahn ihre Netze, bewahren unzählige
Tunnel und Bunker geheime Geschichten, strömen tagaus, tagein
unzählige Menschen durch. Die Musiker nicht zu vergessen,
die diese Unterwelt mit Klängen füllen. Einer von ihnen ist aus
Prag dahin geraten: Petr Bém, ein junger Deutschlehrer, auf der
Flucht vor seinem alten Leben und voller Sehnsucht nach einem
neuen. Als er im Untergrund Pancho Dirk kennenlernt, der von
Musik besessen ist, gründen die beiden eine Band und nennen
sie U-BAHN, weil es um Schwärze, Krach und Tempo geht. Dann
verliebt sich Petr in Katrin, die Tochter eines Zugführers.

»Untergründig, hintersinnig, leicht.«
Ingo Schulze

btb

Mikael Niemi

Populärmusik aus Vittula

Roman

304 Seiten, btb 73712

»Ein amüsantes, kurzweiliges, ein hinreißendes Buch!«
Focus

Ein kleines Dorf im äußersten Norden Schwedens, in den wilden
sechziger Jahren: Matti und sein schweigsamer Freund Niila
träumen von der großen weiten Welt. Als der Rock 'n' Roll Einzug
hält im kleinen Tal, ist ihre Zeit gekommen …

»Ein unvergesslicher Roman, der durchschüttelt. Lesen. Vorlesen.
Und dabei lachen, weinen und – vielleicht – von einer E-Gitarre
träumen.«
Frankfurter Rundschau

btb